魯迅精神史探源

進化與國民

李冬木 Li Dongmu

著

在進化的鏈子上，一切都是中間物。

——〈寫在《墳》後面〉

我於是用了種種法，來麻醉自己的靈魂，
使我沉入於國民中，使我回到古代去……

——〈《吶喊》自序〉

前言

　　本書收論文十二篇，主要從「進化論」和「國民性」思想兩個方面探討魯迅（1881-1936）精神史源，以實證研究的方式，具體考察了在日本明治三十年代的思想文化背景下，留學生周樹人如何確立起其作為近代思想基礎的「進化」與「國民」的觀念，並將其反映到後來的創作當中的思想歷程。其中，著重探討了以加藤弘之和丘淺次郎為中心的日本明治進化論和以澀江保日譯版《支那人氣質》為中心的明治時期與國民性思想相關的出版物與魯迅之關係。

　　魯迅原名周樹人，因1918年在《新青年》上以「魯迅」的筆名發表短篇小說《狂人日記》而蜚聲文壇，並在此後生涯所餘的十八年間一直居於中國文壇的核心，直至今日，「魯迅」仍被認為是中國現代文學最具代表性的作家。那麼，周樹人何以成為「魯迅」？其精神史的來源和過程是怎樣的？就不僅僅是「魯迅」作為一個作家的個人成長史問題，而是關係到中國近現代思想和文學的根本問題。

　　一個人的成長，離不開他的閱讀，一個作家就更是如此，而一個作家年輕時代的閱讀又尤其如此。本書著眼於魯迅（那時他還叫周樹人）留日時代的閱讀，重點探討他的精神形成與日本書籍的關係。就當時中國人大規模留日這一時代背景而言，魯迅與日本書的關係，或許會為中國知識人的近代閱讀史呈現某種典型的案例。

　　〈魯迅與日本書〉，是關於上述問題的概觀，對書中其他

各篇所探討的問題均有述及，故列入首篇，以呈現「魯迅與日本書」這一課題的整體研究思路。

關於魯迅進化論思想的來源，嚴復作為「源」幾乎是公認的存在。然而，嚴復卻並非唯一。既往的研究過於偏重嚴復，客觀上淡化了魯迅與進化論的接觸面以及容受進化論的豐富性。〈關於《物競論》〉探討的是嚴復之外的另一本進化論著作──《物競論》，具體檢證了該書的內容及其之於魯迅的意義，並且涉及了相關研究。《物競論》係加藤弘之（KatoHiroyuki, 1836-1916）著《強者之權利之競爭》（《強者ノ權利ノ競爭》，日本哲學書院，1893.11.29）一書的中譯本，譯者楊蔭杭（1878-1945），最初連載在《譯書彙編》1901年第四期、第五期、第八期，1902年由上海作新譯書局出版單行本。該書是魯迅在留日之前，繼《天演論》之後讀過的重要的進化論著作，並在臨行前把該書送給了其弟周作人，而後者在乃兄出國後又繼續閱讀。

〈魯迅與丘淺次郎〉（上），探討了魯迅留日以後接觸進化論的知識環境，並且把迄今為止的「魯迅學」當中並未包括的日本最著名的進化論傳播者「丘淺次郎」作為比嚴復更加重要、更加豐富的思想資源提出，涉及到的問題包括與此相關的先行研究、魯迅接受進化論的順序、中日兩國進化論比較、丘淺次郎其人及其著作和時代影響、現今可以見到的「丘淺次郎」等。

〈魯迅與丘淺次郎〉（下），通過「〈人間之歷史〉以外的《進化論講話》」、「『奴隸根性』『偉人』『新人』及其他」、「黃金世界」等幾個方面，具體比較和檢證了丘淺次郎文本和魯迅文本的關係，並由此揭示出，丘氏對魯迅的影響，時期並不只限於魯迅留學時期，範圍並不只限於個別文章，內容上也不只限於進化論，兩者之間存在著比現在所知更為複雜和深廣的

關係。

〈從「天演」到「進化」〉，系統比較了進化論在中日兩國近代知識界的狀況，探討了在漢語當中，以嚴復為代表的「天演」概念系統何以會被日譯「進化」系統所取代的原因，並通過進一步呈現丘淺次郎之於魯迅的並不僅僅囿於進化論的深廣影響，具體揭示了在進化論容受過程當中的，處在流動狀態的東亞「知層」關聯。

《支那人氣質》，係羽化澀江保（1857-1930）譯自美國傳教士亞瑟‧亨‧史密斯（Arthur H. Smith, 1845-1932）所著Chinese Characteristics（Fleming H. Revell Company, New York, 1894）的日文版，於明治二十九年（1896）12月由東京博文館出版。該書是魯迅思考國民性問題時的重要參考書，並與魯迅的「國民性」話語構成廣泛的關聯。但既往的研究主要基於史密斯的英文原書與魯迅的關係展開，忽視了澀江保日譯本的存在。而魯迅讀到的卻恰恰是日譯本，而非英文原著。〈澀江保譯《支那人氣質》與魯迅〉（上），是首篇探討澀江保的日譯本與魯迅關係的論文，不僅將《支那人氣質》首次作為問題提出，還詳細探討了以「日清戰爭」和博文館出版物為核心的出版背景，發掘了被歷史遺忘的明治時代的著述大家澀江保的貢獻以及魯迅關於前者的讀書史。

〈澀江保譯《支那人氣質》與魯迅〉（下），是關於該譯本形態和內容的探討，主要側重於不見於史密斯原書的「非原本內容」，即書前小引、眉批、正文中出現的夾註以及「黑格爾關於支那問題的論述」的長達25頁的引用。這些內容譯成中文，超過了三萬字，既是澀江保譯本的有機組成部分，也是Smith Chinese Characteristics作用於魯迅的名副其實的「原形態」。

〈《支那人氣質》與魯迅文本初探〉，是在前兩篇的基礎

上，對兩者的文本關係所做的實證性初步探討。涉及的問題包括：魯迅本人對《支那人氣質》的述及；相關的先行研究；「面子」、「做戲」、「看客」；打擾死前的病人與〈父親的病〉；魯迅留學時期的革命「心像」與阿Q的形象塑造；辛亥革命與「辮子」；並非結束的結束語。對這些問題的檢證，不僅坐實了兩者的關係，也為進一步探討呈現了新的觀察平臺。

〈「乞食者」與「乞食」〉，是關於魯迅與澀江保譯《支那人氣質》關係研究的繼續。通過「乞食者」「乞食」「乞丐」「布施」「仁惠」這一組相關的概念所構成的角度，對魯迅與《支那人氣質》的關係再次進行考察，從而揭示出二者在精神結構上的關聯性。

〈「從僕」、「包依」與「西崽」〉，是通過另一組關聯概念的視角，對魯迅與《支那人氣質》關係所做的進一步的探討。所謂「從僕」與「包依」（ボーイ）在澀江保的日譯本中都是表示「僕人」的概念，體現著史密斯作為「支那人全體之撮要」所選擇的對中國人「氣質」的一個觀察點；所謂「西崽」（boy）是魯迅描寫某類中國人精神特徵的一個關鍵字，那麼，魯迅是否借鑒了《支那人氣質》？該篇通過三個關鍵字探討的正是這一問題。

〈魯迅怎樣「看」到的「阿金」？——兼談魯迅與「支那人氣質」關係的一項考察〉，是通過實地考察和文獻檢證對〈阿金〉（1934）這篇作品生成機制的探討。作品的創作和「阿金」這個人物的塑造，當然與魯迅在上海的生活環境和生活經歷直接相關，但是《支那人氣質》當中的「廚子」也是無法迴避的存在，沿著後者的視角看下去，「阿金」也就正處在「從僕」、「包依」與「西崽」的延長線上。

　　〈「竹內魯迅」三題〉，是翻譯竹內好《魯迅》（李冬木、趙京華、孫歌譯《近代的超克》，北京三聯書店，2005年3月）一書的過程中為自己學習「竹內魯迅」而寫筆記的一部分。「竹內魯迅」關乎本書的所有篇目，可謂全書中的一個隱形存在。此篇以三個題目闡述了筆者關於「竹內魯迅」的看法，以及所得和揚棄。竹內《魯迅》漢譯本出版後，引起了極大反響，但筆者的意見止於此篇，至今並無補充。

　　以上各篇是在曾經的十幾年間，探索魯迅閱讀史當中的與日本書關係方面的部分所得。探索，與其說常與收穫的喜悅相伴，倒莫如說總是和困惑、焦躁乃至彷徨相隨。偶有所獲，雖會感到欣喜，但倘若記錄排列出來，又多顯記錄者的魯鈍與笨拙。不過，既然先行一步，還是把足跡完整地留下的好，可提示後人少走彎路，或許還能拋磚引玉也未可知──當然，這已是奢求了。

　　此次結集時不改初刊文字的想法如此，祈讀者諒解為幸。

作者　謹記

2019年4月3日星期三

於長春威尼斯花園巢立齋

目次 │ CONTENTS

魯迅與日本書

一、外文：半數藏書，半數業績

「我以為要少──或者竟不──看中國書，多看外國書。」
（《青年必讀書》，1925）自從魯迅說了這話以後，對此如何理
解就一直爭論不斷，直到現在。不過就他自己親身躬行而言，至
少有一半還是「合得上」的，即後一半，「多看外國書」。

根據《魯迅手跡和藏書目錄》（內部資料，北京魯迅博物
館，1957年刊印）檢對，魯迅所藏中、外文書籍和期刊有3,760
種，其中，中文1,945種，外文1,815種，所占比例為52%對48%，
幾乎一半對一半。「多看外國書」，翻譯外國書，甚至用日文寫
作，的確是魯迅作為中國現代文學開山作家的又一大特色，這樣
的作家到現在也不多見，在同時代的作家中，恐怕只有周作人可
與之比肩。2003年夏，曾去中國現代文學館參觀。每個作家的展
區都設有藏書專架。「魯迅展區」與其他作家最大的不同，就是
他擁有大量的外文藏書，而在其他也同樣是「中國現代文學作
家」的書架上幾乎看不到這種情形，至多只有幾本外文詞典或日
語教材之類。這一發現，可謂一大收穫，過去竟未意識到，魯迅
的業績其實可由他的藏書數量獲得物理性印證；同理，也可以印
證其他作家為什麼沒留下魯迅那樣的──至少是翻譯方面的成
績。有人統計，魯迅的翻譯作品，「涉及十五個國家，一百一十
多位作者，近三百萬字」（顧鈞《魯迅翻譯研究》，福建教育出
版社，2009年版）。

　　這三十年來所通用的魯迅文本是1981年人民文學出版社出版的十六卷本《魯迅全集》，2005年同一出版社又重出修訂本，增加到十八卷。但與1938年在上海「孤島」首次出版的《魯迅全集》相比，這兩個版本雖然修訂仔細，注釋翔實，卻還算不上嚴格意義上的「全集」。因為它們在內容上是不全的，並沒有把魯迅的翻譯包括進去——或許竟認為翻譯可以不計也未可知。比較而言，上述「孤島」版《魯迅全集》二十卷至少在凸顯魯迅著述業績的特色方面是「全」的，前十卷為魯迅自創文字，後十卷則是翻譯。後來再出就拆開了，1958年人民文學出版社分別出十卷本《魯迅全集》和十卷本《魯迅譯文集》。但這樣「拆」著出顯然很成問題，據說尼克森來訪時，周恩來要送《魯迅全集》做禮物，卻找不出一套「全」的，最後只好把最早的那套「孤島」版找出修訂重排一回，這就是人民文學出版社1973年出版的二十卷本。由於印數不多，現在也很難找到或找全了吧。到了前年又一套二十卷本——《魯迅著譯編年全集》（王世家、止庵編，人民出版社，2009年版）出版，在「求全」的意義上，「魯迅全集」的編輯、校訂總算跨出新的一步，不僅可知魯迅著譯全貌，亦可瞭解伴隨其生平的工作歷程，其版本學和文獻學意義皆不言而喻。就中，為過去版本所隱去而不太被重視的占半數的翻譯，無疑又為今後的魯迅研究提出了新的課題，至少可以知道，迄今為止魯迅的翻譯文本還缺乏作為研究結果的必要的注釋（而在此意義上，既往對包括魯迅「硬譯」在內的翻譯的批評大抵可以無視，因為它們缺乏作為批評基礎的文本探討這一前提）。這是今天重提魯迅與外文書關係的意義所在。可以說，如果魯迅不讀外文書，便不會有遠遠超過他本人創作而占「全集」半數的翻譯文本，至於魯迅對外文書的閱讀和翻譯實踐對他自己的創作產生了

怎樣的影響，則是更深層次的問題。

　　總之，魯迅的半數業績，可以從他占總量半數的外文藏書和他的「多看外國書」獲得相應的答案。

二、日文書及其意義

　　在魯迅的外文藏書中，一個顯而易見的事實是日文書占了大半，據上面提到的「藏書目錄」，「日文計993種，俄文計77種，西文計754種。」所謂「西文」是指德、法、英和其他語種，再加上俄文的，共有831種，按百分比計算，日文書與其他語種的比例為54%對46%。日文是魯迅最為擅長的外語，所獲外文資訊的大半也是來自日語，因此，日文書之於魯迅的意義不言而喻。

　　去年有在國內和日本的一些學者提出一項研究計畫，以北京魯迅博物館「藏書目錄」為依據，展開「魯迅日文藏書研究」，也便是意識到了日文書在「魯迅」當中的重要。

　　然而，還有另外一種情況也值得注意，那就是不見於「藏書目錄」而事實上魯迅又閱讀過並且在「魯迅」當中留下痕跡的那些書籍。這意味著魯迅實際看到的書籍要比他留下來的「所藏」要多。這種情形在日文書方面尤其突出。據中島長文先生調查統計，有「確證」的魯迅「目睹日本書」有1,326種（中島長文編刊〈魯迅目睹書目——日本書之部〉，宇治市木幡御藏山，私版三百部，1986年）。這一研究成果表明，魯迅所實際看到的日文書較之「藏書目錄」的993種多出333種，超出率高達33.5%。中島長文先生的這部力作完成於25年前，而依近年來筆者查閱所獲之管見，還有不少「日本書」並沒被包括到「魯迅目睹書目」當

中，尤其是明治時代的出版物。僅舉幾個例子在這裡。

其一，「**大日本加藤弘之《物競論》**」（《周作人日記》1902年「正月卅日」，西曆三月九日），此係魯迅留學臨行前送給周作人的楊蔭杭譯本，最初連載於《譯書彙編》1901年第四期、第五期、第八期，而周氏兄弟所見「洋裝」本，當是譯書彙編社1901年出版的單行本之第一版或第二版。而問題在於有不少研究者認為這個譯本源自加藤弘之的《人權新說》，誤矣，其真正底本為同一作者的另一本著作，即《強者之權利之競爭》（《強者ノ權利ノ競爭》，日本哲學書院，1893年版），其詳細情形，請參照筆者的相關論文。

其二，「**澀江保《波蘭衰亡戰史》**」（出處同上）。這本得自魯迅的書，令周作人不斷反覆「閱」，而且「讀竟不覺三歎。」（三月十九日）該書係東京譯書彙編社1901年版漢譯單行本，原書為東京博文館「萬國戰史」叢書全二十四冊中之第十編，出版於明治二十八（1895）年七月，其顯然是周氏兄弟早期的一個關鍵字──「波蘭」──的來源之一。而另一個關鍵字「印度」亦可找到出處，即同一套「萬國戰史」中的第十二編《印度蠶食戰史》，雖不見於周作人日記，卻也是當時學子所廣泛閱讀的出版物，據《中國譯日本書綜合目錄》（實藤惠秀監修，譚汝謙主編，小川博編輯，香港中文大學，1980年版），該書亦有杭州譯林館1902年出版的單行本。

還有一本是**《累卵東洋》**。原書《累卵の東洋》，係大橋乙羽所作政治小說，在當時風靡一時，有博文館和東京堂兩種單行本，都在1898年出版。「印書館愛善社」1901年五月出版漢譯本，譯者「憂亞子」。周作人在魯迅去日本後不久購得此書，又花了很長時間斷斷續續閱讀，並且認為譯得很糟，在日記中有告

誠自己今後譯書當以此為戒的話。

　　以上三個例子，既不包括在北京魯博「藏書目錄」中，也不見於《魯迅目睹書目》，而事實上又是周氏兄弟實際上閱讀過的書籍。可以據此推測，魯迅在其留學前、留學中和留學之後所閱讀的日文書目要遠遠大於目前所知道的範圍──雖然誠如中島長文先生所言，要想像後來有「書帳」時代那樣「復原」其留學時期所閱書目是相當困難的。不過也並非全無辦法，除了接下來將要談到的先學們由魯迅留學時代的文本中來探討的基本「硬」辦法之外，新的嘗試也會帶來新的收穫。例如，正在京都大學留學的北京大學中文系博士生李雅娟最近就做了一項「很笨」卻又富有實際意義的工作，那就是在《周作人日記》裡把那些日文書目一個一個找出來。從李同學所列1902-1934年的書目來看，這一期間周作人所閱日文書大約有1,480種。筆者以為，截止到1923年他們兄弟失和以前的這一段，周作人所閱日文書中相當大一部分是不妨作為潛在的「魯迅目睹書目」來預設的。

　　其次，上述三例也在某種程度上折射出清末學子的一般讀書狀況和在所謂「西學東漸」背景下的知識傳播路徑。在「中西」這個大框架下探討近代新知，一般來說「大方向」沒錯，但僅僅靠一個大框架也難免淺嘗輒止或脫離具體歷史過程。事實上對於包括周氏兄弟在內的那一代讀書人來說，留學之前讀到的「西學」，大多還都是漢譯過來的日文書，而留學以後則逐漸轉向借助日文來閱讀；從內容上來說，有些是「西書」日譯進而再到漢譯，有些則是經由日本「濾化」過的西學，亦如上面所列三種，《物競論》和《累卵東洋》是日本人汲取西學後的原創，涉及「波蘭」和「印度」的兩種則是對西學的整理和譯述。這種知識格局和傳播路徑，至少在魯迅留學那個時代，自始至終幾乎沒發

生過什麼改變，因此在這個意義上，我同意詞彙研究者就承載近代知識概念的詞彙所發表的意見，那就是「西學來自東方」，西學知識在很大程度上是轉道日本而來的（沈國威《近代中日詞彙交流研究》，中華書局，2010年版）。

那麼對於魯迅來說「日本書」意味著什麼？答曰，是他獲取新知亦即廣義「西學」的一條主要通道。而對於旨在探求魯迅當中「中西文化」的現在的研究者來說，則是一道必須要履行的從魯迅那裡跨向「西學」的「手續」。少了這道「手續」，所謂「西學東漸」的歷史將缺少具體環節。這是探討魯迅與日本書之關係的另一層意義所在。

三、關於澀江保日譯本《支那人氣質》

有朋友曾經問，魯迅讀了、也收藏了那麼多日文書，為什麼就非得這本不可？筆者的回答是，就像您書架上插的那些書，甭管多少冊，最終對您能有決定性影響的可能就那麼幾本，甚至只一本，或者竟一本也沒有──這與「交人」沒什麼不同。能像《支那人氣質》那樣在「魯迅」當中留下大量影響「確證」的日本書實在並不多見，為什麼不是它呢？

這是一個「西書」日譯，再到漢譯的典型的例子。原書為亞瑟・亨德森・史密斯（Arthur Henderson Smith, 1845-1932）所作 Chinese Characteristics，1890年初版於上海（筆者在哈佛大學圖書館曾確認這一版本），然而並沒引起中國的注意，倒是在西方讀者中獲得很大反響，遂有1894年紐約佛萊明公司的「修訂插圖」版，即「Revised, with Illustrations」。這是第二版，原書上有「SECOND EDITION」字樣，後來這個版本流傳世界──也許正

是由於這個緣故，一些學者以為該版是「第一版」，是不對的。
兩年以後，日本年號明治二十九年即1896年，東京博文館出版了
澀江保以紐約版為底本的日譯本，書名《支那人氣質》。1903年
上海作新社根據澀江保日譯本翻譯出版漢譯本，書名《支那人之
氣質》（準確地說，是封面、封二所標書名，目錄、正文首頁、
尾頁書名沒有「之」字，與日譯本書名相同）。從英文原書到日
譯本，再到漢譯本，這一「自西向東」的過程歷時十年，如上所
述，中國非直取於西，而轉借於東。

　　此後百年，以上三種版本幾乎沒在中國留下痕跡，直到上
個世紀九十年代以後關於「史密斯」和他的這本書才又熱鬧起
來。據筆者所見，到目前為止，*Chinese Characteristics*中譯本不下
十七種版本。為什麼會出現這種跨世紀的版本「大遷徙」？回答
是這與魯迅學者張夢陽先生自上個世紀八十年代初開始的一項研
究有關。他率先提出了「史密斯與魯迅」的關係，並著手探討
史密斯的這本書對魯迅「改造國民性思想」的影響（西北大學
《魯迅研究年刊》，1980年；北京魯博《魯迅研究資料十一》，
1983年），又與他人合譯史密斯紐約版原書，還寫了體現其系統
研究的〈譯後評析〉附於書後（《中國人氣質》，甘肅省敦煌
文藝出版社，1995年版）。毫無疑問，這項研究是開創性的。首
先，它帶出了一大批文本成果，除了譯自史密斯原書的各種中
譯本之外，最重要的是1903年作新社漢譯本的發現（劉禾《跨語
際實踐》，北京三聯書店，2002年版）和對其加以整理校注出版
（黃興濤校注《中國人的氣質》，中華書局，2006年版。順附一
句，作為一個校注本，在「書名」上有遺憾，應該取原名《支那
人之氣質》才符合歷史事實）。其次，帶動了後續研究，也開啟
了一種研究範式，那就是無形中構製了一個「史密斯與魯迅」＝

「西方與東方」的思考框架，後來的研究者都自覺不自覺地在這一框架內展開自己的思路，文本操作囿於「英漢」之間不說，諸如「一個外國傳教士，一個中國啟蒙者……」（孫郁《魯迅與周作人》，河北人民出版社，1997年版）、「斯密思的書……恰巧是魯迅國民性思想的主要來源」（劉禾，同上）之類表述都是很常見的，就連上面提到的「校注本」也沒標出這個譯本的準確來源——即現在已經知道的澀江保譯本——而只在封面上標示「〔美〕明恩溥（Arthur H. Smith）著」。前面說過，「西學東漸」「大方向」正確，但僅以此去「套」，就不一定符合魯迅的實際。張夢陽先生當時就已經意識到魯迅讀的「當然是澀江保的日譯本，而非英文原版」（同上，1995），但由於沒找到日譯本，才沒能進一步展開研究。

這是筆者重視澀江保《支那人氣質》這個日譯本及其出自這個譯本的作新社漢譯本的理由。日譯本與原書的最大不同還不僅僅是語言轉換，更主要的是它承載了原書所不具備的內容：21張圖片、譯成中文總字數超過三萬字的547條眉批、403條夾註和章節附註都是原書沒有的，它已經是「另一種東西」，這些與本文合在一起才構成魯迅與「西學」的具體關聯。日譯本及其譯者研究、與魯迅文本的比較研究以及該版本的「日譯漢」是筆者至今仍未完成的一項工作。至於作新社漢譯本，則以為不能排除魯迅目睹的可能性，但這需要另外撰文討論了。

四、關於魯迅的「進化論」

在學讀書時由劉柏青先生的《魯迅與日本文學》（吉林大學出版社，1985年版）開悟中國現代文學還有「日本」這一門，當

從伊藤虎丸等先生的書中得知留學時代的「魯迅」身上有那麼鮮明的「歐洲」和「尼采」（請參閱《魯迅與日本人》，河北教育出版社，2000年版；《魯迅與終末論》，三聯書店，2008年版）真是大吃一驚，再讀北岡正子先生的《摩羅詩力說材源考》（何乃英譯，北京師範大學出版社，1983年版；以及日文《野草》雜誌1972到1995年的二十四回連載），簡直是給「震了」，完全不同於只囿於「古漢語」境界的那種解讀，呈現著一個在傳統文獻中所看不到的既豐富廣泛而又深刻的「近代」——反過來說，也都是文本作者一點一滴採摘，咀嚼，吟味，融會到自己的意識和文章裡來的。眾多先學類似上述的工作，揭示出留學時代的「周樹人」如何生成為後來「魯迅」的具體過程和必要條件。「日本書」在這一環節的出現並非有意為之——竹內好甚至認為魯迅拒絕並排斥了日本的「近代」——而是客觀研究發現的「偶然」事實。

曾幾何時，自己也在不知不覺當中加入到這「找」的行列。先在「明治時代」，在「在日本書」中尋找梁啟超乃至魯迅那一代人的「思想資源」，進而檢討他們如何整合、運用這些資源，生成為自身的主體意識。關於魯迅的「進化論」研究也是這方面的課題之一。

首先遇到的問題是魯迅的「進化論」到底來自哪裡？一般標準的回答是「來自嚴復」，上個世紀八十年代以後承認「部分來自日本」，但來自多少卻並不了然。就目前的階段性結論而言，作為「知識」的進化論主要來自日本，而且之於嚴復的關係是一個進一步擴充知識體系，深化理解的過程，筆者將這一過程概括為從「天演」到「進化」。有關這一研究的綜合報告，將見於明年出版的京都大學人文科學研究所《關於翻譯概念在中國的展開

之研究》。其結論支撐來自兩個方面，一個是中島長文先生的研究，他以魯迅的〈人間之歷史〉（1907年）為例，指出「材源」來自《天演論》的僅有兩處，其餘有57處皆來自日本的進化論（〈藍本〈人間之歷史〉〉，《滋賀大國文》，1978、1979年）；另一個是筆者關於丘淺次郎的研究，在將其文本與魯迅文本進行比較之後的「實證」結論是，除進化論知識本身之外，兩者的「問題發想」、運用素材甚至寫作風格都具有相當大的近似性。「丘淺次郎」的「斷片」散見於各個時期的「魯迅」當中（〈丘淺次郎與魯迅〉，佛教大學《文學部論集》，2003、2004年）。順附一句，私以為，翻譯除外，在很多情況下，魯迅文本中提到的人或書籍，大抵還都與他有某種「距離」，那些「隻言片語」少提或者竟不提的，可能反倒離他更近，挑眼前的說，「安岡秀夫」、「《支那人氣質》」和「丘淺次郎」可以拿來做代表。「丘淺次郎」是消失在「魯迅」身影下的──從未提到過。

五、「吃人」及其他……

已經沒有紙面了，卻還有那麼多「日本書」沒有講完。最近完成了芳賀矢一《國民性十論》（東京富山房，1907年版）的翻譯，目前正在為這項歷時四年的工作寫導讀。除了「國民性」一般問題外，可以具體到魯迅「吃人」意向的創出與這本書及其同時代話語的關聯。還有那本在題材上頗顯「遊移」的《故事新編》，其實也沒出當時的出版物──當然也是日本書，但這要另找機會再談了。

總之，探討魯迅當中的「日本書」問題，其根本意義在於揭示在「被近代化」的過程中，主體是如何容受並且重構這一「近

代」的。魯迅提供的不是一個「被殖民化」的例子，而是一個主
體重構的例子——如果他能代表「中國近代」的話。

2011年8月3日於大阪千里

關於《物競論》

一、前言

　　筆者在思考魯迅留學時期思想的形成，特別是魯迅（1881-1936）的進化論的時候，遇到了《物競論》問題。這裡的問題包括，魯迅是怎樣「讀懂」進化論，即魯迅是怎樣接受進化論的？除了眾所周知的嚴復（1853-1921）的《天演論》（1898）以外，他還讀了哪些進化論或者與進化論有關的書？同時，又受到了同時代氛圍的怎樣的影響？進化論方面的其他書籍以及時代氛圍，在魯迅那裡和《天演論》又構成怎樣的關係？有怎樣的相互作用？它們在魯迅文本當中又有怎樣的體現等。這些問題都需要逐一調查，分析和認證，也需要逐一撰文把它們整理出來；而即使在這篇小論當中，也因篇幅所限，不能具體展開魯迅與《物競論》關係的論證。因為在討論這個問題之前，是需要首先把《物競論》這本書以及相關的情況調查清楚的。因此，本文所要探討的問題主要集中在《物競論》的內容本身，同時也在一定程度上涉及到《物競論》與時代，特別是與《天演論》的關係以及對中國的影響。

二、《物競論》及其研究

　　《物競論》係加藤弘之（Kato Hiroyuki, 1836-1916）著《強者

之權利之競爭》（日本哲學書院，1893.11.29，日文版）[1]一書的中譯本，譯者楊蔭杭（1878-1945），最初連載在《譯書彙編》1901年第四期、第五期、第八期上。本稿所使用的藍本，即是北京國家圖書館館藏《譯書彙編》中的這三期的連載。它們的封面字樣分別為：

（一）光緒二十七年三月十五日／明治三十四年五月三日
　　　發行　譯書彙編　再版　第四期。

（二）光緒二十七年四月十五日／明治三十四年六月三日
　　　發行　譯書彙編　第五期。

（三）光緒二十七年七月十五日／明治三十四年八月廿八
　　　日發行　譯書彙編　第八期。

「光緒」和「明治」年號後的發行月日的不同乃農曆和西曆的區別，但這些封面的發行日期與封底所載的發行日期並不相符，封底的日期分別標為「明治三十四年五月廿七日發行」、「明治三十四年七月十四日發行」和「明治三十四年十月十三日發行」。「第四期」前面有「再版」的字樣，其再版日期為「明治三十四年八月三十日」。

全書由總論、第一至第十章和結論構成，在《譯書彙編》上連載的內容分佈是

——第四期：「第一章　天賦之權利」、「第二章　強者之權利」、「第三章　論強權與自由權同並實權相關之理」、「第四章　論人類界強權之競爭」、「第五章　治人者與被治者之強

---

[1]　參見加藤弘之著，田忍解題《強者ノ權利ノ競爭》，日本評論社，昭和十七年九月十日。

權競爭及其權利之進步」，《物競論》統排頁碼為1-46頁。

——第五期：「第六章　承前」、「第七章　貴族與平民之強權競爭及其權利之進步」、「第八章　自由民與不自由民之強權競爭及其權利之進步」、「第九章　男女之強權競爭及其權利之進步」，統排頁碼為47-98頁。

——第八期：「第十章　國與國之強權競爭及其權利之進步」、「結論」，統排頁碼為99-120頁。」除此之外，還有〈物競論目錄〉和後署「譯者自志」的〈凡例〉。

本文以下引用《物競論》本文，其各章標題和頁碼，均出自上述排列，除特殊情況外，不再另外加注。

就筆者有限的閱讀範圍所及，最早提到《物競論》與魯迅的關係問題的，是劉柏青的《魯迅與日本文學》（1985），該書曾經指出過：「據周作人的日記記載，魯迅在赴日前曾買過加藤弘之的《物競論》」，並且認為包括《物競論》在內，「日本的有關進化論的著述，曾經是中國人認識進化論的一個管道。對魯迅來說，也是這樣。」[2]筆者在調查澀江保譯《支那人氣質》一書與魯迅的關係時，也檢閱並且涉及到了周作人日記中關於《物競論》的記載。[3]

鄒振環在九十年代中期出版的《影響中國近代社會的一百種譯作》中也以〈《物競論》的譯本與原作〉為題把該書列為其中之一予以介紹。[4]其主要工作有三：（一）糾正了《魯迅與日本文學》當中的一個誤認，即《物競論》的原作並非加藤弘之的《人

---

[2]　參見《魯迅與日本文學》（吉林大學出版社，1985年）第49-50頁。

[3]　參見拙稿〈澀江保譯《支那人氣質》與魯迅〉（上），《關西外國語大學研究論集》67號（1998年2月）。

[4]　參見《影響中國近代社會的一百種譯作》第148-152頁，中國對外翻譯出版公司，1994年。

權新說》，而是它的另一部著作，即本文所討論的《強者之權利之競爭》。（二）調查了《物競論》在《譯書彙編》上連載和以後的單行本的發行情況，從而彌補了前人調查之不足。[5]（三）介紹了《物競論》譯刊後，「頗受當時學人的重視」的反響。

此外，實藤惠秀的《增補 中國人日本留學史》的第五章〈留日學生的翻譯活動〉和第六章〈對中國出版界的貢獻〉，對翻譯出版《物競論》的譯書彙編社的情況也有著詳細的記載，可以用來參考。[6]

關於譯者楊蔭杭，現在知道，字補塘，筆名老圃，又名虎頭，江蘇無錫人，1897年考入南洋公學，1899年官費赴日本留學，並在1900年和楊廷棟、雷奮等人共同創辦了《譯書彙編》社，從事翻譯活動。其比較詳細的情況，可參見楊絳的〈回憶我的父親〉。這篇回憶錄最初分別連載在《當代》1983年第5、6期上，後收湖南人民出版社1986年出版的《回憶兩篇》中，1994年12月浙江文藝出版社出版的《楊絳散文》中亦收該篇，有「前言」稱根據1983年發表後各方人士陸續提供的資料，「已把原文相應修改」。此外還有發表在《蘇州大學學報》1993年第1期上的鄒振環〈辛亥前楊蔭杭著譯活動述略〉。

現在知道《物競論》的人恐怕已經不多，但根據已有的資料可知道，這本書在當時是繼《天演論》之後的又一本具有重大影

5　關於版本，據《中國譯日本書綜合目錄》（實藤惠秀監修、譚汝謙主編、小川博編輯，香港中文大學出版社，1980年）第14頁載，《物競論》由上海作新譯書局，1902年（明治三十五年）出版單行本，「120頁，22公分，0.50圓」。鄒振環則更進一步調查確認《物競論》有三個單行本：「1901年8月就由譯書彙編社出版單行本，銷路頗好，1902年7月由上海作新書局再版，1903年1月又由作新社圖書局出版第三版。」

6　くろしお出版，1981年10月，增補版第二版，第243-328頁。

響的譯著。那麼，《物競論》和《天演論》有著怎樣的關係呢？這是在進入《物競論》之前應該先解決的一個問題。

三、《物競論》與《天演論》

眾所周知，湯瑪斯・H・赫胥黎的《進化與倫理》（*Evolution and Ethics*）是1894年出版的，嚴譯《天演論》分別由湖北沔陽盧氏慎始基齋（木刻）和天津嗜奇精舍（石印）正式出版是1898年。就是說，原著的出版時間，雖然是《強者之權利之競爭》在前，《進化與倫理》在後，但它們的中譯本的出版時間卻正好是相反的。這不僅表明中國讀者接受它們的時間順序不同，也暗示了它們的某種更為廣泛的而深刻的內在聯繫。

如果說《天演論》是清政府在甲午戰爭中的失利所直接刺激出來的危機意識的產物[7]，那麼《物競論》的出現，就是在此基礎上的一個具有複合性質的歷史的派生物。首先，甲午戰敗後，清國不僅有了《天演論》，也於1896開始向日本派遣留學生，去學習打敗了自己的日本，這樣就使得實藤惠秀所說的大規模的「留日學生的翻譯活動」成為可能，只要看一下著名的《譯書彙編》社成員名單[8]，就會知道，包括《物競論》的譯者楊蔭杭在

7　參見王遽常《嚴幾道年譜》「光緒二十年甲午——光緒二十二年丙申」，《嚴復研究資料》，海峽出版社1990年1月。其第30-31頁記：「（1896年）初夏，譯英人赫胥黎（Thomas Henry Huxley）《天演論》（*Evolution and Ethics*）以課學子。」另外，王栻在《嚴復與嚴譯名著》中認為，《天演論》的「初稿至遲於1895年（光緒二十一年）開譯，可能還在1894年（光緒二十年）」。《嚴復研究資料》第176頁。

8　參見實藤惠秀《中國人日本留學史》第五章-33-〈留日學生的翻譯團體〉裡的「譯書彙編社員姓氏」，該書第259-260頁。《物競論》譯者也在其中：「楊蔭杭　字補塘東京專門學校學生」。

內，全體成員幾乎都是當時在東京各校就讀留學生。其次，這些留學生不僅和嚴復翻譯《天演論》時一樣，念念不忘甲午的刺痛，而且也和後來的周氏兄弟一樣，在去日本以前就讀過了《天演論》並且深深地受到了《天演論》的啟蒙薰染，這在《物競論》的譯文當中可以找到很明顯的例證。例如，在〈第十章　國與國之強權競爭及其權利之進步〉中有這樣一段話：

> 凡歐人日求利己，而野蠻各國之受其害者，不一而足。此固徵之歷史而顯且著明，為人人所共知者。雖然，此不獨野蠻之民而已，即半開之民亦有之。今日英法兩國，奮其權力詐謀，以奪取緬甸、安南，及法國之於暹羅，即其例也。又數年前，英國以阿福汗之事，與俄國起釁，乃遽以兵力佔據朝鮮之巨文島。當其時，英與朝鮮為和好之國，若英之所為，蓋亦背條約者也。

譯者就此做注釋道：「按此書成於明治二十六年，猶在甲午以前，故甲午以來時事，概未論及。」（第106頁）此書與甲午戰爭本來並無直接關係，但經譯者的這樣一「按」，也就自然會令人聯想到甲午戰爭也就是原作中所述的強國「求利」，弱國「受其害」的世界現實的延長，譯者翻譯此書時的不忘甲午之念，也就猶然可見了。此外，嚴復的影響在這個譯本中也很明顯。書名《物競論》並非加藤弘之的原書名，譯者在《凡例》中對此有一個說明：「是書原名曰《強者之權利之競爭》，詞大拖遝，後改曰《強權論》，或謂不如《物競論》之雅，卒改今名。」但取做書名的「物競」二字，卻是嚴復《天演論》裡對「生存競爭」一詞的翻譯。儘管正像後面將要探討的那樣，譯者

並沒有採用嚴復「雅」譯的概念系統來翻譯《物競論》，但表述「自然進化」之意的地方還是一律譯作「天演」。如「由於吾人之祖若宗居於天演界中，日與他物相競爭」（第1頁），「凡有生之物，皆由天演而來。天演者……」（第13頁），「凡強者之權利，皆由天演而得，蓋出於自然之權力」（第24頁）之類。這裡出現的「天演」一詞，在原作裡都表述為「遺傳卜應化」[9]。因此可以斷定，譯者本人在讀取順序上是先讀《天演論》受其影響而後才選擇《物競論》來翻譯的，這個讀取順序也剛好和魯迅的讀取順序相一致。明確這一點非常重要，它可以使人意識到《物競論》很可能正好處在一個把《天演論》的讀者進一步朝著某個方向上導讀的位置。

這個方向是什麼呢？這就是《天演論》和《物競論》關係的第三點，即日益加深的現實危機把人們的意識由主要還是在講述「自然與人」的《天演論》的框架中更進一步推向了單一的旨在講述人類社會的「強者的權力即權利」的《物競論》的框架裡。繼《天演論》之後的《物競論》之所以能夠一版再版，獲得人們的共鳴，就在於國將不國的被瓜分的危機日益迫近的緣故。繼甲午一敗簽訂了割地賠款的《馬關條約》之後，列強蜂擁而來，就在《天演論》正式出版的1898年，德國租借了膠州灣；俄國租借了旅順、大連；法國佔領了廣州灣並且在福建、雲南、廣西建立了自己的勢力範圍；英國租借了九龍半島和威海衛；而旨在挽救危機的戊戌變法也遭到了鎮壓；到了1901年3月因義和團事件而簽訂《辛丑合約》時，清國已無力對列強做出任何有效的抵抗。這種危機感表述為魯迅1903年的文字就是「血眼欲裂」（列強）

---

[9] 同注1，參見第131、156、168頁。

和「絕種Extract species」（中國）這兩個詞[10]。人們眼前的這一岌
岌可危的現實世界需要提供一種「合理」的，也可以叫做「符
合邏輯」的解釋，而《物競論》又恰恰滿足了這種要求。那麼
《物競論》的內容怎樣？它是怎樣注釋人們眼前的這個現實世界
的呢？

四、加藤弘之及其原著

前面提到，《物競論》的原本是加藤弘之的《強者ノ權利
ノ競爭》，這本著作的日文版明治二十六年（1893年）十一月二
十九日由東京的「哲學書院」公開發行，菊判244頁。但本文這
次參照的不是這個版本，而是日本評論社昭和十七年（1942年）
九月十日出版的田畑忍的「解題」版，是該出版社當時出版的六
種「明治文化叢書」之一[11]。不過據〈後記〉介紹，除了兩三處
「用字」的技術處理外，原原本本地忠實再現了明治第一版。[12]
也就是說，這個版本和楊蔭杭所用底本可以看作是一致的（在以
下的注釋中記為「田畑忍解題版」）。

關於原作者加藤弘之，現在除了研究近代思想史的人要涉
及到他以外，即使在日本也幾乎很少為一般所知，這一點恰恰
和福澤諭吉（Fuzawa Yukichi, 1834-1901）形成了鮮明的對照。日
本現在通行的兩種百科全書，即小學館的《日本大百科全書》
（1996）和平凡社的《世界大百科事典》（1998）對加藤弘之的

---

[10] 《中國地質略論》，《魯迅全集》第八卷第16頁、第3頁。

[11] 據書後廣告，另外四種是：福澤諭吉著，富田正文解題《學問の權め》、
竹月興三郎著，木村莊五解題《南國心》、佐田介石著，木莊榮治郎解題
《社會經濟論》、山縣有朋著，松下芳男解題《陸軍省沿革史》。

[12] 參見田畑忍解題版第323頁。

介紹，內容差不多，但都很簡單，這裡只以《日本大百科全書》
為例：

加藤弘之（Kato Hiroyuki, 1836-1916） 明治時代的國
法學者。天保七年六月二十三日出生在但馬國（兵庫縣）
出石藩的兵學師範之家。為繼承作為其家學的甲州流軍
學，就學於藩校弘道館之後又去了江戶。因不滿足於傳統
的兵學而投入佐久間象山之門下，轉學西學。1860年（萬
延元年）擔任藩書調所的助教，在那裡認識到西洋文明的
本質並不在於「武備」，而在於「政體」，於是轉向政治
學。1861年（文久元年）做《鄰草》，最早向我國介紹了
立憲思想，主張有必要建立議會制度。明治維新以後仍致
力於介紹立憲制，寫作了《真政大意》（1870年）和《國
體新論》（1875年）等書，同時還加入明六社，繼續開展
啟蒙活動。

1877年（明治十年）任新設的東京大學「總理」（即
校長──筆者注），從那時起開始傾向進化論，在《人權
新說》（1882）中，以進化論的立場批判了天賦人權說，
在當時被責難為「轉向」，於是便發生了與自由民權派的
論爭。此後在歷任元老院議官、貴族院議員、樞密顧問官
和帝國學士院院長等職務的同時，還以個人身分創辦發行
了雜誌《天則》，繼續嘗試從進化論的立場來尋找國家的
根據。《強者之權利之競爭》（1893）和《道德法律進化
之理》（1900）等便是這方面的成果。

其最終立場體現在《自然與倫理》（1912）一書中，
那就是國家有機體說，即認為「忠君愛國」是「我們每個

組成國家的人這一細胞的固有性」，為他一貫支持的明治
政府提供了哲學基礎。[13]

這個簡明的介紹，可以說沒有什麼地方不妥，如果說還需
要做一些補充的話，那就是加藤弘之的以進化論為根據的國家思
想，或者叫做社會達爾文主義（Social Darwinism）與西方思想的
同步性。以筆者之淺見，加藤弘之的這一特點在《強者之權利之
競爭》一書中體現得最為充分。他完全是在（或者說是按照）西
方學者提供的現有的概念和理論框架內，來和西方學者就歷史、
特別是現實世界中的「權利」問題進行討論，並且進行實證性的
對照和理論篩選。在那些大量的理論對話當中，與其說能看到加
藤弘之的理論建樹，倒不如說更能看到西方的理論和行為教給了
加藤弘之什麼，以及加藤弘之在他所確認的所謂「天則」中為近
代日本選擇了怎樣的生存道路。加藤弘之徹底擯斥了「天賦人
權」和基督教的「平等博愛」，而把爭取「強者權利」的道路作
為唯一的選擇，這一結果，便成了他在日本國內和自由民權派進
行論戰的理論基礎。與西方理論的對話、判斷、選擇和面向國內
的生存選擇的訴求並存一體，也許既是加藤弘之的最大特色，同
時也是《強者之權利之競爭》一書的最大特色。據田畑忍介紹，
早在日文版公開發行半年以前，即明治二十六年（1893）五月，
出自加藤本人之手的德文版（東京）已經以「非賣品」的形式發
行，第二年又在德國出版了柏林版；德文版當中的引文均有注釋
和說明，而在日文版中，這些注釋和說明卻都被取消了。[14]撇開
內容不論，筆者以為，僅僅從這一點上就可以看出在目的上的兩

---

[13] DATA Discman Sony DD-2001版。

[14] 解題版田畑忍解題版，第58頁。

重性，即與西方的「對話」，傾向學理上的探討和觀點的選擇；
而面向日本國內卻成為關於「權利」問題的宣言和主張。

五、中譯本中的人名與〈序論〉

那麼，加藤究竟同西方的哪些人展開了對話呢？這當然是加
藤弘之研究領域的專門問題，也並非本文的問題和篇幅所能容納，
但由於關係到中文版《物競論》，也就至少不能不對一些基本情
況有所涉及。不過這裡還是要先來說一句楊蔭杭的翻譯情況。

粗粗地對照了一遍中日兩種文本，覺得楊蔭杭譯得還是很
老實的，除了一些詞語和句子的譯法還可以商榷外（如《物競
論》第67頁出現的「均產黨」，在原文中即為現在通用的「共產
黨」[15]），應該說是忠實於原著的翻譯。這一點和嚴復的「時有
所顛倒附益，不斤斤於字比句次」，「將全文神理，融會於心」
的所謂「達旨」[16]的譯法是大不相同的，或許聽從了嚴復的「學
我者病」的忠告也說不定。

鄒振環在上面提到〈《物競論》的譯本與原作〉中引介了譯
者楊蔭杭在〈凡例〉裡的一段話，並對其中出現的人名做了相應
的注釋：

> 他〔指譯者楊蔭杭——筆者〕在該譯本凡例中指出，《物
> 競論》作者是「日本維新以來講究德學者之山斗，故是書
> 所論〔以？〕德國有名史學家海爾威爾（今譯海克爾，

---

[15] 田畑忍解題版，第234頁。

[16] 《天演論·譯例言》，劉夢溪主編《中國現代學術經典·嚴復卷》第9
頁。河北教育出版社，1996年8月。

1834-1919）之說為主〔，？〕而〔其？〕外，當世碩學
如葛姆（疑為達爾文，1809-1882）、潑老（疑為穆勒1806-
1873）伊〔耶？〕陵（今譯耶林，1818-1892）、失弗勒（今
譯謝弗勒爾，1786-1889）、斯賓率爾（今譯斯賓塞，1820-
1903）之說亦取焉」。[17]

〔　〕中的文字皆為筆者所加，有的疑為脫字，有的疑為標
點斷句不當，總之或許因為鄒氏所見版本與筆者所見版本不同也
未可知。這些可以不去管它，還是先來看一下關於人名的注釋。
首先「海爾威爾」能否斷定為「海克爾」便是問題，因為查原著
的〈序論〉和本文，皆用日文平假名標做「へるわるど」，其讀
音為「Heruwarudo」，和「Haeckel」（海克爾）的發音並不一樣
的；尤其在〈序論〉中加藤介紹該人為「德國著名之史學家」，
《開化史》的作者，「強者權利之主義多取自」該書等[18]，這就
有理由懷疑這個做《開化史》的「德國著名之史學家」可能並
非德國動物學者海克爾（Ernst Heinrich Haeckel, 1834-1919）。待
考。其次，兩處分別注釋「疑為」的「葛姆」和「潑老」，顯然
是斷句之誤，這不是兩個人，而是一個人，在加藤弘之的原文裡
做「ぐむぷろゐッつ」，日文讀音為「Gumupuroittsu」，從讀音
和內容上，馬上就可以判明這個人是奧地利的社會學者、政治學
者Ludwig Gumplowicz（1838-1909）——雖然還沒有查到中文今譯
為哪幾個字。

關於「伊耶陵」（原文ゑいりんぐ，日音Eyiringu，歐文
Rudolf von Jhering，1818-1892，德國法學家）和「斯賓率爾」

---

[17] 《影響中國近代社會的一百種譯作》，第150頁。
[18] 田畑忍解題版，第128頁。

（原文すぺんせる，日音Shipenseru，歐文Herbert Spencer，1820-1903，英國思想家），鄒文的注釋可能是對的，但關於「失弗勒」的注釋可能又有問題，原文為しぇふれ，日音Shefure，發音上雖和今譯「謝弗勒爾」相通，但也很可能是另外一個人。以筆者之見，倒更可能是當時作為社會學者、財政學者和經濟學者在德國很活躍的Albert Eberhard Friedrich Schffle（1831-1903），因為這個人在社會學領域的立場，是以生物有機體說來分析社會現象，與加藤弘之的主張相一致的。待考。

然而，問題還遠不是僅僅如此。加藤弘之在原著中或援引，或駁難，涉及到的西方學者達七十多人，這些在日文文本中只用平假名標音而未加任何注釋的人名，經過楊蔭杭之手譯成中文時，又被隨意改填成漢字，這就不僅給現在，恐怕在譯名並不統一的當時，就已經給判讀帶來了極大的障礙。筆者以為，近代西方學說進入中國的不徹底，和譯名的不統一以及帶來的混亂有很大關係，《物競論》不過再次提供了這方面的例證罷了。總之，核對清楚《物競論》當中出現的人名，將是一項困難而又非常重要的調查，因為這不僅涉及到他們與加藤弘之的關係，也涉及到他們與中國近代的關係。筆者當然會不恥力薄地做一些，同時亦希望能就教於各方的有識者，不過在這篇小論當中，卻只能把這些人名暫時附列於各章內容的歸納之後。

這裡，還要接著來談一下中文版中沒有的〈序論〉。其實，上面看到的譯者楊蔭杭在〈凡例〉裡的那段話，基本來自原作者為日文版所寫的〈序論〉，只是楊蔭杭沒有翻譯這篇〈序論〉而已。今年（2001年）剛好是《物競論》出版100周年，把這篇不太長的〈序論〉試譯出來，也不失為一個紀念。其中的人名由於尚沒最後確認，姑取楊譯人名。

自性法學開創以來，以為吾人之權利出自天賦之主義大行其道，遂至於在法國大革命之際將這種主義明確記錄到憲法。近來之學者雖漸悟其非，然而還有不少人對其篤信不疑。還有很多學者，即使並不相信此天賦主義，但仍認為吾人之權利獨具公正善良之性質，在其根源和性質上完全不同。

余對此兩種主義皆以為非，並且相信，凡吾人之權利，其根源均來自權力（強者之權力）。蓋權力行諸吾人社會，獲勝之權力必為寡敗之權力所認可，故獲勝之權力遂由此而得以演變為制度上當然之權利。吾人之權利即獲得認可之權利，而並非其他。故凡權利，在吾人看來雖有公正善良與邪惡之分，但於權利本身，卻絕無所區別也。

余著此書，即出於詳明前述理由之意。強者權利之主義多取自德國著名史學家海爾威爾氏《開化史》之論述，亦有不少乃取自葛姆潑老、伊耶陵、失弗勒及斯賓塞等其他諸碩學之說。而余在此著述中，力排空漠之理論，專引證於吾人社會發達之事蹟而論辯之，故余欲自稱此書為屬於社會學的法理學之作。

此前不久既以德文刊行於世，今又以邦文公之於眾，如蒙讀者批評，將不勝榮幸。

本文中雖就道德、法律或利己心、利他心之旨意多有所論及，然本書原非以論述此等問題為主眼，故或因過於簡約，恐有難解之處。近日欲更著小冊子，將以道德與法律為題，以明瞭上述旨意，乞讀者諒之。

　　明治二十六年十一月　文學博士　加藤弘之　著[19]

---

[19]　譯自解題版第127-128頁。

從這篇〈序論〉中，除了可以瞭解到加藤弘之的部分思想來源以外，還可以進一步明確，這本書的著眼點並不是自然界的進化和權利問題，而是人類社會的權利問題，加藤弘之自己希望把這本書看作講述法理學的社會學著作的道理也在於此。這一點同《天演論》的一半談自然界，一半講社會倫理的內容結構有著很大的不同。

下面將按照筆者自己的理解和問題範圍來對《物競論》的內容做一個歸納。

六、強者的權利即權力

就內容而言，〈序論〉開宗明義，把全書的觀點說得再明確不過了。這是繼《人權新說》之後，再次向「天賦人權說」的發難之作，而且論點也更為集中和清晰，將其概括為一句話，就是「強者權利即權力」。全書的內容完全是按照這一觀點展開的。其中的〈總論〉和第一、二、三、四章為理論問題，亦不妨都看作「總論」；第五、六、七、八、九、十章為「分論」，即在「治人者與被治者」、「貴族與平民」、「自由民與不自由民」、「男與女」、「國與國」的關係當中具體展開總論中所闡述的「強者強權之競爭」的問題。

進化論是加藤弘之法理學的基礎，因此〈總論〉（第1-7頁）是從「天演界」中人類和其他動物的競爭講起的。人類靠著「能言語」，「能步立」的「區區之所長」而在自然界的生存競爭中「獨勝」，「傲然自稱曰萬物之靈」，但人類也和萬物一樣，並沒超越宇宙「天則所管轄」，和其他動物相比，不過是「更能考求所謂天則，以利用萬物」而已。在「天則」當中就包

含著趨利避害，「唯利之是謀」的生物本性；由於人類比任何猛獸都更具有這一本性，所以才能夠在弱肉強食的生存競爭中脫穎而出，大獲全勝。在這個意義上，正如「奧斯來特」所說，「日求利己，實有益於進化」。

到此為止，生物進化論的部分就結束了，以下便完全轉向了「人類界之生存競爭」，並且旁徵博引，從不同的角度來闡釋生存競爭的合法性。其道德標準是以是否有利於競爭來衡量的：「彼仁人君子，輒以損己利人為修身之要務，然亦歸於空言而已。蓋即若輩亦不知不覺，馳驅於競爭場中，以謀一己之利益。此一定之天則，即仁人君子亦不能出其範圍也。」（第5頁）

而在各種激烈的競爭當中，最大的競爭「莫如權力之競爭」。由此便進入了全書的主題：

> 所謂權力之競爭，凡強者之權利，必獲全勝，固無待言。但強者之權利，即不外乎權力。所謂權力之競爭，所謂強者權利之競爭，其義一也。何則？強者之權利必足以制勝於強者權利之競爭。蓋謀生存而欲競爭，由競爭而獲生存者，其力皆足以制其競爭者也。

> 凡吾人之權利自由，皆由於強者權利之競爭而進步者也。歐洲各國人民之權利自由，至近日大為進步，蓋強者之權利競爭，實使之然。彼法理學者，輒曰權利自由，藉由天賦，誠謬論也。權力之競爭，即強者權利之競爭，固無待言，且權力者，即以一身言之，固隨世運之進步以為進步，然決非公理公義所使然，皆強者之權利所使然也。

（第6-7頁）

★〈總論〉中引述的人名有：太洛爾、皮賽、奧斯來特、配魯太、失弗勒、海淪罷、耶氏。

第一章被譯成了〈天競之權力〉（第7-13頁），但原文是〈天賦人權〉，顧名思義，這一章是專門用來駁斥自從路索（盧梭）開始的「天賦人權」說的，認為既然人類社會存在著強弱優劣，貧富貴賤，天賦人權便不過是「空談」和「泡影」，萬物界和人類的法定權利，「不過強者之權利而已」。

該章討論的「權利」問題很多，如包括國家權利、廢除死刑、貧民救助等在內的生存權，以及人類平等不可侵犯的權利、行為及交際自由的權利、各守宗旨不受妨礙權利、自由言論自由思想的權利、謀生自由的權利等等，加藤否定道，它們「斷非出於天授」，而皆「人為之權利」。理由是「人類與動物絕無權利之等差」，為何人類可以剝奪動物的權利？結果，亦不過是因為人類擁有強者的權利而已。

值得注意的是，加藤強調了即使號稱萬物之靈的人類，也有文明野蠻之別，現在所說的天賦人權並不具有普遍性，而只是在競爭中成為強者的歐洲人種的權利。

★第一章中引述的人名有路索、海爾威爾、師丕翕、拉恩罷、伯倫知理、加爾奈理、拉因、師脫老司、皮賽、奧夫內耳。

第二章〈強者之權利〉（第13-21頁），主要論述的是「強者之權利」產生的必然性合絕對性。既然自然界的天則是生存競爭，優勝劣敗，那麼人類獲勝，其權利也就當然是「強者之權利」。同樣，這一道理也完全適用於人類社會。既然有競爭，就有強弱優劣之別，所謂「權利」就是強者的權利，即強者優者制

人，弱者劣者受制於人的權利。

★這一章絕大部分是對西方學者觀點的引用，出現的名字有，百魯脫而、聖葛意得、失來爾、師秘諾薩、伯倫知理、葛姆潑老、黑勒爾、林弗爾持、失弗勒、拉因、伊耶陵、朴師得、海爾威爾、斯拖勒克、皮賽、孛夫内爾、斯賓率爾等，其中，用加藤弘之的話說，「以海爾威爾和葛姆潑老為最」，「以本於兩人者為多」；因此，加藤弘之本人的觀點並不多，不過是「間亦竊附己意」而已（第19頁）。他唯一強調的是權利雖然在野蠻國和文明國有表現形式的區別，即「強暴」和「高尚」，但本質上和存在的絕對性上並沒有什麼不同。

第三章〈論強權與自由權同並與實權相關之理〉（第21-31頁），主要論證所謂「自由權」與「實權」（原文為「真誠ノ[法定ノ]權利」）以及「權力」、「權勢」等，實際都是「強者之權利」，雖然說法不同，「其意本屬於相同」。其觀點來自（一）「堪德及海格爾以君主之專制權、貴族之特權及人民之自由權，皆統而名之曰自由權。其言曰，吾人之自由，因文明之進步，乃漸由少數之手而移於多數之手。蓋古者不過君主一人有自由權，後世不過貴族數人有自由權，及近世則凡為人民者，皆有自由權。」（二）「里勃爾曰，凡行為之自由，不獨吾人，即動物亦何嘗不欲自由？故喜專制之君主，與倡自由之人民，皆欲自由者也。特其所異者，一則所欲者出於私，一則所欲者出於公。故其求自由則同，而其所以求自由之心則不同。」（第22頁）

實際上，加藤弘之自己說得很明白：「凡強者之權利，皆由天演而得，蓋出於自然之權力。」即把「強者之權利」歸結為在生存競爭的力量對比中自然形成的權力。在這個意義上，加藤弘

之逐一反駁了伯倫知理、路索、法蘭茲、黻勒勃爾、斯咄格爾、伊耶陵等人的把權利的產生看作「公正」「善良」的結果，以「權利」和「權力」為不同的看法。

值得注意的是，加藤弘之認為，即使在這種絕對的自然權力當中，現實中的權利也是可以靠實力來爭取的。「故以余觀之，一人則佔有強者之權利，一人則欲壓其權利，然壓之無可壓，遂不得已而認之實有之權利。苟權利不由此生，皆有名無實也。」（第25頁）即權利是力量的產物。

★第三章引述的人名有，堪德、海格爾、里勃爾、伯倫知理、路索、法蘭茲、黻勒勃爾、斯咄格爾、伊耶陵。

第四章〈論人類界強權之競爭〉（第32-37頁）概括了前四章的內容，提出在人類社會的競爭中，強弱是可以改變的，因此權利的分配也是可以改變的。他認為，歐洲各國權利的平均，就是因為「互相衝突，互相平均，而互相認許者」的產物（第35頁）。

加藤強調歐洲人種的「敢為進取」在權利競爭中的作用。他認為，因歐洲人在「固有之性質」和「承受之性質」上，「優於他人種」，「故強者權利之進步，與萬般進化之事同，而遠出他種之上。」而「懦弱退縮甘願壓制之人種」，不具備抵抗強權之力，致使強暴之權力可以多行不義。（第37頁）

至此總論結束，轉向分論，即提出了人類中之五大競爭：治人者與被治者、貴族與平民、自由民與不自由民、男女、國與國之強權競爭。加藤把它們歸類為，「自一至四為一群之內之競爭，其五為群與群之競爭」。

★第四章引述的人名有，葛姆潑老、葛雷牟、羅吉斯。

七、強權競爭有利於進步

在第五到第十章的關於各種權利關係的分論中，整體理論前提是人類文明的進步，正是各種權利競爭以及重新分配的結果，其反復闡述的道理，其實只有一個，那就是「吾人之權利，每出於人之認我以權利，而有不得不認之勢。所謂強者之權利也。蓋他人惠我以權利，固亦易易。然一己之權利，苟不足以享有權利，則所得之權利亦有名無實，無所用之。此強者之權利之所以可貴也」。（第119頁）。這個觀點可以概括為權利是爭來的，不是被賜予的。

第五章〈治人者與被治者之強權競爭及其權利之進步〉（第37-46頁）和第六章〈承前〉（第46-57頁）主要是談君權與民權問題，講到了亞細亞君權的偏重和歐洲的君權與民權的平均，認為民權的擴大是爭而被認可的結果，但最終還是認為君主立憲在現實是必要的：

> 當今之世，治人者與被治者之權力，固處兩強相對之勢，然就其大體觀之，則治人者猶處於強，而被治者，猶處於弱，蓋不然則國家不可以一日存，誠有不得不然者，且不第今日而已，恐他日亦正不免。蓋國家之主權，必在治人者之手。苟治人者無此大權，則國家必亡，一定之理也。
>
> （第56頁）

★第五、六章引述的人名有，斯賓率爾、海爾威爾、失弗

勒、里勃爾、伯倫知理、薄師德、拔奇霍、馬克來、太洛爾、孟德斯鳩。

第七章〈貴族與平民之強權競爭及其權利之進步〉（第57-69頁）從印度、埃及的等級制和日本、支那的士農工商，講到歐洲的貴族與平民的權利分配：「惟貴族與平民之間，互相衝突，即兩者之權力，互相平均，當是時也。為平民者，脫從前之壓抑，而握有相當之權利，為貴族者，去其特權，或限其特權而變為相當之權利。是即平民佔有強者之權利以制勝貴族，遂不得已而認為法律制度上所實有之權。此與被作（制）者之制勝治人者，其理毫無所異。是可知權利者，皆出於不得已而為人所認許。」（第65頁）

但認為社會的不平等有力於進步，而且也是必然的。（第68-69頁）

★第七章引述的人名有，脫師登、葛姆潑老、海爾威爾。

第八章〈自由民與不自由民之強權競爭及其權利之進步〉（第69-84頁）這一章主要討論了人類社會的奴隸問題，特別是近代社會的黑奴問題，除論旨不變外，最精彩的地方是以黑奴現實來攻擊不能自圓其說的天賦人權和基督教的平等博愛：「亞美利加洲又有新奴隸出焉。新奴隸者何？即非洲之黑人是也。此奴隸與古代之奴隸異，蓋由人種各別，故美洲白人，直視為禽獸，其相帶待之酷，與古代同種之奴隸，誠不可同日而語。然此與白人所奉基督教之宗旨，實大相刺謬。其所以然者，蓋利己之心人所同有，苟非利己，安肯利人？此實一定之天則，雖基督教，亦有無可如何者矣。」（第73-74頁）

　　但加藤認為，解放美國解放奴隸毫無意義，理由有二：（一）黑奴的權利不是爭取來的，因此有名無實；（二）解放了舊的奴隸，又有新的奴隸產生，如支那、印度的「苦力」和日本的「工人」。（第82-83頁）

　　★第八章引述的人名有，德倫都司、威辟脫、雪耳師、太奇篤斯、環益茲、海爾威爾、葛姆潑老、配魯太、白格爾、亞立斯度德爾、伯倫知理。

　　第九章〈男女之強權競爭及其權利之進步〉（第84-98頁）主要從男女天然不平等來談歐洲的女權運動。其中在談到支那、日本的「一夫而數妻」之例時，譯者注釋道：「按西語波力該密，日人譯曰一夫娶數妻之制，又西語摩諾該密，日人譯曰一夫一妻之制。其實波力該密，為一男娶數女之意。我國風俗有妻有妾，西人亦目為波力該密。然既譯為一夫數妻之制，則我國除妻之外，皆稱曰妾，而目為一夫數妻，吾國人恐有所不服。又摩諾該密，實為一男一女之謂，今既譯為一夫一妻，吾國又必誤會，以為吾國之法，即係摩諾該密。故日人所譯，用之漢文，殊有不妥，然另譯適當之字，一時不能驟得，勉強改竄，轉不若日譯之順口，故不得已乃之，以待博雅者之改正焉。」（第87頁）這對研究日譯詞彙是怎樣進入中國是有參考價值的。

　　加藤最終認為，實現男女平等是不可能的，因為歐洲的娼妓和比土耳其更多的蓄妻納妾是最有力的證明。

　　★第九章引述的人名有，拔霍亨、配失爾、海爾威爾、薄師德、海爾威爾、斯賓率爾、富雷益、鮑意默爾、菲爾梅爾、彌勒約翰、字夫內爾、皮孝夫、奧登根、亞爾倫、拉登蒿孫、拉蒲勒、彌爾約翰、伯倫知理、法蘭茲、惠慶根。

　　第十章〈國與國之強權競爭及其權利之進步〉（第99-118
頁）主要是討論《萬國公法》和現實中的「國權」問題。加藤堅
定不移地認為，《萬國公法》並不是基督教平等博愛和人類世界
道德進步的產物，而是「由強權之競爭而出，蓋亦兩強相峙，不
得已而互認為權利」，即少數歐洲國家「權力之平均」的產物。
（第101-102頁）其強有力的論辯在於對歐洲文明國家雙重標準
的批判。如既然損人利己是「凡世界萬物謀生之宗旨」，那麼
「高談道德者，每以利益為非，不亦謬乎？」歐洲把弱國屏於萬
國公法之外。「而壓制之，踐踏之，不遺餘力。然此實大背於基
督教博愛之旨，與天賦人權之旨，並各國平等之旨。但所謂當然
之天則，亦無可如何者，是可歎也。」（第104頁）

　　又如歐洲之間雖然通行旨在各國平等的《萬國公法》，但
「遇野蠻之國，或半開之國，則奪其土地，逐其人民，以為殖民
地，苟可以壓制之者，不遺餘力焉。此實歐人之宗旨。蓋其宗
旨，首在利己，而所謂野蠻國半開國，則其生命財產之權利，在
所不足顧，其獨立不羈之權力，在所不足道。其意蓋謂，苟有利
於我歐洲之文明人，是亦足矣。」（第106頁）對中國人來說，
這簡直就是發生在眼前的生存問題了。

　　但加藤又認為，即使《萬國公法》是少數強國的「公法」，
也仍然是一個可以通行全球的「公法」，因為「文明強大之國，
一旦聯為一國，已足以統治萬國而握其權力，則即謂之宇內一統
國，固無不可」。（第116頁）這裡，加藤以《萬國公法》為依
據，提出了「宇內一統國」的構想。這是在全書的時刻不離現
實，即時刻不離「吾人社會發達之事蹟」的內容當中的唯一的可
以叫做「想像」或「展望」的成分。那麼，「展望」到了什麼
呢？加藤寫道：

故所謂宇內一統國，非由世界萬國各以平等之權利自由互相協定而成，不過歐美各國及他洲二一文明之國，以厲害相同而起。（115）

筆者以為，在這個「展望」中不是可以找到加藤為近代日本所選擇的位置嗎？

★第十章引述的人名有，伯倫知理、葛洛久斯、葛姆澄老、海爾威爾、斅路孛爾（斅勒勃爾？）、加師樸爾、堪德、翁德、斯賓率爾、莫爾。

八、加藤弘之在中國

以上用兩個部分對《物競論》的內容做了簡單的歸納。如果說《天演論》還是用自然界的「物競」和「天擇」來對現實世界進行一種「文學性」的暗示的話，那麼，《物競論》就以「天則」或「公理」的形式赤裸裸地告訴人們，人類社會本身正是這樣一個弱肉強食，優勝劣敗的「強者權利＝權力」的世界。這或許是最能註釋當時中國現實的說法。其次，他反復強調的權利是靠實力爭來的（即不得不被「認許」的），不是被賜予的看法，和《天演論》的「與天爭勝」的觀念亦大為相合。第三，他以現實為依據，對天賦人權和基督教的平等博愛所做的有力批駁和揭露，也可以使當時的受厄無告的中國讀者引以為同調的。但加藤弘之選擇的並頌強者的立場，以及不折不扣的「損人利己」的道德主張，會使中國讀者做何感想呢？至少在魯迅那裡又是怎樣呢？這是將要在另一篇文章裡探討的問題。

也許是《物競論》的影響，加藤弘之的主要著作，都被介

紹到了中國。[20]而影響最大的還是要提到梁啟超。檢索到九十年代中期為止的與梁啟超有關的文獻可知[21]，梁啟超不僅讀了《物競論》，而且還讀了其他著作，甚至有十幾篇文章都大引加藤弘之，甚至還有專文介紹，所以研究梁啟超的學者們，都把加藤弘之看成對梁啟超的國家思想的形成最有影響的思想家之一。不過，這已經是本論以外的問題了。

附記：在查找《物競論》原始資料之際，承蒙北京語言文化大學
　　　出版社侯明女士的大力幫助，在此謹致以衷心的感謝。

20　參見《中國譯日本書綜合目錄》（實藤惠秀監修、譚汝謙主編、小川博
　　編輯，香港中文大學出版社1980年）。其第124頁的《人種新說》書名裡
　　的「種」字，疑為「權」字之誤。待考。
21　北京大學出版社，《著名學者光碟檢索系統・梁啟超專集》，1998年。

魯迅與丘淺次郎（上）*

李雅娟　譯

一、魯迅的進化論主要來自哪裡？

　　現在，在魯迅研究這個領域，特別是涉及到魯迅與進化論的關係的時候，如果提到嚴復（1853-1921）和他翻譯的《天演論》，恐怕正如俗語所說，「無人不知，無人不曉」；但是如果提到丘淺次郎（Oka Asajiro，1868-1944）和他的《進化論講話》，恐怕知道的人就是「鳳毛麟角」了。如果再進一步說，魯迅的接受進化論其實主要不是來自嚴復而是丘淺次郎，他的理解進化論，與其說藉助於《天演論》，倒不如說是藉助於《進化論講話》，那麼就頗有標新立異，聳人聽聞的感覺了。

　　但是，這種看法卻不是現在的。據我所知，最早提到魯迅與丘淺次郎關係的，是周啟明（周作人，1885-1967）。早在近半個世紀前，他在〈魯迅的國學與西學〉一文中談到魯迅接受進化論的情況時指出：

> 魯迅在這裡（指礦路學堂──筆者注）看到了《天演論》，
> 這正像國學方面的《神滅論》，對他是有著絕大的影響
> 的。《天演論》原只是赫胥黎的一篇論文，題目是《倫理

---

*　〈魯迅與丘淺次郎〉（上・下），原題〈魯迅と丘淺次郎〉（上・下），
　原載於《佛教大學文學部論集》第87、88號（2003、2004年，日本京都）
　──譯者注。

與進化論》，（或者是《進化論與倫理》也未可知，）並不是專談進化論的，所以說的並不清楚，魯迅看了赫胥黎的《天演論》是在南京，但是一直到了東京，學了日本文之後，這才懂得了達爾文的進化論。因為魯迅看到丘淺次郎的《進化論講話》，於是明白進化學說到底是怎麼一回事。魯迅在東京進了弘文學院，讀了兩年書，科學一方面只是重複那已經學過的東西，歸根結蒂所學的實在只是日本語一項，但這卻引導他進到了進化論裡去，那麼這用處也就不小了。[1]

這段話有幾層意思，而且都說得很清楚。首先，是嚴復翻譯的《天演論》對魯迅「有著絕大的影響」；其次，是作為《天演論》底本的「《倫理與進化論》，（或者是《進化論與倫理》也未可知）」[2]，「只是赫胥黎的一篇論文」，「並不是專談進化論的，所以說的並不清楚」，──如果把這層意思換一種說法，那麼便是魯迅並沒有通過《天演論》真正達到對達爾文進化論的理解；第三，魯迅「明白進化學說到底是怎麼一回事」，是他到東京留學以後，具體地說，是在弘文學院「讀了兩年書」，進而能夠通過日語閱讀丘淺次郎的《進化論講話》，「才懂得了達爾文的進化論」。

如果把上面的三層意思放在一起考慮，那麼便是這樣的結論：嚴復的《天演論》雖然對魯迅「有著絕大的影響」，但真正使魯迅理解達爾文進化論的，卻並不是《天演論》，而是丘淺次郎的《進化論講話》。

---

[1] 周啟明《魯迅的青年時代》（中國青年出版社，1957年）50頁。

[2] 王蘧常《嚴幾道年譜》，這是Evolution and Ethics即《進化與倫理》。參照《嚴復研究》（海峽文藝出版社，1990年）31頁。

　　這樣整理起來稍嫌絮煩，卻是極有必要的。現在回過頭來重讀周作人的這段話，越發覺得是作為魯迅同時代人的彌足珍貴的證言。然而，遺憾的是，半個世紀過去了，在關於魯迅與進化論的問題上，除了極個別的學者之外，魯迅研究界並沒對這段寶貴的證言給予應有的重視，更不要說把其中的內容變為研究和探討的對象，從而使其成為魯迅認知體系中的一種共識了。如果把上面的三層意思拿來和現在的對於魯迅與進化論關係的實際認知狀況做一個對照，那麼便可以知道，只有第一層意思，即《天演論》對魯迅「有著絕大的影響」這層意思才被人們普遍接受，因此對魯迅與進化論關係的研究，在方向上也主要集中在魯迅與嚴復，或與《天演論》的關係方面。

　　當然，《天演論》對魯迅構成重大影響是事實，這一點連魯迅自己也承認。[3]然而，《天演論》在魯迅的進化論知識體系中佔有怎樣的位置，卻是一個很大的疑問。正像從上面整理的第二層意思中所看到的那樣，至少在有著幾乎相同的接受「近代」經歷的周作人看來，嚴復的《天演論》並沒能使魯迅真正理解進化論。這種看法，是和現在人們對魯迅進化論的一般理解有著很大的區別的。至於第三層意思，即丘淺次郎和他的《進化論講話》，則幾乎沒有進入到現在關於魯迅的共有的知識體系當中。

---

[3]　魯迅在《朝花夕拾・瑣記》中，如下敘述《天演論》對他的衝擊：
　　看新書的風氣便流行起來，我也知道了中國有一部書叫《天演論》。星期日跑到城南去買了來，白紙石印的一厚本，價五百文正。翻開一看，是寫得很好的字，開首便道：「赫胥黎獨處一室之中，在英倫之南，背山而面野，檻外諸境，歷歷如在几下。乃懸想二千年前，當羅馬大將愷徹未到時，此間有何景物？計惟有天造草昧⋯⋯」
　　哦！原來世界上竟還有一個赫胥黎坐在書房裡那麼想，而且想得那麼新鮮？一口氣讀下去，「物競」「天擇」也出來了，蘇格拉第，柏拉圖也出來了，斯多噶也出來了。

因為不論在目前最通行的十六卷注釋本《魯迅全集》[4]還是最為普遍接受的《魯迅年譜》[5]裡，都找不到「丘淺次郎」或「《進化論講話》」這兩個關鍵字（key word），而這又正好和嚴復在《魯迅全集》注釋中反復出現六次[6]形成了鮮明的對照。

總而言之，周啟明在關於魯迅進化論問題上的「輕」嚴復「重」丘淺次郎的看法，實際上是並不為一般所接受的。

那麼，周啟明所述是否成立呢？我以為這是關係到魯迅與進化論的關係，具體說就是魯迅進化論來源的重大問題。如果周啟明所述純係子虛烏有，那麼現有的關於魯迅進化論思想來源的認知體系可以原原本本地維繫；如果周作人所述成立，那麼就意味著魯迅的進化論思想主要是來自日本，而在日本的進化論中又主要是來自丘淺次郎。

本課題的目的，就是探討魯迅與丘淺次郎究竟具有怎樣的關係，其所涉及的內容包括：

（一）與本課題有關的先行研究；（二）圍繞著魯迅的「進化論」環境；（三）中日進化論比較以及嚴復和丘淺次郎在兩國進化論中所處的位置；（四）《進化論講話》的時代影響；（五）現在所能見到的「丘淺次郎」；（六）全面展開魯迅與丘淺次郎的文本比較研究，並把比較研究的結果整理為若干個別命題，然後再通過這些個別命題的專項研究來具體展示兩者之間的內在聯繫。可以說，這個部分是本課題的主體，由於篇幅所限這

---

[4]　人民文學出版社，1981年。以下有關魯迅的引用若無特別說明，都依據該版本。此外，學習研究社版日譯本《魯迅全集》第一卷39頁有關於丘淺次郎的注釋。

[5]　魯迅博物館編，人民文學出版社。本文論述的情況適用於1981年9月第一版和2000年9月增補版。

[6]　參照《魯迅全集》第十六卷，112頁。

次不可能同時發表出來，所以本篇只容納其中的一個命題，即通過在《進化論講話》中發現的一些例子，來看丘淺次郎影響魯迅究竟影響到什麼時候。其餘命題，將在本論集的下一期或其他地方陸續發表出來。

二、〈藍本〈人間之歷史〉〉及其他先行研究

　　事實上，正如以上所言，已經有極個別學者注意到了魯迅與丘淺次郎的關係，並且就此進行了探討。以筆者的閱讀範圍而言，中島長文的〈藍本〈人間之歷史〉〉（上、下）[7]就是這方面最早的論文。這篇論文雖發表在二十多年前，但至今仍不失為關於魯迅寫作〈人間之歷史〉（1907年）時所依據「藍本」的最為詳實和富有說服力的調查。從這個調查中可以知道，在構成〈人間之歷史〉「藍本」的同時代思想材料中，可以認為來自《天演論》的部分似乎只有兩處[8]，而全文「近百分之九十」的內容則分別來自當時日本出版的三本書：

---

[7]　《滋賀大國文》第十六、十七號（滋賀大國文會 1978、1979年）。

[8]　〈藍本〈人間之歷史〉〉（下）中的兩處如下所示：

* 　生物的增加呈幾何級數，這在當時生物學的各種書中都可見到，尤其《天演論》卷上之三〈趨異〉項的嚴復按語中有詳細說明，丘在《講話》中將這一點進一步展開在此後出現的「自然界之均衡」的方向上，因與魯迅的優勝劣敗在方向上不一致，在此或許應該援引與下一節相關的《天演論》。

* 　我認為，該部分是以前節所舉《天演論》的如下敘述為底本的。《天演論》在論述了關於生物幾何級數的增加後，這樣說，「競而獨存，其故雖不可知，然可微擬而論之也。設當群子同入一區之時，其中有一焉，其抽乙獨早，雖半日數時之頃，已足以盡收膏液，令餘子不復長成，而此抽乙獨早之故，或辭枝較先，或苞膜較薄，皆足致然。設以膜薄而早抽，則他日其子，又有薄膜者，因以競勝，如此則歷久之餘，此薄膜者傳為種矣。此達氏所謂天擇也」。（商務印書館，第九版，卷上，第5-6頁）

構成其主骨幹部分的，誠如已知的那樣，是《宇宙之謎》的日語譯本。

《宇宙之謎》：岡上樑、高橋正熊共譯，明治三十九年三月六日，東京本鄉・有朋館發行，加藤弘之、元良勇次郎、石川千代松、渡瀨莊三郎序，本文三六二頁，附錄《生物學說沿革略史》、《海克爾小傳》、《日語・德語對照表》，定價金一元。

其中，從第五章「人的種族發生學」引用的部分占原文全部的將近40%，從全書引用的占43-44%。

……（中略）……

接下來的詮釋部分，也即相當於皮肉的部分，依管見有如下二書。

《進化新論》：石川千代松著，明治二十五年十月六日、明治三十年二月十五日訂正增補再版，東京・敬業社發行（後收入昭和十一年八月東京・興文社《石川千代松全集》）。

《進化論講話》：丘淺次郎著，明治三十七年一月五日，東京開成館發行（後於昭和四十四年三月作為東京・有精堂《丘淺次郎著作集》第五卷改版發行）[9]。

現在可以明確的是，至少在〈人間之歷史〉這一篇文章的範圍內，魯迅所使用的主要參考資料並非來自嚴復，而是來自日本的進化論，而且除了本文將要具體探討的丘淺次郎的《進化論講話》以外，還有石川千代松的《進化新論》和海克爾的《宇宙之迷》日譯

---

[9] 〈藍本〈人間之歷史〉〉（上）。

本。在與本文相關的意義上，可以說〈藍本〈人間之歷史〉〉至少在〈人間之歷史〉這一篇之內提供了魯迅與丘淺次郎關係的充分證據。據筆者的閱讀統計，可認為來自《進化論講話》的部分多達十二處。儘管和《宇宙之謎》的近三十處[10]，《進化新論》的十五處相比，《進化論講話》的出現率排在第三位，但卻足以構成了本文由此出發，再進一步去探討魯迅與丘淺次郎關係的前提。因此，這裡有必要做一個說明，為節省篇幅起見，凡是在〈藍本〈人間之歷史〉〉中涉及到的例證，本文均不再涉及，請讀者自行將本文新發現的例證與前者對照，以便相互補充。

中島長文編《魯迅目睹書目——日本書之部》[11]也值得注意，其第21頁列丘淺次郎著作兩種：《進化論講話》（1904，明治三十七年初版）和《從猿群到共和國》（1926，大正十五年）。

劉柏青著《魯迅與日本文學》[12]一書，也是與本課題有關的重要著作。筆者從中獲益匪淺。通過該書的介紹不僅獲知了中島長文的研究，亦得到了很重要的提示：「中國人早年認識並掌握進化論思想，嚴譯《天演論》是一條重要渠道，但不是唯一的渠道；日本有關進化論的論述，也是一條渠道。」[13]因此，魯迅也不例外，其「進化論思想的來源，又不止是赫胥黎和嚴復，同時也有日本的進化論」。[14]以筆者之管見，這些看法至今仍是真知灼見。

---

[10] 附錄包括〈生物學說沿革略史〉、〈海克爾氏小傳〉。據中島長文所說，「這兩篇被認為出自譯者之手」。

[11] 私家版，1986年3月。

[12] 吉林大學出版社，1985年。

[13] 《魯迅與日本文學》（吉林大學出版社，1985年）49頁。

[14] 同注釋13，48-49頁。

另外，該書甚至還提到「魯迅到東京弘文學院學習時，還聽過丘淺次郎講授的進化論課」。[15]本來這應該是構成魯迅與丘淺次郎「接點」的重要線索，但遺憾的是書中沒有提供該線索的具體資料來源，以至至今無法判斷。

與此相關，北岡正子在〈在獨逸語專修學校學習的魯迅〉（「獨逸語」即德語——筆者注）一文中，關於魯迅在「獨逸語專修學校」在學期間的「教師隊伍」，加了一條注釋。該論文第31條注釋如下：

> 《（眼觀獨協）百年》72頁。德語之外的科目中，也可以看到芳賀矢一（國語）、津田左右吉（歷史）、東儀鐵笛（音樂）、丘淺次郎（生物）、木元平太郎（美術）等人的名字。[16]

由此可以推斷，魯迅可能在丘淺次郎的生物學課堂上出現過。但也只能推斷到這種程度，還不能認定魯迅一定聽過丘淺次郎的課。

在關於魯迅是否受到丘淺次郎影響的問題上，也存在著不同意見，例如伊藤虎丸就是在中日兩國在接受進化論時存在著差異的意義上，提到丘淺次郎的。他在《魯迅與日本人》一書中認為，以嚴復的《天演論》為代表的中國對於進化論的接受是弱者立場，而以加藤弘之為代表的日本對於進化論的接受則是強者立場。

> 斯賓塞的反對救貧法是很出名的。但在明治三十七年初版的丘淺次郎的《進化論講話》當中的《與其他學科之關

15　同注釋13，50頁。
16　《魯迅研究的現在》（汲古書院1992年）39頁。

係》等章裡，也可以看到和斯賓塞相同的觀點。作者把國際間（人種間）或社會個人之間發生的生存競爭，肯定為「不得已」，並且提出，「必要的並不是停止競爭，而是改變妨礙自然淘汰的制度，使生存競爭盡可能得以公平地進行」。這和嚴復的危機感正好相反，不妨說是把進化論當成了日本「膨脹」和侵略亞洲的理論根據。正如魯迅所說，「蓋獸性愛國之士，必生於強大之邦，勢力盛強，威足以凌天下，則孤尊自國，蔑視異方，執進化留良之言，攻弱小以逞欲……（《破惡聲論》）。」[17]

指出魯迅與丘淺次郎的上述區別，具有十分重要的意義。但我以為這種「區別」也是他們構成相互「聯繫」的一種形態，而不是相互割裂的一種形態，也就是說相互「聯繫」構成了相互「區別」的前提。只有充分發掘他們的聯繫，才能更充分闡釋他們的區別。

總之，上述研究構成了本文進一步推進該課題的平臺，以下幾個問題都將由此而展開。那麼，首先遇到的問題是，在魯迅接受進化論的順序中，丘淺次郎處在怎樣的位置上呢？

三、魯迅接受進化論的順序

魯迅當年在日本留學的時候，和丘淺次郎的相遇是怎樣的一種情形呢？對魯迅來說，丘氏的著作究竟是怎樣的書呢？它

---

[17] 《魯迅と日本人——アジアの近代と「個」の思想》，朝日出版社，1983年。李冬木中譯本《魯迅與日本人——亞洲的近代與「個」的思想》，河北教育出版社，2000年。

給當時和後來的魯迅又留下了怎樣的影響呢？這些都是饒有興味的問題，筆者正是帶著這些問題，從魯迅這一角度接近丘淺次郎的。

大家知道，魯迅在《朝花夕拾・瑣記》中談到過他第一次接觸《天演論》的情形[18]，而從當年周作人日記裡又可以得知，1902年3月，魯迅在動身去日本留學以前，曾把一些新書送給周作人，其中就包括「大日本加藤弘之《物競論》」[19]，就是說魯迅和當時的絕大多數留學生一樣，在接受進化論的順序上，是先嚴復而後其他的，具體地說，是在《天演論》的影響的前提下，才開始關注和接受來自日本的進化論的。《物競論》可以說是魯迅接觸到的第二本關於進化論的書。筆者曾有專文來探討《物競論》與魯迅以及與《天演論》的關係，詳細情形請參考該文[20]。最近看到有學者仍誤以為《物競論》譯自加藤弘之的《人權新說》，[21]因此覺得這裡有必要順便做一個提醒，即《物競論》（楊蔭杭譯，1901年〔光緒二十七・明治三十四〕連載於《譯書彙編》第四、五、八期，同年8月由譯書彙編社出版第一個單行本。周氏兄弟所見，當是這個單行本）不是譯自《人權新說》（1882年10月，自家版），而是譯自《強者之權力之競爭》

[18]　《魯迅全集》第二卷，296頁。參照本文注釋3。

[19]　《周作人日記》影印本（上）（大象出版社，1996年），317頁。

[20]　〈關於《物競論》〉，佛教大學中國言語文化研究會《中國言語文化研究》第1期，2001年7月。此外收錄於《魯迅的世界，世界的魯迅——紀念魯迅誕辰120周年學術討論會論文集》（呼和浩特遠方出版社，2002年），563-583頁。。

[21]　《魯迅與日本文學》（吉林大學出版社，1985年）49-50頁；〈魯迅的思想構築與明治日本思想文化界流行走向的結構關係——關於日本留學期魯迅思想形態形成的考察之一〉，魯迅博物館《魯迅研究月刊》，2002年4期。

（1893年〔明治三十四〕11月東京哲學書院）。[22]

　　那麼，丘淺次郎和《進化論講話》以及從上面介紹過的中島長文的研究中還同時知道的石川千代松的《進化新論》、岡上樑與高橋正熊合譯的海克爾的《宇宙之謎》，就都應是繼《天演論》、《物競論》之後，即魯迅留學日本，學了日語之後所接觸到的進化論著作了。確認這種接受「順序」，對理解魯迅當時所面對的進化論思想環境，具有十分重要的意義。上述涉及到的進化論著作，並不是魯迅閱讀的全部，但把魯迅接受進化論思想的管道限定在中日兩國和兩種語言之間幾乎是不存在疑義的。因此，這裡有必要把中日兩國接受進化論的情況做一個簡單的整理和比較，以從中去看魯迅在留學前和留學後面對的究竟是怎樣的「進化論」語境。

四、嚴復和丘淺次郎在中日進化論中所處的位置

　　眾所周知，進化論不是東方固有思想，而是產生在西方的近代思想，其誕生的主要標誌是達爾文的《物種起源》（*The Origin of Species*）。這本書初版於1859年，當時迅即在歐洲引起轟動，幾乎在同時就被譯成了德、法、義大利等文字。相比之下，「進化論」之進入中國是非常滯後的，嚴復的《天演論》連載於天津《國文彙編》是1897年，湖北沔陽盧氏慎始基齋木刻版和天津嗜奇精舍石印的出版則是1898年，較之達爾文《物種起源》晚了近四十年，而且還不是達爾文原著，而只是對於進化論「說的並不清楚」的赫胥黎的兩篇論文。此後，正如劉柏青所指出的那樣，

---

[22]　詳細情形請參見拙文〈關於《物競論》〉。

中國「十多年間再沒有第二本進化論的書」[23]。

日本對進化論的介紹雖然也被生物史學者抱怨滯後和不充分，但時間上早於中國，內容上也遠遠比中國豐富。最早把達爾文進化論介紹到日本的是美國生物學者摩爾斯（E.S. Morse, 1838-1925），這一點在日本的生物史學界沒有疑義，但在時間的看法上有出入，有的認為是在1877年（明治十年），有的認為是1878年（明治十一年）[24]。摩爾斯從1877年到1879年滯留日本兩年，現在回頭看，除了在橫濱上陸後趕往東京的途中偶爾發現「大森貝塚」[25]以外，摩爾斯在日本所做的最重要的工作就是在當時剛剛成立的東京大學理學部當動物學生理學教授，並且在自己的講義裡介紹進化論。四年後，摩爾斯的講義由當時聽講的石川千代松（Ishikawa Chiyomatsu, 1861-1935）根據自己的筆記整理成日語，於1883年（明治十六年）出版，題為《動物進化論》。石川在晚些時候，即1891年（明治二十四年）又出版自著《進化新論》，據說這本書已經是日本生物學者對進化論的「消化」形態了。[26]前面介紹過，根據中島長文的研究，魯迅做〈人間之歷史〉時，有十五處是以該書為藍本的。

在摩爾斯同時以及後來的近二十年時間裡，還相繼有一些西方進化論的書籍被翻譯介紹到日本，如1879年（明治十二年）伊澤修二（Izawa Shiuji, 1851-1917）以《生物原始論》為題翻譯了

---

[23] 同注釋13，51頁。

[24] 德田御稔《改稿進化論》（岩波書店，1975年）第3頁上是「明治十年」，筑波常治《進化論講話・解說》（《進化論講話》，有精堂昭和四十四年）也是「1877年（明治十年）」，但八杉龍一《進化論的歷史》（岩波書店，1969年）第168頁上是「1878年（明治十一年）」。

[25] 小學館《日本大百科全書》，DATA Discman Sony DD-2001。

[26] 八杉龍一《進化論的歷史》（岩波書店，1969年）168頁。

赫胥黎的講演集（1889年〔明治二十二年〕改訂版更名為《進化原論》），1881年（明治十四年）神津專三郎（Kozsu Jinsaburo, 1852-1897）翻譯了達爾文的《人的由來》（*The Descent of man, and Selection Relation to Sex*, 1871），題為《人祖論》等等。後者雖然是日本對達爾文著作的最早翻譯，但進化論學者德田御稔認為，「這本書在達爾文的著作裡的價值是很低的」。[27]至於《物種起源》被正式翻譯成日文出版，則還要再等十五年。1896年（明治二十九年），開成館出版了立花銑三郎的譯本，題目為《生物始源》，這是《物種起源》在日本的第一個譯本。嚴復的《天演論》正是從這一年才開始著手翻譯的。[28]日本和中國在介紹進化論方面，存在著近二十年的時間差。

但是，以上僅僅是從「生物進化論」的角度來概觀日本的進化論引進的，事實上進化論在引進的同時就沒局限在生物學領域，而同時也是作為「關係到人」的「歐美的進步思想」受到普遍關注和歡迎。[29]正如科學評論家筑波常治所指出的那樣，「推薦摩爾斯到東大的，正是社會學者、斯賓塞學說的熱烈支持者外山正一。這一事實可以說是一種象徵，日本進化論以橫跨生物學和社會學的方式普及開來。」[30]

和以上所提到的生物學著作相對照，1882年（明治十五年）當時任東京大學總長的加藤弘之（1836-1916）推出的「私家版」《人權新說》，1883年（明治十六年）有賀長雄（Ariga Nagao, 1860-1921）的《社會進化論》，1885年（明治十八年）高

---

[27] 《改稿進化論》（岩波書店，1975年），1頁。

[28] 同注釋2。

[29] 同注釋27。

[30] 筑波常治《丘淺次郎集・解說》，《近代日本思想大系9》（筑摩書房，1974年）445頁。

橋義雄（Takahashi Yoshio, 1861-1973）的《日本人種改造論》，1893年（明治二十六年）加藤弘之的《強者之權力之競爭》等都是鼓吹斯賓塞主義的代表作，扮演著進化論在近代日本所充當的社會理論角色。

進化論同時作為生物學和社會學的新學說被接受，這種現象並非偶然，是和進化論本身的普及過程相一致的。正如筑波常治所說，「十九世紀後半，與達爾文學說的普及如出一轍，斯賓塞學說也在歐美擁有眾多熱烈的支持者。在所謂生物學和社會學這兩個領域內，進化論火爆流行，而這一傾向也原封不動地輸入了日本。明治初年，社會學者們都熱心移植斯賓塞主義」[31]。

我以為確認這一點，不僅有助於重新認識嚴復所處的位置，也更有助於接近和理解丘淺次郎。

和以上介紹的進化論輸入到日本以後所扮演的「生物學」、「社會學」的兩種角色相比較，中國的「進化論」，具體說，就是嚴復的《天演論》，其所扮演的角色是偏於一端的。就像人們知道的那樣，《天演論》的目的並不在於介紹生物學，嚴復也不是生物學者，這本書的目的在於警世，和書中少的可憐的生物現象和進化事實相比，最富有衝擊力的倒是「物競」和「天擇」之類的理念。事實上，在沒有生物學基礎的中國，「生物進化論」所能引起的反響，不可能是生物學反響，而只能是社會反響；人們對進化論的認識和接受，也不可能是生物學意義的，而只能是社會經驗意義的。《天演論》道破的不是自然界的生存危機，而是中國本身的生存危機。在這個意義上，把嚴復所代表的中國的進化論，定義為社會進化論是恰當的。

---

[31] 筑波常治《進化論講話・解說》（《進化論講話》，有精堂昭和四十四年）390頁。

在日本近代的進化論傳播者中，就其所具有的震撼力和廣泛的社會影響而言，我認為，只有一個人物能夠相當於嚴復在中國所處的位置。這個人物就是丘淺次郎。1904年（明治三十七年）1月，開成館出版了他的《進化論講話》。在進化論傳播史上，這是一本具有劃時代意義的著作。正如通過前面的介紹所知道的那樣，《進化論講話》並不是日本第一本介紹進化論的著作，甚至在丘淺次郎本人的著作生涯中也並不是第一本書，如《近世生理學教科書》（開成館1898年，明治三十一年）、《近世動物學教科書》（開成館開成館1899年，明治三十二年）、《教育與博物學》（開成館1901年，明治三十四年）等就都是在《進化論講話》以前的著作，其中的《近世動物學教科書》還是「被廣為採用的教科書」[32]，但是就其作為普及進化論的啟蒙書的影響而言，包括丘淺次郎本人的其他著作在內，不論此前還是此後，都沒有一本書能和《進化論講話》相比。

關於《進化論講話》何以會產生巨大的時代影響，至今仍是需要進一步探討的課題。但最樸素的回答應該是在《進化論講話》出現以前，還沒有一本比《進化論講話》更好的書。當時的情況以及作者的立意在於：

> 蓋進化論是十九世紀中引發人的思想最偉大變化的學問上的原理，是今日受過普通教育的人的必備素養，但我國講述進化論的書籍少之又少，是一個遺憾。說到現今用日語所做進化論讀物，似乎只有石川千代松君所著《進化新論》。該書廣泛參考國內外專門學者的著書論文，論述了

---

[32] 筑波常治〈（丘淺次郎）年譜〉（《近代日本思想大系9・丘淺次郎集》，筑摩書房，1974年），457頁。

直到最近的最高深的學說，對學習生物學的人來說是極為
貴重的書籍。但惟其高深，一般人理解起來便相當不易。
故現在若不依靠外國書而要瞭解進化論之大要幾乎別無它
途。雜誌等雖時有短小之摘錄刊載，但只憑那些「豆腐
塊」到底不能準確無誤地瞭解進化論的全部。著者目睹如
此狀況，在深感遺憾之餘，決計開筆寫作本書。[33]

依筆者之管見，決定性因素還在於它的內容上。正如以上
所述，明治以來，日本進化論介紹中呈現的「生物學」和「社會
學」兩種流向，到了丘淺次郎這裡，實際上是進入了一個歷史匯
合點；《進化論講話》以一種「集大成」的形態，高度綜合了兩
種流向的進化論，既不是達爾文的生吞活剝的翻譯，也不是斯賓
塞主義的簡單套用，而是丘淺次郎的富有創造性的獨家打造。在
重新認識丘淺次郎獨創性的意義上，我非常贊成筑波常治的觀
點，即認為丘淺次郎以「獨創力」和「豐富的例證」以及「充滿
幽默的文筆」成功地實現了達爾文理論體系的「重構」，[34]但我
更注意到《進化論講話》在把進化論作為自然科學理論「重構」
的同時，也是把進化論作為「於社會進步有益」[35]的社會思想來
加以提倡的。在初版〈卷首語〉中，丘淺次郎明確指出，進化論
的影響不只局限在生物學，「進化論從根本上改變關於人的思
考，因此帶來總體思想上的顯著變動，於社會的進步、改良方面
關係甚大」。[36]而且也正是在這個意義上，丘淺次郎把普及進化

---

[33] 丘淺次郎《進化論講話》初版（開成館，明治37年1月），〈序言〉，同
書1-3頁。
[34] 同注釋31。
[35] 同注釋31，同書，第3-4頁。
[36] 同注釋35。

論視為生物學者的使命。[37]

　　《進化論講話》作為「生物學」和「社會學」兩種意義的「進化論」的兼備體現者，贏得了那個時代。

五、丘淺次郎的影響

　　《進化論講話》在當年的暢銷情況，僅從它的不斷再版和改版的記錄中就可以確認。如果從1904年即明治三十七年的初版算起，那麼到十年後的1914年即大正三年增補版，《進化論講話》已經出到了第十一版，[38]其間的改版情況據作者本人的說明，「明治四十年第七版，把一直延用的四號字改成了五號，減少了紙頁，增加了圖版，而明治四十四年第十版，則進一步做了訂正，並增加了新圖」。[39]四號字改成五號字，減少紙頁，意味著降低成本和書價，更意味著由此而產生的普及版將獲得更多的讀者。事實上，《物種起源》的第三個日譯本（1914年，大正三年）[40]的譯者，著名社會活動家大杉榮（Oshugi Sakae, 1885-1923），在當「窮學生」的時候，就是這種普及版的熱心讀者之一。他後來在評價丘淺次郎時，這樣追述了當時的情形：

　　　　沒錯，那是我十九、二十歲的時候。老早就等不及的《進

---

[37] 同注釋35。

[38] 參照《增補進化論講話》（東京開成館，大正三年十一月）著作權頁。

[39] 〈增補版序言〉，《增補進化論講話》（東京開成館，大正三年十一月）4頁。

[40] 就我所知，《物種起源》在大正三年大杉榮的譯本出版之前，有明治二十九年立花銑三郎的譯本（《生物始源》）和明治三十八年開成館的譯本（《物種起原》）。

化論講話》終於到手了。其實，每買丘博士的書，總有這「終於」的感覺糾纏著讓你沒轍。若用五號字來印，只要四五十錢或最多七八十錢的一本書，排成四號或三號大字，價碼就會貴得嚇人，不出二元五十錢或三元五十錢便到不了手。這對出版商和著者來說或許是好事，但對窮書生來說卻是承受不起的。但不管怎樣，這《進化論講話》是當時新書當中評價甚高的一本。立馬開讀，有意思得不得了。每一行裡，彷彿都有一個未知的、絢麗的、驚異的世界在眼前展現，令人目不暇接。終於在一個白天和一個晚上之內就讀完了。[41]

　　我覺得，這段話和魯迅描述的初讀《天演論》的情形有著異曲同工之妙。從周氏兄弟當時都讀丘淺次郎，也都讀大杉榮的情況來推測，魯迅那段關於讀《天演論》的話，或許由上面大杉榮這段話引發也未可知。在大杉榮1923年9月16日被憲兵殺害的「甘粕事件」發生不久，周作人還寫過沉痛的悼念文章，稱大杉榮的死「是日本大地震以後最可驚心的事件」，而大杉榮本人「不能不說是日本的光榮」。[42]大杉榮是受到丘淺次郎影響的一代中最先向丘淺次郎提出質疑的一個，他並不同意「丘博士的生物學的社會人生觀」，[43]但他並不否定自己所受到丘氏的影響。

---

[41] 〈論丘博士的生物學的人生社會觀〉（《中央公論》，1917年5月號）。也收錄於《近代日本思想大系9·丘淺次郎集》（筑摩書房，1974年）。
[42] 〈大杉榮之死〉，初刊於1923年9月25日《晨報副鐫》，署名荊生，現收錄於鍾叔和編《周作人文類編7·日本管窺》，630-631頁。此外可參考〈大杉事件的感想〉（初刊於1923年10月17日《晨報副鐫》，署名荊生，現收錄於鍾叔和編《周作人文類編7·日本管窺》，632-633頁。
[43] 參照注釋39。

在戰後成為日本有代表性的進化論學者當中，雖然丘氏的觀點可能不被他們認同，但丘氏對普及進化論以及由此而對思想界的巨大貢獻則是公認的。比如——

德田御稔說，「丘淺次郎在日本進化論史上留下的足跡真乃巨大。即便他犯了幾多理論上的錯誤，但進化論在日本的普及，還多仰仗於他。」[44]

八杉龍一認為，包括《進化論講話》在內，丘淺次郎的著作「從明治末期，經過大正年代，再到昭和初期，極大影響了日本人對事物的思考方式」。[45]

筑波常治的評價是，「若要找關於進化論的解說書，恐怕還找不到另外一本可以像《進化論講話》這樣，出色地歸納進化論的本質，將複雜的事實通俗易懂地表現出來的書。應該說，本書作為進化論概論，正顯示著其空前絕後的存在價值。」[46]

而據筆者所知，在戰後著名的學者當中，只有今西錦司拒絕承認他受到了丘淺次郎的「影響」，但他承認自己在由高中進大學，並且選擇昆蟲學，對一般生物學的求知欲最為旺盛的時期，書架上擺著丘氏的三本書，其中就有《進化論講話》。而且他承認丘淺次郎是「思想家」：

> 在丘淺次郎之後，作為進化論研究者，雖然還可以舉出小泉丹、德田御稔、八杉龍一等人，但從進化論立場批評現代文明，而且還不只現代文明，進而又論及人類未來的，

---

[44] 同注釋27，9頁。

[45] 〈對日本人思考事物的方式給予巨大影響的書〉，收錄於《生物學的人生觀》（上）（講談社，昭和五十六年），同書5頁。

[46] 同注釋31，391頁。

　　不論以後還是以前，除了丘淺次郎之外恐怕還找不到第二
　　個日本人。筑波常治指出丘淺次郎是偉大的思想家，對此
　　我沒有異議。[47]

　　可以說，魯迅和《進化論講話》的相遇，使他獲得了那個時
代的理論高度；而且通過以下將要展開的一系列專項研究命題還
可以看到，這種進化論的理論水準遠非嚴復的《天演論》所能相
比。筆者以為，魯迅後來「不再佩服嚴復」[48]，起因蓋出於此。
《進化論講話》使他懂得了什麼是真正的生物進化論及其這一理
論的適用範圍。這樣看來，丘淺次郎的影響也就不止日本，而且
要延及中國了。筆者以為，丘淺次郎的影響除了魯迅這一環節之
外，他與中國其他方面的關係，特別是他與中國的生物學具有怎
樣的關係，都是非常值得探討的課題。因為從現在已經知道的資
料來看，他的主要作品都曾譯成過中文。[49]

六、現今可以見到的「丘淺次郎」

　　非常幸運的是，在著手本課題調查時，在佛教大學圖書館竟

---

[47] 〈解說〉，收錄於《人類的過去、現在及將來》（有精堂，昭和四十三年12月），參照同書第197-198頁。

[48] 同注釋1，77頁。

[49] 《中國譯日本書綜合目錄》（實藤惠秀監修、譚汝謙主編、小川博編輯，香港中文大學出版社，1980年）中包含以下譯書。《由猴子到共和國》（馬廷英譯，上海北新，1928年），《生物學》（薛德煏等譯，上海商務，1926年），《動物學教科書》（〔日〕西師意譯，上海廣學會，1911年），《進化與人生》（劉文典譯，上海商務，1920年），《進化論講話》（劉文典譯，上海東亞圖書館，1927年），《煩悶與自由》（張我軍譯，上海北新，1929年）。

同時找到了《進化論講話》的初版和「增補版」，因這兩種現在都極難查找，所以理所當然要列在前兩位。以下是各種版本的日文原書資訊：

（一）《進化論講話》　封面：理學博士丘淺治郎著、東京大阪開成館藏版／版權頁：明治三十七年一月一日印刷、明治三十七年一月五日發行、賣價金貳圓五拾錢、著作者　丘淺治郎、發行者　西野虎吉、發売者　三木佐助、印刷者　青木弘、發行所　東京開成館、發行所、大阪開成館／內容包括：「はしがき」8頁、「目次」10頁、本文808頁、「付錄」6頁（809-814頁）、著作權頁、開成館發行圖書販売所（リスト）頁、"KAISEIKWAN"S Educational Works・開成館發行圖書略目錄』（東京開成館、大阪開成館）、內含「稟告」（東京開成館主　西野虎吉）1頁、目錄1-2頁。

　　值得注意的是，著作權頁「不許漢譯」四個字和著作者的「邱淺治郎」的「治」。「不許漢譯」恐怕與當時因大量翻譯日本書而引起的中國與日本之間的著作權紛爭有關。[50]關於「治」字，在《開成館圖書略目錄》第一頁所列「丘博士生物學叢書」的四本著作的署名都是「治」字。

　　（二）《增補進化論講話》　封面：理學博士丘淺次郎著、東京開成館藏版／版權頁：明治三十七年一月一日印刷、明治三十七年一月五日發行、大正三年十一月一日修正十一版印刷、大正三年十一月五日修正十一版發行、定價金參圓五拾錢、著作者

50　參照狹間直樹《日本的亞細亞主義與善鄰譯書館》（《第二屆近代中國與世界國際學術討論會（2000.9）論文集》，中國社會科學院近代史研究所編，未刊）。

丘淺次郎、發行者　西野虎吉、印刷者　河合辰太郎、發行所
東京開成館、販売所　三木佐助、販売所　林平次郎／內容
包括：「增補改版はしがき」9頁、「目次」8頁、本文754頁、
「付錄」8頁、著作權頁、「丘淺次郎先生著」廣告1頁。

　　「增補版」為《進化論講話》第十一版，著者名中的「治」
改為「次」，作「淺次郎」。[51]

　　（三）《丘淺次郎著作集》全六卷（有精堂，昭和四十二至
四十四年〔1967-1969年〕）。各卷內容為：

　　Ⅰ　《進化と人生》（底本：東京開成館，明治三九年六月
　　　　發行《進化と人生》）　解說・筑波常治　昭和四十三
　　　　年八月二十日發行　B六判・320頁・價780円

　　Ⅱ　《煩悶と自由》（底本：大日本雄弁會，大正十年二月
　　　　發行《煩悶と自由》）　解說・筑波常治　昭和四十三
　　　　年七月二十日發行　B六判・298頁・定價780円

　　Ⅲ　《猿の群れから共和國まで》（底本：昭和九年三月發
　　　　行《猿の群れから共和國まで》、未採用共立社大正十
　　　　五年五月發行初版）解說・鶴見俊輔　昭和四十三年九
　　　　月十日發行　B六判・240頁・定價700円

　　Ⅳ　《人類の過去・現在及び未來》（底本：大正三年十一

---

[51] 關於「治」寫成「次」，據筑波常治的研究調查，在1967年8月的〈解
　　說〉中注記，「丘淺次郎的名字，本書的初版寫作『淺治郎』，之後改為
　　『淺次郎』，理由未調查」。（《進化論講話》394頁，有精堂，昭和四
　　十四年）但是，1974年7月的〈解說〉說，「此外，淺次郎自己署名『淺
　　次郎』，在學術論文中似乎是第一次。不過，《教育和博物學》、《近世
　　動物學教科書》初版、《進化論講話》初版等初期單行本中寫作『淺治
　　郎』。但這些在後年（1906年左右）重版時，又回到了本來的名字。也就
　　是說，限於單行本，在一個時期使用不同的文字，其理由不明」。（《近
　　代日本思想大系9》，451-452頁，筑摩書房，1974年）

月，日本學術普及會發行《人類の過去・現在及び未來》）解說・今西錦司　昭和四十三年十二月十日發行　B六判・230頁・定價680円

V　《進化論講話》（底本：大正三年十一月，開成館發行《增補進化論講話》）解說・築波常冶　昭和四十四年三月一日發行　A五判・426頁・定價2000円

VI　《生物學講話》（底本：大正五年一月，開成館發行《生物學講話》）解說・日高敏隆　昭和四十四年六月二十日發行　A五判・546頁・2200円

（四）**《近代日本思想大系9・丘淺次郎集》**　筑波常治解說・編集，筑摩書房，1974年9月20日初版。該版以明治三十七年初版為底本，收錄大杉榮〈丘博士の生物學的人生社會觀を論ず〉以及年譜、參考文獻等多種資料。

（五）**《進化と人生》（上、下）**　講談社，昭和五十一年十一月，收錄八杉竜一〈解說〉、丘英通〈父の思い出〉等資料。

（六）**《生物學的人生觀》（上、下）**　講談社，昭和五十六年六月，收錄八杉竜一〈解說・動物行動學の先驅的思想〉。另據該本〈凡例〉，其底本採用「丘淺次郎著作集VI《生物學講話》」（有精堂，昭和四十四年刊），同時參照了「東京開成館第四版（大正十五年刊、初版大正五年刊）」，書名亦由《生物學講話》改為《生物學的人生觀》。

（七）**《進化論講話》（上、下）**　講談社，昭和五十一年，渡邊正雄「解說」。

　　和《進化論講話》出版以後的二十幾年間丘淺次郎所擁有的巨大影響相比，丘淺次郎的消失似乎也快得令人不可思議。

他1944年病歿，享年七十七歲，但自1931年在《中央公論》上發表〈再論人類下坡說〉（〈人類下り阪說再論〉）之後便幾乎不再發表社會評論，[52]其影響似乎也和他的生命一起退出了歷史舞臺。現在除了專門研究進化論或生物學的人以外，已經很少有人知道曾經作為思想家的丘淺次郎，甚至在「進化論」這一專有領域似乎也不再被提起了。例如在1990年2月，別冊寶島編集部編《進化論賞閱本》（《進化論を愉しむ本》）中開列「進化論讀本259種」，內容包括從「生物學內的進化論到文學、哲學、評論」，稱「倘若全部讀完，你便是位出色的進化論學者」，[53]但259種書中竟沒有一本是丘淺次郎的，《進化論講話》也不例外。

今天，只有在重讀丘淺次郎的時候，才會發現他的確是一個「被遺忘了的未來思想家」。[54]

丘淺次郎死後被最大規模的一次整理，是六十年代末紀念明治百年之際，其成果是上列資料中的（三），最近的一次被整理，是七十年代中期，《丘淺次郎集》被列入筑摩書房出版的三十六卷本《近代日本思想大系》的第九卷，也就是上列資料（四）。筑波常治在編輯整理完該卷，談到下一步的計畫時說，「接下來將在進一步調查的基礎上，完成正規的評傳，傳記」，[55]但到2002年現在為止，在有關丘淺次郎的生平傳記的研究方面，還和當初一樣，幾乎沒有什麼進展，「至今尚無一本傳記和評傳被整理出來」。[56]因此，也正是在這個意義上，收錄在《丘淺次郎集》當中的筑波常治所做的〈解說〉和〈年譜〉，也

---

[52] 參照注釋32。
[53] JICC出版局，同書261頁。
[54] 同注釋32，430頁。
[55] 同注釋32，431頁。
[56] 同注釋32，454頁。

就成了關於丘淺次郎生平思想的最為詳實的研究，此後的評述和解說都並沒為此增添任何新的內容。[57]在平凡社《世界大百科事典》中，筑波常治所做的「丘淺次郎」詞條如下：

丘淺次郎　おか　あさじろう　1868-1944（明治一年－昭和十九年）

　　明治後期至昭和初期的生物學者、文明批評家。一般作為進化論介紹者而為人所知。在東京大學理學部選科攻讀動物學，赴德國留學回來後，任東京高等師範學校教授。專攻海鞘類、蛭類等水生動物的比較形態學研究，留下了包括發現許多新品種在內的國際性業績。《進化論講話》（1904）是首部面向普通人講解當時最新學說的書，後來又依據達爾文學說，展開獨自的文明批評，認為在生物競爭中有利的形質，會因其過度進化而導致種屬的滅亡，闡述了關於人類的悲觀的未來觀。而其排斥將特定思想絕對化，主張以培養對任何事物都具有懷疑習性為目標的教育改革論，現在仍值得傾聽。主要著作除《生物學講話》（1916）、評論集《進化與人生》（1906）、《煩悶與自由》（1921）、《從猿群到共和國》（1926）之外，有動物學教科書等多種著作，及作為全集的《丘淺次郎著作集》全6卷。此外，有一時期署名為淺治郎。[58]

　　從本課題的研究角度看，在丘淺次郎作為生物學者、教育者和文明批評家的生平經歷中，有以下幾點值得注意。

---

[57]　一直以來，關於丘淺次郎的介紹和研究論文有幾篇，但有關傳記的研究資料幾乎找不到。

[58]　(c)1998 Hitachi Digital Heibonsha, All rights reserved.

　　首先，是作為生物學者的貢獻。丘淺次郎主要從事水產動物比較解剖學方面的研究，其主題是海鞘類和水蛭類的比較形態學，從大學的畢業論開始到1934年，幾乎每年都有這個專業領域的論文發表在各種學術雜誌上。另外，從北岡正子的近著得知，1901年（明治三十四），當東京自來水管道發生水蛭災害時，當時的報紙上有關於「高等師範學校教授丘淺次郎實地踏查澀橋淨水場」[59]的報導。據丘淺次郎自己介紹，在動物學當中，國際上以他的名字命名的動物有七種，而且這些命名「沒有一項是廉價的和製，都是地地道道的上等舶來品」[60]。作為一個卓有成就的生物學者，丘淺次郎的社會思想和一般的社會達爾文主義相比有著更為堅實的作為近代科學的生物學基礎。

　　其次，丘淺次郎能夠兼收並蓄，向世人昭示進化論思想之大觀，和他得天獨厚的外語教育環境和才能有著密不可分的關係。父親秀興善長英語，在丘淺次郎三歲時，任大阪造幣局「伸金場」負責人。丘淺次郎五歲時已開始跟著父親學ABC。造幣局是個外國技師集中的地方，丘一家由於和外國技師同住在官舍，就使得淺次郎從小就有了接觸外語的自然環境。十二歲時，進大阪英語學校，丘淺次郎後來回憶，「該校名副其實以英語為主，地理歷史代數幾何都採用英語教科書，教師也是外國人多」[61]，因此在這所學校裡接受了非常正規的英語教育。據筑波常治所做〈年譜〉，丘淺次郎二十三歲時發表的畢業論文是用英文寫作的，而幾乎在同時他開始熱衷發明獨家的「國際語」──

---

[59]　《魯迅 在日本異文化中──從弘文學院入學到「退學」事件》（關西大學出版部，平成十三年），316頁。

[60]　《從猿群到共和國》（有精堂，昭和四十三年），169頁。

[61]　丘淺次郎〈趣味的語學〉（《婦人之友》，1938年4月號）。

「Ji・rengo」，只是在留學後知道已經有世界語方才作罷，但他也由此成為最早掌握世界語的日本人之一。[62]從1891年到1894年，丘淺次郎除了這三年間在德國留學以外，再沒在外國生活過，然而他所通曉的外語卻在「十二種以上」[63]。這種多數的語言通道，也許象徵著明治那個時代，但就丘淺次郎個人而論，則意味著他處在真正融貫東西的位置上。他著述中對西洋文獻的自由取捨以及對「我之學說」的自信——哪怕「發表贊成意見的學者至今一個都沒有」[64]或「大多被默殺」[65]都無所謂；即使有批評者來也不屑與之辯[66]——的自信，都體現著丘淺次郎所具有的「通」的特點。不過尤其不可思議的是，丘淺次郎恐怕是明治時代掌握外語最多但又沒翻譯過一本外國書的著述者。[67]

　　第三，是丘淺次郎少年時代的不幸遭遇。從年譜中可以得知，在短短的五年間，丘淺次郎先後喪失了全部親人，包括妹妹、父親、母親和哥哥，年僅十六歲就成了孤兒。如果說魯迅少

---

[62] 同注釋32，456頁。

[63] 同注釋30，436頁。

[64] 參照〈同情子孫〉，《從猿群到共和國》（有精堂，昭和四十三年九月），11頁。

[65] 同注釋64，30頁。

[66] 同注釋64。該文中對於「批評」做了如下不成答辯的「答辯」，「關於人類的將來，我的學說到現在為止已經片段性地發表數次了。大多遭到默殺，但對此進行批評、發表發對意見的人也有幾個。過去的九月十幾日連同另外兩人被軍人慘殺的著名的大杉榮氏曾經在本刊上登載批評。還有去年在本刊上，友人小野俊一君發表長文，幾乎體無完膚地擊敗了我的學說。大杉榮氏我不曾見過，但在閱讀我的著書得以知道所有事的意義上自稱為我的弟子，因此之後常常被人問到大杉榮是不是您的弟子。對我而言，稱為弟子之類的人當然一個也沒有。若是學問上的事情，我想和無論誰都進行平等的研究。對於小野君的議論，總之輕鬆說話的機會也有，這裡就什麼也不說了。」

[67] 同注釋30，446頁。

年時代「家道中落」的經歷使他「看清世人的真面目」[68]，那麼
幾乎同樣的甚至是更為不幸的經歷又給丘淺次郎帶來怎樣的際遇
呢？這是饒有興味的問題，但現在幾乎已經無從得知。不過通讀
了丘淺次郎的著作集以後，我非常同意八杉龍一對丘淺次郎思想
特點的概括，即「丘的思想構成之軸，是直面現實。即一切服從
從現實，不以美化的方式看待人間社會的所有問題的態度」。[69]
我以為這一特點拿到魯迅身上，便可以置換為「清醒的現實主
義」。

　　第四，是丘淺次郎生平資料的一點補充。筑波常治在1975年
最後一次〈解說〉的結尾部分說：

> 丘淺次郎隱居的翌年，發生了日中事變，此後就是太平
> 洋戰爭，其晚年中的數年就是在這樣的歷程中度過的。
> 關於這些事態，淺次郎是如何看待的呢？這是我想知道的
> 一點。但是，淺次郎與其引退宣言相始終，一直保持了沉
> 默。至少在公開場合沒有發表任何意見。[70]

　　最近在昭和十四年（1939）三月出版的《第一次滿蒙學術調
查研究團報告》的「第五部第一區第一編第一輯」上發現有丘淺
次郎的一篇研究報告，題目是〈熱河省產蛭類〉。在丘淺次郎的
學術生涯中，這恐怕是唯一的一篇和中國有關的研究，而且是發
表在日中事件以後。那麼，丘淺次郎是否去過中國呢？結論似乎

---

[68] 參照《吶喊・自序》，《魯迅全集》第一卷。
[69] 八杉龍一《解說・動物行動學的先驅思想》，收錄於《生物學的人生
　　　觀》（下）（講談社，昭和五十六年六月），同書332頁。
[70] 同注釋32，454頁。

是否定的。其理由是，第一，正像在「熱河省ヨリノ採集品ノ中ニハ次の3種ノ蛭類ガ含クマレテアッタ（在來自熱河省的採集品中包含以下三種的蛭類）」這句話裡所能知道的那樣，這份報告是對從中國帶回的標本的研究；第二，在報告目次頁之前插入的《第一次滿蒙學術調查研究團員》的名單中沒有丘淺次郎的名字。[71]

那麼，在丘淺次郎的廣泛影響當中，中國留學生「周樹人」即後來的魯迅受到了怎樣的影響呢？接下來的一篇即本篇（下），將通過文本實例來進一步考察這一問題。

附記：本論文為平成十四年，佛教大學特別研究助成之成果。

---

[71] 我所見是京都大學圖書館藏《第一次滿蒙學術調查研究團報導》的「第五部第一區第一編・第二區第四編」的分冊。據其英文名稱「*REPRT OF THE FIRST SCIENTIFIC EXPEDITION TO MANCHOUKUO UNDER THE LLADERSHIP OF SHIGEYASU TOKUNAGA, June-October 1933*」可知，以德永重康為團長的「第一次滿蒙學術調查研究團」的活動在1933年6月至10月進行。詳細的事情有必要進一步調查。此外，本文相關引用部分，參照分冊中的名單和本論。

魯迅與丘淺次郎（下）[*]

李雅娟　譯

七、〈人間之歷史〉以外的《進化論講話》

　　如前所述，魯迅〈人間之歷史〉中的「丘淺次郎」，即有關《進化論講話》，根據中島長文的研究已經清楚了。但是，以筆者之見，《進化論講話》給予魯迅的影響，並不止於〈人間之歷史〉，在魯迅後來所寫的其他文章中，仍然可以看到影響持續存在的痕跡。

　　這裡，要先來看一下《進化論講話》初版的〈序言〉。

　　說到初版〈序言〉，就不能不多少涉及《進化論講話》的版本問題。前面已經介紹過，《進化論講話》初版（以下簡稱《初版》）於1904年（明治三十七年）1月，十年後的1914年（大正三年）11月又出版《增補版》。關於《初版》和《增補版》的不同，作者有如下說明：

> 此次改版，在整體結構上做了稍許變更，尤其是改寫了後半部分，簡略地加進了最近的研究成果，以力圖使之適合於當今之時代。¹

---

* 　〈魯迅與丘淺次郎〉（上・下），原題〈魯迅と丘淺次郎〉（上・下），
　　原載於《佛教大學文學部論集》（日本京都，2003、2004年），第87、88號
　　——譯者注。

1 　〈增補版はしがき〉，《增補版進化論講話》，東京開成館，大正三年
　　（1914）十一月，5頁。

　　關於前後做了怎樣的更動，不將兩者進行核對並加以徹底調查便很難弄清，不過粗略看去，可知較大的變動至少有三處。第一，《增補版》中用新寫的〈增補版序言〉替換了初版的〈序言〉。第二，目錄有部分變更。第三，《初版》附錄〈與進化論相關的外國書〉中所列書目和丘淺次郎的說明有十項，《增補版》的同名附錄中的書目增加到二十項。有精堂昭和四十四年版以《增補版》為底本，但「舊版卷末附錄的參考文獻都是現在幾乎難以得到的外國書，因而省略了」。[2]

　　筑摩書房《近代日本思想大系9・丘淺次郎集》中所收的《進化論講話》，以《初版》為底本，但未收初版〈附錄〉。講談文庫版《進化論講話》（上・下）以《初版》為底本，收入了初版〈序言〉，但未收〈附錄〉。

　　初版〈序言〉和〈增補版序言〉在內容上當然大為不同，但在與本文論題相關的以下引文中，兩者所說完全相同。

　　　　又，應在此加以說明的是，寫作本書是想向盡可能多的人傳遞生物進化論之要點，因此或於瑣屑之點統而述之，或出於行文方便而在闡釋時忽略少見的例外。然而，正像畫人的臉未必要把他的眉毛一根一根地全畫出來，點上兩個點就算作鼻孔也一向無需措意一樣，只現大體即可，並不礙事。把每根眉毛都講得很細，反倒顯現不出全體的要點來。[3]

2　丘英通〈《進化論講話》再刊に際して〉，《進化論講話》，有精堂，昭和四十四年（1969），2頁。
3　《進化論講話》，東京：大阪開成館，明治三十七年（1904），6-7頁。

丘淺次郎在這裡談的是《進化論講話》的寫作方法。事實證明，這種方法在傳達進化論重要點方面獲得了巨大的成功。毫無疑問，魯迅後來創作小說時借鑒這種方法，在突顯人物特徵方面也同樣獲得了成功。魯迅晚年在談到自己的創作經驗時說：

> 忘記是誰說的了，總之是，要極省儉的畫出一個人的特．點．，最好是畫他的眼睛。我以為這話是極對的，倘若畫了全副的頭．髮．，即使細得逼真，也毫無意思。我常在學學這一種方法，可惜學不好。（〈我怎麼做起小說來？〉，1933，《南腔北調集》）[4]（重點號為引用者所加，以下若無特殊說明均與此處相同）

在涉及到魯迅創作問題時，這段話是被人們經常引用的。關於「忘記是誰說的了」當中的「誰」，《魯迅全集》的注釋為：

> 這是東晉顧愷之的話，見南朝宋劉義慶《世說新語‧巧藝》：「顧長康（按即顧愷之）畫人，或數年不點目睛。人問其故，顧曰：『四體妍蚩，本無關於妙處；傳神寫照，正在阿堵中。』」阿堵，當時俗語，這個。[5]

這裡的「誰」倒是更接近於丘淺次郎。拿東漢顧愷之來做參照未為不可，只是捨近求遠了。如果把丘淺次郎說的「要點」，置換為魯迅話裡的「特點」和「眼睛」，再把丘淺次郎說的「眉毛」置換為「頭髮」，那麼兩者不論在表達的意思還是表達的方

---

[4]　《魯迅全集6》，學習研究社，昭和六十年（1985），344頁。
[5]　同注釋4，346頁。

式上都是完全一致的。可以說這已經超過了進化論本身而成為一種寫作方法的啟發。也就是說，魯迅受到了丘淺次郎描寫方法的啟發，並且在小說創作實踐中試圖學習這種方法。

另一個例子是《進化論講話》中介紹的達爾文去動物園的故事。這個故事分別出現於《初版》第十八章和《增補版》第十九章中。兩章同題，都叫〈人在自然界中的位置〉，內容也完全相同。

> 動物也有好奇心。達爾文有一天來到倫敦的動物園，把一條小蛇裝進紙袋裡，然後塞進了猴籠的一個角落。只見馬上就有一隻猴子走過來，扒開紙袋往裡看，然後又突然驚叫著拋開了。猴子生來怕蛇，即使拿著一條做成玩具的假蛇去比劃一下，也會大驚小怪地倉惶逃去，但儘管如此，也還是心癢難挨，總想去感受一下所謂「這東西有多嚇人」滋味，於是過了不久，還要蹭過來，順著縫兒往口袋裡看的；而且籠中的其他猴子也都聚集過來，跟著往縫兒裡看，既戰戰兢兢，又流連忘返。一個車夫如果被拉到巡警的盤查所遭到訓斥，那麼在他的周圍一定會黑壓壓地聚集著一大群毫不相關的人看熱鬧，就好奇心的程度而言，這和猴子們聚集在紙袋的周圍是不相上下的。[6]

丘淺次郎否定人是「萬物之靈」說，認為人只是動物的一種，除了腦和手略有程度上的優勢而外，並不比其他動物更高明，反過來說，人所具有的一般動物也都具有，比如上述這個例

---

[6] 　《進化論講話》，東京：大阪開成館，明治三十七年（1904），708-709頁。

子就是「講動物也有好奇心」的。其實這也是達爾文的主張。從魯迅後來寫下的文字來看，他對達爾文──丘淺次郎的這一主張是接受的。

這裡所要強調的是，進化論把人看做「屬於猿類」的動物這一觀點，事實上成了魯迅用以觀察和揭示中國「看客」的一種尺度，在猴子的好奇心也和看客不相上下的意義上，人並沒有進化。丘淺次郎在上面的這段精彩描寫，有構成魯迅「藍本」的充分理由。由於篇幅的關係不能在這裡引用，我以為收在《彷徨》集裡的〈示眾〉（1925）這篇小說，完全是從上面的「一個車夫如果被拉到巡警的盤查所遭到訓斥」這一場景鋪陳開來的。當然，在小說裡並沒有猴子的登場，但在小說的背後卻有一雙達爾文觀察猴子的眼，也有一雙通過達爾文的觀察猴子而觀察到人的丘淺次郎的眼。魯迅就是在進化論的意義上，借助著這種不斷延伸的視線，把目光投向了國民，投向了那些最能代表國民的「看客」。只是在這視線的背後投射著更多的焦慮和無奈。

下面來看第三個例子。

1925年寫的〈春末閒談〉是魯迅攻擊「禮教」的名篇。文中的「細腰蜂」是全篇的主角，這是魯迅借助生物學事實展開其文明批評的最佳例子。「細腰蜂」為了借其他昆蟲的身體產卵而用毒液將別的昆蟲麻醉。在魯迅看來，這與人類實施「治人」的形形色色的「麻醉術」沒有任何不同，「聖君，賢臣，聖賢，聖賢之徒，以至現在的闊人，學者，教育家」所提倡的禮教道德的文明不過是使「被治者」處於不生不死狀態的毒藥。[7]

「細腰蜂」中國古稱「蜾蠃」，《詩經》裡已經有此蟲的記

7　《魯迅全集1》，學習研究社，昭和六十年（1985），270-271頁。

載。但長期以來它一直是「孝行」的一個美談，打破此「孝行」美談的是近代生物學。

> 但究竟是夷人可惡，偏要講什麼科學。科學雖然給我們許多驚奇，但也攪壞了我們許多好夢。自從法國的昆蟲學大家發勃耳（Fabre）仔細觀察之後，給幼蜂做食料的事可就證實了。而且，這細腰蜂不但是普通的兇手，還是一種很殘忍的兇手，又是一個學識技術都極高明的解剖學家。她知道青蟲的神經構造和作用，用了神奇的毒針，向那運動神經球上只一螫，它便麻痹為不死不活狀態，這才在它身上生下蜂卵，封入窠中。青蟲因為不死不活，所以不動，但也因為不活不死，所以不爛，直到她的子女孵化出來的時候，這食料還和被捕當日一樣的新鮮。[8]

　　最早告訴魯迅有關「細腰蜂」知識的，大概是丘淺次郎吧。《進化論講話》「第十四章 生態學的事實」中，這個昆蟲出現了，名叫「寄生蜂」。[9]
　　而關於「寄生蜂」──「細腰蜂」的更為詳細的知識，則誠如魯迅上文所說，來自「法國昆蟲學大家發勃耳（Fabre）」。法勃爾的《昆蟲記》對其習性有著詳細的介紹。該書的日文版，1922年由叢文閣出版，譯者就是本論文（上）所說的早年因丘淺次郎的影響而接受進化論的大杉榮。周氏兄弟當年都是《昆蟲記》大杉榮譯本的讀者。如此看來，周氏兄弟在進化論的「知識

---

[8]　同注釋7，270頁。
[9]　《進化論講話》，東京：大阪開成館，明治三十七年（1904），請參照493-493頁。

鏈」上和日本所構成的關係，也就非常深非常廣了。

　　從上面三個例子來推斷，丘淺次郎對魯迅的影響，哪怕只看《進化論講話》，時期也並不止於留學時代，而是延及到晚年；範圍也不限於個別文章，在《魯迅全集》中能找到多處可以認為與「丘淺次郎」相關聯的大小「片斷」；內容上也不只限於進化論，而是涉及到更多更廣。筆者個人倒是對魯迅作為文學要素從丘淺次郎那裡所吸收的東西更感興趣。但是，更重要的問題是要整體來把握丘淺次郎所有的科學啟蒙、文明批評著作與魯迅到底有著怎樣的關係。私以為，經過多個「個別」實例的比較分析，能夠在進化論體系及社會人生觀方面達到對兩者之相互聯繫和區別的全面把握，是解析魯迅進化論的不可或缺的部分。

　　以下，將以若干關鍵字來詳探兩者的關係。

八、「奴隸根性」、「偉人」、「新人」及其他

　　在丘淺次郎的著作裡，「奴隸根性」這個詞，不是一個一般的用語，而是作為一個重要的問題來討論的。他不僅通過「奴隸根性」這個詞來展開他獨特的社會批評，而且也通過這個詞來分析和解釋「人類的過去、現在與將來」，在同時代的思想家和批評家當中，能夠像丘淺次郎這樣正面論述「奴隸根性」，並且拿出自己獨到結論的人還並不多見，因此可以說，在這個詞當中，不僅包含了丘淺次郎進化論的許多特徵，而且通過丘氏對它的論述，可以看到許多時代特徵。

　　那麼，透過這個關鍵字，能看到丘氏和魯迅的怎樣的聯繫和區別呢？我以為不妨從以下幾個方面看。

　　首先，是兩者對什麼是「奴隸根性」的這一概念的理解。丘

淺次郎為「奴隸根性」所做的定義如下：

> 這裡有一點是不能忘的，那就是奴隸根性有表和裡兩面。
> 對上點頭哈腰，不論使自己怎樣下賤，也都成奉以您說得
> 對，您是爺的一副笑臉，是奴隸根性的表，這一面在誰眼
> 裡看都是明顯的奴隸根性。反過來，對下驕橫是奴隸根性
> 的裡。對上點頭哈腰也好，對下驕橫不可一世也好，由於
> 是把世間分為若干個等級，所以在精神方式上便沒有絲毫
> 的不同。然而世人卻總是只把奴隸根性的表認作奴隸根
> 性，而忘卻裡也是奴隸根性。所謂奴隸根性，是人為看重
> 階級差別的一種根性，因此也不妨取另一個名稱，叫做階
> 級的精神，如果從這層意思來講，那麼趾高氣揚當然也就
> 屬於奴隸根性的範圍。（《煩悶與自由・新人與舊人》，
> 大正七年九月，1918）[10]

> 服從性亦可叫做階級的精神或奴隸根性。（《煩悶與自
> 由・自由平等的由來》，大正八年十一月，1919）[11]

> 所謂奴隸根性，是指把社會劃分為幾個階級，對哪怕只是
> 上一個階級絕對服從，對哪怕只是下一個階級又無限地大
> 耍權威的階級的精神。（《所謂偉人》，大正十年六月，
> 1921）[12]

---

[10] 《煩悶と自由》，有精堂，昭和四十三年（1968），55頁。
[11] 同上註，44頁。
[12] 同上註，254頁。

　　　所謂奴隸根性，就是缺乏獨立自尊的精神。（同上）[13]

　　綜合上面這些話可以知道，丘氏認為，所謂「奴隸根性」是建築在階級差別基礎上的一種精神形態，它的最顯著特徵是對上卑躬屈膝地服從，對下又驕橫跋扈得不可一世，而這種「服從和驕橫不過是互為表裡的同一種東西」[14]，其本質「就是缺乏獨立自尊的精神。」丘氏還同時提醒人們，世人卻總是只把前者即「表」的一面認作奴隸根性，而忘卻後者，即「裡」的一面也是奴隸根性。

　　由於使用的場合和論述問題的不同，「奴隸根性」這個詞，在丘氏語境裡還可以互換為「階級的精神」、「服從性」乃至「協調一致」等用語。

　　儘管在《魯迅全集》裡只有一處使用了「奴隸根性」這個詞[15]，但從哪怕是單純地比較中也可以知道，魯迅在對奴隸根性這一概念的把握和理解上，和丘淺次郎之間，不僅有著「共知」，而且也有著某種程度的「共識」。所謂「共知」，是他們都把握到了「奴隸根性」所具有的為奴為主的兩面特徵，所謂「共識」，是他們對奴隸根性的具體表現及其危害都有過深入具體的剖析和論述。

　　在魯迅那裡有這樣一個命題，它被伊藤虎丸先生概括為「奴隸和奴隸主相同的命題」。[16]這個命題可以通過以下兩段話看出來：

---

[13] 同上註，260頁。
[14] 同上註，64頁。
[15] 參照《墳・說鬍鬚》。
[16] 《魯迅と日本人──アジアの近代と「個」の思想──》，朝日出版社，1983，170頁。

　　暴君治下的臣民，大抵比暴君更暴；暴君的暴政，時常還不能饜足暴君治下的臣民的欲望。

　　中國不要提了罷。在外國舉一個例：小事件則如Gogol的劇本《按察使》，眾人都禁止他，俄皇卻准開演；大事件則如巡撫想放耶穌，眾人卻要求將他釘上十字架。

　　暴君的臣民，只願暴政暴在他人的頭上，他卻看著高興，拿「殘酷」做娛樂，拿「他人的苦」做賞玩，做慰安。……（中略）……（《熱風・六十五　暴君的臣民》，1919）[17]

Th. Lipps在他那《倫理學的根本問題》中，說過這樣意思的話。就是凡是人主，也容易變成奴隸，因為他一面既承認可做主人，一面就當然承認可做奴隸，所以威力一墜，就死心塌地，俯首貼耳於新主人之前了。那書可惜我不在手頭，只記得一個大意，好在中國已經有了譯本，雖然是節譯，這些話應該存在的罷。用事實來證明這理論的最顯著的例是孫皓，治吳時候，如此驕縱酷虐的暴主，一降晉，卻是如此卑劣無恥的奴才。中國常語說，臨下驕者事上必諂，也就是看穿了這把戲的話。（《墳・論照相之類》，1925）[18]

專制者的反面就是奴才，有權時無所不為，失勢時即奴性十足。……（中略）……做主子時以一切別人為奴才，則

---

[17]　《魯迅全集1》，學習研究社，昭和六十年（1985），448頁。

[18]　《魯迅全集1》，學習研究社，昭和六十年（1985），250頁。

有了主子，一定以奴才自命。（《南腔北調集・諺語》，
1933）[19]

如果把這個命題換成丘淺次郎的說法，那麼便是上面所說的
「服從和驕橫不過是互為表裡的同一種東西」。我認為，「主」
與「奴」互為表裡，也是魯迅思考奴隸根性時的認識前提，有了
這一前提，才會進一步有「暴君治下的臣民，大抵比暴君更暴」
的提法，才會導入「凡是人主，也容易變成奴隸」的認識，進而
才會更有「吃人」與「被吃」的圖式，以及「想做奴隸而不得的
時代」和「暫時做穩了奴隸的時代」[20]的歷史循環。總之，魯迅
結合中國的實際，把「奴隸根性」作了深廣的闡發和拓展，但作
為其前提的概念基礎，即對奴隸根性內涵的把握上，和丘淺次郎
是共同的。

然而，正如由上面引文所見，「主」與「奴」可以輕易逆轉
的發想，是來自李普斯的《倫理學的根本問題》，魯迅對此也說
得很明確。或許「李普斯」是丘淺次郎和魯迅將「奴隸根性」作
為問題論述的共通的背景也未可知。阿部次郎的日譯本於大正五
年（1916）由岩波書店出版，但精通德語、比起翻譯更重視原文
的丘氏，是否讀了該譯本還是一個疑問。反過來，倒不妨認為魯
迅很可能是通過楊昌濟譯本而讀到了「李普斯」。關於李普斯和
《倫理學的根本問題》，《魯迅全集》的注釋如下：

Th. Lipps李普斯（1851-1941），德國心理學家、哲學家。

19　《魯迅全集6》，學習研究社，昭和六十年（1985），373頁。
20　《墳・燈下漫筆》，《魯迅全集1》，學習研究社，昭和六十年（1985），
　　280頁。

他在《倫理學的根本問題》第二章〈道德上之根本動機與惡〉中說：「凡欲使他人為奴隸者，其人即有奴隸根性。好為暴君之專制者，乃缺道德上之自負者也。凡好傲慢之人，遇較己強者恒變為卑屈。」（據楊昌濟譯文，北京大學出版部出版）

把這段注釋和上面引用過的丘氏的關於「奴隸根性」的定義相比，我倒以為丘氏之言更能為理解魯迅提供當時的話語背景。而如果再把眼光放開一些，就更能在二者的文本之間發現更多的精神特徵上的相通或相似之處。

其次，從文本上看，丘淺次郎針砭「奴隸根性」時所涉及到的許多內容，也出現在魯迅的文本當中。眾所周知，「奴隸根性」的問題可以說是魯迅改造國民性問題的核心所在，他畢生都在探討這一問題，這在以《阿Q正傳》為代表的文學作品和大量的雜文中都表現得很充分，但這裡不可能充分展開，而只能看些與本文相關的例子。例如下面的這段話：

而那時的教育也專致力於維持階級制度和培養作為其根抵的奴隸根性，以對上一個階級者的絕對服從為最高道德，把為上捨命作為善美之極致來讚賞。如為救上者之子，竟代之以我子而殺之，為給上者報酬，長期含辛茹苦，終於取了仇人的頭等等，都被作為善行的樣板來流傳，歌裡也唱，戲裡也演。其餘波是家庭當中的階級差別也很嚴重，對一等之上者決不敢抬頭，尤其像女子，被強迫服從，不論是怎樣的不合情理，當她們出嫁前，就已經被引導說「婆婆就是蠻不講理的人」，而到了自己當婆婆的時候，

又來可勁兒欺負媳婦，把年輕時受的氣都撒出來。（《煩悶與自由・新人與舊人》，大正七年九月，1919年。如不做說明，重點號皆為本文作者所加，下同）[21]

從阪口安吾在《墮落論》裡援引替主人報仇的事例，闡述相同的問題來看，[22]丘氏對奴隸根性的批判對後來是很有些影響的，但關於媳婦變成婆婆的例子魯迅是也談很多次的：

人們因為能忘卻，所以自己能漸漸地脫離了受過的苦痛，也因為能忘卻，所以往往照樣地再犯前人的錯誤。被虐待的兒媳做了婆婆，仍然虐待兒媳；嫌惡學生的官吏，每是先前痛罵官吏的學生；現在壓迫子女的，有時也就是十年前的家庭革命者。（《墳・娜拉走後怎樣》，1924）[23]

許多媳婦兒，就如中國歷來的大多數媳婦兒在苦節的婆婆腳下似的，都決定了暗淡的運命。（《華蓋集・「碰壁」之後》，1925）[24]

雖然是中國，自然也有一些解放之機，雖然是中國婦女，自然也有一些自立的傾向；所可怕的是幸而自立之後，又轉而凌虐還未自立的人，正如童養媳一做婆婆，也就像她的惡姑一樣毒辣。（《墳・寡婦主義》，1925）[25]

---

[21] 同注釋10，59頁。

[22] 參照《墮落論》。我手頭所有的是平成二年角川文庫版。

[23] 《魯迅全集1》，學習研究社，昭和六十年（1985），224頁。

[24] 《魯迅全集4》，學習研究社，昭和六十年（1985），88頁。

[25] 《魯迅全集1》，學習研究社，昭和六十年（1985），338-339頁。

丘淺次郎有一段話是通過「制服」來講「奴隸根性」的：

> 晏子的御者仰仗主人的威光，洋洋得意，是奴隸根性的最
> 無遺憾的暴露，但因晉升一級而換了制服，立刻穿在身上
> 出去張揚的人的根性，以及看了他的張揚而羨慕的人的根
> 性，也與此沒有絲毫的兩樣。（《煩悶與自由・新人與舊
> 人》，大正七年九月，1918）[26]

這可以使人聯想到魯迅對辛亥革命後紹興革命黨人「皮袍
子」的描寫：

> 在衙門裡的人物，穿布衣來的，不上十天也大概換上皮
> 袍子了，天氣還並不冷。（《朝花夕拾・范愛農》，
> 1926）[27]

類似這種精神相通的例子還可以進一步找到。例如，在上下
構成的等級關係中，講下對上的「智慧」二者就很一致：

> 尤其在位於指揮者階級中段的人看來，酋長如果凡庸倒是
> 更好的事情，因此便逐漸產生了一種傾向，世襲酋長便被
> 真正的實權者們扛了起來，一邊受到來自被支配階級的無
> 上尊敬，一邊又不過是被部下所利用。當初相信酋長的實
> 力而絕對服從的奴隸根性，就這樣變化為對並不伴隨實力
> 的虛位人的頂禮膜拜。（《煩悶與自由・新人與舊人》，

---

[26] 同註10，63頁。
[27] 《魯迅全集3》，學習研究社，昭和六十年（1985），182頁。

大正七年九月，1918）[28]

　　這種情形，在魯迅那裡就做叫「愚君政策」，他有一篇文章是專門就此進行描寫的，便是〈談皇帝〉（1926）。

　　第三，還可以通過與此相關的所謂「偉人」的問題，來看兩者的共通之處。在丘氏看來，所謂「偉人」或「英雄豪傑」都不過是「是彌漫在世間的絕對服從的奴隸根性」造成的，「而被造就者本身和人的平均程度相比並未傑出到遠不可及」。[29]

> 在一個充滿了這種根性的社會裡，每個人都曉得，把自己的主人弄得了不起就是使自己了不起，也就不斷使勁兒把自己頭頂階級的這個人弄大，所以那些出人頭地到一定階級以上的人，總是不斷地被下面往上推，便自然成了英雄豪傑。（《進化與人生‧追加二　所謂偉人》，大正十年六月，1921）[30]

　　丘氏所舉的例子是那些諸如佛教、基督教、伊斯蘭教的被叫做「宗教之始祖」的人。

> 宗教之始祖者，都是隨著年代的遠隔而偉大起來的。我聽人們說，把世界各地的當做釘死耶穌的十字架的破片保存起來的木片搜集起來可造幾艘巨大的帆船，把那些稱做釋迦的舍利骨的東西堆集在一起，可裝滿幾個四斗樽，但正

---

[28]　同註10，58頁。
[29]　同註12，253-254頁。
[30]　同註12，254頁。

由於這些都是後來逐漸增加起來的，所以也和傳記一樣，是很不容易判斷到什麼地方是真話，假話又是從什麼地方開始的。讓信者崇拜始祖，對該宗派的僧侶來說是極為有利的，所以後世的僧侶都不斷努力使信者越發崇拜始祖，而越讓信者崇拜，始祖也就只能被抬得更高。大凡崇拜他人的場合，是需要那個人和自己有顯著的差異的。……（中略）……要使普通人和教祖之間有大差距，就只能把教祖弄成非常了不起的人，所以吃這個宗派飯的僧侶們也就逐漸把教祖抬成了偉人，不斷編出種種故事加在他身上，……（中略）……如果把後世和尚加上的謊言全部去掉，那麼始祖也許就和當時的人大同小異罷。現在當有人紮著青黑穗子，留著山羊鬍子，再像勳章的錦帶那樣配上白花花的棉花，走過來說，我是預言者，我是彌賽亞（救世主，耶穌基督），倘若他能獲得眾多的信者，那麼他在千百年後就會被看成和釋迦、耶穌基督同樣的偉大的人物的罷。（同上）[31]

不妨和魯迅的一些論述對照一下：

佛教初來時便大被排斥，一到理學先生談禪，和尚做詩的時候，「三教同源」的機運就成熟了。聽說現在悟善社裡的神主已經有了五塊：孔子，老子，釋迦牟尼，耶穌基督，謨哈默德。（《華蓋集・補白》，1925）[32]

---

[31]　同註12，252-253頁。

[32]　《魯迅全集4》，學習研究社，昭和六十年（1985），122頁。

　　豫言者，即先覺，每為故國所不容，也每受同時人的
迫害，大人物也時常這樣。他要得人們的恭維讚歎時，必
須死掉，或者沉默，或者不在面前。

　　……（中略）……

　　如果孔丘，釋迦，耶穌基督還活著，那些教徒難免要
恐慌。對於他們的行為，真不知道教主先生要怎樣慨歎。

　　所以，如果活著，只得迫害他。

　　待到偉大的人物成為化石，人們都稱他偉人時，他已
經變了傀儡了。

　　有一流人之所謂偉大與渺小，是指他可給自己利用
的效果的大小而言。（《華蓋集續編‧無花的薔薇》，
1926）[33]

耶穌教傳入中國，教徒自以為信教，而教外的小百姓卻
都叫他們是「吃教」的。這兩個字，真是提出了教徒的
「精神」，也可以包括大多數儒釋道教之流的信者，也可
以移用於許多「吃革命飯」的老英雄。（《准風月談‧吃
教》，1933）[34]

　　就是說，關於偶像，尤其是偶像的產生以及如何被人們所利
用的認識，魯迅和丘淺次郎是完全一致的。

　　第四，還可以從對所謂「新人」和「舊人」的看法上看到兩
者的一致。例如，丘氏用是否有「奴隸根性」來區別「新人」和
「舊人」的，他指出：

---

[33]　《魯迅全集4》，學習研究社，昭和六十年（1985），293頁。
[34]　《魯迅全集7》，學習研究社，昭和六十年（1985），343頁。

沒有奴隸根性的人，既無法忍受在自己頭上擁戴他人，也當然討厭他人匍匐在自己腳下。一言以蔽之，驕橫和允許驕橫，都是有奴隸根性的舊人的性質，而自己不驕橫，也不允許別人驕橫，則應是失了奴隸根性的新人的特徵。」（《煩悶與自由‧新人與舊人》，大正七年九月，1918）[35]

舊人承威於上，凌威於下，而自己既不逞威，也不許他人施威，則是真正新人的特性。（同上）[36]

而尤其值得注意的是，丘氏對貌似「新人」的警惕：

舊人不一定是生在天保年間的老人，在那些穿著新式洋服，抱著洋文書走來的年輕人當中，也有很多是很舊的人。（同上）[37]

那些只是現買現賣新思想的人，說的和寫的都只是表面上新，其實質是非常舊的。例如把世間分成並等的多數和特等的少數，而總把自己當作特等去專橫跋扈的人便屬於這種情形。在多數人聚集當中，只有自己鶴立雞群，受人尊敬，在誰都不會有壞心情，但這是由於心裡藏著階級精神的緣故。因此，倘若多有這種精神發生的人，那麼便的確應當作舊人看的。就像俳句上也說「民主、大鼓我也有」

---

[35] 同註10，55頁。
[36] 同註10，67頁。
[37] 同註10，55頁。

一樣，在講新事兒流行的時節，誰都爭先恐後地來說新，
但只要心裡的階級精神不消失，他們便都不過是鍍了金的
新人。（同上）[38]

在這一點上，魯迅的看法也沒有什麼不同，他也以是否有
「奴隸根性」來看人，尤其看待那些表面上新，而骨子裡舊的
人，這在「革命文學」論爭和左聯內部的論證當中都有充分的體
現。當「革命文學家」們把馬克思主義理論當作權威，用來拉大
旗作虎皮，驕橫不可一世時，魯迅看到的也正是他們身上沒有蛻
盡的奴隸根性。因篇幅所限，不能引用了，這一點只要參看〈上
海文藝之一瞥〉（1931）[39]和〈答徐懋庸並關於抗日統一戰線問
題〉（1936）[40]等篇便會一目了然。

總之，在關於「奴隸根性」的問題上，魯迅和丘淺次郎不
過是又呈現出了更多的相通或相似，我以為僅僅是以「同時代
性」或者「偶然巧合」是不足以解釋它們所呈現的豐富而具體的
關聯的。前面說過，「奴隸根性」的問題是魯迅改造國民性思想
的重要內容，也是他終生都在探索的一個主題，讀過丘氏《進化
論講話》的魯迅，在同一個問題上借鑑丘氏的觀點是再自然不過
的事了。當然，這裡還要順便提到，即使在「奴隸根性」這一問
題上，魯迅和丘氏也並不完全一致，上面所說的「某種程度的共
識」，其含義就是這層意思。

在丘氏那裡，「奴隸根性」是一個從生物學的自然史觀導引

[38] 同註10，66-67頁。
[39] 《二心集》，《魯迅全集6》，學習研究社，昭和六十年（1985）。
[40] 《且介亭雜文末編》，《魯迅全集8》，學習研究社，昭和五十九年
　　（1984）。

到社會批評當中的概念，他認為，包括人在內的過團體生活的動物，出於團體競爭的需要，「服從性」、「協調一致」、「奴隸根性」是生存競爭不可缺少的倫理要求，因此所謂「奴隸根性」也是伴隨著人類歷史的發展而被培養起來的，到了近代，隨著在競爭中團體滅亡係數的減小，「奴隸根性」便開始退化，而逐漸被自由思想所取代。因此，在價值判斷上，「奴隸根性」就是一個相對的概念。一方面，丘氏明確指出，「奴隸根性」的退化和消滅，是不可避免的「自然大勢」，是「一度前進之後便不再後退的歷史潮流之一」。[41]他在強調獨立自尊時，對「奴隸根性」的有力針砭上面已經介紹過了。但另一方面，他的批判又是有所保留的，「說到奴隸根性，聽上去或許會有非常卑劣下賤之感，但對階級型的團體來說，卻是生存上的最重要的東西，其越是發達的團體，和敵人競爭獲勝的可能性也就越大。」[42]因此，「在這樣的團體當中，奴隸根性實應尊為最高的道德」。[43]我認為這是丘氏的矛盾之處。

很顯然，「奴隸根性」在魯迅那裡不具備這種相對的特徵，而是個徹底否定的概念，因此魯迅對其攻擊程度的深廣和不遺餘力，都是丘氏所不能比擬的。由此可以看到魯迅對丘氏的取捨。

---

[41]　〈一代後を標準とせよ〉，《煩悶と自由》，有精堂，昭和四十三年（1968），188頁。

[42]　同註10，57頁。

[43]　同註10，59頁。

九、「黃金世界」

　　丘淺次郎有一個顯著的特點，那就是在他的論說當中有很多內容是涉及「未來」的。如從《進化與人生》當中的〈戰爭與和平〉（明治三十七年，1904）、〈人類的生存競爭〉（明治三十八年，1905）、〈人類的將來〉（明治四十三年，1910）開始，到《煩悶與自由》裡的〈戰後人類的競爭〉（大正七年，1918）、〈煩悶的時代〉（大正九年，1920）、〈現代文明批評〉（大正九年，1920），再到他把在寫文章中的關於未來的某些觀點完整擴展到《人類的過去、現在及將來》（大正三年，1914）和《從猴子群到共和國》（大正十五年，1926）這兩本書中，可以說丘淺次郎問題的指向性都是針對未來的，說它是個「未來論者」也不為過。而且從社會批評的角度看，誠如今西錦司所說：

> 在丘淺次郎之後，作為進化論研究者，雖然還可以舉出小泉丹、德田御稔、八杉龍一等人，但從進化論立場批評現代文明，而且還不只現代文明，進而又論及人類未來的，不論以後還是以前，除了丘淺次郎之外恐怕還找不到第二個日本人。筑波常治指出丘淺次郎是偉大的思想家，對此我沒有異議。（《人類的過去、現在及將來》解說）[44]

　　那麼丘氏關於「未來」的看法是怎樣的呢？關於這個問題，由於不能在此作充分的展開，所以我準備暫借筑波常治的觀點來

---

[44] 《人類の過去現在及び未來》，有精堂，昭和四十三年（1968），198頁。

做一個收束。筑波常治指出：

> 在丘淺次郎對未來的預測當中，會讓人感到他有濃厚的厭
> 世思想的陰影。這個陰影在達爾文身上原本就有。從把進
> 化論作為人生觀的這一觀點來看，進化論可分為樂天和厭
> 世兩股潮流。前者視進化近乎於進步，期待人類的將來會
> 有更加輝煌的發展。後者則相反，重視那些在生存競爭
> 中，處於因弱肉強食而繁榮的種屬之陰影下的滅亡的種屬
> 和個體。可以說，達爾文代表著後一種傾向。（《丘淺次
> 郎集・解說》）[45]

又指出：

> 由思想史的見地來觀察進化論，可以大別為兩股潮流。
> 一股是把進化大致等同於進步，認為包括人在內的生物
> 會自行朝著好的方向變化，因此是以薔薇色描畫未來的樂
> 天立場。另一股潮流與之相反，關注這變化過程中反復出
> 現的生存競爭，以為弱肉強食的角鬥場是生物不可避免的
> 宿命，採取的是厭世立場。丘淺次郎──在日本人中很少
> 見地──以後者的立場來批判代表前者的斯賓塞主義。
> （《進化與人生・解說》）[46]

　　我以為，筑波常治從思想史的角度對丘氏的關於未來的看法
的概括是很準確的。在丘氏的「未來」概念裡，幾乎找不到任何

---

[45]　《近代日本思想大系9》，筑摩書房，1974年，447-448頁。
[46]　《進化と人生》，有精堂，昭和四十三年（1968），309-310頁。

樂觀的內容，的確可以說是悲觀的或者厭世的。不過，通讀完丘氏的全部著作，重新再做平心靜氣的思考以後，我又覺得在丘氏關於未來的「厭世」或「悲觀」的預測背後，似乎還有更深一層的含義，由於篇幅所限，我想另找機會進行討論，這裡只做一個備忘的筆記。我認為，在丘氏的預測中，有置之死地而後生的含義，他是在通過強調未來的危機，來迫使人們作出現實的抉擇。用魯迅所說的「絕望之於虛妄，正與希望相同」[47]的話來解釋丘淺次郎似乎並無大礙。

和丘淺次郎的積極討論未來相比，魯迅給人的感覺似乎很不相同，他更重視的是現在，而對討論將來好像沒什麼興趣。人們都知道，在他看來，不拯救現在也就無所謂將來，因為「殺了『現在』，也便殺了『將來』」[48]。不過，這也都是對魯迅的印象而已，仔細一查也會有出人意料之處。比如說，據我的近似統計，在《魯迅全集》裡「將來」這個詞共出現過595次，再加上意思幾乎相同的「未來」出現的74次，其頻度也就將近有700次，這個數字雖然遠遠低於「現在」（出現3455次，「目前」出現112次）的出現次數，但是比「過去」（出現268次，「從前」出現96次）要高出近一倍。就是說魯迅言及「未來」的地方實際上還是很多的。那麼魯迅的「未來」觀是怎樣的呢？

總的來講，是悲觀的預測遠遠多於多於樂觀的憧憬，對未來的擔憂和警告也遠遠多於期盼。當然，魯迅的「未來」觀是有變化的，在不同的歷史時期內所表現的內容也不盡相同，但從總的

---

[47] 《野草・希望》，《魯迅全集3》，學習研究社，昭和六十年（1985），30頁。

[48] 《熱風・現在的屠殺者》，《魯迅全集1》，學習研究社，昭和五十九年（1984），432頁。

趨勢上講，不僅是悲觀大於樂觀，而且亦由青年時代的樂觀轉向悲觀。說魯迅在本質上是悲觀的，那倒不一定，但至少在言論上看是如此。

如魯迅在留學時代，由於「未來」連接著夢想，所以大抵是憧憬和樂觀的，可用「吾未絕大冀於方來」[49]和「意者文化常進於幽深，人心不安於固定，二十世紀之文明，當必沉邃莊嚴，至與十九世紀之文明異趣」[50]這樣的話來概括。

到了五四時代，雖再度對「未來」產生熱情，但已經不那麼自信，說：「沒有吃過人的孩子，或者還有？」[51]也罷，說「殺了『現在』，也便殺了『將來』。——將來是子孫的時代」[52]也罷，「未來」已經變得空疏無力了。雖然，在晚年還有過關於「未來」的熱情，說「惟新興的無產者才有將來」[53]，但是這種樂觀的表述實在是太少了，只能看作個例。

然而，悲觀多於樂觀，絕望多於希望，和魯迅所處的現實有關，他不可能從眼前的黑暗中推導出未來的光明。因此，在對「未來」的看法以及悲觀結論的推倒方式上，魯迅和丘淺次郎也沒有什麼本質上的不同。唯一的區別是後者對「未來」多做正面的闡述，魯迅則很少專門正面來談「未來」。

筆者以為，在對「未來」的悲觀看法，或者說是拒絕對「未

---

[49] 《集外集拾遺補編・破惡聲論》，《魯迅全集4》，學習研究社，昭和六十一年（1986），49頁。

[50] 《墳・文化偏至論》，《魯迅全集1》，學習研究社，昭和五十九年（1984），83頁。

[51] 《吶喊・狂人日記》，《魯迅全集2》，學習研究社，昭和五十九年（1984），31頁。

[52] 同註47。

[53] 《二心集・序言》，《魯迅全集6》，學習研究社，昭和六十年（1985），18頁。

來」的美好承諾中，丘淺次郎和魯迅之間可以用一個關鍵字來銜接，這個詞就是「黃金世界」。

首先，在丘氏那裡，所謂「黃金」總是和烏托邦世界裡的令人鄙視的「黃金」，以及「理想」聯繫在一起，因此所謂「黃金世界」亦不過是烏托邦世界或幻想的代名詞。

> 大凡為推動世間進步，理想固然重要，但理想有能夠實現的理想和不能實現的理想。單單作為理想，像烏托邦中寫的那樣，用黃金來打造夜壺和罪人的枷鎖，讓世人養成鄙視黃金的習慣，這種想法固然不妨，但倘若是實際上做不到的理想便什麼用處都沒有。（〈人類的誇大狂〉，明治三十七年，1904）[54]

因此，在表現有幻想色彩的事物時，丘氏便經常使用「黃金世界」，比如，他不認為會有真正的人道或和平：

> 想想看，人道這種東西實際上存在嗎？或者像幽靈那樣只是止於傳說，實際上並不存在？如果每個人都去實行人道的話，那麼世上將會絲毫無所爭，當會是一個真正的和平極樂的黃金世界了。（〈人道的本相〉，明治三十九年，1906）[55]

> 人情風俗固不會因為物質文明的進步而變好。根據我等的一個想法，今後距萬民豐衣足食，毫無不平的黃金世界會

---

[54] 《進化と人生》，有精堂，昭和四十三年（1968），7頁。
[55] 《進化と人生》，有精堂，昭和四十三年（1968），55頁。

越來越遠吧。（〈戰爭與和平〉，明治三十七年，1904）[56]

又比如，對於社會革命，丘氏也是懷疑的：

> 歷史上多有因不滿社會現狀而發動大革命的例子，由於總
> 是歸罪於社會制度，而忘記人是怎麼回事，以為只要制度
> 改了就會變成黃金世界，因此在革命之後，除了看到過去
> 耀武揚威者的衰敗，暫時略感愉快之外，並無任何有趣可
> 言，世間澆漓依舊，競爭激烈依如往昔。（《進化論講
> 話‧第十九章　與其他科學的關係》[57]

因此，丘氏也通過這個詞來無情批判人們對未來的不切實際
的想像。在請看下面的兩段話：

> 什麼彼世，什麼未來，什麼天國，什麼靈魂世界，名稱不
> 盡相同，這看不見的宇宙，要而言之，便是可見宇宙的上
> 面的一層。有趣的是，這二樓的客廳總是跟樓下的客廳非
> 常相似。人即便可以根據想像對已知事物進行各種組合，
> 但卻想不出完全不同的別一種東西。不論在哪國，天國都
> 只由下界之物來建造，只是把下界之物理想化。有個農夫
> 說，要是他當上國王，就一定要用黃金給糞桶做個金箍。
> 天國亦是如此。在愛斯基摩人的天國裡，一定游著織錦般

---

[56]　《進化と人生》，有精堂，昭和四十三年（1968），96頁。
[57]　《進化論講話》，東京：大阪開成館，明治三十七年（1904），776頁。
　　又，該段引文在《增補進化論講話》（東京開成館，大正三年十一月）
　　〈第20章　進化論の思想界におよばす影響〉中。

的海豹；在印度的天國裡，也一定盛開著車輪一樣大小的蓮花。在非洲的天國裡，猩猩和獅子大概都很溫順，而在南洋的天國裡，天空中怕是要掛滿香蕉的吧。如此這般，靈魂世界的材料，皆由自己身邊的這個可見的宇宙中取來。這情形，無異於低能的作者無論怎樣努力都寫不出低能小說以外的作品來。（〈我等的哲學〉，大正十年，1921）[58]

為了讓自己身居的社會好起來，當然誰都得努力，大家都努力的話，便一定會有那份努力的效果，不過，倘拿不出一個更好的妙法來，就會像阿爾志跋綏夫小說裡的那個工人綏惠略夫所說的那樣，只能看到這樣一個結果，即「新的世界會來的吧，……卻決不是一個更好的世界」。（〈自由平等的由來〉，大正八年十一月，1919）[59]

筆者以為，在「黃金世界」的問題上，可以更多地看到魯迅與丘淺次郎思想上的一致之處。在中文版《魯迅全集》（人民文學出版社，1981）中，魯迅本人使用「黃金世界」一詞的文章有〈娜拉走後怎樣〉、〈春末閒談〉、〈影的告別〉、〈忽然想到（七～九）〉，以及《兩地書》（四）。在相同的意義上使用「黃金世界」一詞的文章為〈頭髮的故事〉、〈這回是「多數」的把戲〉。關於「黃金世界」一詞的由來，正如北岡正子所指出的，可認為是來自魯迅從德語翻譯的阿爾志跋綏夫的小說《工人綏惠略夫》。[60]令人感興趣的是，或許偶然巧合，當把魯迅的文

---

[58]　《進化と人生》，有精堂，昭和四十三年（1968），291-292頁。
[59]　《煩悶と自由》，有精堂，昭和四十三年（1968），53頁。
[60]　參照日譯本《墳‧娜拉走後怎樣》〈譯注〉（一），《魯迅全集1》，學

章拿來與上面所引丘淺次郎的文章相比較，則二者對阿爾志跋綏夫的理解一致。

> 但是，萬不可做將來的夢。阿爾志跋綏夫曾經借了他所做的小說，質問過夢想將來的黃金世界的理想家，因為要造那世界，先喚起許多人們來受苦。他說，「你們將黃金世界預約給他們的子孫了，可是有什麼給他們自己呢？」有是有的，就是將來的希望。但代價也太大了，為了這希望，要使人練敏了感覺來更深切地感到自己的苦痛，叫起靈魂來目睹他自己的腐爛的屍骸。惟有說誑和做夢，這些時候便見得偉大。所以我想，假使尋不出路，我們所要的就是夢；但不要將來的夢，只要目前的夢。（《墳‧娜拉走後怎樣》，1924）[61]

而且，如同丘氏否定「黃金世界」一樣，魯迅也斷然拒絕，說：

> 有我所不樂意的在天堂裡，我不願去；有我所不樂意的在地獄裡，我不願去；有我所不樂意的在你們將來的黃金世界裡，我不願去。（《野草‧影的告別》，1924）[62]

又比如，上面引用了丘氏的關於人們對未來的想像的論述，實際上同樣的意思魯迅也說過。農夫想像國王的「糞桶的箍」是

習研究社，昭和五十九年（1984），228頁。

[61]　《魯迅全集1》，學習研究社，昭和五十九年（1984），221-222頁。

[62]　《魯迅全集3》，學習研究社，昭和五十九年（1984），18頁。

用黃金來打造，可用來對照魯迅講述的浙江西部「嘲笑鄉下女人無知的那個笑話」：

> 是大熱天的正午，一個農婦做事做得正苦，忽而歎道：「皇后娘娘真不知道多麼快活。這時還不是在床上睡午覺，醒過來的時候，就叫道：太監，拿個柿餅來！」（《偽自由書·「人話」》，1933）[63]

與丘氏所說的「二樓客廳」的意思相對應，在魯迅那裡，也有幾個非常相似的例子：

> 我們有一個傳說。大約二千年之前，有一個劉先生，積了許多苦功，修成神仙，可以和他的夫人一同飛上天去了，然而他的太太不願意。為什麼呢？她捨不得住著的老房子，養著的雞和狗。劉先生只好去懇求上帝，設法連老房子，雞，狗，和他們倆全都弄到天上去，這才做成了神仙。也就是大大的變化了，其實卻等於並沒有變化。（《且介亭雜文·中國文壇上的鬼魅》，1934）[64]

> 天才們無論怎樣說大話，歸根結蒂，還是不能憑空創造。描神畫鬼，毫無對證，本可以專靠了神思，所謂「天馬行空」似的揮寫了，然而他們寫出來的，也不過是三隻眼，長頸子，就是在常見的人體上，增加了眼睛一隻，增長了頸子二三尺而已。這算什麼本領，這算什麼創造？（《且

---

63 《魯迅全集7》，學習研究社，昭和五十九年（1984），96-97頁。
64 《魯迅全集8》，學習研究社，昭和五十九年（1984），175頁。

介亭雜文二集・葉紫《豐收》序》，1935）[65]

> 我曾經愛管閒事，知道過許多人，這些人物，都懷著一個
> 大願。大願，原是每個人都有的，不過有些人卻模模胡
> 胡，自己抓不住，說不出。他們中最特別的有兩位：一位
> 是願天下的人都死掉，只剩下他自己和一個好看的姑娘，
> 還有一個賣大餅的；另一位是願秋天薄暮，吐半口血，兩
> 個侍兒扶著，慽慽的到階前去看海棠。這種志向，一看好
> 像離奇，其實卻照顧得很周到。（《且介亭雜文・病後雜
> 談》，1934）[66]

　　一般說來，文章寫到最後總要有一個結論，但是就本論而
言，也許沒有結論恐怕是最好的結論，因為到目前為止，還僅僅
是這個研究課題的開始，小論的內容所揭示的不過是這一研究的
某個通過點而已。本論所做的主要工作是，正面提出了魯迅的進
化論思想與丘淺次郎進化論的關係問題，並為此調查了丘氏的時
代背景，人生經歷以及在近代進化論思想史上的地位，力圖呈現
出丘氏在時代意義上與魯迅的關聯；本論還通過對丘氏文本和魯
迅的文本的調查比較，確認了丘氏對魯迅的影響在時期上並不只
限於魯迅的留學時期，範圍上也不只限於個別篇章，內容上也不
只限於進化論，由此推測出兩者之間可能存在著比現在知道的情
形更為複雜和深廣的聯繫，而這種情形已經在第七、八、九三個
題目下獲得了部分證實。事實上類似的關鍵字在他們之間還可以
找到很多，比如說，「中途」或「中間」的相對概念，「退化

---

[65]　《魯迅全集8》，學習研究社，昭和五十九年（1984），253頁。
[66]　《魯迅全集8》，學習研究社，昭和五十九年（1984），186頁。

論」，「沒有邊界的區別」，以及「進化論的倫理觀」等等，它們不僅是通過進一步的文本比較所能確立的兩者之間的有力銜接點，而且也體現著兩者通過進化論在哲學層面上，即思想體系上的關聯。但為了更清晰地證明並描述這一點，除了進一步尋找他們文本之間的具體相關之處外，還要對他們，特別是丘淺次郎做思想體系上的探討，我打算放在另外幾篇文章裡來做。

從「天演」到「進化」

──以魯迅對進化論之容受及其展開為中心

一、前言

　　「天演」和「進化」，分別是中國和日本在近代容受進化論的過程當中所產生的兩個詞語，用以對譯Evolution這個英文詞彙。「天演」來自嚴復（1854-1921）「做」（魯迅語[1]）《天演論》（1898）時的獨創，「進化」則被認為是加藤弘之「立論」過程中創造出來的「和製漢語」。[2]

────────────

[1] 魯迅《熱風‧隨感錄二十二》，《魯迅全集》第一卷，人民文學出版社，2005年，44頁。

[2] 鈴木修次（《日本漢語と中國》，中央公論社，1981年）指出，「基於英語evolution的『進化』一詞，和與之相伴的『進步』，進而是具有evolution屬性的『生存競爭』、『自然淘汰』、『優勝劣敗』等詞語為加藤自何時起開始明確使用雖還不好確定，但這些用語都是加藤在立論的過程當中以獨家功夫所創則幾乎無誤」（189頁）。但關於「進化論」（evolution theory）這個譯詞，他認為「並非始於加藤」（同書，182-183頁）。《漢字百科大事典》（佐藤喜代治等6人編集，明治書院，1996年，980頁）：〈進化：英evolution　加藤弘之之造語？〉。沈國威（《近代中日詞彙交流研究──漢字新詞的創製、容受與共用》，北京中華書局，2010年，166-167頁）斷定：「『進化』是向日本介紹達爾文進化論的加藤弘之的造詞，最早見於加藤主持的東京大學的學術雜誌《學藝志林》。該雜誌第十冊（1878）上看有一篇學生的翻譯論文〈宗教理學不相矛盾〉，其中有『進化』的用例，同時使用的還有『化醇』，因為進化總是意味著向更完善、複雜的形式變化。『進化』其後被收入《哲學字彙》（1881），作為學術詞彙普及定型」。另外，八杉龍一（《進化論の歷史》，岩波書店，1969年、まえがき）就evolution一詞指出：「達爾文在寫作《物種起源》

　　「天演」和「進化」這兩個詞，在中日兩國近代思想史當中所分別具有的標誌性意義不言而喻，它們不僅僅是漢字形態本身的不同，更重要的是還意味著「進化論」在兩國語言中所生成的「概念裝置」和知識體系的重大差別。

　　在中國，進化論始於嚴復已成定說，談進化論必提嚴復的《天演論》及其對當時和後來的深遠影響。但是從詞彙和概念史的角度說，嚴復翻譯的進化論詞語似乎從一開始就與日本進化論譯詞存在「競爭」關係。例如，王國維（1882-1927）在當時就把「天演」與「進化」擺在對決位置，對作為譯詞的兩者的「孰得孰失」「孰明孰昧」進行評價：

> 「天演」之於「進化」，「善相感」之於「同情」，其對「Evolution」與「Sympathy」之本義，孰得孰失，孰明孰昧，凡稍有外國語之知識者，寧俟終朝而決哉。[3]

　　其結果，正像早有學者指出過的那樣，嚴復在引進「進化論」這一體系時所獨創的大部分詞語後來都被日本進化論詞語取代。[4]而且，一些實證性研究又不斷證明這一點。比如說，根據

　　時，並未使用evolution。該詞是在《物種起源》再版過程中被採用的。」

3　王國維〈論新學語之輸入〉，《王國維學術經典集》（上），江西人民出版社，1997年，103頁。又，前出沈國威《近代中日詞彙交流研究──漢字新詞的創製、容受與共用》，303-304頁。

4　B. I.史華茲著、平野健一郎譯《中國の近代化と知識人──嚴復と西洋》，東京大學出版會，1978年，93頁：「然而，具有諷刺意味的是，他所造新詞之大部分，都在與日本製新語的生存鬥爭中敗下陣來，消失了。」前出鈴木修次《日本漢語と中國》200頁：「嚴復的苦心譯詞，雖一時為部分有識之士所愛用，但在現在的中國卻幾乎都成為『死語』，只是那些日語詞在被普遍使用。」

鈴木修次所述（《日本漢語と中国》，1981年），便可獲得以下
一覽表。

表1　《日本漢語と中国》所見譯詞對照一覽

原詞	嚴復譯詞	日本譯詞	出處
evolution	天演／進化	化醇。進化。開進。	哲學字彙Ⅰ、Ⅱ
		進化。發達。	哲學字彙Ⅲ
theory of evolution		化醇論。進化論。	哲學字彙Ⅰ、Ⅱ
evolutionism		進化主義。進化論。	哲學字彙Ⅲ
evolution theory	天演論	進化論	動物進化論
struggle for existence	物競	競爭	哲學字彙Ⅰ
		生存競爭	哲學字彙Ⅱ
selection		淘汰	哲學字彙Ⅰ
natural selection	天擇	自然淘汰	哲學字彙Ⅰ
artificial selection	人擇	人為淘汰	哲學字彙Ⅰ
survival of the fittest		適種生存（生）	哲學字彙Ⅰ
		適種生存（生）、優勝劣敗	哲學字彙Ⅱ
		適者生存（生）、優勝劣敗	哲學字彙Ⅲ

　　沈國威進一步指出：雖然嚴復自己在「《天演論》中已多
次使用了『進化』」，[5]但「在進化論、經濟學、邏輯學的引介
上，日文譯書的實際作用遠遠大於一系列嚴譯名著。」[6]

　　嚴復的進化論譯詞被日本進化論譯詞所取代，既是一個歷
史事實，也是一個歷史過程，在本論當中，我想用「天演」與
「進化」這兩個標誌性詞語來概括，從而視爲一個「從『天演』
到『進化』」的過程。探討這一過程將涉及到很多問題，例如，
（一）發生在該歷史過程中的史實是怎樣的？還有哪些我們至今

---

[5]　前出沈國威《近代中日詞彙交流研究──漢字新詞的創製、容受與共
　　用》，166頁。
[6]　同上，395頁。

尚不清楚？（二）為什麼會發生這種「從『天演』到『進化』」
的轉變？（三）作為選擇的主體，中國近代知識份子通過嚴復接
受了哪些？又通過日本的進化論系統獲得了哪些？伴隨著詞彙和
概念的變化，他們的知識結構乃至思想都發生了怎樣的變化？
（四）嚴復應該怎樣評價？（五）中國近代進化論思想的源流是
怎樣的？

　　可以說，在「近代中國與進化論」的框架內，這些問題都不
是新問題，既往的近代史、近代思想史研究、詞彙史研究等很多
領域都有不同程度的涉及，尤其是落實到歷史人物身上，那麼嚴
復、康有為（1858-1927）、梁啟超（1873-1929）、章太炎（1869-
1936）乃至魯迅（1881-1936）便都是被最為集中探討的對象。然
而，上述問題真正獲得解決了嗎？我還是想通過曾經「被最為集
中探討」過的魯迅來重新確認這一點。而與以往不同的是，本文
並非把魯迅對進化論的接受僅僅放在「天演論」之下來看待，而
是放在「從『天演』到『進化』」的歷史過程中來看待。

二、於魯迅當中之所見

　　在魯迅研究領域，提到的進化論，必提嚴復和《天演論》。
這一是由於嚴復的《天演論》在中國近代產生的巨大影響，二是
由於魯迅的接受進化論也最早也的確是從《天演論》開始的。

　　魯迅在作品中就曾經描述了自己在南京路礦學堂讀書時，
「吃侉餅，花生米，辣椒，看《天演論》」的情形：

　　　　　　看新書的風氣便流行起來，我也知道了中國有一部書
　　　叫《天演論》。星期日跑到城南去買了來，白紙石印的一

厚本，價五百文正。翻開一看，是寫得很好的字，開首
便道：

> 「赫胥黎獨處一室之中，在英倫之南，背山而面野，
> 檻外諸境，歷歷如在几下。乃懸想二千年前，當羅馬大將
> 愷徹未到時，此間有何景物？計惟有天造草昧……」
>
> 哦！原來世界上竟還有一個赫胥黎坐在書房裡那麼想，
> 而且想得那麼新鮮？一口氣讀下去，「物競」「天擇」也
> 出來了，蘇格拉第，柏拉圖也出來了，斯多噶也出來了。[7]

魯迅讀《天演論》時的「新鮮」感使他成為《天演論》的熱
心讀者，以至於能夠大段大段的背誦。正是由於這個緣故，魯迅
與嚴復的關係，就構成了探討魯迅接受進化論的一個基本前提。
《天演論》始終是一個焦點問題。這方面的論文很多，從張夢陽
《中國魯迅學通史》[8]中可以看到相關的研究狀況，並且獲得相
關的研究史資料的索引。但就目前的到達點而言，我認為最重要
的研究成果是北岡正子的著作。

北岡正子在《魯迅 救亡之夢的去向──從惡魔派詩人論到
〈狂人日記〉》一書中指出，魯迅「人」之觀念的形成，有著
「嚴復《天演論》的影響」，還特設〈補論　嚴復《天演論》
──魯迅「人」之概念的一個前提〉一章，重新嚴謹細密地探討
了嚴復的《天演論》是怎樣一本書，其結論是：「如果極簡單地
來談《天演論》的主旨，那麼就是把清末所處的亡國狀況把握為

---

[7] 〈瑣記〉，收《朝花夕拾》，《魯迅全集》，人民文學出版社，2005
年，306頁。

[8] 張夢陽著《中國魯迅學通史》（全六卷，附研究索引），廣東教育出版
社，2005年。

天之所為（天行），而解決這一危機，就在於人能主動地展開行動去戰勝天，即『勝天為治』」；「魯迅受嚴復《天演論》的最大影響，就是這部書告訴他，人作為啟動社會的要因，其作用如何重要，從而使他認識到，人是應該主動的行動者，這樣才會戰勝天」。[9]

　　但是，在承認嚴復之於魯迅具有重要意義的同時，也不能不指出問題的另外一面，那就是人們過於強調嚴復的意義，以至於把《天演論》等同於魯迅的進化論。問題是嚴復是否唯一？如果把魯迅的從「天演」到「進化」假設為「《天演論》＋日本的進化論」的內容，那麼，在《魯迅全集》（16卷本，人民文學出版社，1981年）中做相關的詞彙檢索，似乎可提供一些佐證。

表2　魯迅全集進化論關聯詞檢索

檢索詞	詞頻	篇數	檢索詞	詞頻	篇數
天演	10	7	人為	135	104
進化	101	46	優勝劣敗	1	1
物競	1	1	優勝	7	7
競爭	21	18	劣敗	6	2
生存競爭	4	4			
適者生存	1	1			
適者	2	2			
生存	82	55			
天擇	4	1			
自然淘汰	2	2			
淘汰	14	9			
人擇	4	1			
人為淘汰	0	0			

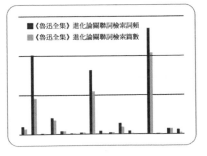

■《魯迅全集》進化論關聯詞檢索詞頻
■《魯迅全集》進化論關聯詞檢索篇數

9　　北岡正子《魯迅　救亡の夢のゆくえ——惡魔派詩人論から「狂人日記」まで》，關西大學出版部，2006年，92-93頁。

　　從表2可見，「進化」（101次）、「生存」（82次）和「人為」（135次）是出現次數最多的三個詞，它們皆來自日語，其中「進化」一詞出現次數，高出「天演」一詞出現次數十倍，呈101：10之比例；此外「物競」與「競爭」之比是1：21，相差21倍。如果只看這些關聯詞，那麼很明顯，魯迅也處於這一從「天演」到「進化」的「概念裝置」轉換的狀況當中。事實上，魯迅在其留日期間（1902-9年）所做文章當中一次都沒使用過「天演」一詞，而通常使用的都是「進化」。例如，〈中國地質略論〉（1903年）使用過3次，〈人間之歷史〉（1907年）17次，〈摩羅詩力說〉（1908年）4次，〈破惡聲論〉（1908年）5次。換句話說，魯迅的從「天演」到「進化」的過程始於他的留學時代。然而，如果只憑藉詞彙來判斷，或許會低估嚴復的作用，同時也無法判斷究竟有哪些日本進化論的內容作用到魯迅，因為除了「進化」一詞之外，其他諸如「生存競爭」、「適者生存」、「優勝劣敗」、「自然淘汰」、「人為淘汰」等日本進化論的「專屬名詞」，不論是年輕時代的「周樹人」還是後來的「魯迅」使用得並不多，據此判斷也可能對日本進化論做出過小的評價。這是我認為的詞彙史或概念史研究的局限所在。

　　那麼，在魯迅那裡為什麼會發生以上所看到的這種從「天演」到「進化」的詞語轉變呢？解明這一問題，就要首先理清魯迅容受進化論是怎麼一回事。

三、「進化」何以取代「天演」？

　　首先可以想到的是中國和日本在導入進化論時所存在巨大「格差」。只要把相關資料擺放在一起比較便可一目了然：中國

容受進化論時間晚，書籍少，而日本則時間早，書籍多。進化論的代表作、達爾文的《物種起源》（*The Origin of Species*）於1859年出版發行之後，馬上就被譯成德、法、意等語言，在歐洲引起巨大反響。此後，「進化論」作為誕生於西方的一大「近代思想」，更進一步助長了「西力東漸」的大趨勢。然而，「進化論」進入中國卻非常晚。嚴復的《天演論》在天津《國聞彙編》上連載是1897年[10]，其單行本「湖北沔陽盧氏慎基齋木刻版」和「天津嗜奇精舍石印版」出版是1898年[11]，晚於達爾文《物種起源》近四十年。而且，《天演論》並非達爾文原著，而是關於進化論「說的並不清楚」[12]的赫胥黎的兩篇論文。嚴復以後，除了譯自日本的進化論書籍之外，可以說，正像劉柏青所指出的那樣，中國「《天演論》問世之後，十多年間再沒第二本進化論的書」[13]。

關於日本明治時代進化論的導入，論者意見大抵一致，即整體而言，「與其說是達爾文主義，莫如說斯賓塞主義方面更為顯著」。[14]具體而言，又可落實到兩點批評上來，一是作為生物學的進化論介紹得晚而且不充分，二是過於偏重斯賓塞主義。就日本思想史而言，這兩點或許都是事實，然而，如果放在與中國比較的範圍看，那麼除了嚴復在《天演論》裡有意強調的「斯賓塞」與日本進化論體現了某種相同的傾向外，在中國近代思想史當中則幾乎找不到與日本相類似的進化論導入史。

[10] 方漢奇〈嚴復和《國聞報》〉，《嚴復研究資料》，海峽文藝出版社，1990年，157-169頁。
[11] 東爾編〈嚴復生平、著譯大事年表〉，前出《嚴復研究資料》91頁。
[12] 周啟明（作人）《魯迅的青年時代》，中國青年出版社，1959年，50頁。
[13] 劉柏青《魯迅與日本文學》，吉林大學出版社，1985年，51頁。
[14] 八杉龍一《解說 日本思想史における進化論》，ピーター・J・ボウラー著、鈴木善次ほか譯《進化思想の歷史》（上），朝日新聞社，1987年，VII頁。

　　明治十年（1877）6月18日，美國生物學者摩爾斯（E. S. Morse, 1838-1925）乘船抵達日本，在橫濱登陸。他訪日的目的是調查腕足類動物，而且計畫在此後的三年裡每年夏天在日本從事調查。[15]但自翌日起發生的兩件意想不到的事，改變了摩爾斯在日本的計畫，也成就了他在日本期間的主要工作。一件事是在6月19日由橫濱往東京途中偶爾發現「大森貝塚」，另一件事是到東京不久，馬上被聘爲東京大學動物學生理學教授（7月12日就任[16]）。摩爾斯在東京大學期間做了很多開創性工作，其中最重要的有兩項，一項是完成「大森貝塚」的發掘調查報告，另一項是以「連續講義」[17]的形式講授進化論。摩爾斯是公認的向日本系統性介紹進化論的第一人，其連續講義由其聽講弟子石川千代松（1861-1935）根據課堂筆記整理成書，於明治十六年（1883）出版，書名爲《動物進化論》。「石川於1891年（明治二十四年）著《進化新論》，標誌著進化論邁進了被日本學者以消化的方式予以介紹或討論時代的第一步」。[18]順附一句，據中島長文研究，魯迅在留學時代寫做〈人間之歷史〉（1907）時，以該書爲「藍本」處多達15條。[19]

---

[15] 〈解說〉，E. S. モース著、近藤義郎・佐原真編譯《大森貝塚》，岩波書店，1983年第1版，2007年第8版，192頁。關於摩爾斯在日本的登陸年，八杉龍一《進化論の歷史》記爲「1878年（明治十一年）」（該書168頁）。

[16] 同上。

[17] 松永俊男介紹，「是年十月摩爾斯在東大連續講了三次進化論。這三次課是達爾文進化論首次進入日本的講義。翌（1878）年，摩爾斯又以一般聽眾爲物件開辦了江木學校講談會，就達爾文進化論連續做了四場講演。翌（1879）年，摩爾斯又在東大連續講授了九次進化論」。《近代進化論の成り立ち——ダーウィンから現代まで——》，創元社，1988年，149頁。

[18] 前出八杉龍一《進化論の歷史》，168頁。

[19] 根據中島長文〈藍本〈人間の歷史〉〉（下）所出示的文本對照實例統計。《滋賀大國文》第十七號，滋賀大國文會，1979年，52-62頁。

　　然而，在日本比生物進化論介紹得更早的其實是社會進化論，具體說就是斯賓塞。一般認為，最早在日本講授斯賓塞和社會進化論的是歐尼斯特・法蘭西斯科・費諾羅薩（Ernest Francisco Fenollosa, 1853-1908）。此人後來以研究日本美術著稱，但在1878年受聘東京大學的當時，主要講授哲學、政治學和經濟學。據說其講義內容是根據斯賓塞《社會學原理》第一卷（1876）講授社會進化論，而把他介紹給東京大學的又正是講授達爾文進化論的摩爾斯。「費諾羅薩1878年繼摩爾斯在江木學校的進化論講演之後，連續三次講演宗教論，這也是來自斯賓塞」。[20]

　　也就是說，繼摩爾斯在東京大學講授生物進化論之後，費諾羅薩又接著講授了斯賓塞的社會進化論。不過，從現在所知情況來看，對斯賓塞的介紹可能還要更早些。明治十年（1877）12月慶應義塾出版社就已經出版了尾崎行雄「譯述」的「英國斯邊銷」（即斯賓塞）的《權理提綱》（二卷），而到了「1888年」即明治二十一年，「斯賓塞的日譯本」及其相關介紹，已經遠遠超過松永俊男所指出的「21點」[21]，而多達31點[22]。

　　在明治時代導入進化論的過程中，的確有明顯的「斯賓塞傾向」。但如果說在同一時期生物進化論的介紹方面只有「高津專三郎」翻譯的三冊《人祖論》（1881），[23]也不盡然。因為到明治二十一年為止，除《人祖論》外，至少還有前面提到過的《動

---

[20]　前出松永俊男《近代進化論の成り立ち—ダーウィンから現代まで—》，151頁。

[21]　同上。

[22]　該數位是根據在「國會圖書館近代デジタルライブラリー」所做「スペンサー（即斯賓塞）」檢索結果統計出來的。

[23]　前出松永俊男《近代進化論の成り立ち—ダーウィンから現代まで—》，152頁。該書把譯者名寫做「高津專三郎」，但影印本為「神津專三郎」。

物進化論》（エドワルド・エス・モールス口述、石川千代松筆
記、東生龜治郎出版、明治十六年）、山縣悌三郎「參酌引用達
爾文氏著《人祖論》（*The Descent of Man*）以及海克爾氏《創造
史》」（「達賓氏著人祖論（*The Descent of Man*）及ビ墨科耳氏
著創造史（*Schöpfungsgeschichte*）ヲ參酌引用」）[24]所著《男女淘
汰論》（普及舍，明治二十年）以及仁田桂次郎節譯的《人類成
來論綱（一名・人祖論綱）》（中近堂，明治二十年）。總之，
生物進化論也好，社會進化論也好，在摩爾斯來日本之後的十年
內，「進化論」作爲近代思想已經名符其實地成爲一種「言說」
迅速普及開來。僅以「日本國會圖書館近代數位圖書館影印本」
（國會圖書館近代デジタルライブラリー）的檢索爲例，到明
治四十五年（1912）爲止，「進化論」相關書96點，「達爾文」
相關書22點，去掉重複，兩者合計111點；「斯賓塞」相關書80
點，如果再把「加藤弘之」（相關書75點，其中著述34點）、
「有賀長雄」（相關書97點，其中著述71點）等人加進去，那麼
相關書數量將更爲可觀。在這個前提下，說「進化論」在明治時
代已經形成相對完整的知識體系也並非言過其實。《天演論》之
後十年，正是清國留學生集中留日時期，在日本「進化論」知識
環境下通過日語來接受「進化論」，或者說通過日語來消化嚴復
的《天演論》也就是再自然不過的事。漢語言當中的「天演」概
念系統被日譯的「進化論」概念系統所取代，正是接受進化論的
知識環境發生根本轉變的結果。

　　不過有一點需要注意。與「進化論」相關的知識體系和概
念的變化，並非孤立現象，而是跟政治、經濟、文化、思想、哲

---

[24] 《男女淘汰論・例言》。

學、宗教等各個領域的變化相互聯動的，如果說這些變化具體體
現為留學生們大量翻譯日文書，那麼其直接結果就是清末民初大
量日本近代所造詞彙進入漢語。關於這一點先行研究已很充分，
故這裡不做具體展開，這裡要指出的是，就新詞語的輸入而言，
日本「進化論」的翻譯和詞語導入，也是一個很重要的途徑。

　　此外，以「進化」為代表的日語詞語系統，取代以「天演」
為代表的「嚴譯」詞語系統，也是作為進化論接受主體的中國知
識份子自主選擇的結果。毫無疑問，嚴譯《天演論》在語言上也
給當時的「讀書人」留下了深刻的印象：有些詞語翻譯得「又
古雅，又音譯雙關」[25]。楊蔭杭在翻譯加藤弘之《強者之權利之
競爭》時幾乎沒怎麼用「嚴譯」概念，但在考慮漢譯書名時，
便覺得原作書名「太囉嗦」，最終還是以「嚴譯」之「物競」
為譯書取名，叫做《物競論》。[26]魯迅在留學時代的論文裡也習
慣性地使用過諸如「官品」（〈人之歷史〉1907、〈破惡聲論〉
1908）、「性解」（〈摩羅詩力說〉1908）等「嚴譯」詞彙。但
這些基本是出自言語習慣的個別現象，更多的情況下，留學生們
沒有選擇嚴譯詞彙，而是使用了日語譯詞。這從一個方面來看，
誠如魯迅所說，是由於「嚴老先生的這類『字彙』」太古老，
「大抵無法復活轉來」，[27]使用起來不方便的緣故；而從當時使
用者的主觀意圖來看，以「進化」代替「天演」則也是追求「進
步」的思想意識作用的結果。例如《新世紀》第二十期（1907
年11月2日）署名「真」（李冬木按：李石曾[28]）的〈進化與革

<hr />

[25]　魯迅〈難得糊塗〉，收《准風月談》，《魯迅全集》第五卷，人民文學
　　出版社，2005年，592頁。

[26]　楊蔭杭譯《物競論》〈凡例〉，譯書彙編社，1901年。

[27]　前出〈難得糊塗〉，第五卷，592頁。

[28]　本論日文版推測署名「真」的作者是「吳稚暉」，出版後惠承經武上真

命〉一文便對「進化」與「天演」的「不同」進行一番辨析，由
現在的眼光看，這番辨析其實並沒講清楚「進化」與「天演」
二者的區別，反倒顯示出同時使用這兩個詞彙所帶來的概念混
亂。[29]不過有一點倒是講得很清楚，那就是強調「進化」與「革
命」的並行不悖：「進化者，前進而不止，更化而無窮之謂也。
無一事一物不進者，此天演之自然。苟其不進，或進而緩者，於
人則謂之病，與事則謂之弊。夫病與弊皆人所欲革之者，革病與
弊無他，即所謂革命也。革命即革去阻進化者也，故革命亦即求
進化而已。」[30]這種對「革命」與「進化」關係的理解，恰恰是
基於將「進化」看作「進步」的這一認識前提。據松永俊男介
紹，evolution是斯賓塞主張萬物進步的哲學用語，如果只看斯賓
塞的意思，那麼把evolution譯成「進化」是恰當的，但正像達爾
文使用transmutation（演化）或descent（由來）所顯示的那樣，
生物演化並非都是「進步」，石川千代松等人當初便把evolution
翻譯成「變遷」。而由於「進化」這個譯法，生物「進化」和社

理子先生所提供資料，確認作者爲李石曾。《李石曾先生文集》（全二
冊）收錄該文。中國國民黨中央委員會黨史委員會編輯出版，中央文物
供應社，1980年，65-75頁。

29　其關於「進化」與「天演」相違之「辨」如次：「進化之速力、強力之
度數，不以過去者爲權衡，而與同時者爲比較。於物中若以猿與狗較，
則猿似已盡善，不必復進矣。然天演則不然，以猿與猿較，於是有較善
較不善之猿之分焉。而後至於人，然人固未已其進化也，必乃時進日
進，以至無窮……社會之進化以及一切之進化皆若是。若以共和與王國
較，則共和似已盡善，不必復進矣。而天演則不然，故共和仍日進而無
政府，而爲甲、爲乙、爲丙、爲……總之凡物凡事無盡善者。謂其不能
盡善可也，謂其較後來者不善亦可也，一言以蔽之曰『無窮盡』進化之
公例也。故知道者，有進而無止，無善而可常，此之謂進化。故進化之
理爲萬變之原，而革命則保守之仇也。」（張枏、王忍之編《辛亥革命
前十年間時論選集》第二卷下冊，三聯書店，1041-1042頁）。

30　前出張枏、王忍之編《辛亥革命前十年間時論選集》第二卷下冊，1041頁。

會「進步」便輕而易舉地發生了連接。[31]而由上面的《進化與革命》的引文可知，中國知識份子通過日本「進化論」接受「進化」這一詞語，也恰恰是看重這一詞語中所包含的「進步」乃至「革命」的概念。

魯迅當然也同樣接受了日本「進化論」所包含的「進步」乃至「革命」的暗示。那麼除此之外，他在這一從「天演」到「進化」的轉換過程中，還具體接觸和接受了那些東西呢？

四、魯迅與日本的進化論

魯迅與日本的進化論之關係問題，涉及到魯迅閱讀嚴復《天演論》之後，「除了《天演論》之外」對進化論知識的接觸和吸收。

最早明確提出魯迅與日本進化論關係的問題的是周啟明（即周作人，1885-1967）。他在〈魯迅的國學與西學〉一文中，就魯迅對進化論思想的容受如下指出：

> 魯迅在這裡（李冬木按：礦路學堂）看到了《天演論》，這正像國學方面的《神滅論》，對他是有著絕大的影響的。《天演論》原只是赫胥黎的一篇論文，題目是《倫理與進化論》，（或者是《進化論與倫理》也未可知，）並不是專談進化論的，所以說的並不清楚，魯迅看了赫胥黎的《天演論》是在南京，但是一直到了東京，學了日本文之後，這才懂得了達爾文的進化論。因為魯迅看到丘淺次

---

[31] 前出松永俊男《近代進化論の成り立ち—ダーウィンから現代まで—》，152頁。

郎的《進化論講話》，於是明白進化學說到底是怎麼一回
事。魯迅在東京進了弘文學院，讀了兩年書，科學一方面
只是重複那已經學過的東西，歸根結蒂所學的是在只是日
本語一項，但這卻引導他進到了進化論裡去，那麼這用處
也就不小了。[32]

　　周作人為什麼會特意提到日本的進化論？這其中恐怕具有某
種針對性，那就是他不同意把嚴復的作用絕對化，不同意將其視
為魯迅進化論的主要的甚至是唯一來源的觀點。整理上一段話，
有以下幾層意思：第一，他承認《天演論》對魯迅「有著絕大影
響」；第二，但是《天演論》只是談「進化論和倫理」的一篇論
文，並沒把進化論談清楚──反過來說，魯迅通過《天演論》並
沒理解進化論；第三，魯迅理解進化論，即「懂得了達爾文」、
「明白進化學說到底是怎麼一回事」，是他到東京留學，「學了
日本文之後」的事；第四，通過日語學到的進化論，具體而言就
是丘淺次郎的《進化論講話》。這樣，魯迅繼《天演論》之後，
到達達爾文進化論的路徑便可以通過一個鏈條來概括：留學→日
語→丘淺次郎《進化論講話》。一句話，魯迅通過日文書理解了
進化論。

　　但是，周作人提起的問題，在中國有很長一段時間並沒引
起人們的注意，直到1985年才有學者做出認識上的修正，指出：
「中國人早年認識並掌握進化論思想，嚴譯《天演論》是一條重
要渠道，但不是唯一的渠道；日本有關進化論的論述，也是一條
渠道。」因此，魯迅也不例外，其「進化論思想的來源，又不止

---

[32] 前出周啟明（作人）《魯迅的青年時代》，50頁。

是赫胥黎和嚴復，同時也有日本的進化論」。[33]但是，關於「日本的進化論」當中的丘淺次郎和他的《進化論講話》卻並沒展開過研究，至今在魯迅研究的基本資料當中——包括《魯迅全集》（人民文學出版社，1981年16卷本、同2005年18卷本）、《魯迅著譯編年全集》（人民出版社，2009年，20卷本）、《魯迅年譜》（魯迅博物館編，人民文學出版社，1981年）、《魯迅大辭典》（人民文學出版社，2009年）在內——仍找不到「丘淺次郎」或「《進化論講話》」。

在日本學者當中，最早在魯迅與日本進化論的關係當中涉及到丘淺次郎的是中島長文。他在探討了魯迅留學時代寫作〈人間之歷史〉（1907）的材源問題之後指出，有90%的內容來自日本進化論的三本書，其中來自丘淺次郎《進化論講話》（明治三十七年〔1904〕）的有12處，來自石川千代松《進化新論》（明治二十五年〔1892〕）的有30處，來自岡上樑、高橋正熊共譯《宇宙の謎》（明治三十九年〔1906〕）30處，而來嚴復的只有兩處。[34]

伊藤虎丸的研究也涉及到丘淺次郎，但認為是與嚴復所代表的「弱者立場」不同的「強者立場」的進化論，而且也並未具體討論丘淺次郎與魯迅的關係。[35]

也許是吸收了上述研究成果，學習研究社日文版《魯迅全集》第一卷39頁有一條關於丘淺次郎的注釋。作為探討魯迅與日本的進化論之關係的一個環節，我對魯迅與丘淺次郎的關係進行

---

[33] 前出劉柏青《魯迅與日本文學》，49頁。

[34] 中島長文《藍本〈人間の歷史〉》（上・下），《滋賀大國文》第十六・十七號，滋賀大國文會，1978、1979年。

[35] 伊藤虎丸《魯迅と日本人—アジアの近代と「個」の思想》，朝日出版社，1983年，116-117頁。中國語版：李冬木譯《魯迅與日本人——亞洲的近代與「個」的思想》，河北教育出版社，2000年，76-77頁。

了調查，發表了研究報告〈魯迅與丘淺次郎〉（上、下）[36]。本稿就處在這項研究的延長線上，資料上做了重新整理和部分補充，並就若干問題做了更進一步的闡述。

此外，關於《物競論》，想在此做一點補充。這是一本繼《天演論》之後，魯迅在留學日本以前看到另一本與進化論相關的讀物。據說當時周作人日記記載，1902年3月，魯迅在往日本出發前，把一些新書送給周作人，其中就包括「大日本加藤弘之《物競論》」。[37]周作人得到的「大日本加藤弘之《物競論》」，可認為是光緒二十七年・明治三十四年（1901）在《譯書彙編》第4、5、8期連載之後，同年8月由譯書彙編社出版的單行本。譯者是楊蔭杭。詳細情形請參閱拙論〈關於《物競論》〉[38]。這裡只指出一點，該譯本的原書，例如鈴木修次《日本漢語と中國》（1981年，213-214頁）、劉柏青《魯迅與日本文學》（1985年，49-50頁）、潘世聖《魯迅・明治日本・漱石》（2002年，49頁）等皆記為加藤弘之的《人權新說》（谷山樓、明治十五年〔1882〕10月），這是不對的。原書是加藤弘之的另一本著作《強者ノ權利ノ競爭》（東京哲學書院，明治二十六年〔1893〕11月）[39]。該書主張「權利即權力」，以至譯者楊蔭杭

---

[36] 日文版《魯迅と丘淺次郎（上、下）》，佛教大學《文學部論集》第87、88號，2003年3月、2004年3月。中文版，李雅娟譯《魯迅與丘淺次郎（上、下）》，山東社會科學院《東嶽論叢》2012年第4期、第7期。

[37] 《周作人日記》（上），大象出版社，1996年，317頁。

[38] 〈關於《物競論》〉，載佛教大學中國言語文化研究會《中國言語文化研究》第1期，2001年7月。此外收錄於《魯迅的世界，世界的魯迅——紀念魯迅誕辰120周年學術討論會論文集》，呼和浩特：遠方出版社，2002年，563-583頁。

[39] 關於這一點，鄒振環在《影響中國近代社會的一百種譯作》（中國對外翻譯出版公司，1996年，149頁）中指出過劉柏青著《魯迅與日本文學》將《人權新說》誤認為《物競論》原書的錯誤（同書10頁注釋），本稿

在序文說不妨譯成「強權論」。就內容而言，如果按照上面提到
的周作人的關於進化論的觀點來看，那麼可以說，其或許對當時
中國讀書人加深危機認識有說明，但卻無助於加深對進化論本身
的理解。

從嚴復《天演論》出版發行到魯迅結束在日本留學（1902-
1909）回國的十年間，正是進化論在中國被介紹得最為廣泛，從
而也是最為「流行」的時期，關於「進化論」的語彙系統上所發
生的從「天演」到「進化」的轉變正是發生在這一時期。根據中
島長文、鄒振環的先行研究[40]以及我的調查可知，魯迅在這一期
間至少接觸了下表所見進化論方面的書籍（按出版順序排列）：

1. 英國雷俠兒撰，美國瑪高溫口譯，金匱華蘅芳筆述：《地
學淺釋》，江南製造局，明治六年（1873）。該譯本此後
在日本被翻刻。[41]

2. 嚴復譯述：《天演論》，湖北沔陽盧氏慎基齋木刻版，明
治三十一年（1898）。

3. 楊蔭杭譯：《物競論》，譯書彙編社，明治三十四年
（1901）。

4. 石川千代松著：《進化新論》，敬業館，明治三十六年
（1903）。

5. 丘淺次郎著：《進化論講話》，東京大阪開成館，明治三

在此更追記兩種著作的誤認。

[40] 除《地學淺釋》、《天演論》和《物競論》之外，正文所列其餘各書
參閱了中島長文編刊《魯迅睹書目——日本書之部》，1986年，私
版。關於《地學淺釋》，參照了鄒振環《影響中國近代社會的一百種譯
作》，中國對外翻譯出版公司，1996年，70-74頁。

[41] 我看到的是日本明治十四年（1881）翻印出版的鉛印本，三十八卷，包
括版權頁在內893頁。

十七年（1904）。

6. 丘淺次郎校訂：《種之起原》，明治三十八年（1905）。

7. 丘淺次郎著：《進化と人生》，東京開成館，明治三十九年（1906）。

8. 獨逸ヘッケル博士原著，岡上梁・高橋正熊共譯：《宇宙の謎》，有朋館，明治三十九年（1906）。

1909年回國以後，魯迅仍保持著對進化論的關注，並且直到1930年代逝世前，他也一直不斷地購買日本出版的進化論方面的書籍，倘若把魯迅留學當時及其以後與「日本的進化論」的關係進行整體比較研究，將是一個非常有意義而且有興味的課題，但本文接下來將只把問題集中在魯迅與丘淺次郎的關係方面。

五、關於丘淺次郎

鑒於已在拙文〈魯迅與丘淺次郎〉（上、下）中對丘淺次郎的生平、業績及其歷史地位做過相應的整理和探討，爲避免重複，在此僅對相關問題要點加以重新整理。

關於丘淺次郎的生平，筑波常治作於1974年的〈解說〉和〈年譜〉最爲詳細。儘管在1974年當時「還沒有一本關於丘淺次郎的傳記和評傳」[42]，但時至今日狀況仍無改變。

日本《世界大百科事典》（平凡社，1998年）收「丘淺次郎」詞條，亦出自筑波常治之手。由於一般讀者對丘淺次郎這個人物並不怎麼熟悉，姑譯錄如下，以見其一斑：

---

[42] 筑波常治〈年譜〉。筑波常治解說・編集《丘淺次郎集》，《近代日本思想大系9》，筑摩書房，1974年，454頁。

丘　淺次郎　おか　あさじろう　1868-1944（明治一年—昭和十九年）

　　明治後期至昭和初期的生物學者、文明批評家。一般作為進化論介紹者而為人所知。在東京大學理學部選科攻讀動物學，赴德國留學回來後，任東京高等師範學校教授。專攻海鞘類、蛭類等水生動物的比較形態學研究，留下了包括發現許多新品種在內的國際性業績。《進化論講話》（1904）是首部面向普通人講解當時最新學說的書，後來又依據達爾文學說，展開獨自的文明批評，認為在生物競爭中有利的形質，會因其過度進化而導致種屬的滅亡，闡述了關於人類的悲觀的未來觀。而其排斥將特定思想絕對化，主張以培養對任何事物都具有懷疑習性為目標的教育改革論，現在仍值得傾聽。主要著作除《生物學講話》（1916）、評論集《進化與人生》（1906）、《煩悶與自由》（1921）、《從猿群到共和國》（1926）之外，有動物學教科書等多種著作，及作為全集的《丘淺次郎著作集》全6卷。此外，有一時期署名為淺治郎。[43]

　　補充一點，我在查閱其他資料時，偶然在《人類學會報告》（後改名為《東京人類學會報告》、《東京人類學會雜誌》）雜誌中看到了「丘淺次郎」，這是到目前為止在相關的生平資料或年譜當中從未出現過的資料。在明治十九年（1886）2月出版的該志「第壹號」上刊登有首批28名「會員姓名」，其以「入會順序登錄」，「丘淺次郎」名列第11位。又從同號〈記事〉當中的

---

[43] 筑波常治，(c)1998 Hitachi Digital Heibonsha, All rights reserved.

「第十五會」中可知，丘淺次郎亦名列「前會後向本會捐贈物品及捐贈者」名單，記錄爲「武藏荏原郡峰村貝塚ノ貝、骨、土器　丘淺二郎君、坪井正五郎君」，其中的「丘淺二郎」即丘淺次郎。〈年譜〉記其在兄弟排行中爲「次男」[44]。另據〈年譜〉，明治十九年（1886）、丘淺次郎十九歲、「七月、入東京帝國大學理科大學動物學選科。」由此可以知道，丘淺次郎是「人類學會」的首批會員，其早在「東京帝國大學理科大學動物學選科」入學前就已經參與了貝塚調查與發掘，並且有所收穫，是在摩爾斯發掘大森貝塚的影響下走上生物學道路的當時眾多的學生之一。關於摩爾斯與「東京人類學會」的關係，請參閱拙文〈明治時代的「食人」言說與魯迅的〈狂人日記〉〉[45]。

又，《東京人類學會報告》第215號（明治三十七年〔1904〕2月20日）刊載有「丘博士著《進化論講話》」的介紹。但同年《東京人類學會會員宿所姓名簿》（第224號附錄）中已經沒有了「丘淺次郎」的名字，或許退會也未可知。

目前一般所能見到的丘淺次郎著作及其主要解說文獻資料如下：

1. 《丘淺次郎著作集》全六卷（有精堂，昭和四十三—四十四年〔1968-1969〕。各卷書名和解說爲：

　Ⅰ.《進化と人生》，筑波常治〈解說〉；

　Ⅱ.《煩悶と自由》，筑波常治〈解說〉；

---

[44]　前揭築波常治〈年譜〉，456頁。

[45]　拙論中文版載中國社會科學院文學研究所《文學評論》2012年1期，日文版〈明治時代における「食人」言說と魯迅の〈狂人日記〉〉，載佛教大學《文學部論集》第96號，2012年3月。

Ⅲ.《猿の群れから共和國まで》，鶴見俊輔〈解說〉；

Ⅳ.《人類の過去・現在及び未來》，今西錦司〈解說〉；

Ⅴ.《進化論講話》，筑波常治〈解說〉；

Ⅵ.《生物學講話》。

Ⅰ、Ⅲ、Ⅴ的底本不是初版本。

2. 筑波常治解說・編集《近代日本思想大系9・丘淺次郎集》，筑摩書房，1974年。集入明治三十七年（1904）初版《進化論講話》，大杉榮〈丘博士の生物學的人生社會觀を論ず〉以及年譜、參考文獻等多種資料。

3. 《進化と人生》（上、下），講談社，1976年。收錄八杉龍一〈解說〉、丘英通《父の思い出》等文獻資料。

4. 《生物學的人生觀》（上、下），講談社，1981年。收錄八杉龍一〈日本人の物の考え方に大きな影響を及ぼした書〉（上），《解說・動物行動學の先驅的思想》（下）。另據該本〈凡例〉，「本書以丘淺次郎著作集Ⅵ《生物學講話》（有精堂，昭和四十四年刊）為底本，並根據需要參照了東京開成館第四版（大正十五年刊，初版大正五年刊）」，「書名由《生物學講話》改為《生物學的人生觀》」。

5. 《進化論講話》（上、下），講談社，1976年。渡邊正雄〈解說〉。

6. 廣井敏男、富樫裕〈日本における進化論の受容と展開 ── 丘淺次郎の場合 ──〉，東京經濟大學《人文自然科學論集》第129號，2010年。

六、丘淺次郎所處的位置

如上所述,進化論在明治日本作為「達爾文生物學」和作為「斯賓塞社會學」幾乎同步展開,都被作為「新學說」來接受,但作為總體傾向,斯賓塞主義占了主流。那麼,在這樣一種傳播過程中,丘淺次郎處在怎樣的位置呢?

私以為,單純以「生物學」或「社會學」來劃分丘淺次郎似乎意義不大,因為他是完美的兩者兼而有之者,在整個日本近代恐怕還找不到第二個像丘淺次郎這樣身兼兩種身份而且又擁有巨大影響的進化論言說者。這一點已被進化論史研究者所論及。例如,不論是對達爾文還是對斯賓塞,在對進化論的消化很不充分的當時,「丘淺次郎著《進化論講話》登場了。本書遠遠超過了摩爾斯此前原書的水準,再次回歸達爾文,具有將達爾文學說本身自原著重新移植的意義。而且又並非單純翻案,可以說是在活用達爾文學說嚴謹理論體系要點的同時,通過著者自身充沛的創造力、豐富的例證和充滿幽默感的文章,出色地完成了對達爾文學說的重構。本書的出現,使日本的進化論擺脫了至此為止的皮相的介紹。如果說通過本書,當時的絕大多數知識份子得以第一次接觸到進化論的精髓也並非言過其實」。[46]而且另一方面,就社會思想的傳播而言,「丘的進化論從明治末期到大正時代,在人生論和思想方面其影響也十分巨大」。[47]

---

[46] 筑波常治《進化論講話・解說》,《丘淺次郎著作集Ⅴ》,有精堂,1969年,390頁。

[47] 前出八杉龍一《解說　日本思想史における進化論》,Ⅶ頁。

　　若就影響的廣度和深度來做橫向比較，那麼在某種意義上，
丘淺次郎倒是和嚴復在同時期的中國所處位置非常相像。然而正
如前面已經指出過的那樣，到嚴復翻譯《天演論》為止，中國並
不存在明治日本的那種進化論導入史。這裡要進一步指出的是，
丘淺次郎實際是處在「生物進化論」和「社會思想」相互交匯
的位置上，或者說，明治三十七年（1904）《進化論講話》的登
場，實際是對「進化論」導入以來「達爾文」和「斯賓塞」這兩
股流向的一次有效的整合。至少由當時具有代表性的相關書籍的
出版順序當中可以看到這種「交匯」和「整合」的大致脈絡。請
參照下表：《明治、大正時期日本進化論的兩大流向以及丘淺次
郎所處的位置》。本對照表按年代順序排列，偏左側的為「生物
學的」出版物，偏右側的為「社會學的」出版物，根據這種內容
上的「左右」區別，丘淺次郎的代表作《進化論講話》則應當排
在靠近中間的位置。

表3　明治、大正時期日本進化論的兩大流向以及丘淺次郎所處的位置

	生物學的	社會學的
1859（安政六年）	達爾文《物種起源》（*The Origin of Species*）	
1877（明治十年）		斯賓塞《權理提綱》
1878（明治十一年）	摩爾斯（E.S.Morse）東大講義	費諾羅薩（E.F. Fenollosa）東大講義
1879（明治十二年）	伊澤修二《生物原始論》	
1881（明治十四年）	神津專三郎《人祖論》	斯賓塞《女權真論》
1882（明治十五年）		斯賓塞《社會組織論》斯邊瑣《商業利害論》加藤弘之《人權新說》

	生物學的	社會學的
1883（明治十六年）	石川千代松《動物進化論》	人權新說駁論集 斯賓塞《社會學》 斯賓塞《代議政體論覆義》 斯賓塞《道德之原理》 斯賓塞《政體原論》
1884（明治十七年）		有賀長雄《社會學》1-3卷 高橋義雄《日本人種改良論》 斯賓塞《政法哲學》 斯賓塞《社會平權論》 斯賓塞《哲學原理》
1885（明治十八年）		斯賓塞《教育論講義》
1886（明治十九年）		斯賓塞《教育論》 斯賓塞著，松田周平譯《宗教進化論》
1887（明治二十年）	仁田桂次郎節譯《人類成來論綱》 赫胥黎《通俗進化論》	山縣悌三郎《男女淘汰論》 斯賓塞《哲學要義》
1891（明治二十四年）	石川千代松《進化新論》 五島清太郎譯《ダーウィン氏自傳》	
1893（明治二十六年）		加藤弘之《強者之權利之競爭》
1896（明治二十九年）	立花銑三郎譯《生物始源》 三宅驥一《ダーウィン》	
1898（明治三十一年）		〔中國・嚴復《天演論》〕
1899（明治三十二年）	丘淺治郎《近世動物學教科書》	加藤弘之《天則百話》
1900（明治三十三年）	丘淺次郎《中學動物教科書》 箕作佳吉《動物學教科書》 市村塘《近世動植物學教科書》	加藤弘之《道德法律進化の理》
1901（明治三十四年）	矢澤米三郎《中學新植物教科書》	遠藤隆吉《現今之社會學》

	生物學的	社會學的
1904（明治三十七年）	丘淺次郎《進化論講話》	
		田添鐵二《經濟進化論》
1905（明治三十八年）	東京開成館譯《種之起原》（丘校訂） 十時彌《進化論》	加藤弘之《自然界の矛盾と進化》 博文館《宗教進化論》
1906（明治三十九年）		北輝次郎《国体論及び純正社会主义》 丘淺次郎《進化と人生》
1907（明治四十年）		堺利彥（枯川）《社會主義綱要》
1909年（明治四十二年）	田中茂穗《人类の由來及び雌雄淘汰より見たる男女關系》	小山東助《社會進化論》
1911年（明治四十四年）		丘淺次郎《進化と人生》增補改版
1912年（明治四十五年）	澤田順次郎《ダーウヰン言行錄》 小岩井兼輝《ダーヰン氏世界一周学術探检实记》	
1914（大正三年）	大杉榮譯《种の起原》	
	丘淺次郎《增補　進化論講話》	
1914（大正十年）		丘淺次郎《進化と人生》增補四版

　　將丘淺次郎的《進化論講話》排在中間，是由其內容決定的。初版814頁，由二十章構成。第一二章為總論，第三章至第八章為達爾文自然淘汰說，第九章至第十七章從解剖學、發生學、分類學、分佈學、古生物學、生態學等方面對生物進化論展開全面介紹，第十八章以下論述人類在自然界中的位置以及進化論與各個學科的關係。由該書構成可知，其主要內容還是介紹進化論，作為「自然科學書」其具有獨立價值是不言而喻的；最後三章作為社會思想的闡釋，也是在前十七章的基礎上，以「生物

進化論」為前提展開的。在這個意義上，周作人說魯迅通過丘淺次郎理解了進化論，應該是恰當的。翌（1905）年東京開成館翻譯達爾文原書《種之起原》，也是經過丘淺次郎校訂的。因此可以說丘淺次郎的社會思想展開以及文明批評與其他社會進化論的著作之最大不同，就在於他具有在其他論者身上所看不到的生物進化論的堅實的基礎，是個真正懂得生物進化論的社會批評家──在這個意義上，他在《進化論講話》出版三年後的1907年推出的《進化與人生》也就更具在其他同類著作中所看不到的那些思想特色。

另外，作為相關問題，還有一個與上表所列達爾文《種の起原》日譯本相關的史料問題需要在這裡提出。魯迅在〈為翻譯辯護〉（1933）一文中舉「重譯」的例子說：「達爾文的《物種由來》，日本有兩種翻譯本，先出的一種頗多錯誤，後出的一本是好的。中國只有一種馬君武博士的翻譯，而他所根據的卻是日本的壞譯本，實有另譯的必要。」[48]那麼，「日本的翻譯是哪兩種？」──對此，「新版《魯迅全集》（人民文學出版社，2005年）」注釋者寫道：「舊版未能注出，甚至連1981年後日本學者集體翻譯並添改注釋的日譯本《魯迅全集》也未能注出來。新版276頁根據筆者的研究查考，加了如下注釋：『先出的一種為明治三十八年（1905）八月東京開成館出版，開成館翻譯，丘淺次郎校訂；後出的一種為大正三年（1914）四月東京新潮社出版，大杉榮翻譯。』顯然，這條注很有必要，不僅能表明魯迅對達爾文著作日譯本的熟悉程度，而且還提供了進化論在日本、中國流傳的重要史料。」[49]

---

[48] 收《准風月談》，前出2005年版《魯迅全集》第五卷，274頁。
[49] 陳福康〈新版《魯迅全集》第五卷　修訂略論〉，《魯迅研究月刊》，

　　不過，從上表可知，明治、大正年間，達爾文《物種起源》
在日本其實有三種譯本：

　　①立花銑三郎譯，《生物始源（一名種源論）》，經濟雜誌
　　　社，明治二十九年（1896）

　　②丘淺次郎譯文校訂，東京開成館譯《種之起原》，東京開
　　　成館，明治三十八年（1905）

　　③大杉榮譯，《种の起原》，新潮社，大正三年（1914）

　　丘淺次郎校訂本被安上「壞譯本」的汙名，總讓人有種「違
和感」，因為不論從外語能力還是從文字能力來看，「壞譯本」
出自丘氏之手是難以想像的。馬君武（1882-1939）留學日本期
間是1901-1906年。現在手頭雖沒有馬君武譯本《物種原始》
（中華書局、1920年）[50]用來對照，但見他1919年7月24日就自
己翻譯《物種原始》所寫的「一段小史」，則可以知道其《物
種原始》第一階段的翻譯出版，與他在日本的留學時期幾乎重
合。他講述道：「予最初譯本書前之略史一節，載於壬寅年橫濱
《新民叢報》。次年復譯本書之第三章及第四章為單行本，流傳
甚廣。乃續譯第一、二、五章，並略史印行之，名《物種由來》
第一卷，於1904年春間出版，至1906年再版。次年予遊學歐洲，
遂無餘暇復顧此書。……」[51]由此可以明確，他所參照的不可能
是1905年9月出版的丘淺次郎的校訂本，而如果有日文版參照的
話，那麼也只能是立花銑三郎的日譯本。馬君武上文所言「壬寅

　　2006年第6期，82頁。

[50] 據前出《魯迅全集》第五卷，556頁「馬君武」注釋。另據葉篤莊〈修訂
　　後記〉，「馬君武譯本」「1918年用文言體翻譯」。《物種起源》，商
　　務印書館，1997年，574頁。

[51] 〈《達爾文物種原始》譯序〉，《馬君武集》，華中師範大學出版社，
　　1991年，384頁。

年橫濱《新民叢報》」，即1902年《新民叢報》第8號，同期所載馬君武譯文把達爾文《物種起源》表記爲「種源論」[52]，這在書名上與立花銑三郎譯本《生物始源（一名種源論）》完全一致，從而構成馬君武譯本是據立花銑三郎譯本的有力佐證。因此魯迅所指出的「壞譯本」，也就並非丘淺次郎的校訂本，而是立花銑三郎的日譯本，丘淺次郎的汙名也便由此得以洗清。不過，前面提到的中島長文〈魯迅目睹書目──日本書之部〉似有誤在先，因爲作爲與魯迅〈爲翻譯辯護〉一文的關聯，其中列出的兩種日譯本是上記②和③[53]，後來者自然會在這「二選一」當中，把丘淺次郎校訂本判定爲「壞譯本」。現在看來，也應該把上記①，即立花銑三郎譯本《生物始源（一名種源論）》列入「魯迅目睹書目」了。

此外，關於馬君武的《物種原始》，鄒振環〈五四新文化運動中譯出的《達爾文物種原始》〉[54]一文也有比較詳細的介紹，但似乎沒意識到馬君武最早的一本其實是基於日譯本。

七、關於丘淺次郎與魯迅

魯迅從未提到過丘淺次郎，在魯迅文本中也找不到「丘淺次郎」的名字。不過我曾在雙方文本當中找出過不下50個例子，證明了二者文本上的密切關聯，也證明了魯迅不僅讀過丘淺次郎，而且也深受其影響。這些例子被歸納在如下關鍵字之下：

---

[52] 馬文的標題爲《新派生物學（即天演學）家小史》，其說明是「茲從達氏所著之種源論中一章之所記，譯錄如下」。

[53] 中島長文編刊〈魯迅目睹書目──日本書之部〉，1986年，私版，21頁。

[54] 前出《影響中國近代社會的一百種譯作》，269-275頁。

丘氏談進化論時所謂「要點」和「眉毛」與魯迅談小說時
「眼」和「頭髮」；丘氏的「猴子的好奇心」與魯迅的短篇小說
〈示眾〉；丘氏的「寄生蜜」、「似我蜂」與魯迅的〈春末閒
談〉中的「細腰蜂」；丘氏筆下的「奴隸根性」與魯迅筆下的
「奴隸與奴隸主」、「暴君治下的臣民」、以及庶民的「愚君政
策」；丘氏筆下的「偉人」、「佛教、基督教、伊斯蘭教的『宗
教鼻祖』」與魯迅筆下的「孔子、釋迦、耶穌基督」；還有兩者
共同的「新人與舊人」、「將來」、「未來」、「黃金世界」等
（參見拙論〈魯迅與丘淺次郎〉（下）[55]）。

從這些例子當中可以清晰地看到兩者「發想」的一致以及丘
氏給魯迅留下的深刻印記，還有魯迅所作的進一步發揮。總體來
講，這些文本上的關聯，就其內容來看，與其說是「進化論」，
倒莫如說是相關進化論的某些例子以及基於「生物學的人生觀」
所展開的社會批評和文明批評。在這當中，「文藝性」要素或許
也發揮著巨大的紐帶作用。丘氏在當時就是有定評的文筆家，其
文章被文部省「讀本和教科書的編纂者」作為「國文模範」推薦
給學生。[56]因此，那些既通俗易懂又滲透著對事物的深刻洞悉，
既文脈清晰又例證翔實，既邏輯嚴謹又不失幽默，娓娓道來的文
字引起同是文章家魯迅的興趣，也就並不奇怪了。另外，丘氏的
內容和文筆之好，可以通過劉文典的翻譯獲得證明。胡適當年看
到劉文典翻譯的丘淺次郎《進化與人生》之後，曾鼓勵他把《進
化論講話》再翻譯出來，說「不譯書是社會的一大損失」，「其

---

[55] 參見拙論〈魯迅と丘淺次郎〉（下），佛教大學《文學部論集》第88
號，2004年3月。中文版，李雅娟譯〈魯迅與丘淺次郎〉（下），山東社
會科學院《東嶽論叢》，2012年，第4期、第7期。

[56] 〈落第と退校〉，前出筑波常治編集《丘淺次郎集》，390頁。

結果就是《進化與人生》出版七、八年之後又有這部《進化論講話》出版」。[57]

在此想對此前的研究做一點材料上的補充。丘氏在《進化論講話》「第十四章 生態學的事實」中曾提到過「寄生蜂」的例子，我認為這個例子和魯迅〈春末閒談〉裡舉的「細腰蜂」的例子是共通的。其實，在《進化與人生》（1906、1911、1921）一書中還有一例說得更加直接：（原文省略，下同）

【譯文】

　　如以上所述，其例子或講財產專供所有主自身直接之用，或講拿出一部分供養子女，再就是對貯蓄者自身毫無用處，而只為子女去營造財產的例子。例如在蜂子當中有一種叫「似我蜂」的種類，每天飛到很遠的地方搜集蜘蛛或其他小蟲，帶到蜂巢裡，在每一粒卵上都添加若干，這樣即便蜂親死了，從那卵裡孵出的幼蟲，也會有預備在身旁的食料可吃，而能迅速成長起來。古人觀察得很粗疏，看見蜂子把蜘蛛之類逮住搬到蜂巢裡去，就想像是蜂子拿蜘蛛當兒子養，命其「似我」，而只要收進巢中，遂可化為蜂類，從此便能承繼養親的家業了，於是便把這種蜂子起名叫「似我蜂」。這場合，就是老子把辛辛苦苦營造的財產悉數留給子輩，而子輩則在老子的如此庇蔭之下安全快樂地成長，直到得以獨立生活的程度。（〈動物の私有財產〉，《進化と人生》，明治四十年（1907））[58]

---

57 劉文典〈譯者序〉，《劉文典文集》第四冊，安徽大學出版社，1999年，529頁。

58 《丘淺次郎著作集Ⅰ》，有精堂，1968年，162-163頁。

　　魯迅在〈春末閒談〉裡雖然提到了「法國的昆蟲學大家發勃耳」[59]，但最早帶給他關於「細腰蜂」的知識的則應該是丘淺次郎的上述兩個文本。若以魯迅的文章拿來與上文比較，那麼兩者之間的文本傳承關係則一目了然：以生物學的最新知識來重新審視過去的舊傳說，是兩者完全一致的知性基因，雖然兩者的出發點和動機不同，一個是在介紹某些生物的生存特性，而另一個則借助這種生物學知識展開文明批評。

　　　　北京正是春末，也許我過於性急之故罷，覺著夏意了，於是突然記起故鄉的細腰蜂。那時候大約是盛夏，青蠅密集在涼棚索子上，鐵黑色的細腰蜂就在桑樹間或牆角的蛛網左近往來飛行，有時銜一支小青蟲去了，有時拉一個蜘蛛。青蟲或蜘蛛先是抵抗著不肯去，但終於乏力，被銜著騰空面去了，坐了飛機似的。
　　　　老前輩們開導我，那細腰蜂就是書上所說的果贏，純雌無雄，必須捉螟蛉去做繼子的。她將小青蟲封在窠裡，自己在外面日日夜夜敲打著，祝道「像我像我」，經過若干日，——我記不清了，大約七七四十九日罷，——那青蟲也就成了細腰蜂了，所以《詩經》裡說：「螟蛉有子，果贏負之。」螟蛉就是桑上小青蟲。蜘蛛呢？他們沒有提。我記得有幾個考據家曾經立過異說，以為她其實自能生卵；其捉青蟲，乃是填在巢裡，給孵化出來的幼蜂做食料的。但我所遇見的前輩們都不採用此說，還道是拉去做

<hr>

[59] 魯迅讀到的法布林《昆蟲記》應該是大杉榮譯本：アンリィ・ファブル著《昆蟲記》全十冊，大杉榮譯，叢文閣，1924-1931年。參見魯迅博物館《魯迅藏書目錄》和前出中島長文〈魯迅目睹書目——日本書之部〉。

女兒。我們爲存留天地間的美談起見，倒不如這樣好。當長夏無事，遣暑林蔭，瞥見二蟲一拉一拒的時候，便如睹慈母教女，滿懷好意，而青蟲的宛轉抗拒，則活像一個不識好歹的毛鴉頭。

　　但究竟是夷人可惡，偏要講什麼科學。科學雖然給我們許多驚奇，但也攪壞了我們許多好夢。自從法國的昆蟲學大家發勃耳（Fabre）仔細觀察之後，給幼蜂做食料的事可就證實了。而且，這細腰蜂不但是普通的兇手，還是一種很殘忍的兇手，又是一個學識技術都極高明的解剖學家。她知道青蟲的神經構造和作用，用了神奇的毒針，向那運動神經球上只一螫，它便麻痺爲不死不活狀態，這才在它身上生下蜂卵，封入巢中。青蟲因爲不死不活，所以不動，但也因爲不活不死，所以不爛，直到她的子女孵化出來的時候，這食料還和被捕當日一樣的新鮮。[60]

　　另外關於「細腰蜂」還有兩種資料值得注意和探討。就在我完成從「天演」到「進化」這一課題日文版報告之後，同屬「翻譯概念在近代東亞的展開」研究班的武上眞理子準教授（京都大學人文科學研究所）向我提供了兩種在她的研究領域內所看到的資料。她一直從事孫中山科學思想研究，最近有新著出版[61]。兩種資料，一種是日本近代著名博物學家南方熊楠（Minakata Kumagushu, 1867-1941）1894年5月10日發表在英國《自然》（*Nature*）雜誌第50卷1280號上的論文"Some Oriental beliefs about Bees and

[60] 魯迅〈春末閒談〉，收《墳》，前出2005版全集，214-215頁。
[61] 武上眞理子著《科學の人・孫文——思想史的考察》，勁草書房，2014年2月25日。

Wasps"，日文譯題為〈蜂に關する東洋の俗信〉[62]，中文直譯即〈東方關於蜜蜂和黃蜂的一些信仰〉。另一種是孫中山《建國方略》之《孫文學說──知難行易》第五章〈知行總論〉當中的一段話。兩種資料都以近代生物學的發現為依據，提到了中國古代文獻當中所記載的關於蜾蠃和螟蛉的傳說，並予以重新審視和批評。由此可知，在昆蟲學上屬於膜翅類泥蜂科的「細腰蜂」，是從作為生物學的一個名詞上升到科學思想進而延及於社會思想的一個實例。孫中山藉蜾蠃「創蒙藥之術以施之於螟蛉」的新知，批評「數千年來之思想見識」的「大謬不然」[63]；魯迅則將其作為一種意象進一步運用於自己的社會批評當中（如稱細腰蜂不僅是殘忍的兇手，而且又是一個學識技術都極高明的解剖學家）。

這就又有了在關於「細腰蜂」的知識方面，除了丘淺次郎之外，是否還存在著一個由南方熊楠到孫文再到魯迅的路徑問題。[64]待考。不過，「細腰蜂」成為東亞近代知識鏈和思想當中的一種具有普遍意義的素材這一事實本身，令人充滿興趣。

八、關於「途中」與「中間」

不過，類似的例子，只涉及到與進化論相關的生物學知識，丘氏進化論思想本身與魯迅是否相關呢？回答也是肯定的。私以為至少在兩個問題上魯迅通過丘氏展開的進化論理解並且接受了

---

[62] 參見飯倉平照監修，松居龍五、田村義也、中西須美翻譯《南方熊楠英文論考（ネイチャー）志篇》，集英社，2005年，67-70頁。

[63] 中國社科院近代史所編《孫中山全集》第六卷，中華書局，1981年，200-201頁。

[64] 參見前出武上真理子著《科學の人・孫文──思想史的考察》，170-174頁；247頁，注釋74。

他的「哲學」。第一點是接受了丘氏所闡釋的「途中」和「中間」概念，並化作自己的歷史觀；第二點是理解和消化了丘氏的「無界限之區別」（「境界なき差別」）之說。

「途中」和「中間」是丘淺次郎在闡釋進化論和他關於人的「生物學看法」時所經常使用的重要概念。在表示「相對的」意義上，這兩個概念意思接近，但「途中」主要在「進化」或「退化」的縱向座標上使用，表示某一經過點，而「中間」雖有時也用於「縱向」描述，卻主要在描述物與物之間的「區別」時使用。

首先，「途中」的概念誕生於對生物進化過程的描述，例如，「在現在生存的數十萬種生物當中，處在上述的變遷順序途中位置的不勝枚舉」[65]；「人類屬於猿類，不僅在解剖學和發生學上很明確，亦可由血清實驗所明確證實。如果說人類也和其他猿類一樣由猿類共同祖先逐漸分歧而產生出來，那麼從祖先到今天的人類的途中的化石，似乎還會少許殘存於地層當中」[66]。

其次，尤其用於人在自然界所處位置的描述——在這一點上，丘淺次郎顯然繼承了達爾文、赫胥黎和海克爾的觀點[67]，卻又在此基礎上有更進一步的發揮，用他的話說，就是以「生物學的看法」（「生物學的の見方」）來看待人。所謂「生物學看法」，是丘淺次郎獨創的名稱，「一言以蔽之，這是把人作為生物的一種來看待」。他接著說——

---

[65]　〈生存競爭と相互扶助〉（1921），收《進化と人生》增補第四版，《丘淺次郎著作集Ⅰ》，有精堂，1968年，241頁。

[66]　《進化論講話》，開成館，明治三十七年（1904）初版，739頁，《丘淺次郎著作集Ⅴ》，有精堂，1969年，364頁。

[67]　此處請參照《進化論講話》〈第15章　ダーウイン以後の進化論〉。

　　也就是說，不是把人作為與其他生物完全乖離的一種特別的東西，而只是單純地作為生物的一種來看待，把人類社會的現象也看作生物界現象的一部分來加以觀察，想像著把從諸如細菌那樣簡單的微生物到猴子和人那樣的高等動物都集合在一起的情形，統觀全部而不是只去看人。如果將此比做看戲，那麼就好比把所有生物——從細菌、阿米巴到猴子、猩猩都擺成一排當作舞臺背景，再把人拉到前面來上演浮世狂言，然後自己再迅速從舞臺上離開跑到看客的席上來觀賞，只有在這樣的心情之下，才會有公平的觀察。在人類界現象當中，有很多部分是通過這樣的觀察才弄清楚意思的。（〈生物學的の見方〉，1910年，收《進化と人生》）[68]

　　在這樣的看法之下，也就明白了「什麼是人」以及人所處的位置，同時也發現此前關於「人」的看法和學問——哲學、倫理學、教育學、社會學和宗教學等有多麼荒誕。這就是《進化論講話》在講完進化論後，分別以第十九章〈人在自然當中的位置〉（〈自然における人類の位置〉）和第二十章〈進化論給予思想界的影響〉（〈進化論の思想界におよぽす影響〉）所闡述的內容。其歸結為一點，就是「如現今所見，有數十萬種動植物，人只是其中的一種，是和其他動物完全遵從同一法則，完全基於同一進化原理發達起來的，今天也正處在變遷的途中」。[69]

　　丘淺次郎以「途中」這一概念將進化論否定「人是萬物之靈」從而將人徹底相對化的觀念告訴給他的讀者：

---

[68]　前出《丘淺次郎著作集I》，40頁。
[69]　〈人類の誇大狂〉（1904），前出《進化と人生》，5頁。

　　生物學進步的結果，是使人們清楚的知道人也是獸類的一種，這和天文學進步的結果使人知道了地球是太陽系中的一顆行星非常相似。在天文學不發達的時代，不論是相隔不到四十萬公里的月亮，還是相隔一億五千萬公里的太陽，或者比太陽更遠幾千倍、幾萬倍的星星都被彙集到一處，把那所在命名為「天」，用以和「地」相對，不知道我們居住的地球在動，而只以為日月星辰在旋轉，伴隨著天文學的發展，才逐漸知道月亮圍繞地球轉，地球和其他行星圍繞太陽轉，而天上能夠看見的其他星星幾乎都和太陽具有同樣的性質，地球在宇宙中所處位置也多少弄清楚了。地動說剛出現那會兒，在耶穌教徒當中引起的騷亂煞是了得，極盡各種手段，以不使這種異端之說傳播未能事，不知為此殺了多少人。然而真理到底不可永久壓服，現在就連上小學的孩子也知道是地球圍繞太陽轉了。

　　關於人類在自然界所處位置，也多少與此有些相像。最初認為人是一種靈妙特別之物，覺得天地人可以對等，取名為三才，不論是幾乎沒有任何構造的下等生物，還是和人一樣擁有相同構造物的猴子和猩猩等都一概歸屬於這地，這種情形與把距地球不到一秒半光距的月亮和八分多光距的太陽、乃至相距幾或幾十光年的星星都同等看待沒有任何區別。然而隨著生物學的進步，先是把人放在動物界看作獸類當中特別的一種，然後再編入猿類的同目，進而在猿類當中只以人類和東半球的猿類設一亞類，起名狹鼻類，而得知人是在比較近的一個時期從猿類分降而來的，人類在自然界中的位置由此才弄明白。這種情形，與由地動說而明確地球的位置毫無二致。（《進化論講

話》，第19章〈自然における人类の位置〉）[70]

　　而在《進化論講話》出版以後，他又在以上所述基礎上展開了獨特的思想批判，明確了作為生物的人的思想和精神界限：

> 看今天的哲學、倫理、教育、宗教等書籍，幾乎沒有一冊不呈現誇大狂的症候。尤其叫做哲學的，僅僅憑藉自己只有三斤重而且尚處在進化途中的腦髓的活動，就想來解釋宇宙萬物，即便是在誇大狂當中，也算的上是非常嚴重的一種了。（〈人类の夸大狂〉（1904），收《進化と人生》）[71]

> 哲學家似乎從一開始就認定只有自己的腦力是完美無缺的，轉動一下脖子，僅憑思辨就想看破宇宙真理，而對大腦的發育變遷之類卻完全不放在心上。然而，比較各種動物的大腦，探索人類大腦的進化經路，在將其與其他動物相對照來總體考慮人類的全體，則無論是無智的迷信者還是著名的哲學家，其實都是五十步百步之別，這其間雖有非常大的差別是肯定的，但正因為是發生於同一個祖先，朝著同一個方向演進，而且又都尚處於今後可進一步進化的途中，則在並非絕對完美這一點上是相同的。（〈腦髓の進化〉（1904），收《進化と人生》）[72]

---

[70]　前出《丘淺次郎著作集Ⅴ》，357-358頁。
[71]　前出《丘淺次郎著作集Ⅰ》，5-6頁。
[72]　前出《丘淺次郎著作集Ⅰ》，21頁。

　　我認爲這是丘淺次郎思想當中最爲精彩的部分，他在「進化」的維度上，把人在宇宙和自然界中的位置徹底相對化，同時也把人的精神和思想徹底相對化，在否定任何「絕對」和「權威」的意義上把人與「人之歷史」拉回到現實本身，體現了以科學實驗爲前提的近代現實主義精神，是具有劃時代意義的革命思想。這種思想的革命性，恰好與同一時期被介紹到日本、又同樣對魯迅構成重大影響的尼采有著異曲同工之妙。「尼采氏的哲學」在當時是被作爲「哲學史上第三期之懷疑論」來介紹的，介紹者這樣轉述了尼采對既往哲學的挑戰：

> 尼采所到之處，把古今哲學家罵得人仰馬翻，主張哲學家身上存在著遺傳性謬誤。他們所說的絕對，他們所說的真理，以爲是不可動搖的，蓋可笑之極！把人類有限的部分拿來，僅以區區四千多年的事蹟，而老早作爲斷案的根基，樹立爲普遍的原理，還有比這更不靠譜的嗎？正如同過去的哲學家不承認人類是無始無限的轉化中的・一・個・點一樣，若夫承認了這一點，那麼人類所具有的認識能力，也就會被看成是在這轉變漩渦中的一個泡沫。然而那些哲學家卻憑藉如此的認識力，說真理，唱絕對，何其愚不可及焉？他們相信這種認識力嗎？他們會以區區四千多年而以爲永久嗎？我們在無始無終的轉化當中其實只占・一・個・點，又如何能憑藉這・一・個・點而求得真理呢？我們之所謂絕對者如何呢？夫能得以絕對乎？[73]

---

[73] 吉田靜致〈ニーチユエ氏の哲學（哲學史上第三期の懷疑論）〉，《哲學雜誌》明治三十二年一月，高松敏男、西尾幹二編《日本人のニーチエ研究譜　ニーチエ全集別卷》，白水社，1982年，西尾幹二編《II

　　正是在這個前提下，在留學過程中已經理解了近代科學精神，即「學則構思驗實，必與時代之進而俱升」[74]的魯迅也就順理成章地接受了丘淺次郎的「途中」和「中間」的概念，並且將其化作自己的語言：

　　　　我想種族的延長，——便是生命的連續，——的確是生物界事業裡的一大部分。何以要延長呢？不消說是想進化了。但進化的途中總須新陳代謝。所以新的應該歡天喜地的向前走去，這便是壯，舊的也應該歡天喜地的向前走去，這便是死；各各如此走去，便是進化的路。[75]

　　　　（我）以為一切事物，在轉變中，是總有多少中間物的。動植之間，無脊椎和脊椎動物之間，都有中間物；或者簡直可以說，在進化的鏈子上，一切都是中間物。[76]

　　關於魯迅的「中間物」觀念，中國學者已闡述得很多，讀者亦很熟悉，這裡不做展開。而相關的丘氏「中間」一詞的用例，將在以下展開的問題中看到。

　　資料文獻篇》所收影印資料，306-319頁。關於日本的「尼采」與魯迅的關係問題，請參閱拙論〈留學生周樹人身邊的「尼采」及其周邊〉，張劍貽主編《尼采與華文文學論文集》，新加坡：八方文化創作室，2013年11月，87-126頁。

[74] 〈科學史教篇〉（1908），收《墳》，前出2005年版全集，第1卷，26頁。
[75] 〈隨感錄四十九〉，收《熱風》，前出2005年版全集，第1卷，355頁。
[76] 〈寫在墳後面〉，收《墳》，前出2005年版全集，第1卷，301-302頁。

九、關於「無界限之區別」

「中間」一詞雖常與「途中」一詞連用，但更多的是用於表示「物界」之別──即丘淺次郎所說的「境界」。例如：

> 早年在屬於荷蘭領地的印度，發現了一種猿人，這是一種處在猴子和人中間位置的動物，其盛裝腦髓的頭蓋骨腔所的大小寬窄，也正好介乎於猴子和人**中間**」。（〈腦髓の進化〉（1904），收《進化と人生》）[77]

> 不論什麼學科，都需要有不能通過實驗所馬上證明出來的假說，這恰如處在燈火可以照亮之處，和燈火全然照耀不到的黑暗之處**中間**的半明半暗一帶，只能一半靠想像加以說明一樣。當然其不完全是肯定的，卻會是將來制定研究方針時很大的參考，因此對加速學術的進步是相當有效的。（同上）[78]

> 如果讓我如實講出我所想的，那麼自然當中既有美的，也有醜的，既有介乎於美與醜**中間**的東西，也有美與醜以外的東西。所以在談論自然時，只去說很自然的美是極為偏頗的，決談不上正當。（〈所謂自然の美と自然の愛〉（1905），收《進化と人生》）[79]

---

[77] 前出《丘淺次郎著作集Ⅰ》，19頁。
[78] 同上，25-26頁。
[79] 同上，139-140頁。

　　很顯然，「中間」也是表示「相對的」的概念，但與「途中」表示進化鏈條上的「相對」不同，主要用於表示物與物之間區別時的「相對」，甚至用來否定「境」或「界」所劃分的「界限」。這是丘淺次郎的一種獨特的認識論，用他的話來概括，就叫做「無界限之區別」（「境界なき差別」）。「在這兩種之間似乎有一條界限判然可見，但只要把很多實物彙集到一起，就會發現有很多東西具有兩者之**中間**性質」[80]；「即使是在差別極為明顯的種類之間，只要去仔細調查就會知道，在這之間必有**中間**性質之物，而最終又無法界定它們」[81]

　　「無界限之區別」的認識，最早是在《進化論講話》中體現出來的，其〈第十一章　分類學上的事實〉（〈分類學上の事實〉）開篇就講述「種之界限無法明確區分」。後來又專門撰文做進一步闡發，題目就叫做〈無界限之區別〉──

　　　　看到這題目，或許有人會認為很變態。倘若是有區別，那麼**中**間就一定會有界限，因為沒有界限，就不會有兩邊的區別，所以或許會有人認為，這無界限之區別這個題目當中已經包含了矛盾。然而對於在此所要講述的事情，只要一句「有區別而無界限」便可全都說盡了，再也加不上一個更合適的題目。（同上）[82]

　　丘淺次郎首先從生物學舉例來說明他的這一觀點。「關於

80　〈境界なき差別〉（1917），收《煩悶と自由》，《丘淺次郎著作集 II》，有精堂，1969年，139頁。
81　同上，140頁。
82　同上，139頁。

實物，從事自然物研究的人會不斷遭遇到了無界限之區別」，他列舉了「蛭與蛭」、「蛭與蚯蚓」、「魚類與獸類」、「脊椎動物與無脊椎動物」、「動物與植物」的例子，以說明他們之間的「有差別而無界限」，然後再談到日常生活中那些「有差別而無界限」的例子：「晴天和雨天」、「彩虹之七色」、「春夏秋冬」、「晝與夜」、「固體和液體」、「醒與眠」、「有意識和無意識」、「聰明與愚蠢」、「健康與疾病」、「年老與年輕」、「新與舊」、「大與小」、「輕與重」，「這些加上相對名稱的事物，只要拿兩端相比較，便會區別立判，卻又很難在他們之間劃出一道界限來」。（同上）[83]

在丘淺次郎看來，「有區別而無界限是宇宙的真相」。在這個前提下，他指出了人類認識存在的誤區，即「把有區別看作無區別之誤，把無界限看作有界限之誤」。「因此，不論議論什麼，都不要忘記一個根本的事實，那就是有區別而無界限，如果不注意兩個方面，就免不了要陷入到一方的誤區裡去」。（同上）[84]

那麼，人類為什麼會產生上述認識上的誤區呢？在丘淺次郎看來，其原因完全在於人類所使用的語言。

> 本來，事物的名稱都是為了和其他事務相區別而起的，所以完全是基於相互間的差別而命名，一時並不怎麼在意這個中間的變化。彩虹的七色名稱便是最合適的例子，除了特徵格外明顯的部分之外並不去命名。明顯高出來的地方就起名叫什麼山，地面明顯寬闊的地方就起名叫什麼

---

[83] 同上，140-143頁。
[84] 同上，147頁。

原，其界限的漠然一時並不怎麼看重。看見自己的身體，也給各個部分加上名字，什麼手啦胳膊啦肩膀啦脖子啦，但它們之間並無嚴格的界定。然而，即便不定下界限，只要給各個部分安了名字，便不耽誤日常會話，什麼胳膊受傷了，脖子鼓包了之類。把實物擺在眼前從事調查研究的人，不必擔心會忘卻事物的名稱與所有具備該性質之物的關係。然而那些離開實物只靠語言從事思考的人們，就會為語言一一下定義，確定其內容範圍，劃定與相鄰語詞的界限，似乎不這樣做便無法整理思想，在所到之處製造界限，後來便會產生想法上的弊端，以為這樣的界限從一開始就有，遂到了認為物與物之間非必有界限不可的地步。（同上）[85]

對於人來說，語言有多麼重要不必特意論述，不論是理科還是文學宗教藝術，離開的語言便終究發達不起來，但反過來說被語言誤導，因語言而產生無謂的煩惱，這種事也絕不在少數。所謂被語言所誤導，就是深信沒有界限的地方有界限，而迄今為止，有多少大學者不知因此而打了多少無用的口水仗。（同上）[86]

丘淺次郎的這種強調相對化，強調整體看待事物的認識論，也可以在後來的魯迅身上清晰地看到。例如，丘指出：「人們總是忍不住要在除夕和元旦之間劃上一條判然可分的界限」是人們通常的思考習慣，魯迅關於「過年」也便多次說過「過年本來

85　同上，147-148頁。
86　同上，150頁。

沒有什麼深意義，隨便那天都好」[87]；丘氏如上著重指出了人被「語言所誤」，魯迅則借蘇軾「人生識字憂患始」的成句，乾脆提出：「人生識字糊塗始」：「自以為通文了，其實卻沒有通，自以為識字了，其實也沒有識。……（中略）……然而無論怎樣的糊塗文作者，聽他講話，卻大抵清楚，不至於令人聽不懂的——除了故意大顯本領的講演之外。因此我想，這『糊塗』的來源，是在識字和讀書」[88]。

又如，丘氏強調從不同角度看問題會有不同的認識結果：

> 所有事物會因看法的不同而被看成各種不同的東西，即使是看同一種事物，看法一變，幾乎會變成全然不同的另一種事物。例如在這裡擺上一隻水杯，從上面看是圓的，從旁邊看就是長方形的。對待世界每天發生的事物，有的人從道德方面看，有的人從政治方面看，有的人從教育方面看，有的人從衛生方面看，凡此種種，所看的方面各不相同，而只有把從所有方面看到的結果綜合起來才會瞭解事物的真相。只從一方去看，而忘了從其他方面看，便決不會獲得正確的觀念。（〈生物學的の見方〉，1910年，收《進化と人生》）[89]

同樣的認識論也體現在魯迅關於人們對《紅樓夢》的評價中：

---

[87] 《且介亭雜文二集・序言》（1935），收《且介亭雜文二集》，前出2005年版《魯迅全集》第六卷，225頁。

[88] 〈人生識字糊塗始〉（1935），同上，306頁。

[89] 前出《丘淺次郎著作集Ⅰ》，39頁。

《紅樓夢》是中國許多人所知道，至少，是知道這名目的
書。誰是作者和續者姑且勿論，單是命意，就因讀者的眼
光而有種種：經學家看見《易》，道學家看見淫，才子看
見纏綿，革命家看見排滿，流言家看見宮闈秘事……（中
略）……在我的眼下的寶玉，卻看見他看見許多死亡；
證成多所愛者，當大苦惱，因為世上，不幸人多……（中
略）……現在，陳君夢韶以此書作社會家庭問題劇，自然
也無所不可的。[90]

　　而毫無疑問，在上述前提下，丘氏和魯迅在主張應該完整地
看人看事這一點上也是完全一致的。

　　另外，在丘淺次郎與魯迅的關係當中還有重要的一點應該提
到，那就是在關於「退化」問題上兩者的關聯與差異。不過由
於篇幅關係再次從略，待另找機會發表。至此，可以對本論做一
小結。

十、結語　東亞近代的「知層」

　　本文確認了在中國接受進化論思想的過程中，作為其概念載
體的語詞由嚴復《天演論》所代表的「天演」系統向加藤弘之所
代表的「進化」系統的轉變，並在這一背景下，探討了進化論在
魯迅那裡的容受過程，即由嚴復以《天演論》翻譯赫胥黎到楊蔭
杭以《物競論》翻譯加藤弘之，再到他通過日語直接閱讀日本的
進化論。在日本的進化論與魯迅的關係當中，本文在此前研究的

---

[90]　《絳洞花主·小引》，收《集外集拾遺補編》，前出2005年版《魯迅全
　　集》第八卷，179頁。

基礎上重點探討了丘淺次郎與魯迅的關係。

在魯迅對進化論的容受過程當中，「嚴復以外」的進化論對其構成的作用和影響是不可無視的存在，在這個意義上提出「日本的進化論與魯迅」的問題本身，也許意味著對既往研究框架的某種補充和修正，因為這項研究的展開還為時日淺，此後還當假以時日，做更進一步的深入研究。當然這並不意味著嚴復的影響和作用可以無視或貶低，而是意味著嚴復及其《天演論》將被納入到一個新的關於進化論的知識背景下來認識和評估，而關於嚴復的重新認識或許就包含在今後新的探討當中。

我認為，與丘淺次郎的關係，承載著魯迅與日本進化論關係的主要內容。從文本調查的結果來看，與丘淺次郎的關係還不只是吉田富大指出的那個留學生「周樹人」[91]，而更延及到後來的文豪「魯迅」。換句話說，魯迅留學以後對丘淺次郎的關注、閱讀和思考仍在繼續。能在魯迅文本中留下大量「斷片」或「痕跡」的日本著述者及其著作，除了丘淺次郎以外恐怕還找不出第二個來。正如前引周作人（啟明）所言，魯迅通過丘淺次郎真正理解了進化論。《進化論講話》中譯本譯者劉文典也說，讀該書「不費事就把進化論的梗概都懂得了」[92]。魯迅通過《進化論講話》理解進化論當是確鑿無疑的。然而還不僅僅如此。通過丘淺次郎，魯迅還獲知了基於進化論的關於「人生」，關於「人類的過去現在及未來」，關於思想，關於社會，關於倫理等方面的具體發想，不僅借鑒了丘氏的表達方式，也借鑒甚至使用了丘氏所

---

[91] 李冬木譯〈周樹人的選擇──「幻燈事件」前後〉，《魯迅研究月刊》2006年第2期，，原文請參見吉田富夫〈周樹人の選擇──〈幻燈事件〉前後──〉，《佛教大學總合研究所紀要》第二號，佛教大學總合研究所，1995年。

[92] 前出劉文典〈譯者序〉，《劉文典文集》第四冊，529頁。

使用過的例證。條理清晰的進化論思想和作為出色隨筆的高度
的文章表現，在丘氏著作中是互為和統一的，也許正因為這一
點，魯迅才與之產生深刻的關係。然而，本文在最後兩章，即七
和八裡重點探討的是他們在「相對化」認識論方面的關聯，這恐
怕是丘氏進化論給予魯迅的作為「近代科學哲學」的最大影響。

那麼對於「丘淺次郎」這個研究課題來說，最後一個問題或
許就是如何「統合」嚴復和丘淺次郎——具體說，就是兩者在魯
迅那裡構成怎樣的關係呢？

前面已經介紹過，關於魯迅與嚴復《天演論》關係的研究，
張夢陽《中國魯迅學通史》介紹得很詳細，就目前最新到達點而
言，或許當首推北岡正子的《魯迅：救亡之夢的去向——從惡魔
派詩人到〈狂人日記〉》一書。其對照英文原版、嚴復譯本、日
譯本及魯迅文本之後做結道：

> 如果用最簡單的話來概括《天演論》的主旨，那麼就
> 是把清末的亡國狀況把握為天之所為（天行），而破除這
> 危機，就正在於人去能動地展開行動去戰勝天，即「勝天
> 為治」。
>
> 魯迅受嚴復《天演論》最的大影響，就是這部書告訴
> 他，人作為啟動社會的要因，其作用如何重要，從而使他
> 認識到，人應該是主動的行動者，這樣才會戰勝天。[93]

而這也是此前許多研究者的論述當中的結論，北岡正子再
次通過實證研究將其證實。然而，如果以此為前提來看待丘淺次

---

[93] 前出北岡正子，92-93頁。

郎，那麼同樣是進化論而且是在相同的意義上，丘淺次郎教給魯迅的恐怕正好相反。如果說嚴復具有一種勝天為治，人定勝天，無所不能的張力，那麼丘氏則更具有在人類「誇大狂」的狀態中提醒人什麼不能，什麼做不到，什麼是界限的清醒甚至由此而來的悲觀。現在已知兩者都作用於魯迅，那麼應該怎樣看待呢？這的確是個問題。如果先在此拿出一個不成熟的結論的話，那麼從魯迅思想的發展走向上則大抵可以認為，嚴復在《天演論》中所訴諸的「勝天為治」的精神，即強調人的主觀能動作用，在魯迅留學後延長到了那些他所認為的「具有絕大意志之士」[94]和「摩羅詩人」[95]身上，從而不僅幫他找到嶄新的精神載體，更由此賦予了他「爭天抗俗」的浪漫激情；而丘淺次郎提供的則不僅是關於進化論的知識體系，還更是一種以科學實驗為前提的認識方法，其對魯迅此後發揮本領的現實主義具有積極的促成作用，而這一點又體現兩者極其近似的氣質：清醒和絕不相信沒有「現在」的「將來」乃至「黃金世界」。而就作用的時期而言，前者主要在留學時期，後者則潛移默化到發表《狂人日記》以後並且凸顯魯迅的主要特徵。

　　而在此還有一點需要說明。丘氏認為，只要是生物，競爭便不可避免，這是自然界的「天」──如果用「天」的概念來表述丘氏之言──在這個意義上，丘氏的「天」也就與嚴復的「天」有所不同，認為是不可打破的。因為生物離不開生存競爭，生存競爭是生物的存在方式，現存的生物都是歷史上競爭中的獲勝者。到這裡為止，丘氏進化論與其他進化論也沒有什麼不同。然而分歧點也由此開始，那就是丘氏認為，人類通過過去的生存競

[94]　〈文化偏至論〉，收《墳》，前出2005年版《魯迅全集》第1卷，56頁。
[95]　參見〈摩羅詩力說〉，收卷同上。

爭而走到達了生物界的頂點，而此後人類以團體方式過度競爭便
會導致人類走向下坡路乃至毀滅，因此過去作為生存手段的競爭
發展到極致之後便會演化為自行毀滅的手段，這是丘氏的辯證
法，也是他的獨特之處，而他的悲戚也正由此而來。

　　我同意既往關於魯迅與《天演論》的基本看法，那就是魯迅
實際接受的是斯賓塞的「二元論」──即把自然界和人類社會區
別開來，並分別命名為「宇宙過程」（Cosmic Process）和「倫理
過程」（Ethical Process）。魯迅承認前者，同時更追求人在「倫
理過程」當中的確立，以到達嚴復所說的「勝天」＝「圖強」的
目的。這一點，魯迅在留學日本以後，不僅沒有改變或被沖淡，
反倒更加強化。當包括丘淺次郎在內的占日本進化論主流的一元
化的「有機體說」主張「國與國之競爭不可避免」，只能是「優
勝劣敗」的「進化倫理」時，魯迅則對這種強者邏輯「說不」：
「嗜殺戮攻奪，思廓其國威於天下者，獸性之愛國也，人欲超
禽蟲，則不當慕其思。」[96]很顯然，在這一根本之點上，由「天
演」到「進化」的進化論語彙系統的轉換乃至「丘淺次郎」都並
沒造成《天演論》所賦予魯迅的那種在「宇宙過程」強調「倫理
過程」的基本內核──即關於人的倫理「概念」的改變。

　　這的確是魯迅與丘淺次郎的最大的不同。不論丘淺次郎怎
樣影響了魯迅，也不論魯迅怎樣容受了丘淺次郎，在這一「概
念」上，兩者之間的確畫著一條明確的「分界線」。而這也正是
在進化論容受當中「強者立場」與「弱者立場」的不同所致。丘
淺次郎置身於在「日清」、「日俄」兩場戰爭中獲勝，而開始步
入「文明國」行列的日本，當然要肯定「競爭」的「合理性」，

---

[96] 〈破惡聲論〉，收《集外集拾遺補編》，前出2005年版《魯迅全集》第8
卷，34頁。

並且強調「競爭」的不可避免和「優勝劣敗」的必然性，只是在
他身上完全看不到當時日本一般「國民」當中普遍存在的那種對
於「戰勝」的狂熱，相反卻表現出某種憂慮。他不僅擔心日本這
個國家（團體）能否在下一場戰爭中獲勝，更對在以往的「生存
競爭」中獲勝的人類本身是否會自毀懷有恐懼，因爲正如上面所
述，在他看來，人類會在今後的競爭中因爲自己的強大而像過去
的「恐龍」和「猛獁象」那樣從一個「上坡的時代」，跌落到
「下坡的時代」，進而走向毀滅。[97]這是丘淺次郎建構在「生物
學的人生觀」之上的「文明論」。那麼魯迅的情形有是怎樣呢？
他接觸丘淺次郎的時候，正是中國處在列強瓜分的最爲嚴重的
時期，因此他也和那個時代覺醒了的許多中國讀書人一樣，在
「優勝劣敗」的「生存競爭」的現實中苦惱、煩悶、焦慮，卻又
礙難接受眼前競爭的合理性，更無法甘願接受競爭失敗的結果。

魯迅對強權進化論有很明確的批判，即「執進化留良之言，
攻小弱以逞欲」[98]。然而他所想像的救國，卻不同於主張「製造
商佶立憲國會」的所謂文明論，而是主張「立人」：「是故將生
存兩間，角逐列國是務，其首在立人，人立而後凡事舉；若其道
術，乃必尊個性而張精神」[99]。

因此他強調的是人的「倫理」和「精神」，寄此探索打破現
實的可能性。

然而，以上所述兩者的區別，在更多的意義上意味著他們
所面對的狀況不同。正是環繞兩人狀況的相異，才導致了丘淺次

---

[97] 參見〈人間だけ別か〉，收《猿の群れから共和國まで》，《丘淺次郎
著作集Ⅲ》，有精堂，1968年。
[98] 前出〈破惡聲論〉，35頁。
[99] 前出〈文化偏至論〉，47、58頁。

郎與魯迅對進化論取捨的相違。從這一點來看，便不應該把兩者的區別絕對化，使兩者完全對立起來。因為無論從哪一方的立場來接受進化論，都並未超越「圖存」和「求強」這一大的歷史框架。在這個意義上也可以說，丘淺次郎與魯迅之間的「分界線」，同時也是銜接兩者的「結合線」。例如僅就進化的倫理而言，丘淺次郎最為重視的是團體內部成員的服從性與協調一致。在他看來，團體（民族或國家）的競爭，是競爭的最高形式，「在團體之間的競爭當中，為戰勝敵人而最必要的性質，便是協調一致。團體之強就在於這裡團體當中的個體能否都能個個協調一致，因此在這一點上，只要稍稍有那麼一點趕不上敵人，就不會在競爭中獲勝」[100]。「協調一致，說到實處，就只能是服從性」[101]。當然，這一倫理不可能被魯迅所接受。魯迅在「勾萌絕朕」[102]的現實當中期待著有「精神界之戰士」[103]的出現，以此來打破「污濁之平和」[104]。為此，他強調「重任人而排眾庶」[105]。如果僅從這一點上看，那麼丘淺次郎和魯迅便似乎正好相反，但他們之間卻並非倫理本身的對立，而是倫理所面對的狀況不同而已。丘淺次郎在近代國民國家這一団體的前提下圖存求強，魯迅是在革命的前提下追求同一種目標，在兩者都強調倫理這一點上並沒有根本上的區別。在這個意義上，雖然丘淺次郎的進化論並沒能最終改變魯迅進化論的倫理內核本身，卻可以說在關於倫理

---

[100] 〈自由平等の由來〉，收《煩悶と自由》，《丘淺次郎著作集II》，有精堂，1969年，32頁。

[101] 同上，40頁。

[102] 〈摩羅詩力說〉，前出2005年版《魯迅全集》第1卷，65頁。

[103] 同上，87、102頁。

[104] 同上，70頁。

[105] 前出〈文化偏至論〉，47頁。

的知識構造本身及其某種認識論方面，極大地充實和豐富了魯迅的進化論。

在包括中國和日本在內的東亞近代思想文化的交流當中，的確存在著狹間直樹所指出的所謂「知層」[106]（李冬木按：指潛在的「知識地層」）現象，「翻譯詞語」和「翻譯概念」就在這「知層」當中流動。通過製造者、接受者、使用者的主體篩選，有些作爲某種概念被接受，有些概念又被新的詞彙所表達，從而至今仍然影響到東亞的語言和思想。即使只以「進化論」這一根「涵管」向歷史縱深探索，亦可獲知東亞「知層」所曾有過的豐富的思想流動。這並非像某些學者所描述的那樣，是對「西方殖民主義」的被動接受，而恰恰體現著來自不同主體的知性創造。「魯迅」作爲這樣一根「涵管」，不僅把我們帶向東亞近代「知層」生成的生動的歷史現場，豐富我們關於東亞近代的知識，同時也會由那裡的反射而加深我們對魯迅本身理解和認識。

---

[106] 狹間直樹〈東亞近代文明史上的梁啟超〉，在清華大學國學研究院的講義（2012年10月18日—12月06日）。

澀江保譯《支那人氣質》與魯迅（上）

一、Smith 1894年原著、1995年中譯本以及澀江保的日譯本

《支那人氣質》為美國傳教士亞瑟‧亨‧史密斯（Arthur H. Smith, 1845-1932）所著*Chinese Characteristics*一書的日譯本。原著於1894年由美國紐約Fleming H. Revell Company出版，日譯本於兩年後的1896年（明治二十九年）12月，由東京博文館出版。譯者署名「羽化澀江保」（Uka Shibue Tamotsu）。「羽化」是澀江保的號。

在人民文學出版社1981年出版的《魯迅全集》中，有四處提到原著和澀江保譯本，並附有簡單的注釋。[1]研究者們注意到它們與魯迅的關係似乎也有了相當長的一段時間。[2]但是，就我的閱讀範圍而言，直接探討史密斯原著以及澀江保日譯本與魯迅關

---

[1] 《華蓋集續編‧馬上支日記》，第三卷第326-327頁。《且介亭雜文二集‧內山完造作《活中國的姿態》序》，第六卷第266頁。《且介亭雜文末編‧立此存照（三）》第六卷第626頁。《書信‧331027致陶亢德》，第十二卷第245-246頁。注釋為「斯密司（A. H. Smith. 1845-1932）通譯斯密斯，美國傳教士，曾留居中國五十餘年。所著《中國人氣質》一書，有日本澀江保譯本，1896年東京博文館出版。」

[2] 據張夢陽在《中國人氣質》（敦煌文藝出版社，1995年7月）書後的〈譯後評析〉中介紹，他翻譯史密斯原著的動機，起因於1980年袁良駿〈向王瑤先生問起史密斯一書事〉。此後他寫成了〈魯迅與史密斯的《中國人氣質》〉一文，發表在《魯迅研究資料》第II輯上（參見該書第297頁）。另外，有中島長文編《魯迅目睹書目‧日本書之部》（1986年3月），列有澀江保的日譯本《支那人氣質》。

係的論文，至今還多不見。

今年（1997）二月，在北京偶然購得張夢陽、王麗娟譯《中國人氣質》，也就是*Chinese Characteristics*的中譯本，讀後獲益非淺，覺得有關史密斯和魯迅關係的研究，以及與此密切相關的作為「原魯迅」[3]構成之一個重要方面的「改造國民性思想」的研究，又向前大大地推進了一步。

《中國人氣質》，1995年9月由甘肅省敦煌文藝出版社出版，發行10001冊；1996年7月，又印刷了第二版，發行30000冊。32開本，共309頁，定價15.60元人民幣。本文根據中國科學院圖書館館藏*Chinese Characteristics*（Copyright 1894, By Fleming H. Revell Company譯出。書前有魯迅的「我至今還希望有人翻出斯密斯的《支那人氣質》來」的語錄、唐弢〈序〉，書後有譯者之一張夢陽的長篇〈譯後評析〉以及作為附錄摘自莊澤宣、陳學恂編著《民族性與教育》（商務印書館，1938年版）一書的〈西方人的中國觀摘要〉。

關於作者史密斯，張夢陽有很簡明的介紹，這裡摘錄如下：

---

[3]　這裡所借用的「原魯迅」的概念，是指1918年用「魯迅」這個筆名發表《狂入日記》以前的魯迅。這個概念最早見於片山智行的〈近代文學の出発──「原魯迅」というべきものと文學について〉（收錄於1967年7月出版的東京大學文學部中國文學研究室編《近代中國思想と文學》）一文，伊藤虎丸在《魯迅と日本人──アジアの近代と「個」の思想》）（朝日新聞社、朝日選書228、1983年4月20日）一書中也使用了這個概念。日本學者普遍認為，包括進化論、個人主義、改造國民性思想以及對文學的基本認識和實踐在內的未來的「魯迅」雛形，已經在留學日本的時期形成了。當然，這種認識是在大量的調查研究的基礎上建立的。我認為，在表述魯迅思想發展內容的承接關係上，「原魯迅」這一概念較之「早期」或「前期」這樣的只表述時間界限的概念要更為清楚和準確。

Arthur H. Smith.音譯為亞瑟・亨・史密斯（當時譯為斯密斯），是美國傳教士。生於1845年，死於1932年。前後共在中國留後五十餘年之久。中國名字是明恩溥，他所寫的最著名的代表作 *Chinese Characteristic*，日本譯為《支那人氣質》，中文可譯為《中國人氣質》或《中國民族特性》。其寫作過程是這樣的：1890年，史密斯積在中國傳教二十二年的見聞和觀察，以《中國人氣質》為總題，在上海的英文報紙《中國北方每日新聞》上發表了一系列文章。最初並沒有打算廣泛發行，然而這些文章不僅在中國和東方廣為傳佈，很快銷售一空，而且在英國、美國和加拿大也引起了很大興趣，紛紛要求作者集印成書。於是，《中國人氣質》一書就在1894年由美國佛萊明公司在紐約出版了。繼這本書之後，作者還寫了《中國的農村生活》、《中國在動亂中》等書。這些書被公認為世界上研究中國國民性最早、最詳盡、最切實的著作。[4]

我在日本看到的英文版，是關西大學圖書館館藏、1894年紐約版的第五版，出版年月不詳，以此和中文版的內容大致對照一下，似與第一版不會存在很大的差異。不過，坦率地說，正是讀了中譯本的全部內容之後，才使我對史密斯與魯迅的關係以及魯迅所一再提到而又一向不為研究者所言明的日譯本「《支那人氣質》」以及它的譯者「澀江保」產生了濃厚的興趣。這是應該感謝中譯本和譯者的地方。

史密斯關於中國國民性的分析，雖已有了百餘年間隔，但正

4　《中國人氣質》第251頁。

如已故唐弢先生在中譯本〈序〉中所說的那樣，對於今天的中國仍有現實意義，「正可以作為改革的參考」[5]。同時，我亦贊成張夢陽在〈譯後評析〉中所指出的魯迅改造國民性思想與史密斯之間存在的「內在聯繫」以及就此所做的初步分析。[6]

　　在這個基礎上，我以為還應該進一步提出的問題是，作為史密斯和魯迅中介環節的「澀江保」譯《支那人氣質》和魯迅的關係問題。事實上，正如張夢陽所「結論」的那樣，魯迅當年讀到的，「當然是澀江保的日譯本，而非英文原本」[7]，這一點在研究者中沒有異議，魯迅在文章中亦表述為「《支那人氣質》」。

　　把日譯本與魯迅的關係作為問題提出，是由於存在著一個傳播與接受過程中的「偏差」問題。眾所周知，傳播與接受構成相互作用的關係，這種關係決定著傳播影響的結果。在這個意義上，英文原本的「史密斯」和通過澀江保「羽化」了的「史密斯」在接受者魯迅那裡產生的作用不可能是相同的。任何翻譯都不可能等同於原著，其中的誤譯、曲譯、以及代表譯者看法的提示、注釋、解說等都對接受主體共同產生作用和影響。包括魯迅在內的中國近代知識人接受「進化論」就是最好的例子。他們直接接受的是嚴復（1853-1921）翻譯的《天演論》（1898年），而非赫胥黎（Thomas Henry Huxley, 1825-1895）本來的《進化與倫理》（*Evolution and Ethics*, 1894年）。眾所周知的事實是，嚴復按照自己的意圖，通過案語、注釋、甚至是加譯或曲解原文的方式，也就是他所說的「達恉」，以斯賓塞（Herbert Spencer, 1820-1903）所主張的不可抗拒的「物競」「天擇」之「宇宙倫理」，

---

[5]　《中國人氣質》第5頁。

[6]　參見《中國人氣質》第282-297頁。

[7]　同上。第283頁。

取代了赫胥黎本來要強調的人類自身的倫理進化過程。[8]

　　類似的情況是否也存在於史密斯、澀江保和魯迅之間，需要做細緻的分析比較之後才能做結論，不過至少就接受的「原形態」而言，史密斯與魯迅是間接的，而澀江保與魯迅則是直接的，正像嚴復的《天演論》是魯迅接受的「原形態」一樣，澀江保譯《支那人氣質》就是魯迅接受的「原形態」，正是這種形態才構成魯迅與史密斯的「內在聯繫」。

　　因此，我認為，在探討魯迅改造國民性思想與史密斯的關係當中，調查澀江保的日譯本的文本情況就顯得格外重要了，與之相關的還有日譯本的出版背景以及譯者「澀江保」本人的情況。同時，在更廣泛的視野內，還應該探討同時代魯迅受到影響的出版物與《支那人氣質》一書對魯迅所產生的相互作用的關係。

二、明治時代的博文館及魯迅見到的「澀江保」

　　在談日譯本的文本情況之前，有必要對《支那人氣質》的出版情況做一個簡單的介紹。

　　1896年，按日本當時的年號，為明治二十九年。上文已經提到，這一年十二月，博文館在史密斯原著出版兩年後，出版了澀江保的日譯本。

　　博文館是日本近代史上最著名的出版社之一，由大橋佐平1887年（明治二十年）創辦於東京，休業於1947年（昭和二十二年）。在六十年的歷史中，博文館以出版發行大量圖書雜誌和所

8　關於這個問題，可參照高田淳〈嚴復と西歐思想〉和北岡正子〈魯迅の「進化論」〉，均收錄於1967年7月出版的東京大學文學部中國文學研究室編《近代中國思想と文學》一書當中。

形成的巨大影響，在日本近代出版界，構築了被《日本大百科全書》[9]稱之為「博文館時代」的一段歷史。

　　從坪谷善四郎《博文館五十年史》[10]提供的資料可以看出，博文館最輝煌的時期乃是它的前半期，即明治啟蒙時代。當初，創出「博文館」牌子的還僅僅是一本叫做《日本大家論集》的雜誌，其性質和現在中國大量發行的報刊文摘很相似，專門在當時廣泛發行的各種學術、時事評論以及大眾雜誌上網羅各個領域的言論大家的文章和各種軼聞趣事。這本雜誌不僅因贏得眾多的讀者而使博文館三年後在出版界一舉跨入「躍進時代」[11]，而且也奠定了博文館在未來出版事業上的基本性格。正像《日本大家論集》創刊號上所提示的內容範圍那樣，博文館此後在涉及「政學、法學、經濟、文學、理學、醫學、史學、哲學、工學、宗教、教育、衛生、勸業、技藝」等廣闊的領域內，接二連三地創辦發行了大量雜誌，也出版了包括各種單行本、叢書、百科在內的大量書籍。據我個人根據〈博文館出版年表〉[12]所做的統計，到明治時代結束時的1912年（明治四十五年）7月末為止，博文館在創立後僅僅25年的時間裡，共發行雜誌70種[13]，出版圖書單行本1,690種，出版各種「叢書」「全書」「百科」等系列130套，2,280本，前後兩項合計，共出版書籍3,970種。即使把一部分單行本在叢書中重複出版的情況考慮在內，其數量仍是相當可觀的。順便應該提到，這個僅在明治年間出版書籍的數字，已經

9　小學館1996年版（SONY電子ブック檢索版）。

10　昭和十二年（1937）6月15日博文館出版，「非賣品」──非公開發行之出版物。

11　參見《博文館五十年史・第二編　出版界躍進時代》。

12　坪谷善四郎著《博文館五十年史》。

13　包括委託發行的六種雜誌。

遠遠超過了日本小學館《日本大百科全書》（1996年版）所介紹的從1887年到1947年博文館共出版圖書「約三千點」的數字。

在如此大量的出版物當中，留下了許多不僅在當時風靡一時，而且亦為後來提供有關明治時代資料的許多著名雜誌和圖書。如評論家高山樗牛編輯的大型綜合月刊《太陽》（明治二十八年—昭和三年，1895-1928）、由文學團體「硯友社」同人作家尾崎紅葉、川上眉山、大橋乙羽、廣津柳浪等人所支持的《文藝俱樂部》（明治二十八年—昭和八年，1895-1933）、童話作家嚴谷小波編輯的《少年世界》（明治二十八年—昭和九年，1895-1934）以及大型系列叢書《通俗教育全書》（一百冊，明治二十三年，1890）、《帝國文庫》（五十冊，明治二十六年，1893）、《續帝國文庫》（五十冊，明治三十一年，1898）、《帝國百科全書》（二百冊，明治三十一年，1898）等都是很著名的。

博文館的出版事業在明治時代的迅速發展，當然是順應了時代啟蒙要求的結果。探討它的出版物以及製造這些出版物的為數眾多的啟蒙思想家、評論家、學者、文學家、翻譯家和遍佈各個領域各個層次的著述者與明治啟蒙時代的關係，將是一個饒有興味的課題，不過卻不是此時的三言兩語所能道盡的。這裡所要提示的只是兩點：一是《支那人氣質》一書，作為當時博文館出版物的一種，和同時代所具有的關聯；另一個是，至少在本文的視野之內，博文館的一些具有時代教科書性質的啟蒙讀物，也同步影響到了中國。

眾所周知，明治時代，日本經歷了兩場大規模的對外戰爭，一場是1894-95年（明治二十七—二十八年）的甲午戰爭（日本稱作「日清戰爭」），一場是1904-05年的日俄戰爭（明治三十

七—三十八年），其中，前一場戰爭對中國和日本兩國的近代史都產生了深遠的影響：中國的知識界在戰敗的衝擊下覺醒，意識到實行變法維新的必要，開始學習一向被稱為「蕞爾小國」的日本；而日本則通過這場號稱「賭著國運」[14]的戰爭增強了近代國家的實力，從而在軍國主義的道路上向前邁出了一大步。

周作人在回憶中曾經寫過他們的父輩面帶憂慮的談論這場戰爭動向的情況，[15]從中可以窺知到當時中國一般讀書人對戰爭的關心程度。而同樣的甚至是更為強烈的關心也出現在日本。僅以戰爭爆發當年的八月二十五日博文館創刊的《日清戰爭實記》為例，「適合當時敵愾心達最高潮的全國民之要求，本志（指《日清戰爭實記》——筆者注）一出，即風靡雜誌界，……販路之盛，實為雜誌界所未曾有」[16]。事實上，也正是「口清戰役，助長了博文館的一大躍進」[17]，從而使「日清戰役前後」的四年間，即明治二十七—三十年（1894-97）被列為博文館發展的一段重要時期。[18]不僅上面提到的幾種史上留名的雜誌都是在這一期間創刊的，而且包括像《日清戰爭實記》這樣的與戰爭和中國有關的出版物也開始增加。《博文館五十年史》作為「戰史及戰爭物」[19]提到的，除了發行量很大的戰爭實記雜誌外，還有由二十四冊組成的《萬國戰史》叢書（自1894年10月起，每月出版一本），據說，這套叢書在當時的出版界被譽為戰史讀物的「傑作」[20]。二十

---

[14]　《博文館五十年史》第88頁。

[15]　《魯迅的故家》，人民文學出版社，1981年，第40頁。

[16]　《博文館五十年史》第88頁。

[17]　同上，第93頁。

[18]　同上，參見《第三編　日清戰沒前後》。

[19]　參見《博文館五十年史》第111-112頁。

[20]　同上，第112頁。

四冊的排列順序及書名（均為日語原書名，下同）如下：

《獨佛戰史》、《英清鴉片戰史》、《拿波侖戰史》、
《英佛聯合征清戰史》、《トラフアルガー海戰史》、
《露土戰史》、《米國南北戰史》、《普墺鞍史》、《ナ
イル海戰史（附：コーベンヘーゲン海戰史、セントプイ
ンセント海戰史）》、《波蘭衰亡戰史》、《クリミヤ戰
史》、《印度蠶食戰史》、《伊太利獨立戰史》、《米國
獨立戰史》、《希臘獨立戰史》、《英米海戰史》、《英
國革命史》、《佛國革命史》、《フレデリック大王七年
戰史》、《三十年戰史》、《シーサルボンベ──羅馬戰
史》、《羅馬加達格爾ピュニック戰史》、《歷山大王一
統戰史》、《希臘波斯戰史》

單行本的情況也可以作為一個參考。

明治二十七年（1894）共出單行本61種，與中國有關的4種：

《唐宋四大家文撰》、《歐蘇手簡》、《新撰漢語字
引》、《續唐宋八大家文讀本》（《唐宋八大家文讀本》
上一年出版）。

明治二十八年（1895）共出單行本21種，有一半是和戰爭及
中國有關的：

《支那處分案》、《支那近世史》、《清征海軍軍歌》、
《海軍兵器說明》、《臺灣》、《征清詩集》、《支那南
部會話》、《速射砲》、《今世海軍》、《水雷艇》、
《米國南北戰史》（叢書以外的單行本）。

明治二十九年（1896）共出單行本50種，和戰爭及中國有
關的：

《日清戰話軍人龜鑑》、《空中軍艦》、《支那文明史

論》、《歷山大王一統戰史》（叢書以外的單行本）、
《三十年戰史》（叢書以外的單行本）、《支那人氣
質》、《戰爭小稅金鵄勳章》、《羅馬加達格爾ピュニッ
ク戰史》（叢書以外的單行本）。

明治三十年（1897）共出單行本76種，和中國有關的：除了
十三種包括千字文在內的各種字帖外、和中國有關的只有《黃海
大海戰》和《日清戰史》（七冊）兩種。

由此可知，《支那人氣質》在1896年的出版，有著明顯的戰
爭背景，所不同的，是它的內容並非一般追隨時尚的「戰史及戰
爭物」，而是具有更深一層的文化性格，我以為正是這個原因，
它才能夠成為魯迅思考國民性問題時的參考書。至於張夢陽在中
譯本〈譯後評析〉中提到的《支那人氣質》在日本「出版後立刻
風行一時」[21]的情況，我還尚未看到可資證實的材料；雖然魯迅
指出安岡秀夫寫作《從小說看來的支那國民性》，「似乎很相信
Smith的*Chinese Characteristics*常常引為典據」[22]，但那是後來的事，
當時人們的主要注意力都集中在戰爭本身的時候，日譯本究竟能
夠擁有多少讀者也許還是一個疑問。魯迅在對外來文化的選擇上
並不追求時尚的一貫性格是自不待言的。

另一個問題是，魯迅究竟什麼時候讀到的《支那人氣質》。
唐弢用了一個比較寬泛的時間概念，即「年輕時」[23]，張夢陽則
根據許壽裳在回憶錄中提到的他和魯迅所進行的關於國民性的
討論斷定：「魯迅1902年在東京弘文學院學習期間就已經細讀了
史密斯的《支那人氣質》，當然是澀江保的日譯本，而非英文

---

[21] 《中國人氣質》第282頁。
[22] 《魯迅全集》第三卷第326頁。
[23] 《中國人氣質》第4頁。

原版」[24]。我認為兩者都有道理，因為即使按1902年計算，距離《中國人氣質》的出版已近六年的時間，假設此書沒有再版的情況下，倘若再把閱讀的時間後移，恐怕就要發生購書的障礙了。不過，考慮到1902年剛到日本不久的魯迅的日文程度，閱讀《支那人氣質》恐怕也有不好克服的困難。事實上，促使魯迅產生「改造國民性」想法的因素應該是多方面的，而並非史密斯這一本書。例如，北岡正子就在〈另一種國民性的討論——對魯迅、許壽裳的國民性討論之促動〉[25]一文中做了很有意義的發掘，她認為楊度和嘉納治五郎校長在弘文學院所進行的涉及到國民性問題的關於教育的討論，很可能給當時在校的魯迅、許壽裳的國民性討論以啟發和促動，是很有說服力的。因此，我認為，不妨把魯迅閱讀的時間問題放在下面去討論，而先來看一下可尋找到的魯迅與《支那人氣質》相遇的關聯情況。

在周作人早期日記中記載的讀書內容裡，新書、外國書，特別是日本書的頻繁出現，始於1902年，即魯迅動身去日本留學前後。這種情況和中國當時讀書界大量翻譯日本書的風氣是一致的。僅以保存得相對完整的1902年1月到1903年4月（舊曆）的日記來看，在周作人所記錄他當時閱讀的為數不少的日本書裡，有兩本可以確定為博文館的出版物：一是《累卵東洋》，二是《波蘭衰亡戰史》。前者的原書名為《累卵の東洋》（政治小說），作者大橋乙羽，博文館明治三十一年（1898）十月作為單行本出版。這本書是周作人在魯迅去日本後不久購入的，又花了很長時

---

[24] 《中國人氣質》第283-284頁。

[25] 〈もう一つの國民性論議——魯迅、許壽裳の國民性論議への波動〉、關西大學《中國人文學會紀要》第十號。平成元年（1989）3月；李冬木譯中文版〈另一種國民性的討論——魯迅許壽裳國民性討論之引發〉，《吉林大學社會科學學報》，1998年第1期。

間來斷斷續續地讀，並且認為叫做「憂亞子」的譯者翻譯得不好，有告誡自己今後譯書當以此為戒的話。[26]而後一本《波蘭衰亡戰史》的情況則有所不同。

周作人1902年「正月卅日」（舊曆）記：「上午叔祖、升叔忽至，欣喜過望，收到祖父示並《三國志》、《前漢書》、《癸巳類稿》等書。又大哥函並小棉襖一件，大簪、鹽一瓶。外又書一縛。內係大日本加藤弘之《物競論》、澀江保《波蘭衰亡戰史》各一冊，皆洋裝，可喜之至。斯密亞丹《原富》甲、乙、丙三本，亦佳，皆新得者。（下略）」[27]

這裡出現了澀江保的名字和他編著的《波蘭衰亡戰史》。臨行日本而回紹興探親的魯迅，在動身的半個月前，把這本書連同《物競論》和《原富》一起送給了周作人。那麼，這就是說，魯迅在留學以前就已經接觸到了「澀江保」，而《波蘭衰亡戰史》（並加藤弘之的《物競論》）也理應列入到魯迅目睹書目當中。[28]魯迅讀到《波蘭衰亡戰史》時有怎樣的感想現在已無從得知，僅從他後來和周作人著力介紹包括波蘭在內的東歐弱小國家和民族的文學這一情況來看，也許和這本書不無關係。周作人讀此書的情況亦可作為參考，同年舊曆二月「初七日」記：「上午閱大日本澀江氏保《波蘭衰亡戰史》竣」[29]；舊曆三月「十九日」記：「下午看《波蘭衰亡戰史》，讀竟不覺三歎。」[30]

---

[26] 1902年8月1日（舊曆），見《周作人日記》（魯迅研究室手稿組整理）第77頁。

[27] 《周作人日記》第43頁。

[28] 在中島長文編《魯迅目睹書目・日本書之部》當中，沒有提到加藤弘之的《物競論》和澀江保的《波蘭衰亡戰史》。

[29] 《周作人日記》第45頁。

[30] 同上，第55頁。

　　一本讀後能夠令人馬上再讀的書，恐怕也一定有著使人「讀竟不覺三歎」的內容。是否可以作這樣的推想，會不會是這本書的內容使魯迅記得了「澀江保」這個名字，同時也將在日本獵書的視野投向了和這個名字相關聯的其他書籍上？如果不排除這種可能，那麼，澀江保本人和他的著述情況也就是一個不可迴避的問題了。

　　順便應當提請注意，與「《波蘭衰亡戰史》」同樣標題的原本，是澀江保為上面介紹過的博文館《萬國戰史》叢書（全24冊）所著十本當中的一本。按照出版順序，《波蘭衰亡戰史》的出版日期當排在1895年的7月，就是說，它和一年多以後的1896年12月出版的《支那人氣質》擁有同樣的背景。

　　那麼，「澀江保」在當時是怎樣一個人物呢？

三、關於澀江保

　　「澀江保」是個被歷史所淹沒了的名字，不僅在日本現在各種通用的諸如明治時代著述者人名辭典或近代文學辭典中找不到，而且，甚至在1937年（昭和十二年）出版的《博文館五十年史》的正文當中，沒有出現過澀江保的名字以及有關他著譯情況的記事。倒是在附於書後的〈博文館出版年表〉中，保留著和博文館相關的澀江保的一部分著譯篇目。以下整理的是在該年表中所見到的澀江保。

　　〈博文館出版年表〉由三個部分組成：一、「單行之部二」；「叢書之部」；三、「雜誌之部」，各部當中的書名刊名，按照日本年號所標出版年月排列。澀江保著譯出現在第一、第二部當中，以下在將它們編號排列時，書名均按日語原名，出版年月下的年號之右，均以括弧中的阿拉伯數字注明西元年月，

而在叢書之中的各篇目之後，亦以括弧中的阿拉伯數字注明每篇
在該叢書中的排列情況。

編號	書名	出版年月（明治／西元）
	單行之部	
01	國民錦囊	24年05月（1891.05）
02	小學講話材料西洋妖怪奇鼓	24年12月（1891.12）
03	高等小學萬國地理	25年12月（1892.12）
04	西洋秘伝魔術	26年11月（1893.11）
05	歷山大王一統戰史	29年12月（1896.12）
06	支那人気質	29年12月（1896.12）
07	羅馬加達格爾ピュニック戰史	29年12月（1896.12）
08	世界格言大全	30年03月（1897.03）
	叢書之部	
	通俗教育全書（全100冊）	23年01月（1890.01）
09	小論理書（21）	
10	小地質學（28）	
11	普通教育學（30）	
12	簡易體操法（36）	
13	代數一千題（39）	
14	幾何一千題（40）	
15	簡易手工學（47）	
16	算數五千題（上）（48）	
17	算數五千題（下）（49）	
18	希臘羅馬文學史（56）	
19	獨佛文學史（57）	
20	英國文學史（58）	
21	初等三角術（60）	
22	處世活法（70）	
23	幸福要訣（73）	
24	福の神（74）	
25	雄弁法（81）	
26	社會學（89）	
27	歷史研究法（上）（95）	
28	歷史研究法（下）（96）	
29	人類學（97）	
30	電気世界（100）	
	女學全書（全12冊）	25年01月（1892.01）
31	泰西婦女龜鑑	

編號	書名	出版年月（明治／西元）
	寸珍百種（全52冊）	25年07月（1892.07）
32	萬國發明家列伝（8）	
33	生活指針 日々のおきて（41）	
34	生活指針 日々のおきて（42）	
35	西洋事物起源（46）	
36	記憶術（48）	
37	催眠術（50）	
	萬國戰史（全24冊）	
38	普墺戰史（8）	
39	波蘭衰亡戰史（10）	
40	印度露食戰史（12）	
41	米國獨立戰史（14）	
42	英國革命史（17）	
43	佛國革命史（18）	
44	フレデリック大王七年戰史（19）	
45	羅馬加達格爾ピュニック戰史（22）	
46	亞歷山大正一統戰史（23）	
47	希臘波斯戰史（24）	
	英學全書（ロングマン読本註釈）（全4冊）	30年12月（1897.12）
48	ロングマンス第一讀本註釈	
49	ロングマンス第二讀本註釈	
50	ロングマンス第二讀本註釈	
51	ロングマンス第四讀本註釈	
	通俗百科全書（全24冊）	31年01月（1898.01）
52	通俗世界地理（19）	

　　澀江保的這份著譯清單從出版年表中初步整理出來之後，不禁為之瞠目結舌。首先是數目的龐大。除掉第5和47、第7和第45為重合出版外，從1890年1月到1898年1月的短短八年間，僅博文館一家出版社就出了澀江保五十本書，以最保守的估計，每平均不到兩個月就有一本書出版，而且有許多都是像《支那人氣質》這樣的大部頭。是著作也好，翻譯也好，編纂也好，注釋也好，真難以想像澀江保除了讀書和「爬格子」而外生活裡是否還會有別的。其次是執筆領域的廣泛。從歷史到地理，從人類學到電氣

世界，從文學到催眠術再到幾何算數體操妖怪幸福要訣手工學，跨度之大，幾乎令人頭腦生亂。不過，有一點是清楚的，那就是這些書按其性質來劃分，也正應合了當時博文館的學術、啟蒙、實技百工的出版特點，而其中特別值得注意的是包括翻譯、編譯和著述在內的對西方思想、歷史和文學的介紹占了很大比重。廣泛介紹和傳播西方的學術和思想，是啟蒙時代的一項不可缺少的內容，在這個意義上，把澀江保列入到東方近代啟蒙者的行列裡，也許是並不過分的評價。

今天，日本對博文館之於近代啟蒙的貢獻有著高度的評價，而且也記著許多當時列名於博文館的著述者，像中江兆民、久保天隨、國木田獨步、島崎藤村、與謝野寬・晶子夫婦、木村鷹太郎、田山花袋、長谷川如是閑、幸田露伴以及上面提到的高山樗牛、尾崎紅葉……等等，這些大人物，可以任意列出很多，然而惟有對博文館以及對明治時代的日本和中國近代啟蒙都做出過重要貢獻的澀江保卻在人們的記憶裡消失了。甚至在距今六十年前出版的《博文館五十年史》中就已經不記得澀江保了。如坪谷善四郎介紹說，二十四冊《萬國戰史》叢書在當時的出版界被盛讚為戰史讀物的「白眉」（傑作或最好的），也提到了其他作者和書目[31]，可就是偏偏不提澀江保以及那些接近該叢書一半數量的澀江保名下的著作。真的，這是為什麼？

包括這個問題在內，在瞭解到澀江保的業績之後，我覺得澀江保本人就是一個饒有興味的問題，很值得探討，當然也產生了要瞭解這個人的強烈興趣。

這裡應該鄭重地感謝佛教大學的辻田正雄先生，是他提供了

---

[31] 在《博文館五十年史》第112頁，坪谷善四郎開列了叢書中第一到第五本的作者名和書名。

一條重要的線索，即澀江保是日本近代史上赫赫有名的澀江抽齋
的兒子。關於澀江抽齋，小學館的《日本大百科全書》中有簡明
的介紹，現譯成中文如下：

> 澀江抽齋（Shibue tyusai, 1805-1858）江戶（1603-1867，引
> 者注）末期儒醫。生於江戶（今東京，引者注）神田。
> 幼名恒吉，後改全善。字道純，又稱子良，號抽齋。家族
> 世代為弘前藩（今青森縣 弘前市。引者注）藩醫，抽齋
> 亦從師即是醫生又是儒學者的伊澤蘭軒學醫，繼承家業而
> 為弘前藩醫，住江戶。又從狩古易齋、市野迷庵學儒學，
> 精通考證學，與森立之（枳園）共著《經籍訪古志》。此
> 書為中國古典解題書之傑作。1844年（弘化元年）為官立
> 醫學館講師，後為德川家慶將軍所召，奉祿「十五人扶
> 持」。醫術著作有《素問識小靈樞講義》、《護痘要法》
> 等。森鷗外小說《澀江抽齋》為取材其生平之作。

這裡有兩點值得注意：一個是澀江保家祖世代為侍醫，其父
澀江抽齋，不僅是儒醫，也是精通考據學的漢學者，這意味著澀
江保在中醫和漢學方面，有著良好的教養環境，可謂書香門第。
事實上，他的漢學功底，在《支那人氣質》的翻譯中也有著
很好的發揮。另一點是森鷗外的同名小說是寫澀江抽齋的傳記
作品。
森鷗外（1862-1922）是中國也並不陌生的日本近代著名作
家，在文學史上，多把他與夏目漱石（1867-1916）並稱，以作
為體現了明治時代精神與倫理的代表作家。他的主要成就之一，
是開闢了近代歷史小說創作的新領域，其忠實於史實，按照歷史

的本來面目（「歷史其儘」）來寫歷史小說和超脫史實的束縛自
由地馳騁主觀想像（「歷史離れ」）的兩種創作方法，不僅對日
本，而且通過魯迅、郭沫若等人的歷史小說創作，對中國也產生
了深遠的影響。[32]魯迅曾翻譯過他的《沉默之塔》（1923年，原
著題《沈默の塔》、發表於1910年）。《澀江抽齋》（1916年）
是森鷗外晚年的最重要作品，被文學史家譽為開拓了歷史傳記文
學的新領域而享有很高的聲譽。其方法是完全根據考證和各種實
際調查所獲得的材料，按時間順序來展示歷史人物的一生。其結
果，是使本來默默無聞的一個江戶末期的侍醫青史留名。

　　而對本文的調查極有幫助的是，這篇「歷史其儘」的小說，
不僅「資料的大部分是抽齋的三男保提供的」[33]，而且也有不少
筆墨寫了抽齋的家族，特別是後半有很多的篇幅是追蹤了抽齋死
後其家族成員下落的內容。這樣，「澀江保」就在澀江抽齋的巨
大覆蓋下出現了。

　　在《澀江抽齋》「百十二」中，森鷗外這樣介紹了澀江保：

　　　　抽齋之後裔今存者，如上所記，當屈指首數牛込的澀江
　　　　氏。主人保為抽齋第七子，亦為嗣後者，從漁村、竹徑之
　　　　海保氏父子、島田篁村、兼松石居、根本羽嶽讀經，隨多
　　　　雲紀從學中醫，又於師範學校被培養成教育家，在公立學
　　　　舍、慶應義塾研究英語，又於洪松、靜岡或做校長，或當
　　　　教頭，並兼做報紙記者論說政治。然而耗費精力最大者，
　　　　還是為書肆博文館所做的著作翻譯，其行刊書籍，通計約
　　　　達百五十部之多。其書雖有隨時啟發世人之功，然幾乎皆

---

[32] 關於中國近代歷史小說創作和日本近代文學的關係問題當另行撰文討論。
[33] 平凡社《世界大百科事典》（CD-ROM版）「澀江抽齋」詞條下。

為應追崇時尚書估之誅求而運筆者。不能不說徒費了保之精力，且保本人深知此項。文士與書賈之關係，本該為「共棲」，而實則反為「寄生」。保做了生物學上的養家糊口，獨當一面的漢子。

　　保欲作之書，今猶計畫於保之意中。曰《日本私刑史》，曰《支那刑法史》，曰《經子一家言》，曰《周易一家言》，曰《讀書五十年》，該五部書便是。尤其如《讀書五十年》，並非只存計畫，其薈本業已成堆，此並非一種文獻目錄，而足窺保之博涉一面者。著者之志所在，為廓大嚴君之《經籍訪古志》，縱言其由古及今，由東至西，或未為不可。保果善成此志乎？
　　世間果能使保成其志乎？
　　保先生今年大正五年六十歲，委佐野氏松，四十八歲，女乙女十七歲。乙女明治四十一年以降，從鏑木清方學畫，大正三年以還，為跡見女學校學生。[34]

　　這裡除了說澀江保為博文館譯著書籍達「百五十部之多」和上面的統計有較大的出入外，基本概述了澀江保的主要經歷和志向。其中有對為博文館著譯書籍頗不以為然的話，似由「文士和書賈」之間的不睦而來，我以為也許正是這個原因，才使博文館主幹坪谷善四郎在撰寫五十年史時，有意避而不道為博文館做出過重大貢獻的澀江保。不過，這已經是另外的話題了。
　　其實，從這篇小說的第「五十一」起，澀江保就出現了，

---

[34] 根據1976年版《筑摩現代文學大系4・森鷗外集》翻譯。參見第224-225頁。

一直到最後的第「百一九」，從中還可以進一步找到上面沒有談
到或語焉不詳的有關澀江保的更為詳細的情況。如「五十一」記
錄了澀江保的出生：「安政四年（1857年，引者注）抽齋七男成
善七月二十六日生，小字三吉，通稱道陸，即今之保，父五十三
歲，母四十二歲時之子。」[35]此外，還可以知道抽齋前後有四個
妻子和很多個孩子，澀江保為第四個妻子五百所生，是家中最小
的一個（第「五十三」），在抽齋死後的第二年，僅兩歲便成了
澀江家業的繼承人（第「六十五」）。澀江抽齋留下的藏書據說
約有「三萬五千部」（第「七十」），其和積園共著的傳世之作
《經籍訪古志》（八卷），明治十八年由清國使館刻刊（第「百
八」）。而澀江保自幼好讀書，四歲便開始從師多人學儒學（第
「六十七」），「喜愛書籍勝過米飯」（第「七十三」），到森
鷗外來採訪澀江的家世時，已號稱「讀書五十年」。母親五百在
澀江保的教育中亦起關鍵作用，她不僅支撐了擁有眾多子女的家
庭生活，也熱心地督促子女讀書，而尤其重要的是，她常年不斷
講述的澀江家世，均由澀江保——記錄保存了下來，以至作家松
本清張說，森鷗外在調查採訪時得到了澀江保提供的這份家世筆
記後，只是稍做文字上的加工潤色後，就幾乎原封不動地再現到
了《澀江抽齋》中。[36]這是否事實已無從查對了，不過，也無外
是說明澀江保的家教環境和他文筆的功力所至罷了。

　　另外一點，就是關於澀江保的英文。在明治時代的翻譯家
中，澀江保是那些少數沒有留學經歷者之一。我想，這既是他作
為翻譯家的一大特色，也很可能是他的諸多的譯作不大為後人所

---

[35] 同上，第145頁。

[36] 《作家の日記——森鷗外と乃木將軍の死、白樺派のことなど（連載5）》，
《新潮46》第八卷第五期，第195頁。

重視的原因之一（此外，上面講到的博文館史中不提澀江保，也不能不是澀江保本人以及他的著譯消失在歷史當中的原因）。澀江保1871年3月十五歲時隻身前往東京，5月，為學英語，進了公立學校，期間，以操讀英語為己志的澀江保翻譯了《小美國史》並由萬卷樓出版社出版。一年多以後，為學資所迫，不得不改進師範學校，經歷多有輾轉波折後，為學英語，又於1879年11月進了慶應義塾，「此後，保欲深窮英語，而未遂其志」[37]，近兩年後的1881年9月，為養家糊口，二十四歲的澀江保又去做了愛知中學的校長。這就是森鷗外在上文所記的「在公立學舍、慶應義塾研究英語」的經歷。由此可以推知，澀江保的英語主要是靠他「深窮英語」之志的自學和實踐而得，至於程度如何，還尚需要實際對照英文檢閱其譯文方可得知。不過，有一點可以參考，那就是母親五百，在澀江保的指導下，亦可讀關於西方歷史和經濟學的原著。[38]

關於澀江保的最後交代是，1872年6月由成善改名為「保」、「羽化」或「羽化生」為執筆著譯時的號，死於昭和五年（1930）四月七日，享年七十四歲。昭和十八年（1943）井田書店出版的關義一郎編《近世漢學者傳記著作大事典》中，記載澀江保的漢學著作有九部。[39]另外，最近又陸續看到一些相關資料，可惜直接談澀江保的仍不多，值得一提的，有大田兼雄的〈羽化渋江保の著作〉和杉原四郎的〈渋江保とイギリス思想の導入〉兩篇，或許和澀江保有關的資料多被掩蓋在《澀江抽齋》

---

[37] 《森歐外集》（同上），第209頁。

[38] 同上，第217頁。

[39] 《易斷真法》、《周易史傳》、《五行易活斷一冊》（刊）、《梅花心易即座考》、《說卦新》、《周易象義》、《韓非子神髓》、《象卜考》、《繫辭新釋》。

這部作品的研究資料中也未可知。[40]

　　現在總算可以來談一談《支那人氣質》這本書了。

四、澀江保譯《支那人氣質》概貌及〈小引〉

　　前面已經提到，在史密斯原著出版兩年後的1896年12月，澀江保的日譯本便由博文館出版了。如果把翻譯的時間考慮進去，應該說日譯本的出版速度是相當快的。還要補充一句，這一年，澀江保三十九歲。

　　我所見到的《支那人氣質》是關西大學圖書館館藏的第一版，書後有博文館「版權所有」，「明治廿九年十二月八日印

---

[40] 我所看到的和澀江保直接有關的參考資料，除了文中多次提到的《博文館五十年史》、《澀江抽齋》、《日本大百科全書》、《世界大百科辭典》以及松本清張的文章外，還有新近獲得的主要資料如下：大田兼雄著〈羽化澀江保の著作〉（《日本古書通信》第233號，昭和三十八年9月15日）、杉原四郎著〈澀江保とイギリス思想の導入〉（收入《読書颯颯》、未來社，昭和六十二年9月）、松木明知編《森鷗外「澀江抽齋」基礎資料》第八十六回，日本醫學史學會，1988年6月30日發行，限定300部）。對於我來說，和它們很有相識恨晚之感。〈羽化澀江保の著作〉不僅篇目調查得相當全面，而且於翻譯的每篇之後，均注有原著的出處，其中博文館所出著譯也大於我所調查的數目，原因各種各樣，有的出在署名上，如《支那哲學者歐洲巡避通信》上下兩本，署名「羽化仙人」，而我並不知道羽化仙人就是澀江保。又如澀江保還有很多著譯發表在博文館當時發行的各種雜誌上，而這些在出版年表中並沒有體現出來。不過，這些都能夠越發證明澀江保的成績和貢獻。〈澀江保とイギリス思想の導入〉不僅充分肯定了澀江保對明治啟蒙貢獻的普遍性，而且特別肯定了他通過英語在導入西方近代思想──如黑格爾哲學──上所建立的功勳，而且對我所關心的英語能力問題，也做了肯定的答覆，說具有相當高的水準。《森鷗外「澀江抽齋」基礎資料》提供了有關澀江保的第一手資料：《抽齋親戚並門人　付抽齋の學說》、《澀江家乘》、《抽齋歿後》、《明治元年同三月澀江保日記》。此外，從這些資料的參考資料當中，亦可指望進一步獲得追蹤澀江保的資料線索。

刷　明治廿九年十二月十一日發行　定價金六拾錢　訳者　渋江保　發行者大橋新太郎　發兌元博文館」等字樣。大32開，精裝，正文446頁，小引2頁，目錄2頁，目錄後附照片21枚8頁，博文館版權頁1頁，圖書出版廣告7頁（所列十九種書都是跟中國有關的）[41]，共計468頁。原本中置於書前的出於孔子（《論語》卷十二）、O. W. Holmes, Carlyle格言，移至書後。扉頁文字為「米國　アーサー、エチ、スミス著日本羽化渋江保訳　支那人気質全東京博文館藏版」。

　　下面來看一下目錄情況。除第十二、十三和二十七章外，各章正文日語標題下附有英語原文的，以下分別附於該書目錄標題的各章之後，以便於對照。

《支那人氣質》目次

緒言	第一章　體面（Face）	第二章　節儉（Economy）	第三章　力行（Industry）
第四章　禮儀（politeness）	第五章　時間に頓著なきこと（The Disregard of Time）	第六章　不精確に頓著なきこと（The Disregard of Accuracy）	第七章　誤解の才（The Talent For Misunderstanding）
第八章　暗示の才（The Talent For Indirection）	第九章　柔軟の強硬（Flexible inflexibility）	第十章　愚蒙[直訳語、智力の混濁]（Intellectual Turbidity）	第十一章　無神経（The Absence of Nerves）

---

[41] 這些書的書名是《支那文明論》《清俗紀聞》《支那漫遊實記》《支那近世史》《支那小歷史》（《資治通鑑》《春秋左氏傳校本》《五代史》《廿二史言行略》《史記讀本》《十八史略注評》《新撰支那國史》《支那史》《鴉片戰史》《征清戰史》《支那處分案》《對清意見》《支那三國時代》《新撰支那全圖》。

第十二章　外人去輕視すること	第十三章　公共心の缺乏	第十四章　保守主義（Conservatism）	第十五章　安楽、便利を度外視すること（Indifference to Comfort and Convenience）
第十六章　活力のt強壯なること（Physical Vitality）	第十七章　堅忍不拔（Patience and Perseverance）	第十八章　澹然自逸（Content and Cheerfulness）	第十九章　孝心（Filial Piety）
第二十章　仁惠（Benevolence）	第二十一章　同情の欠乏（The Absence of Sympathy）	第二十二章　社會の颶風（Social Typhoons）	第二十三章　互相乃責任、並に法律を遵奉すること（Mutual Responsibility and Respect for Law）
第二十四章　互相の猜疑（Mutua1 Suspicion）	第二十五章　信突の欠乏（THe Absence of Sincerity）	第二十六章　多神教。萬有教。無神論（Polytheism, Pantheism, Atheism）	第二十七章　支那の現狀並に現時の必要

　　目錄後所插附的21張照片，都不是史密斯原書裡的插照，而是日譯本另選的。每幅照片的說明如下：

　　　　清國罪人首枷、同立會裁判の光景、同罪人笞刑、清國武
　　　　昌漢陽両府楊子江對岸の景、漢江居留地の治岸、支那風
　　　　俗（囲碁）、卜筮、清國西湖勝景（杭州市街、崇文書院
　　　　前、靈隱寺、靈隱寺前冷泉亭、弧山島離宮庭前）、清國
　　　　上海市中公園音樂堂、上海開港五十年祭、清國北京內
　　　　廟、北京宮殿の前階、支那美人、滿州旗人の少女、滿州
　　　　旗人の児女、支那鎮江市街、廈門港

　　就這些圖片內容的整體來說，或許比史密斯原本當中收錄的圖片所顯現的「中國形象」要「好」一些（？）[42]，不過第一頁的三張照片，即「清國罪人首枷」、「同立會裁判の光景」、「同罪人笞刑」還是相當有刺激性的（參看照片影印）：三個女囚站在鏡頭的正面，她們被枷在一個有著三個頸孔的大木枷裡連為一體；第二幅是定罪的情形；第三幅是一個人在眾多人的圍觀下，遭受笞刑（從照片上看非「笞刑」，而疑似砍頭），我想這在當時是最能刺激魯迅的場面，魯迅那裡的「看客」形象，也許正是由像這幅照片所記錄的相當普遍存在的圍觀受難者而又「無神經」（麻木不仁）的大量映射疊加而成的。

　　另外，書的印刷格式，也是魯迅所喜歡的那種「上下的天地頭」都很有「餘裕」[43]的佈局，尤其是「天」——書眉留得很寬，約占全頁的六分之一左右，除了譯者澀江保為導讀所作的眉批占去一部分位置外，還有充分的空間可供讀者使用。

　　譯本正文的內容，當然是來自史密斯原本，除此而外，則是澀江保在翻譯的過程中，或者說澀江保為了翻譯這本書而加上去的不屬於原本而屬於澀江保自己的文字，這裡姑且將其稱之為「非原本內容」。這個部分佔有全書不少的文字量，主要由來自三個方面的內容構成：（一）書前小引；（二）眉批，即章節當中為導讀所作的內容提示和歸納，從這個方面可以窺知澀江保對

---

[42] 史密斯原本收錄的圖片有：北京附近的東周寶塔、紀年牌坊、中國農村的孩子在庭院裡、烏龜馱碑、中國農村的一個廚房、中國人是這樣做飯的、木匠鋸大木板、中國的戲劇表演、北京的馬車、中國的賭徒、中國的理髮匠、漢陽機車廠、穿冬服的中產階級一家、伊斯蘭寺院內景、民間婦女的縫紉和編織、四代人、一個中國私塾。這裡使用的關於照片說明的中文譯文，是張夢陽在中譯本〈譯後評析〉中介紹該書時所使用的（參見中譯本第251-153頁。由於篇幅的限制，英文原說明從略。

[43] 參見《華蓋集·忽然想到（二）》，《魯迅全集》第三卷第17-18頁。

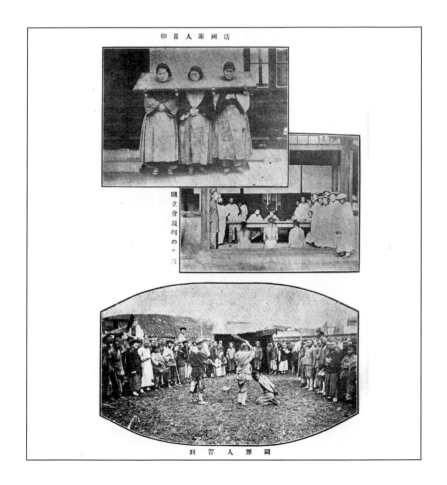

原著內容的把握和理解；（三）正文中出現的注釋（夾註），這
個方面不僅說明澀江保對古今東西典籍的熟知程度，而且也可以
看出他在翻譯過程中所具有的思想傾向。據我的粗略統計，屬於
「非原本內容」部分的導讀眉批，長短不等，前後達540餘條，
而大大小小的各種注釋也超過了400條，後者數量上雖不及前
者，但在文字量上卻遠遠超過了前者。總之，從這裡所說的「非原
本內容」當中，可以看到譯者澀江保在翻譯原本時所下的功夫。

　　那麼，澀江保是怎樣向讀者介紹《支那人氣質》這本書的呢？好在〈小引〉並不長，不妨全文照譯如下：

> 　　本書係譯述合眾國人亞瑟・亨・史密斯（Arthur H. Smith）之近著《支那人氣質》（Chinese Characteristics）〔一千八百九十四年明治二十七年佛萊明・亨・利百爾商會發兌〕者也。史密斯為傳教，在留支那，二十二年間，盡力觀察國民之氣質，其觀察之詳密，無大過者，為吾人所信不疑也。

> 　　我國歷來並非沒有錄寫近世支那事情之書，然多不過記一時之見聞，敘事概止於皮相，失之簡略，令人有隔鞋搔癢之憾。又，洋書當中，如威里阿姆斯之《中華》（Williams, Middle Kingdom），詳密則詳密，然並非沒有稍稍過於浩瀚之感。史密斯之《支那人氣質》，往往以東洋人之通習為支那人氣質，因東西風俗之異，取吾人目中並非稀奇之事物喋喋稱奇之類，吾人並非沒有不滿之處，然其要者，描述於彼國社會及家庭之光面、暗面，透其真相，不失之簡，不過於繁，似以此書為最。是乃生譯述此書之所以然者。

> 　　書中難解之處，均加注釋，以便理解，故夾註及下排一字之注，凡譯者插入者可知也。

> 　　　　　　　　　明治二十九年十二月　羽化生　記

　　這裡需要說明的是，「羽化生」譯文所採用的文體，和這個小引一樣，基本承襲著「言文一致」運動改革以前的舊日語文體（上面出現的森鷗外的《澀江抽齋》也存在著這種情況），這種文體受古漢語的影響很大，為保持原貌，也就只好「硬譯」過

來了。

　　從下附日期來看，〈小引〉作於《支那人氣質》一書出版的當月，可知是在翻譯工作全部結束甚至是付梓階段的產物。澀江保在譯文第八章的一個注釋裡，提醒讀者「參看本書最終羽化生之評言」[44]，可惜這個格外令人期待的「羽化生之評言」最終並沒有出現，是博文館認為沒有必要還是羽化生沒來得及寫抑或還有別的原因，現在已經無從得知了。不過，至少可以使人知道，澀江保在翻譯這本書時是頗有感想的，並且也有將感想付諸文字的評書計畫；而在這個計畫最終沒有實現的情況下，〈小引〉所處的位置也就變得格外重要了，其中至少是包含著澀江保在計畫的書評中想要表述的某些看法。因此，我認為，在上面的〈小引〉當中，有幾個要點值得注意。

　　第一，澀江保肯定了史密斯觀察中國國民性的詳密和準確。

　　第二，在比較了日本和西方的其他寫中國的著作之後，認為這本書在傳遞中國社會和家庭的真相方面，繁簡適當，勝於其他著作。其中「透其真相」一句，也表達了一個熟讀中國古書的漢學家想要瞭解現實中國的某種期待感。這或許也是他翻譯這本書的一個內在動因。

　　第三，澀江保對史密斯著作有著相當大的保留，認為該書存在著因東西文化的差異所導致的獵奇傾向，其所描述的中國人氣質，對於同樣是東方人的日本人來說並不稀奇（不過，這也從另一個方面證實了史密斯對中國人的描述和分析，具有著超越中國人氣質範疇的「東方性」也就是普遍性）。這樣，就和他對史密斯的肯定產生了矛盾：即肯定是一部「透其真相」（自己也想

---

[44]　《支那人氣質》第83頁。

瞭解的真相）的好書，同時又說所述之事並不稀奇。後面將要談
到，事實上，正是這種矛盾支配了澀江保的整個翻譯過程。如上
所述，〈小引〉是譯後所作，可看做是對整個翻譯的總結。

那麼，這種矛盾是什麼原因導致的呢？我推測，很有可能是
史密斯在著作中對「東洋」的人和事以及倫理經典的喋喋不休，
使熟知「東洋」事物和經典的漢學家澀江保有傷自尊心，且表現
得不耐煩。這樣說，並不意味著澀江保是屬於「腐儒」型的人
物，而是要強調史密斯所討論的問題深入到了澀江保所最熟知的
領域，並且給他帶來新的內容這一事實。儒家經典需要現實來檢
證，史密斯所提供的正是這樣的現實材料。然而僅此並沒能使澀
江保滿足，他希望就這些材料能有更深入的討論，不僅在自己本
家的這塊領地，同時也不妨跨入到澀江保自身所大量翻譯介紹過
的「西洋」歷史和哲學領域。這是澀江保對史密斯的真正期待所
在，亦是他對史密斯有所不滿的緣由。後面將要看到的澀江保在
翻譯的過程中不斷地和史密斯進行書面「討論」的情況，正由此
而來。

第四，澀江保在〈小引〉中兩處稱自己的翻譯是「譯述」，
又在最後稱自己是「譯者」，而不是稱「譯述者」。按照通常的
理解，「譯」和「述」的概念範疇是不大相同的。「譯」當然是
指翻譯，這不成問題，「述」的意思可以很多，但至少要有表達
自己的意見或看法的意思。既當「譯者」又當「述者」，譯而有
述，可知，澀江保這兩種想法都有。他為什麼要「述」呢？這在
上面的「第三」當中已經指出，他是想同史密斯進行討論，討
論的方式便是「述」。假定澀江保並不像嚴復那樣通過改譯而
「述」（實際上，對於澀江保來說完全沒有這個必要）的話，那
麼，他在什麼地方「述」呢？這就是他所提到的「夾註及下排一

字之注」。從個體數量上來說，它們的絕大部分的確是為了便於理解內容的注釋，但從文字的數量上來說，更大的部分則超越了這個範疇，而帶有澀江保「述」的性質，用他在注釋中的話說，叫做「羽化生曰」。

其實，包括提取上述四項要點的〈小引〉在內，「羽化生曰」這個部分，當然也是屬於前面所定義過的「非原本內容」的範疇。接下來，不妨具體從幾個方面來看一下「羽化生」是怎樣把握和理解原著，又是怎樣同原著進行對話並且向其中滲透自己想要訴諸的想法的。

1997年9月30日

附記：

在調查整理以及形成這篇論文的過程中，曾得到過周圍不少師友的指導和幫助，除了澀江保係澀江抽齋之子這一重要線索惠蒙佛教大學的辻田正雄先生教示外，關西外國語大學國際言語學部主任教授片山智行先生一直給予有力的支持和指導，特別是在幫助閱讀和理解原文方面，先生花費了不少寶貴的時間；同校的池田游漁講師、三輪雅人講師在確認森鷗外作品中出現的來自法語或德語外來語的語意方面，也為我提供了不小的幫助；關西大學的石曉軍先生和神戶松蔭女子大學的沈國威先生以及房雪霏女士亦及時地幫助我獲得了許多珍貴的資料或資料線索，在此，謹對上述各位的熱情而真摯的幫助，表示感謝和敬意。

此外，還有大量的關於魯迅特別是魯迅與日本關係的調查資料和論著，使我受益很大，恕不能一一提及，在此，謹致衷心感謝。

澀江保譯《支那人氣質》與魯迅（下）

五、「羽化生曰」

正如上文所說，「羽化生曰」這個部分，屬於「非原本內容」，由三個部分組成：（一）書前小引；（二）眉批，即各章當中為導讀所做的內容提示和歸納；（三）正文中出現的注釋（夾註）。[1]

事實上，「羽化生曰」已構成了Smith著*Chinese Characteristics*作用於魯迅的「原形態」，即澀江保譯《支那人氣質》的有機組成部分，故有單獨整理分析的必要。這樣可以相對分清史密斯原書的內容和譯者澀江保所添加的內容對魯迅的相互作用。

書前〈小引〉前面已經談過。[2]這裡再來檢點全書，看一下（二）眉批和（三）夾註的情況。這兩項已分別以〈附錄一〉和〈附錄二〉的形式整理出來，但是很遺憾，這次由於篇幅的限制，不能附於文後，只好待今後有機會再發表了。

眉批在各章的分佈情況為：緒言12條；第一章5條；第二章19條；第三章16條；第六章27條；第七章11條；第八章18條；第九章18條；第十章14條；第十一章14條；第十二章15條；第十三章14條；第十四章23條；第十五章46條；第十六章8條；第十七章

---

[1] 參見拙著〈澀江保譯《支那人氣質》與魯迅──魯迅與日本書之一〉（上）中的〈四、澀江保譯《支那人氣質》概貌及〈小引〉〉部分，《關西外國語大學研究論集》第67號（1998年2月）第280-284頁。

[2] 同上。其中譯有〈小引〉全文。

15條；第十八章16條；第十九章31條；第二十章12條；第二十一章40條；第二十二章16條；第二十三章35條；第二十四章43條；第二十五章20條；第二十六章14條；第二十七章19條；計547條。譯成中文，字數接近一萬，各章合加起來，不僅可以看出譯者對原書內容的理解和把握，亦為全書非常完整的「內容提要」，其所發揮的有效的導讀功能是自不待言的。如以第十九章〈孝心（Filial Piety）〉的眉批為例（句後括弧中數字為日譯本頁碼）：

孝與禮有著密切的關係。（224）／欲知孝為何者，須據彼之古典也。（225-226）／或言支那人不孝，又言未否。（226）／孝乃德之本。（227／尊父。（228）／尊母。（228）／孝的意義。（229）／孔子。對孝的解釋因人而異。（230）／銘於心而不行於身。（232）／二十四孝。（232）／陸績之實例。（233）／吳猛之實例。（234）／王祥之實例。（235）／郭巨之實例。（236）／以子女之肉治父母難治之病。（237）／以無後為最大之不孝。（237）／生男子則慶賀，生女子則失望。（238）／殺兒之惡習。（238）／三年之喪。（239）／為父母服喪為最重要之義務。（240）／賣卻土地家產為父母送葬。（241）／關於致母親手簡的一個奇談。（241）／孝與不孝因地而異。（243）／支那之長處，西洋之短處。（243）／支那孝教的五條缺點。（244）／孔子之教不如保羅教數語。（244）／把妻子放在劣等地位。（246）／以有後為大孝所導致的弊害。（247）／支那人實踐孝道之理由（其一）恐怖。（248）／（其二）愛。（248）／孔教與基督教絕非可以並存。（249）

可見是頗得原著要領的。諸如此類，似無須贅言。

「夾註」，誠如澀江保在〈小引〉中所說，「書中難解之處，均加注解，以便理解，故夾註及下排一字之注，凡譯者插入者可知也」。──從形式上可分為兩類，一類是譯者所說的「夾註」，即夾插在句子之間，另一類是所謂「下排一字之注」，插置於段落之間，這兩類「以便理解」的注釋，在各章中的分佈情況如下：

緒言6條；第一章1條；第二章3條；第三章11條；第四章14條；第五章20條；第六章12條；第七章14條；第八章8條；第十章14條；第十一章1條；第十二章18條；第十三章7條；第十四章13條；第十五章31條；第十六章5條；第十七章14條；第十八章12條；第十九章45條；第二十章11條；第二十一章27條；第二十二章14條；第二十三章20條；第二十四章24條；第二十五章28條；第二十六章11條；第二十七章14條；計403條[3]，條目數量上雖不及眉批，但文字數量上則超過前者近一倍，譯成中文將接近兩萬字。和旨在單純導讀的眉批相比，「夾註」及排版格式上的「下排一字之注」的情況比較複雜，短的只有幾個字，如「僕人」[支那人]、「四書」[學庸論孟]等，而最長的則多達25頁，如第392頁到417頁引黑格爾〈關於支那之意見〉所做的注釋。

從內容上來劃分，似可分為下述幾類：

一、人名、地名、時間、歷史事件等。如（括弧內數字為日譯本頁碼，以下相同）：

（186）莎士比亞（Shakespeare）[一五六四年（我永祿七年甲子）生，一六一六年（我元和二年丙辰）死。英

---

[3] 近似值。有些在譯語旁以日本片假名標注原發音的地方並沒計算在內。

國有名之戲曲家。同上。]

（53）十八省[直隸、山東、山西、陝西、甘肅、江蘇、安徽、河南、湖北、湖南、江西、浙江、福建、廣東、廣西、四川、貴州、雲南。]

（144）一千八百六十年[我萬延元年庚申。]

（148）革命內亂[顛覆路易十六政府，建設共和政府，驅逐壓制的詹姆斯二世（James II），迎來自由的威力阿姆及瑪利（William and Mary）之類。]等。

二、解釋或探討原文意思的。如第一章正文之前便加注說：

（10-11）[（注為譯者羽化生插入之處。以下皆然。）英語云Face，臉（面部）之義也。然本書著者史密斯氏不獨將支那（及我日本）所謂面（面部）字英譯為Face，亦並將體面二字英譯為Face，遂生二義混同之疑。如本文所述，西洋言Face，只限於頭之前面，而支那則並不止於此，其意味頗廣，以至吾人非但不能述諸筆端，且不能理會，乞讀者此其心而讀之。故本章在西洋人看來為稀奇者，而在吾日本人看來則一向不足稀奇，然本譯書亦如小引之所述，旨在原書之全譯，省略此章恐有背其旨趣，殊以本章中猶亦可窺支那人氣質之一斑者，悉皆譯載之。請讀者原諒。]

又如，

（26）（All at it，and always at it）[倘以孔子流之言，造次必於茲。]

（433）朕知足下尚未知曉那天殺的種族[Er kenut nicht diese verdammte Race（英譯I see you don't know that damned race of creatures）譯語不當，有待他日改正。]之類。

三、與原作者討論或糾正反駁原作者的，如上面提到的翻譯英語詞Face的例子，就已經超出了討論詞彙的範疇而進入到討論文化的領域了。

又如，就原作者在第四章談到《禮記》中記載不論是否給客人添麻煩都要灑掃室內的事，注釋則以[（39）並未記此事]予以糾正。

再如，

（84）妻往往指稱良人為我「先生（teacher）[羽化生按，有妻指稱「良人」為「夫子」者，此所謂「夫子」無「先生」之意，原著者似誤信為先生（教師）之意也。]（76）[（注）亦如本章（按指第八章《欺瞞的才能》（*The Talent For Indirection*，日譯：暗示の才），此注插置該章的開頭——筆者注）之所記，在同為東洋人之我日本人眼中並非稀奇者，西洋人所見則頗為稀奇。吾人由本章與其可窺知支那人之氣質，莫如言可窺知西洋人之氣質。]

等等，不一而足。

四、以有關東西風俗的資料和典籍等所做的注釋。就文字量而言，這個部分幾乎占了全體注釋的一半。但在全書的配置上，則主要集中在後半部，即第十九、二十、二十一、二十三、二十

四和二十五章。其中的情況也比較複雜，可試做以下幾種分類：

（一）正文涉及到的典籍，不僅注明出典，也多以出典原文
　　　入注。這種情況遍佈全書。

（二）與正文內容無直接關係，而主要是提供背景資料或
　　　增加閱讀興趣的注釋。這種情況主要體現在以《日
　　　清戰爭實記》[4]的材料入注的四處：關於滿族婚俗的
　　　介紹（第二十一章）[5]；有關宦官的軼事（第二十
　　　三章）[6]；有關北京城的建築佈局的介紹——其中
　　　談到了街道的骯髒及市民的利己主義等（第二十四
　　　章）[7]；專門培養哭才的涕泣學校（第二十四章）[8]。

（三）援引原作者史密斯以外的西方人關於中國意見的注
　　　釋。這種情況主要體現在第二十五章最後對「碩學
　　　黑格爾」的引用。正如上面已經提到的那樣，這個
　　　「注」在《支那人氣質》中長達25頁（即第392-417
　　　頁），譯成中文近七千字，為全書注釋之最。其中又
　　　有14處以「羽化生曰」的形式對黑格爾所論作注。

「碩學黑格爾」的大段出現似乎很突然，——或者說，是譯
者暫時擱置第二十六、二十七章而索性插入的。注前有言：「今

---

[4] 日本博文館在甲午戰爭期間發行的雜誌。1894年8月25日創刊，1896年1
　月休刊，共出五十本。參看坪谷善四郎著《博文館五十年史》（昭和十
　二年（1937）6月15日博文館出版，「非賣品」——非公開發行之出版
　物。）第87-90頁。拙著〈澀江保譯《支那人氣質》與魯迅——魯迅與日
　本書之一〉（上）在介紹《支那人氣質》的出版背景時，曾以這本雜誌
　舉例。請參考「二、明治時代的博文館及魯迅見到的澀江保」。《關西
　外國語大學研究論集》第67號（1998年2月）第271-274頁。
[5] 《支那人氣質》第268-279頁。
[6] 同上。第321-324頁。
[7] 同上。第339-343頁。
[8] 同上。第355-356頁。

《支那人氣質》既畢二十五章，所餘不過宗教論與現時國情論二章。故茲抄錄碩學黑格爾關於支那之意見，以供參考。蓋西人對中國觀念之如何，亦由此可知其一端也。」[9]從這個說明中也可以看出，澀江保在翻譯的過程中，對原作者史密斯的所述所論是有所不滿的，所以才中斷手頭的翻譯而另外援引黑格爾。

　　黑格爾〈關於支那之意見〉的出處沒有注明，但從內容可以推知，是來自黑格爾的《歷史哲學》中第一部第一編〈中國〉的部分。[10]在博文館出版《支那人氣質》三年前的明治二十六年，即1893年，曾分上下兩冊出版過澀江保由英文翻譯的黑格爾該著作譯本，譯名為《歷史研究法》，分別列為博文館叢書《通俗教育全書》（全100冊）之第九十五種和第九十六種──據說，這是黑格爾著作在日本的最早譯本。[11]在本文（上）的第三部分裡，曾列涉江保著譯書目[12]，可供參照。

　　另外，還要順便做一個交代，即在大篇幅地援引黑格爾關於中國的論述之後，最後兩章，即第二十六章和第二十七章的翻譯，相對來說處理得比較草率，特別是第二十六章大幅度地削減了原作的內容，只能算節譯或摘譯。[13]這是有違澀江保全譯史密

9　同上。第392頁。

10　這次參考的是手頭可以找到的鈴木權三郎的日譯本《歷史哲學》，昭和七年（1932）11月30日由岩波書店出版，列為《ヘーゲル全集》10。題為〈支那〉的關於中國的部分，為該書的第207-243頁。

11　參見大田兼雄著《羽化渋江保の著作》（《日本古書通信》第233號，昭和三十八年9月15日）、杉原四郎著〈淡江保とイギリス思想の導入〉（收入《読書颯颯》，未來社，昭和六十二年9月）、及本文（上）的注釋（40）（《関西外國語大學研究論集》第67號（1998年2月），第285頁。

12　參見本書〈澀江保譯《支那人氣質》與魯迅〉（上）。

13　如第二十六章在史密斯英文原著（根據Copyright1894，BYFLEMINGH. REVELLCOMPANY第5次印刷版）中有26頁（287-313），中譯本（張夢陽、王麗娟譯《中國人氣質》），1995年9月，甘肅省敦煌文藝出版社出

斯原書初衷的地方。[14]

　　以上是對澀江保譯《支那人氣質》的注釋情況所做的初步整理和分類，正像上面所說，這次由於篇幅的限制，無法將其全部展開，所以只能考察部分注釋的情況。至於這些注釋對「魯迅」這個讀者來說，發揮了怎樣的功能，具有怎樣的意義，則似乎不是一個孤立的問題，還需要具體結合澀江保譯本的正文內容以及魯迅的情況做進一步的研究和探討。

　　不過就注釋的整體而言，最能給人留下印象的是上述「四」當中的（一）和（三）。我以為這兩類注釋最好地發揮了譯者澀江保的本領，也是最能為譯書增彩的部分。倘若可以單看澀江保的注釋——暫時不看譯文——貢獻，那麼似乎也在這兩類當中。

　　下面將在與本文的論旨相關的意義上，即作為魯迅閱讀「原形態」的一部分，來考察一下上述「四」當中的（一）和（三）類注釋。由於（三）的來源比較單一、形態也比較集中，暫且留給後面來談。這裡要來首先看一下（一）的情況。由於其分佈的範圍較廣，來源也不相同，為便於行文起見，這類注釋僅集中以第十九章為例。

六、以漢語文本形態出現的注釋

　　從前面例舉的第十九章的眉批可窺知到該章內容的概貌。好在有中譯本在，如能一併參照，將再好不過。如上所述，這一章

　　版）有20頁（214-234），而在澀江保譯本中則只有9頁（418-427）。

[14] 參見本書〈澀江保譯《支那人氣質》與魯迅〉（上）中的〈四、澀江保譯《支那人氣質》概貌〉及〈小引〉部分。日譯本書名下記有「全」字，意為「全譯」。澀江保也在第一章開頭的注釋中強調「旨在原書之全譯」。

是討論「孝心」（Filial Piety）問題的。而正像上面的統計所表明
的那樣，澀江保為這一章一共做了45個注釋[15]，數目為全書各章

---

[15] 以下例示第十九章這45個注釋的具體內容：由此可窺見這類注釋的特
點。各注句首括弧內數字為日譯本原書頁碼，頁碼之後的宋體字為注釋
事項（段落注釋則省略事項部分）。[ ]中的楷體字為注釋內容。筆者的
說明或注釋均以斜黑體字表示。

（224）所謂孝（孝心）[當知本章之所謂孝、孝心守在英語中為同一字。]／
（224）禮[英語（Ceremony）。]／（225）四書[學庸論孟]／（226）一八七七
年[我明治十年丁丑。]／（226）（Unfilial）[不孝之意。]／（226）本國[本國]
／（227）將孝置於諸德之首（注）[孝經裡子曰夫孝德之本也之類。]／（228-
229）孝不為獨行，而為百行之動機[（注）黑格爾（Hegel）曰：家族之義務，
由法律命之，不得違背。入父室時，應不言一語，鞠躬於戶邊。不得未經父之許
可而擅自離去。父死時，子應服喪三年，斷酒肉。執國家之務者，此間亦不可棄
之。天子三年之間不得關係政務。任何人三年之間不得結婚。][（注）又曰，母
亦與父相同，受子非常之尊重。馬可多尼閣下謁見支那帝，帝寶算六十歲，猶
每朝步行朝太后表敬。][（注）又曰支那以家族為基礎，又為國體之基礎。故帝
有君主權被擁戴為政治界之首，恰如以為父之心行此權力。帝為族長，於政治上
為元首，同時於宗教上及學問上亦為元首。夫如斯，為帝者如父母注意萬事，而
其臣民之心靈，恰如子女一般，其倫理原則未能跨出家族圈外，未能為自己而
得獨立自由。悟性只此而招致無自由之理性、想像之結果。以上三項為黑格爾
著《歷史哲學講義》（*The Lectures on Phiosophy為Philosophy之誤排──筆
者注*）拔萃]／（229）孝經聖治章[聖治章無此事，恐為他書之誤。]／（229）
「身體髮膚……」[孝經開宗明義章。]／（230）「以禮祭之」[論語為政篇]／
（230）「三年不改父道……」[論語學而篇。]／（230）起敬起孝[內則篇。]／
（230）論語第二篇[為政篇。]／（230）一官人[魯之大夫孟懿子。]／（231）
「暗示之才」[詳見第八章。]／（231）一人[范遲。]／（231）論語第二篇[為政
篇。]／（231）[（注）論語為政篇云，子游問孝，子曰，今之孝者是謂能養。
至於犬馬皆能有養。不敬何以別乎？）*原文為漢語──筆者注*／（232）對話[子
游與孔子之對話。]／（233）後漢時一童子[（注）後漢陸績（字公紀）年六歲
（當年六歲時，尚非五尺童子。）于九江見袁術。（術時任九江，續往渴，有事
大夫意。）術出橘待之，續懷橘二枚，（枚，木枝也。以橘乃木所產。故以枚言
之。）及歸拜辭墜地。（因拜辭袁術而且斤懷二橘落地。）術曰，陸郎作賓客而
懷橘乎？（禮，君賜食有核者，則懷其核，乃是敬君之賜，亦不敢以核投地，恐
得罪於君。作賓客而懷主物不告，亦為竊取。禮有禁。術曰，陸郎作賓客而懷桶
乎？）績跪答曰，吾母性之所愛，欲歸以遺母。（吾母性甚愛橘，欲歸以奉母，
不以失禮為怪）術大奇之。詩曰，孝悌皆天性，人問六歲兒，袖中懷綠橘，遺母
報乳哺。（日記故事）*原文為漢語──筆者注*]／（234）晉時八歲之童子[（注）
晉吳猛年八，（年八歲初入學讀書之時。）事親至孝。家貧榻無帷帳，每夏夜蚊
多噆膚。（夏夜正蚊熟之時，故多噆膚。眾蚊共聚人肌明夫而食。）恣渠膏血之
飽，（恣，縱恣也。渠，指蚊蟲也。恣蚊血？飽其膏血，其何故哉？）雖多不驅

之首。請參照本文注釋（15）。

之，（蚊雖多，不驅之，使去焉。）恐其去巳而噬其親也。（恐蚊膏血不飽，驅之使去。必轉噬其親也。）愛親之心至矣。（若此愛親之心，至極而無加矣。）詩曰，夏夜無帷帳，蚊多不敢揮，恣渠膏血飽，免使入親帷（日記故事）**原文為漢語——筆者注**／（235）又晉時一少年［（注）王祥字休微，琅琊臨沂人。性至孝。繼母朱氏不慈，而祥愈恭謹。父母疾，衣不解帶。湯藥必親嘗。母嘗欲生魚。時天寒冰凍，祥解衣將剖冰求之，冰忽自解，雙鯉躍出。母又思黃雀炙，復有黃雀數十飛入其幕。鄉裡驚歎。以為孝感所致。有丹奈結實，母命守之。每風雨輒抱樹而泣，篤孝純至如此。漢末遭難，扶母攜弟，避地廬山，隱居三十年，不應洲郡之命，年垂耳，順乃應召，舉秀才，累遷太尉。武帝時拜太守。（晉書）］**原文為漢語——筆者注**／（235-236）不孝［（注）孟子離婁云，孟子曰，世俗所謂不孝者五：惰其四肢，不顧父母之養，一不孝也；博奕好飲酒，不顧父母之養，二不孝也！好貨財，私妻子，不顧父母之養，三不孝也；縱耳目之欲，以為父母戮，四不孝也；好勇鬥狠以危父母，五不孝也。］**原文為漢語——筆者注**／（237）謀祖母之長壽［（注）後漢郭巨，家貧養老母。妻生一子，三歲，母常減食與之。巨謂妻曰，貧乏不能供給給，共汝埋之。子可再有，母不可再得。妻不敢違，巨遂挖坑二尺餘，忽見黃金一釜。釜上云，天賜孝子郭巨，官不得奪，人不得取。（孝子傳）］**原文為漢語——筆者注**（238）無子為七去之弟一［（注）七去為不順父母去，無子去，淫去，妒去，有惡疾去，多言去，竊盜去七條。（即「不順父母為主」為第一。）］／（238）惡弊［以女兒為不用而殺之。］／（239）論語第十七篇［陽貨篇］／（239-240）孔子一門徒［宰我。］［（注）論語陽貨篇云，宰我問，三年之喪期已久矣。君子三年不為禮必壞，三年不為樂樂必壞矣。舊穀既沒，新穀既升。鑽燧改火，期可已矣。子曰，食夫稻衣夫錦，子女安乎？曰安，女安則為之。夫君子之居喪，食旨不甘，聞樂不樂，居處不安，故不為也。今女安則為之。宰我出。子曰，予之不仁也。子生三年，然後免于父母之懷。夫三年之喪，天下之通喪也。予也，有三年之愛于其父母乎？**原文為漢語——筆者注**］／（240）茲移居［天子亦有諒暗三年之事。］／（240）非以為比較之義務［(注}喪事詳見禮記。又有非處喪中而建立廬於墓側居之者，如彼之二十四孝之一人王裒，其一例也。彼之略傳如下：王裒字偉元，城陽營陵人。少立操尚，博學多能，其父儀為文帝司馬昭所殺。裒痛父非命，未嘗西向而坐，示不臣朝廷也。隱居教授，廬幹墓側，旦夕常至墓所拜跪，攀柏悲號，涕泣之樹。樹為之枯。母性畏雷，母沒每雷輒到墓曰，裒在此。及讀詩至哀哀父母生我之劬勞未嘗，不三復流涕。門人受業者並廢蓼莪之篇。家貧躬耕，計口而田，度身而蠶。或有助之不聽。（晉書）］**原文為漢語——筆者注**（241）赫克（Abbe, Huc）[1813年（我文化十年癸酉）生，同六十年（我萬延元年庚申）死。法國傳教士，被派遣到支那。］／（243）兩極［大孝、大不孝。］／（244）手簡［在新約全書中。］／（245）家庭之四柱［親子夫婦。］／（245）原理［指保羅之說。］／（246）少者［指夫。］／（246）劣者［指妻。］／（246）為父母應讓步［（注）禮記有言，子甚宜其妻，父母不悅，出。子不宜其妻、父母曰，此善事我。子行夫婦之禮，沒身為衰。］／（248）（孝道之本源）恐怖［對死者。］／（248）自愛［對生者之孝。］／（248）「敬鬼神……」［論語雍也篇。］／（248）其子［亦男兒。］／（248）子［同上。］

在第十九章的注釋中，最引人注目的是對正文中提到的《二十四孝》（日譯本作《二十四孝子傳》[16]）中的例子所加的注，即「後漢時一童子」──「陸績懷橘」；「後漢時八歲之童子」──「吳猛飽蚊」；「晉時一少年」──「臥冰求鯉」；「謀祖母之長壽」──「郭巨埋兒」。為方便對照，特示列如下：

（233）後漢時一童子

[（注）後漢陸績（字公紀）年六歲，（當年六歲時，尚非五尺童子。）於九江見袁術。（術時任九江，績往謁，有事大夫意。）術出橘待之，績懷橘二枚，（枚，木枝也。以橘乃木所產，故以枚言之。）及歸拜辭墜地。（因拜辭袁術而所懷二橘落地。）術曰，陸郎作賓客而懷橘乎？（禮，君賜食有核者，則懷其核，乃是敬君之賜，亦不敢以核投地，恐得罪於君。作賓客而懷主物不告，亦為竊取。禮有禁。術曰，陸郎作賓客而懷橘乎？）績跪答曰，吾母性之所愛，欲歸以遺母。（吾母性甚愛橘，欲歸以奉母，不以失禮為怪）術大奇之。詩曰，孝悌皆天性，人間六歲兒，袖中懷綠橘，遺母報乳哺。（日記故事）]

（234）晉時八歲之童子

[（注）晉吳猛年八，（年八歲初入學讀書之時。）事親至孝。家貧榻無帷帳，每夏夜蚊多膚。（夏夜正蚊熟之時，故多膚。眾蚊共聚人肌膚而食。）恣渠膏血之飽，（恣，縱恣也。渠，指蚊蟲也。恣蚊血，飽其膏血，其何

16　《支那人氣質》第232頁。

故哉？）雖多不驅之，（蚊雖多，不驅之，使去焉。）恐其去己而噬其親也。（恐蚊膏血不飽，驅之使去，必轉噬其親也。）愛親之心至矣。（若此愛親之心，至極而無加矣。）詩曰，夏夜無帷帳，蚊多不敢揮，恣渠膏血飽，免使入親幃。（日記故事）]

（235）晉時一少年

　　[（注）王祥字休徵，瑯琊臨沂人。性至孝。繼母朱氏不慈，而祥愈恭謹，父母疾，衣不解帶，湯藥必親嘗。母嘗欲生魚。時天寒冰凍，祥解衣將剖冰求之，冰忽自解，雙鯉躍出。母又思黃雀炙，復有黃雀數十飛入其幕。鄉里驚歎，以為孝感所致。有丹柰結實，母命守之，每風雨輒抱樹而泣，篤孝純至如此。漢末遭難，扶母攜弟，避地廬山，隱居三十年，不應州郡之命，年垂耳，順乃應召，舉秀才，累遷太尉。武帝時拜太守。（晉書）]

（237）謀祖母之長壽

　　[（注）後漢郭巨，家貧養老母。妻生一子，三歲，母常減食與之。巨謂妻曰，貧乏不能供給，共汝埋子。子可再有，母不可再得。妻不敢違。巨遂挖坑二尺餘，忽見黃金一釜。釜上云，天賜孝子郭巨，官不得奪，人不得取。（孝子傳）]

　　這些注釋在日譯本中的文本形態，與這一章中多數出自《孔子》、《孟子》的注釋文本形態一樣，對於中國讀者來說是非常醒目的，即都是使用漢語原文。如果假定魯迅在留學日本不久即

讀到了澀江保譯《支那人氣質》[17]，那麼這種以漢語原文出現的
注釋文本形態也就具有了相當重要的意義。對於一個初學日文的
中國人來說，漢語文字所具有的內容導向意義，恐怕要超出同處
一頁的日文正文的。因此，在這個意義上可以推想，至少在注釋
《二十四孝》的範圍內，澀江保以漢語原文入注，對於魯迅這個初
學日文（假設）的讀者來說，很有可能具有向正文內容的過渡功
能，而且注釋文本內容本身也很可能給魯迅留下了強烈的印象。

　　這些內容自然會令人聯想到魯迅1926年5月發表在《莽原》
半月刊上的〈二十四孝圖〉[18]。眾所周知。魯迅在以《狂人日
記》為代表的一系列小說和雜文中，對號稱中國傳統文化核心的
禮教給予了極為痛烈的攻擊，而對禮教的核心，即所謂「德之
本」[19]的「孝」所做的揭露和批判，則以〈二十四孝圖〉為最有
代表性。

　　張夢陽在談到史密斯與魯迅的關聯時也指出，第十九章〈孝
心〉與魯迅的〈二十四孝圖〉「不僅觀點相合，而且對『郭巨埋
兒』一事，都同樣著重表示了憤慨」[20]。我覺得這個思路是完全
正確的。

　　不過，為避免因上面介紹澀江保的注釋所可能導致的誤解，
這裡有一個略帶麻煩的問題需要澄清，那就是魯迅寫作〈二十四
孝圖〉時，在材料上和史密斯原本內容以及上面所看到的澀江保
的注釋似乎沒有直接關係。有下述兩點可以為證。

---

[17] 張夢陽斷定「魯迅1902年在弘文學院學習期間就已經細讀了史密斯的
　　《中國人氣質》」（《中國人氣質》第283-284頁。）
[18] 收《魯迅全集》（人民文學出版社，1981年）第二卷《朝花夕拾》。
[19] 《孝經》：「子曰，夫孝，德之本也」。
[20] 〈譯後評析〉，《中國人氣質》（1995年9月，甘肅省敦煌文藝出版社出
　　版。以下相同）第294頁。

　　首先，「二十四孝」作為中國封建社會的禮教讀本，不僅魯迅從小就得到了，而且其中的人物故事在過去也是家喻戶曉的。誠如魯迅所說，「我所得的最先的畫圖本子，是一位長輩的贈品：《二十四孝圖》。……那裡面的故事，似乎是誰都知道的；便是不識字的人，例如阿長，也只要一看圖畫便能夠滔滔地講出這一段的事蹟」[21]。也就是說，魯迅在讀《支那人氣質》之前，不僅對史密斯或澀江保提供的材料已經相當熟悉，甚至也可能有了比前兩者都更為實際的體驗了。

　　其次，魯迅寫〈二十四孝圖〉時，似乎也沒有直接參考《支那人氣質》，──儘管他在發表〈二十四孝圖〉的兩個月後，提到了史密斯和日譯本《支那人氣質》[22]──因為魯迅講得很清楚，在他寫作時，「那時的〈二十四孝圖〉，早已不知去向了，目下所有的只是一本日本小田海僊所畫的本子」[23]。──這樣，也就可以明確，魯迅的〈二十四孝圖〉和《支那人氣質》之間不存在材源上的直接關係。

　　那麼，這就出現了一個看似矛盾的問題，即包括上述所有材料在內，《支那人氣質》和魯迅究竟有何關係呢？從上述情況看，是不是可以說《支那人氣質》與魯迅關係不大，甚至無關呢？

　　回答當然也是否定的。和魯迅寫作「無材源上的直接關係」不等於說沒有精神上的聯繫。事實上魯迅重視這本書，認為「值得譯給中國人一看」[24]，主要是出自對史密斯「攻擊中國弱點」[25]的共鳴上，正像史密斯在他著作的第一章裡提出的「面子」問題

---

[21]　《魯迅全集》（人民文學出版社1981年版，以下相同）第二卷，第253頁。
[22]　《華蓋集續編・馬上支日記》。參見《魯迅全集》第三卷，第325-328頁。
[23]　《朝花夕拾・二十四孝圖》，《魯迅全集》第二卷，第255頁。
[24]　《書信・331027致陶亢德》，《魯迅全集》第十二卷，第245-246頁。
[25]　同上。

引發了魯迅對中國人「面子」及作戲性格的批判一樣，[26]在「二十四孝圖」及其類似的問題上，魯迅借鑑的與其說是材料（當然也不排除材料上的借鑑），倒不如說是重新審視材料的批判視角。因為史密斯關於中國人的生活、性格、文化等方面談到的許多事例，幾乎都是身為中國人的魯迅所熟知或者說是親身經歷、體驗到的，甚至對同是東方人的澀江保來說也是不陌生的，以至於他在翻譯的過程中，常有對史密斯的「稀奇」感到不耐煩的話。

不過，話題如果再次回到澀江保的注釋上來的話，則可以肯定地說，是非常有助於讀者接近正文的。作為其中的一個例子，假如設想魯迅在將近四十年後攻擊他幼年時代所讀過的〈二十四孝圖〉是與他對《支那人氣質》的記憶有關，那麼這其中當然也就包含著澀江保譯文並注釋的一份功勞。

下面再來看一下黑格爾的情況。（請參看文後〈附錄　澀江保譯黑格爾關於中國的論述〉）。

七、〈黑格爾關於支那之意見〉與魯迅「進化論」的歷史觀

上面已經提到，在第二十五章的最後，澀江保以「注」的形式插入〈黑格爾關於支那之意見〉長達二十五頁。作為注釋，這二十五頁內容顯然不是針對史密斯原著中提到的某個人、某件事或某一段話的，而是作為史密斯以外的另一種西方有代表性的關於中國的看法來介紹的，因此在《支那人氣質》中，這個相對獨立的「注」，完全可以作為該書全體的參考資料來看待。

---

[26] 注釋（22）。

　　上面還提到，「黑格爾關於支那之意見」來自黑格爾《歷史哲學》中的〈中國〉部分，澀江保此前曾有譯本，題為《歷史研究法》，分上下兩冊，由博文館1893年出版。但實際出現於注釋的黑格爾關於中國的論述，並不是完整的翻譯，有多處被省略，──除了其中一部分被用於第十九章作注外[27]，其他部分的情況尚不大清楚，是澀江保在《歷史研究法》中本來就沒譯，還是在為《支那人氣質》做注釋時的有意刪節，則尚需要比較之後才可得知。而且自不待言，和今天的翻譯相比，還有許多譯得不正確或表述得不準確的地方。

　　不過，就整體而言，黑格爾談中國的主要內容還是都出現了的。可概述為以下內容：

　　（一）歷史的定義、中國歷史的起源時期以及從《書經》、
　　　　　《易經》、《詩經》到清朝的歷史概述。

　　（二）以家族為核心的「國體精神」。君臣、父子、夫婦、
　　　　　兄弟、朋友。（其中被用於第十九章注釋的內容有，
　　　　　「夫如斯，為帝者如父母注意萬事，而其臣民之心
　　　　　靈，恰如子女一般，其倫理原則未能跨出家族圈外，
　　　　　未能為自己而獲獨立自由。悟性只此而招致無自由之
　　　　　理性、想像之結果」。）

　　（三）行政、司法。──個人權利得不到保障，「政治任帝
　　　　　一人獨裁」。

　　（四）刑罰嚴酷，從家族到國家，遇事不問青紅皂白，一概
　　　　　嚴懲。

　　（五）宗教。──只關係到道德行為，而與「自然」、「主

---

[27] 參見注釋（15）。

觀」、「心與靈魂」無關。「支那帝兼國家元首與宗
教元首於一身。支那宗教以是而實為國家宗教」。

(六)「學術亦欠真正之主觀」。文章、語言、歷史、法
律、哲學、數學、物理學、天文學、技術、美術等

(七)結論。──道德、宗教、學問、技藝等都與「心靈」
無關。人民甘願忍受皇帝壓制，對殘酷熟視無睹，
不僅沒有自尊之心，「反倒益發自輕自賤、自暴自
棄」。

總之，黑格爾的「意見」可整體概括為，中國是一個禮教支
配一切的國家，在君臣、夫子、夫婦、兄弟、朋友所規定的關係
當中，皇帝是意志的最終體現者，是唯一的絕對的「客觀存在」
──即澀江保所表述的「物界的存體」（objective existence）。
因此，中國只有「客觀」而無「主觀」，只有「物質」而無「精
神」，只有澀江保所表述的「主權者的擅自主義」──即專制主
義──而無人民的尊嚴和自由。這一特徵體現在包括歷史和文化
以及人民性格的所有方面。

關於黑格爾對歷史的定義，「羽化生曰」注得不僅頗得要
領，而且比起他的翻譯的正文來也簡潔明瞭：

（羽化生曰，據黑格爾之說，歷史為心靈之發達，心靈之
本質為自由。故若心靈未有絲毫之發達，人民之間無自
由，則無法稱之為歷史。）

假如魯迅在讀《支那人氣質》時，也讀到了澀江保插入的黑格
爾關於中國的論述，──因為現在還沒有充分的證據可以說明
這一點，所以只能說「假如」──那麼，他很有可能是中國最早

讀到黑格爾的人之一。如果黑格爾真的在魯迅面前出現，那麼其
意義是非常重大的。因為黑格爾所提供的不僅是關於中國歷史和
文化的文獻資料以及經驗性分析，而是一種非常完整的具有哲學
意義的歷史觀。

　　這一點既和上面介紹過的由澀江保以「漢語文本形態」提
供的文獻有著性質上的區別，也和史密斯關於中國國民性的經驗
性描述乃至分析有著層次上的距離。當然，史密斯也有他自己的
──通過澀江保表述出來的──歷史觀，而且其歷史觀也在某種
程度上為當時包括魯迅在內的中國知識界所認同，即「進化論」
的歷史觀。如史密斯觀總是同種族間的生存競爭聯繫在一起：
「黃白兩人種激烈競爭之時期遲早會到來，臨曉之時，孰制勝，
孰降軍門哉？」[28]「今國民之競爭日益激烈，至於將來，其激烈
可達怎樣之高度，不可知也。當是之時，吾人與支那人於競爭場
裡孰能制勝乎？吾人將確信優存劣滅之真理也。生存於二十世紀
之競爭者誰？『神經的』歐羅巴人乎？抑或不疲不倦、魯鈍之支
那人乎？請刮目以待他日。」[29]這種具有明確功利目的的「形而
下」的進化史觀，對於當時處在亡國危機下的中國人來說，當然
是會有共鳴的。

　　然而，在魯迅的進化史觀中，還有與此不同或者說超越於
此的內容，那就是早在他留學時期的論文[30]中已經明確表現出來
的抗拒「自然之必然」的以「人」的進化為核心的進化史觀。如
果借用北岡正子對魯迅的「進化論」所下的定義，那就是「專

---

[28]　《支那人氣質》第34頁。

[29]　同上第122-123頁。

[30]　主要指1903年的〈中國地質略論〉、1907年的〈人之歷史〉、〈科學史
　　教篇〉、〈文化偏至論〉、〈摩羅詩力說〉和1908年的〈破惡聲論〉。

以人的歷史為主要對象並且將其作為精神進化過程的一個歷史觀」[31]。也就是說，在把「人的歷史」作為「精神進化過程」的意義上，黑格爾與魯迅的一致性可能構成他們之間的某種聯繫，用澀江保上面對黑格爾的注釋來說，就是「歷史為心靈之發達，心靈之本質為自由」。

在魯迅留學時代的論文中，雖然只有〈文化偏至論〉一篇中的一處提到了黑格爾[32]，但是把他作為該篇文章中著力介紹的「神思宗之至新者」——十九世紀末葉以尼采、叔本華、斯蒂納等人為代表的西方哲學流派——的前身，即「神思一派」來看待的，[33]因此魯迅針對中國的「尚物質而疾天才」[34]的歷史和現實所強調的「掊物質而張靈明，任個人而排眾數」[35]，「非物質」，「重個人」[36]，「人必發揮自性，而脫觀念世界之執持」[37]等主張，不僅體現為尼采等人的特徵，而且也正和黑格爾所批判的中國只有「客觀」，沒有「主觀」，缺乏人的精神自由相一致。

另外，魯迅在〈摩羅詩力說〉中對包括詩經、老子、屈原等[38]在內的中國整體精神的批判，也與黑格爾對中國的論述處在同一方向上。

---

[31] 北岡正子〈魯迅の「進化論」〉、東京大學文學部中國文學研究室編《近代中國の思想と文學》（1967年7月出版），第21頁。

[32] 「往所理想，在知見情操，兩皆調整，若主智一派，則在聰明睿智，能夠移客觀之大世界於主觀之中者。如是思惟，迨黑該爾（F. Hegel）出而達其極。」《魯迅全集》第一卷，第54頁。

[33] 參見《魯迅全集》第一卷49-55頁。

[34] 同上，第57頁。

[35] 同上。第46頁。

[36] 同上。第50頁。

[37] 同上。第51頁。

[38] 參加《魯迅全集》第一卷，第66-71頁。

　　然而，就關係而言，目前也只能談到這一步。因為正像許多研究成果所表明的那樣，魯迅留學時期對西方思想觀念的汲取，其材源乃是多方面的。這裡由澀江保的注釋中提供的不過是一個可能存在的線索而已。

　　如果回到《支那人氣質》和澀江保上來，則還有一些重要的問題需探討，如：

　　（一）日譯本正文內容與魯迅文本之間究竟有怎樣的具體
　　　　　關係？

　　（二）作為魯迅讀過的許多外國書之一，《支那人氣質》作
　　　　　用於魯迅的特點是什麼？具有怎樣的意義？

　　（三）澀江保的其他著譯，如《波蘭衰亡戰史》、《英國文
　　　　　學史》等是不是也可能與周氏兄弟有關？

八、關於餘下的課題

　　到目前為止，〈澀江保譯《支那人氣質》與魯迅〉（上、下）所提出的報告共有七個題目，它們的內容是，在中譯本的基礎上提出澀江保的日譯本與魯迅的關係問題（題一）、《支那人氣質》的出版背景及魯迅所看到的「澀江保」（題二）、澀江保其人及其著譯概貌（題三）、《支那人氣質》概貌及通過〈小引〉對澀江保的翻譯心態所做的分析（題四）、澀江保眉批和注釋的整理分類（題五並〈附錄〉——正如上面所說明的那樣，由於篇幅的限制這次無法把已經整理好的澀江保注釋內容的全貌體現出來，而只能在本文的「注釋」和〈附錄〉部分裡分別例示第十九章的注釋和第二十五章中的黑格爾關於中國的論述）、澀江保注釋的作用和意義分析（題六、題七）。作為餘下的課題，則

還有上述三項。其中的第一項、第二項正在進行，不過已接近尾聲，準備另成一篇提交；第三項將要著手進行。

餘下的第一項課題，即「日譯本正文內容與魯迅文本之間究竟有怎樣的具體關係」的問題，和在五、六、七部分裡已經做的對澀江保注釋的整理和分析相比，顯然是更為重要的工作。但在注釋和正文是一個有機整體的意義上，澀江保的注釋問題也已經較深地介入到正文與魯迅的關係中來了。

說到日譯本「正文」，實際就有很大程度是史密斯與魯迅的關係問題。事實上，有研究者已經在做這方面的工作了。最近讀到的竹內實1993年發表的〈關於「面子」〉[39]一文，就談到了史密斯關於中國人的面子的介紹以及魯迅的批判──我還從中得知，在澀江保譯本出版的四十四年後，日本還有白神徹的譯本，譯題為《支那的性格》，1940年由中央公論社出版。而對照英文原著，比較系統地來探討史密斯與魯迅關係的，則是中文本譯者張夢陽在〈譯後評析〉第「七」部分中所做的工作。[40]這些先行研究，無疑都是很富有啟發性的。而我所要做的，也無非是從澀江保所轉換的文本角度，再次整理和概括一下史密斯與魯迅的關係問題而已。

上述第二個課題，即「作為魯迅讀過的許多外國書之一，《支那人氣質》作用於魯迅的特點是什麼？具有怎樣的意義」的問題，實際上是和第一個課題緊密相關的。如果提前在這裡概括一下個人的看法，那麼有以下幾個要點：

首先，魯迅對西方近代思想文化的理解和接受同他重新認識

---

[39] 《立命館大學言語文化研究》第4卷第4號（1993年2月20日）──此文承蒙辻田智子女士惠贈，在此謹致感謝。

[40] 《中國人氣質》第282-295頁。

中國文化，反省中國的民族性是一個同步進行的過程。如果說那
些和西方近代思想文化相關的材料幫助他把握了西方近代的「精
神」，從而確立起他獨特的人性觀和歷史進化觀的話，那麼《支
那人氣質》也就為他重新認識和反省中國的「精神」即國民性，
提供了具有現實性的操作對象。這裡所強調的是《支那人氣質》
的內容對魯迅所具有的實踐意義。事實上，魯迅留學時代關於
國民性討論[41]中的所謂「理想的人性」也好，所謂中國民族缺乏
「愛和誠」也好，所謂「病根」也好，都不是抽象的理念，而是
有著具休內容的對象。在史密斯攻擊的中國弱點上，不僅包含著
魯迅許多沉痛的經驗，也包含著魯迅所要實踐的課題，即「改造
國民性」。因此兩者具有對象上的一致性。

　　其次，正如大量研究已經表明的那樣，在魯迅文本中，闡述
「理想的人性」即「精神界之戰士」的部分，多有與尼采及「摩
羅詩人」等相關資料的直接「材源」聯繫，但在與《支那人氣
質》的關係中，這種直接的材源、聯繫則並不明顯（當然也不排
除有這種可能），而更多地表現為擇取的問題點上。如本文也提
到的「面子」的問題、「二十四孝圖」的問題等。

　　第三，作用。在與上述兩點相關的意義上，《支那人氣質》
對魯迅長期展開的「文明批評」可能具有兩點作用，一個是經常
性的問題喚起或提醒，另一個是觀察模式的借鑒。史密斯對中國

---

[41] 參見許壽裳〈回憶魯迅〉。《我所認識的魯迅》（人民文學出版社，
　　1952年）第18-19頁。另外北岡正子的〈もう一つの國民性論議——魯迅、
　　許壽裳の國民性論議への波動〉（關西大學《中國人文學會紀要》第十
　　號，平成元年（1989）3月）一文，對魯迅和許壽裳關於國民性討論的來
　　源問題，做了極有價值的探討。該文已由筆者譯成中文，發表在《吉林
　　大學學報》1998年第一期上，題為〈另一種國民性的討論——魯迅、許
　　壽裳國民性討論之引發〉，可供參考。

人性格問題所做的二十七章分類是自成一體的，那麼，魯迅的情況是怎樣的呢？──包括這一點在內，上面作為餘下的課題所談到的（一）和（二）都將在另一篇文章中具體探討。

至於第三項課題，即「澀江保的其他著譯，如《波蘭衰亡戰史》、《英國文學史》等是否也可能與周氏兄弟有關」的問題，則首先取決於是否還能找到原書。這就要承蒙各位讀者的指教了。

附錄　澀江保譯黑格爾關於中國的論述[*]

〔（注）今《支那人氣質》既畢二十五章，所餘不過宗教論與現時國情論二章。故茲抄錄碩學黑格爾關於支那之意見，以供參考。蓋西人對同國觀念如何，亦由此可知其一端也。〕

書契以前之事，以邈遠而姑且置之，就書契以後而列舉各古國，支那帝國當首屈一指。

支那夙久以前已進今日之狀況，爾來數千年間，開化中止，殆未前進一步。何以使然云，同國單有「物界的存體」（objective existence）之成立，此存體之中無「心界的進動之自由」（subjective freedom of movement），因此未能產生各種變化，常止於固著不動之性質，而未能達到應名之以「歷史」之性質。

〔羽化生曰，據黑格爾之說，歷史為心靈（spilit）之發達，心靈之本質為自由。故若心靈未有絲毫之發達，人民之間無自由，則無法稱之為歷史性。〕

蓋支那與印度，恰可稱存在於世界歷史範圍之外。因其賴以遂「活動的進步」（vitalprogress）之元素，欲結合而尚未結合之故。因心界之自由湮沒於「物界的存體」之中，故兩元素之區別反對者，全然為之所妨害。存體未能反省自家——即未能達到主觀——故其「德義的狀貌」（moral aspect）為「存體的」（substance）（不變的），未能支配為臣民之德義氣質，而支配為主權者的擅自主義。

---

[*] 《支那人氣質》第392-417頁。澀江保注釋，均使用楷體排列，〔〕為段落注釋，（）為文內注釋。

如支那國古來史家連綿輩出之國未嘗有也。上古之事蹟,於其他東洋諸國,僅存於口碑,而不見於記錄。例印度諸經,不可稱之為史,阿拉伯口碑甚古,卻與政體及政休之發達無關。支那非同此類。泊夫上古,政體歷然存立,已記史,是等之事亦甚詳。支那之口碑遠溯紀元前三千年。

〔羽化生曰,據普通計算,我神武天皇紀元元年,當為百曆紀元前六百六十年,支那周惠王之十七年。若云西曆紀元前三千年,則可知早我神武之紀元二千三百四十年。尤據司馬貞之補史記所引春秋緯,自開國至獲麟,凡三百二十七萬六千載云。難以置信。〕

同國所尊為經書之書經(尚書),雖始於遙至後年之堯舜治世,但即便以該治世為計,其元年亦當紀元前二千三百五十七年。其他東洋諸國雖新於支那,亦猶存立於紀元前兩千年以前。據英國史家之計算,埃及始於紀元前二千二百七年,亞西力亞始於同二千二百二十一年,印度始於同二千二百四年云。如是,則東洋之主要國度皆可遠溯至紀元前二千三百年。

又據普通計算,自舊約全書所載諾亞之大洪水至紀元元年,其間距凡二千四百年云。然而東洋古國早於大洪水以前成立者,確鑿無疑也。

〔羽化生曰,創世紀記諾亞時之大洪水狀態,「斯地表之萬有,自人至家畜、昆蟲乃至空中飛鳥,盡席捲而去,只存諾亞及所在之方舟」云。故據此說,大洪水以前之人類,除諾亞一族外,當悉為洪水所滅(西洋人多信奉如是)。故言本文謂東洋諸國成立於大洪水以前者,不足信也。〕

　　約翰內斯・馮・繆勒（Joanness von Muller）對此等普通計算給予有力之反擊。氏曰，「大洪水當置紀元前三千四百七十三年」──即早於普通計算凡一千餘年──氏據希臘語翻譯之舊約全書所記，出此說，始避矛盾而得以釋疑也。

　　支那有或古之聖經（詩、書、易），其國之歷史、政體、宗教等悉得徵之。此等聖經宛同印度之諸經、摩西之記錄（舊約全書）及荷馬（Homer）之詩篇（《伊利亞特》及《奧德賽》）[荷馬及著書之事，詳載羽化生著《希臘義學史》及《歷山大王一統戰史》之中]，支那人稱是等書為經書，以為諸學之基本。就中，書經載同國之史（載堯舜及三代等事蹟），說先王之政治（堯典舜典以下皆然），敘某某王製造之法律（如泉陶謨等）。

　　易經（周易）以圖（六十四卦）而成，此圖可思為文字之嚆失。

　　[羽化生曰，通常之文字為蒼頡所作，此前伏羲始畫八卦（六十四卦悉伏羲製作。伏羲只為八卦，丈王以之而為六十四卦云，誤也。）。示陰陽消長之理，以遺後世，謂之文字之嚆失也。]

　　支那人又以同書為默思之基礎。言其故曰，同書以一元（陰陽未剖以前，即一元氣）、二元之抽象始，然後論及具體性之存在。

　　[羽化生曰象、象等，皆為論及具體性之存立者也。]

　　又詩經為詩集中最古者，諸體之詩皆備。

　　[羽化生曰，茲云諸體，指賦、比、興及風、雅、頌，謂之六義。又稱賦、比、興三體。]

　　往昔支那之高官（采詩之官），奉敕命於管內人民所詠之詩悉以採集，攜之以呈年會（每年一度之宴會），帝親為判官，擇選其中秀逸之作。入選者邇來享譽公眾。

　　［羽化生曰，禮記有言，「天子五年一巡狩，命太師陳詩，以觀民風」。當時采詩之宮，採集四方之詩，呈太師（掌管音樂之最高官），太師載之以音律，呈奉天子，天子御覽之，察四方之風俗、治亂、得失，以為施政之心得也。茲所言略異，然姑按原文譯之。］

　　以上三書，特為人所貴重所研究（上古於三書以外，無他之有也。）然稍遜者猶有二書。一曰禮記。記錄有關帝室及有司儀式慣例並敘音樂之事。二曰春秋。孔子故里魯國之史記也。以上五經，即支那國之歷史、風俗、法律之基礎也。

　　此國為歐羅巴人所注意——儘管就此國只漠然聞之以傳聞——而此國與外國絲毫無聯絡，似獨興之國者，常為人所驚異。

　　十三世紀，馬可波羅（Marco Polo）［參看三六二頁］首次探訪此國，當時世人（歐洲人）皆以其所報為荒誕無稽，殆未置一信。後年漸以信之，基於其報導，而得以稍明彼國之境域、面積及其他百事。其人口據最低計算曰一億五千萬，又曰有二億。而據最高計算則曰有三億（據最近計算達四億零四百萬以上）。

　　支那國遙起北方，南至印度，（自北緯五十度十六分至十八度二十一分）東臨太平洋，西接波斯及裡海。（支那北鄰西伯利，東濱日本海、黃海，南沿支那海，連安南、緬甸，西與印度及土耳其斯坦交境，茲云與波斯有接，然未擴至此也。）支那本部人口過多，似無生息之餘地，故於黃河及揚子江，數百萬人民

船居於水上，備日常必須之物品。

[羽化生曰，拙著《萬國地理》云，廣州府，又稱廣東，地處廣東省，傍珠江北岸之貿易場地。人口一百萬餘，其四分之一以舟為家，居住水上。船數概不下四萬。其大者區劃以家族婢僕之室，又於舟中庭園種植花卉，飼養雞犬。市街結小舟以為道路，側旁有店鋪鬻百貨。故此地人民生長於水上，終身未踏陸地而死者，有數萬人之多云。]

此國人口眾多及政府事無巨細悉於干涉者，為歐洲人所驚異，而尤為驚異者，則在史類之精密。此國以史官為最高等官員。此最高等官員即兩大臣——兩太史，常於玉座之側，將隆下所命、所言、所行之百事書納日記，以供改作為史料。吾人未能窺其編年史之巨細，而支那之史亦非但無自身之進步，反而妨礙吾人之進步。

支那之史遠溯上古。當時伏羲始施普教化，而有教化普及者之稱。

[羽化生曰，司馬貞之補史記及其他諸書列舉伏羲之功德，且有「結網罟，以教佃魚，故曰宓犧氏。養犧牲以庖廚，故曰庖犧說」，而未稱普及教化者。然而如例按原文翻譯之。]

彼生活於紀元前二千九百年云——故在書經以前（言書契以前）。然而支那史家，將書契以前，即神代之事，悉敘之為歷史。

[羽化生曰，是乃著者一己之見也。司馬遷之史記，未載五代以前之事，非將上代之事入史之證也。]

支那史中最古之地方，為支那本部（即固有之漢土）——即起自黃河發源之諸山之間（黃河發源於昆侖山下之星宿河），當處西北隅。同國由此向南，範圍拓展至揚子江方面，為晚年之事。史中所記敘者，始於人民尚未脫離未開之域，例如生活於森林之時。眾未開之人，拾果實，著獸皮，無確定之法律。伏羲始造小舍，定住宅，注意於四季之變化循，教交易（教交易者似為神農），制嫁娶，又教道理為自天而降之事，教養蠶，架橋梁，養牛馬云。經過來之星霜，教化漸及南方，建國而設政府。

[羽化生曰，伏羲居國之北部，都於陳，至神農，遷都於曲阜。]

此一大帝國，漸次建設如斯，而後迅速四分五裂，互接干戈之末，遂復合而一。而後亦屢有革命。革命每起，國號乃更，當今之朝，為第二十二朝（原文如此）云。又有每起革命而易京城之習慣，今以北京為京城，前以南京為京城，猶更以前則以他地為京城。支那韃靼之來寇。至秦始皇，為禦此北敵而築萬里長城。萬里長城於今尚存。

秦始皇亦分全國為三十六郡，又以攻擊古來文字，尤其史記及史學而著名至今。

[羽化生曰，除秦記外，盡焚史類。除博士官所掌外，盡焚詩書百家之言，只存醫藥、卜筮、種樹之書。]

帝何以如此云，是乃奪先朝之記憶於人民腦中，而欲我朝萬歲鞏固之故也。

[羽化生曰，恐不師今而學古，以非當世，惑亂人民。]

　　焚燒史籍之際，數百名學者欲存所殘，攜之逃往山中。其中有不幸為帝所捕獲者，悉遭與書籍相同之命運（坑埋而死也）。

　　然而，儘管秦始皇如此焚書坑儒，而經書名下者，概傳於今日。

　　［羽化生曰，周易為卜筮之書，元本未焚，其他經書皆焚（就孟子有種種說）。當時學者密置於壁間者，後被發現，流傳至今。但樂經此際完全失傳。又，書經中所失者二十五篇。今書經中插入之大禹謨及五子之歌等二十五篇，皆係偽作云。］

　　支那始與西洋通好，為紀元六十四年頃。據世之所傳，當時支那帝為訪問西洋賢士，派遣多數公使（真偽未詳）。（紀元六十四年，為後漢明帝十七年 [即即位之第八年]）其後，經二十年，支那一將軍遠征猶太。（茲云其後二十年，當為紀元後八十四年頃，即後漢章帝元和元年[即即位第十年]）據傳八世紀初，歐羅巴人始行支那，略為晚後而行支那者，有發現先人之遺跡紀念物者云。

　　紀元一千百年頃，支那國假西韃靼之援，攻克接北境之韃靼中部之遼東。然而韃靼人乘此良機，於支那國中得立腳之地，非但如此，滿洲人亦同得立腳之地。十六、十七兩世紀，滿洲人與支那人交兵之末，遂勝之。現朝（清朝）獲中原之鹿。

　　今之所敘，不過支那歷史之九牛一毛，須更進而考察其國體精神（spirit）——止於始終同一之憲法精神。而其考察，須由通理而演繹。但通理即「物休的心靈」（substantial spirit）與「個人的心靈」（individual spirit）之間之直接連結物，同於家族之心靈。家族之心靈，蔓延於支那國中人口最密集之部分。在支那之

文化進度當中，尚未發現主觀（subjectivity）之元素──詳而言之，即省察相對於物體意若之個人意志，將個人意志承認為使自己成為重要存在之力量──得知自己之自由意志者──只此一事焉。在支那，「普遍的意志」（universal will）者，為向個人命令其應為之事項，而個人意志僅唯唯諾諾，唯命是從，更不能省察自己之心。棄一身之獨立於不顧。彼等若不從命之時，若將自己分離於彼等存在之物質時，因此分離不能退居自己之體中沉思故，其所蒙受之罰，於自己之主觀的、內界的存在無關，單與自己之外界的存在相關。政治上、德義上，以是完全欠缺主觀（subjective）之元素。言其故曰，「本質」（substance）者單為一人，即帝也。帝之命令為所有意向之源。故支那只一個生命擁有全權。換而言之，只有一個今猶強硬不撓，不與自己身外任何事物相像之「本質」，一個拒絕其他元素之「本質」擁有全權。

　　將以上關係更進一層明確者，為家族關係。支那國家基於家族關係（族長主義），人人皆以自己為家族之一員，國家之子。帝宛如父親，子養萬民，為萬民而命百事。萬民不得違抗父親。經書為此敘述五種義務以為萬世不變之大本。

　　（一）帝與人民之相互義務。

　　（二）父子之相互義務。

　　（三）兄弟之相互義務。

　　（四）夫婦之相互義務。

　　（五）朋友之相互義務。

　　由是觀之，帝干涉臣民相互之事則可明也。

＊　＊　＊　＊　＊

次將考察帝國（支那帝國）之行政。吾人就支那僅能言之以行政，而非能稱立憲。因立憲之語當中，有個人及法人獨立權利之含義，一與自己之特別利害相關，二與國家相關，而於同國因缺乏此項元素則只能言之以行政，而無法言之以立憲。支那實際上實行絕對平等主義，只是人與人之間所處之價值，只體現為能否任用為官吏。雖行平等，而自由因人而異，政府勢必以一己之勢而行擅自主義。在我歐美，惟法律之前，人皆同等，惟重財產權，人皆同等，而於他事則有諸多特權利益，且吾人欲得自由，其特權利益非受保護則無以成立。而支那卻絲毫不重視此種利益，政治任帝一人獨裁。帝之下有文武官人，文宮居武官之上，武官與我歐美武官相似，官人於學校受學科修煉。為修初等課程有初等學校。亦有高等學校，然非如我大學之修高尚學科之場所。欲升高等宮者，須屢經試驗。其試驗次數通常有三回。其第三回試驗——即最後之試驗——皇帝親臨，限第一、第二兩回及第者得以受之。該試驗及第之時，可被登用為高等官人。試驗科目重在有關支那歷史、法律、風俗習慣之學及有關政府之組織施政之學。此外，亦應工巧於詩作。武官亦有須經學歷試驗之規制，然而身就官途之後，無如文宮之可受優待。

支那全國官吏之數目，文官凡一萬五千人，武官凡二萬人。

各地各置風俗視察官一人，上奏百事。風俗視察官為終生官吏，頗有勢利。事關政治諸端及官人公務形狀，悉與嚴正監督，速奏之於帝。亦有諫帝之權。

去支那行政而移司法，同國因族長政治主義而視臣民如未丁，如印度之有獨立門族，不能保護自己利益，而凡事須受皇帝指揮管理。法律上之關係，凡由規則確定者，絲毫不能任以自決。如是，家族之關係亦由法律決定之，違者依其種類而受嚴

懲。又法律允許可向任何人出賣自己及子女，故妻本可買之。一人有多妻，正妻為自由人妾凡為奴隸。沒收財產之際，取押子女若收財產。

次應注意之第三點即刑罰，概體罰之謂也。夫在吾人當中，體罰因頗損毀名譽而嫌之如惡，支那則因名譽之感情尚未發達，如鞭撻之苦者，亦非同吾人之感到羞恥。政府亦不以之為報復性懲罰，而視為矯正之法，恰與父母懲子女以矯正之同視。

支那家族關係歸之於法規，如同國家歸之於法規，悉蒙受外部之懲罰。子不敬父母，弟不守悌道，悉處以笞刑。若訴父兄對己之不公，即便所訴為事實，訴之有理，亦遭百笞之罰，若所訴子虛烏有，訴之無理，則處以絞罪。子若對父舉手，則以紅熱鐵絲裂其皮肉而罰之。夫婦關係亦與其他關係同，嚴厲至極。不貞者將受嚴懲，官人亦難免笞刑，大臣寵臣亦有屢蒙笞罰之事。

[羽化生日，支那無故意罪與過誤罪之別，誤殺人者均處以死刑。又，流布之書有害之際，著者、刊行者、購讀者共同處刑。嚴而有甚也。]

支那人報復心甚烈，具睚眥之怨必報之性。然被害者雖復仇之念甚切，肯實行復仇者無。刺客全家悉處以死刑之故也。因此，有欲向仇敵復怨者，自傷其體，訴彼之所為以窘之。支那各都會均以蓋嚴之於井口，為防投井者。若有投井者身亡，法律概酷求其自殺之原因，苛者將以死者敵黨之嫌而捕獲，殘酷考問，若有對死者施加污辱者，其全家則悉處以死刑。如是，支那人切於復仇之念時，非殺敵而寧可自殺。何故？二者均不得不死，自殺者死後得厚葬之禮，且遺族亦有望得仇敵之遺產也。

如上所述，他人之榮譽非支那所重，任何人均無個人之權

利，故自暴自棄，理所當然也。而既自暴自棄，德義掃除殆盡，凡得欺人者則欺之，恬而無顧也。若朋友有欺而事敗，欺者無愧，被欺者亦以為世上一般之事欲怒而不敢。

更進一步來觀察支那國政之宗教側面。固處族長政治狀態之下，人之宗教心僅限於人間關係──即道德善行，將神視為善行之簡單抽象規則者有之，視為專司制裁之權力者有之，而於此簡單狀貌之外，則所有自然界之關係、主觀之定則、心與靈魂之定則，悉與無視。支那以固有族長政治之擅自主義故，與上帝之聯絡及上帝之仲裁非其所要也。何故做此說？其教育、道德禮儀之法則、帝之命令管轄，既皆備之於有感於須聯絡、仲裁之時也。

支那帝兼國家元首與宗教元首於一身。支那宗教以是而實為國家宗教。如是，支那宗教非吾人尋所謂宗教。若言其故，吾人之所謂宗教者，心靈退居自己當中之謂也，意為熟考其性質及其最為內部之存在也。在吾人之所謂宗教當中，人須退離國家關係而擺脫世俗政府之羈絆。支那之宗教，未能上升至此階級。

支那學術亦欠真正之主觀。當吾人欲窺支那學術如何之際，先不能不吃驚於其意外之完全與古舊，及更近一層接近之，不獨可知其為一般所尊崇，亦可知其為政府公開讚美之，獎勵之。皇帝其人亦重文學，特設專事起草敕命之學校，以美敕命文章。敕命既如前所述，其他則可推之。

今舉其大略。假定文章巧妙與善理政務與大臣兩者相伴，則欲工巧於佈告文章乃須頻練而達之，故大學校為高等官衙之一也。皇帝親臨校員之試驗，校員居宮中，兼尚書、太史，物理博士、地理博士之職，當草立新法之際，大學理當添付申命書。該申命書之小引，當記現行法之沿革。而皇帝則親草序文。晚近最以學問著稱之皇帝，為乾隆帝。該帝親草序文，為數甚多，然更

以刊行同國古今名著而著稱於世。書籍刊行之校訂委員長為皇族之一人。各委員一閱校畢，再呈之以帝。若略有訛誤，必受嚴懲。

以一面之所見，學問被尊崇如斯，獎勵如斯，以他一面之所見，則欠主觀自由之根原，以真學問計，於精神上欠缺「劇場職業」（theatrical operation）愉悅之興味。蓋支那之學問，無自由、理想，心靈之範圍，而只有經煉之性質，旨在為國家和一人所用，言文懸隔，乃學問進步上之一大障礙也。否，毋寧曰以尚未確立真正學問之興味故，而無表述思想之最佳器械也。

支那之歷史，僅止於所定之事實，而無對其事實所加之意見，推論。法律學亦同之，只記所定之法律。論理學只決定義務而無基於主觀根據之問題提起。

支那於以上諸學之外亦有哲學。其原理遠肪於易經——論命運與興亡之書。以易經所載一元二元之純正抽象觀念而推之，支那哲學其基本觀念，如同畢達哥拉斯（Pytagoras）[參看羽化生著《哲學大意》]哲學。易經以道理——道為根本原理，「道」為全體之基礎，關係百事。支那人視易經為最高尚之學問，但只關國家，而殆與教育無緣。

老子之書——即道德經——為支那哲學中最為卓絕之書。孔子曾於西曆紀元前六世紀訪問該哲學者（老子），以表敬意。支那無論何人皆有自由讀老子之哲學，然以研究為專門之業者，乃彼之所謂道士——即敬道德之人。道士者，絕盡世俗關係之人也。

孔子之書較之前者更為吾人所熟知。孔子不獨將數多經書公諸於世，相關道德之抽象之書亦為數甚多。是等道德書為支那人風俗行為之基準。觀英譯孔子之主要著書，多數為道德上之正確箴言，然終究難脫迂遠之弊，而未能達高尚之思想。

　　支那人於數學、物理學、天文學之上，博各國先輩之名譽，而及至今日，不能不遙瞠若於歐洲人之後。早在歐洲人尚對此一無所知以前，支那此項書籍已確有幾多。然而卻未能理會應用知識之手段。例如，彼等知磁石，知火藥，而於充分利用之法卻未能理會等類即是。火藥亦誇稱係彼之所發明，而始發明大炮之術者，豈非捷斯伊特宗徒乎？

　　支那人於日常之事，於技術，長於模擬之術，而別出一轍之事則甚拙。其繪畫缺乏遠景寫法與陰影，而支那畫工即便可正確模仿歐洲人之畫，即便得以精密注意鯉魚有鱗數若干，各種樹木如何形狀，枝幹如何彎曲，然而這之以高尚、理想、美麗，則在彼等技術與熟練之範圍以外。

　　以上由諸方面觀測了支那人民之性情。而若問其特色如何，則不得不答曰，屬於心靈諸事——無論理論與實際、受制限之德義、心中之宗教、應名之以學問技藝之學問技藝——無一有之。帝之言語，常於軒昂之中含深切，宛如慈母愛赤子，而其心中對人民甚輕蔑，深信彼等生來為牽鳳引翬之輩。人民雖蒙不堪忍受之壓制，然而將其歸終於必然之命運，似別無所憂。彼等對賣己為奴毫無所懼，又對為復仇而自殺、棄子女於道路習以為常，決不以為奇。由此二事可推知，彼等缺自重，乏人情。而即便彼等之間與生俱來，無貴賤之別，任何人皆得占最高地位，亦不能由此平等而生自尊之心，反倒益發自輕自賤，自暴自棄。豈不可歎之至焉！

《支那人氣質》與魯迅文本初探

一、前言

　　進化論、個人主義和改造國民性思想，不僅是人們後來所公認的魯迅構成的重要組成部分，也是由「周樹人」轉變為「魯迅」（mechanism）當中的相互作用的基本思想要素。

　　在探討上述三項思想來源的時候，1902年到1909年魯迅留學日本時期及其相關的這一時期的前後情況，為不少研究者所關注，並且結合當時的時代氣氛，進而是魯迅的具體閱讀所及，相應地作了大量的探討和研究。本文在此所提出的1896年12月由日本東京博文館出版的美國傳教士亞瑟・亨・史密斯（Arthur H. Smith, 1845-1932）原著 *Chinese Characteristics*（1894年美國紐約 Fleming H. Revell Company出版）的日文版，即澀江保（Shibue Tamotsu, 1857-1930）翻譯的《支那人氣質》與魯迅的文本問題，也無非是想從魯迅當時具體閱讀的一個文本入手，就魯迅改造國民性思想的形成機制當中的某些問題做一初步探討。

　　在此之前，筆者曾寫了，〈澀江保譯《支那人氣質》與魯迅——魯迅與日本書之一〉一文，分（上）（下）兩部分，分別發表在《關西外國語大學研究論集》第67號（1998年2月）和68號（1998年8月）上。[1]就整體而言，該篇研究報告除了對《支那人氣質》的出版背景及譯者澀江保所做的具體調查外，主要工作是

---

[1]　該篇研究報告（上、下）現收錄於本書，請參考。

對澀江保譯本的「非本文內容」，即對澀江保的大規模注釋情況
做了一次初步的整理。本稿將在該研究報告的基礎上，通過《支
那人氣質》正文內容與魯迅文本的部分比較，來探討一下前者作
用於魯迅的特點是什麼？具有怎樣的意義的問題。

二、魯迅文本中提到的《支那人氣質》及文本比較的先行研究

在魯迅全集中，共有四處提到澀江保譯日文版《支那人氣質》及史密斯原著。按照時間順序排列，它們分別是：

Ⅰ、1926年7月《華蓋集續編・馬上支日記（七月二日）》
在提到安岡秀夫的《從小說看來的支那國民性》之後說：

> 他似乎很相信Smith的 *Chinese Characteristics*，常常引為典據。這書在他們，二十年前就有譯本叫作《支那人氣質》；但是支那人的我們卻不大有人留心它。
>
> ……（中略）……
>
> 我所遇見的外國人，不知道可是受了Smith的影響，還是自己試驗出來的，就很有幾個留心研究著中國人之所謂「體面」或「面子」。[2]

Ⅱ、1933年10月27日致陶亢德信

> 至於攻擊中國弱點，則至今為止，大概以斯密司之《中

---

[2]　《魯迅全集》第三卷第326-328頁。人民文學出版社，1981年版。以下魯迅引用均出自此版本。

國人氣質》為藍本。此書在四十年前，他們已有譯本，亦較日本人所作者為佳。似尚值得譯給中國人一看（雖然錯誤亦多），但不知英文本尚在通行否耳。[3]

Ⅲ、1935年3月《且界亭雜文二集・內山完造作〈活中國的姿態〉序》

例如關於中國人，也就是這樣的。明治時代的支那研究的結論，似乎大抵受著英國的什麼人做的《支那人氣質》的影響，但到近來，卻也有了面目一新的結論了。[4]

Ⅳ、1936年10月《且界亭雜文末編・立此存照（三）》

在談到約瑟夫・馮史丹堡（Josef von Sternberg）導演的「辱華影片」《上海快車》（Shanghai Express）時說：

不看「辱華影片」，於自己是並無益處的。不過自己不看見，閉了眼睛浮腫著而已。但看了而不反省，卻也並無益處。我至今還在希望有人翻出斯密斯的《支那人氣質》來。看了這些，而自省，分析，明白那幾點說的對，變革，掙扎，自做工夫，卻不求別人的原諒和稱讚，來證明究竟怎樣的是中國人。[5]

上面的這些話，可以使人馬上意識到魯迅留學時代讀過的

---

[3]　《魯迅全集》第十二卷第245-246頁。

[4]　《魯迅全集》第六卷第226頁。

[5]　《魯迅全集》第六卷第626頁。

《支那人氣質》與其改造國民性思想的聯繫。

首先，魯迅很早就讀到了這本書。——這裡要附帶對魯迅閱讀《支那人氣質》的時間做一下探討。從1926年第一次提到這本書算起，距他留學時代已確有了二十多年的時間。以1902年計，是二十四年；但如果以上面「Ⅰ」裡魯迅所說的年代為實，那麼「二十年前」，則是1906年。筆者以為，這個時間不是「有譯本」的時間，即《支那人氣質》的出版時間（前面提到，澀江保的這個譯本是東京博文館1896年12月出版的，而且目前還尚未查出有再版的情況），而應看作魯迅閱讀這本書的時間。即使僅僅從克服語言障礙的角度看，魯迅能系統地讀懂這本書，也不應是在弘文學院學日語期間（1902年4月至1904年4月）[6]，而應是在那以後。另外，從下面將要提供的文本對照情況來看，把魯迅有系統地閱讀並且參考《支那人氣質》的時間，推測為1906年前後，也許更接近實際一些。

其次，從1926年7月到魯迅逝世直前的1936年10月，四次提到《支那人氣質》和史密斯的情況看，魯迅對這本書的內容記憶是想當深刻的。

第三，都是在涉及到與國民性有關的問題時，來談及這本書的。

第四，也是最重要的一點，那就是魯迅對這本書的價值肯定。他不僅認為史密斯影響了日本人的同類著作，而且也認為

---

[6] 關於魯迅讀到《支那人氣質》的時間，唐弢用了一個比較寬泛的時間概念，即「年輕時」，張夢陽則根據許壽裳在回憶錄中提到的他和魯迅所進行的關於國民性的討論認為，魯迅1902年在東京弘文學院學習期間就已經細讀了史密斯的《中國人氣質》，當然是澀江保的日譯本而非英文原版。參見《中國人氣質》《甘肅省：敦煌文藝出版社，1995年9月》第4頁、第283-284頁。

「較日本人所作者為佳」，希望能譯給中國人看，從而開闢出「自省」之路。

那麼，作為具體問題，《支那人氣質》對魯迅本人來說，究竟有哪些關係和哪些意義呢？

筆者以為，這就有必要通過文本來具體看待。目前的一些研究，已經開始介入到了這個方面來。中譯本《中國人氣質》的譯者之一張夢陽，在附於中譯本之後的〈譯後評析〉，從自己的問題角度對史密斯文本的一般狀況、寫作特點、主要內容以及與魯迅的關係做了相應的整理和歸納。[7]

其中，在談到和本稿相關的史密斯與魯迅的關係時，分為三個題目：（一）「面子」和缺乏誠的問題；（二）人情冷漠和缺乏愛的問題；（三）阻礙現代化進程的種種問題（具體列舉的問題有四個：關於現代人的性格、關於教育、關於孝道、關於改革難）。在這個部分當中，某種程度上涉及到了一些史密斯文本內

---

[7] 關於寫作特點，張夢陽以四點來予以概括，即「誠實態度，長期努力，科學態度與卓越才華」。其中又從五個方面來具體說明了「科學方法」，即「第一，寫作觀察筆記」，「第二，細讀北京《邸報》及有關文件」，「第三，通過小說、民謠和喜劇三條管道瞭解中國社會生活」，「第四，通過家庭和村莊研究中國社會生活」，「第五，以社會學研究方法為基礎，進一步昇華到社會心理學與精神現象學的哲理高度」。關於主要內容，張夢陽首先從第一章談「面子」開始，介紹了史密斯談到的中國人「做戲的本能」、「形式禮節」、「欺瞞的才能」等，並以「缺乏誠」來概括了史密斯談到的一些問題。之後又從六個方面概括了史密斯的一些見解：（一）關於中國人缺乏現代人性格的見解；（二）關於中國政體阻礙現代化的見解（其中包括「勒索」、「管理失效、無視命令、政府內部互相猜疑、互相鉗制」、「官員薪俸太少」、「文人害怕官員」）；（三）關於中國教育阻礙現代的見解；（四）關於中國儒學的見解；（五）關於中國思維特徵的見解；（六）關於中國改革難的見解。

容與魯迅文本的關係。[8]

　　總之，張夢陽是以魯迅和許壽裳關於國民性的討論中涉及到的缺乏「愛和誠」的問題為核心，來探討史密斯文本與魯迅的聯繫的。具體地說，就是力圖圍繞著缺乏「誠」和「愛」，來闡述史密斯和魯迅改造國民性思想的關係。作為這方面的先行研究，我以為張夢陽所做的是極有價值的初步探討，至少是在「誠」和「愛」這兩點上，不僅提供了史密斯與魯迅關係的某些具體線索，也在魯迅關於國民性的論述中，使這兩個抽象的概念獲得了相應的具體內容。

　　不過，筆者認為，在史密斯與魯迅改造國民性思想的關係當中，許多具體問題還是有很大的探討餘地的。如果承認魯迅文本，特別是改造國民性思想當中存在著史密斯的影響，那麼，正像前面已經指出過的那樣，在魯迅直接閱讀過的澀江保的日譯本裡，也就很可能存在著魯迅關於中國國民性的認識以及改造國民性思想的生成機制的一些重要的問題點和線索。

　　例如，筆者曾就此指出過兩點[9]：

　　一是澀江保譯本中「以漢語文本形態出現的注釋」問題，具體以第十九章〈孝心（Filial piety）〉裡出現的關於「二十四孝」的漢語文本為例，指出了「漢語文本形態」對魯迅這個初學口語的讀者來說所具有的向正文內容的導讀功能。

　　另一點，是澀江保作為「注」插入到第二十五章〈缺乏信實（The Absence of Sincerity）〉之後的長達二十五頁的「黑格爾關於支那的意見」對於魯迅確立自己的「進化論」歷史觀的意義。其中，指出了黑格爾的歷史定義，即「歷史為心靈之發達，心靈

---

[8]　參見《中國人氣質》第282-297頁。

[9]　參見本書所收〈澀江保譯《支那人氣質》與魯迅〉（下）。

之本質為自由。故若心靈未有絲毫之發達，人民之間無自由，則無法稱之為歷史」與留學時代的魯迅所形成的以「人」的進化為核心的歷史觀的一致性。（在此，還想對這個問題做兩點明確的補充。一、魯迅在以《狂人日記》為代表的許多文字裡所揭示的「這歷史沒有年代」[10] 是個「吃人」和「被吃」的世界，——即由「奴隸主」和「奴隸」所構成的沒有發展的、循環往復的社會，正是以這種歷史觀來透視和剖析中國歷史和現實的結果。二、魯迅和黑格爾相一致的強調「人」的進化的歷史觀，應該是他認為的史密斯書中「錯誤亦多」的理由之一。因為史密斯反復強調的種族間「優勝劣敗」的「生存競爭」，恰恰是魯迅在當時和後來所拒絕接受的「進化論」。）

　　然而，既已指出的上述這兩點，還幾乎尚未涉及到正文文本內容。如果把史密斯對中國國民性的具體描述，在一個更為廣闊的視野下，做進一步的歸納，那麼還將可以找到更多的與魯迅構成聯繫的線索。

　　以下，是從筆者的角度對一些問題的探討。

三、「面子」、「做戲」、「看客」

　　在史密斯文本中，有多處談到中國人的「面子」問題，其中尤以第一章〈體面（Face）〉最有代表性。關於史密斯的談「面子」與魯迅的關係，已多有論者指出過了，所以這裡不準備全面展開，而只是想就兩者關係當中的要點做進一步的明確。

　　首先，把「面子」和「做戲」這兩項結合起來，透視中國的

---

[10] 魯迅《狂人日記》，《魯迅全集》第一卷第425頁。

國民性，是史密斯的獨特的觀察模式，魯迅全面接受和借鑒了這一模式。這一點通過澀江保文本第一章的第一段和魯迅文本的對比可以明確。澀江保把Face一詞譯成了「體面」並且在第一章之前加上了自己的注釋[11]。以下將澀江保文本中第一章裡的第一段試譯如下：

> 面（Face）人皆有之，今執萬人共有之物，作為支那人氣質之一，看似甚為不妥，然而支那人之所謂Face（體面）者，不獨頭部前面（臉）之謂，其意味頗廣泛，吾人非但不能述諸筆，且恐怕不能理會。故茲設一章以說之。
>
> 今雖然尚不充分，但為理會支那人之所謂Face（體面）之語意，姑且先述支那人之非常富有演劇之天性。演劇在支那堪稱唯一之遊戲。支那人嗜好演劇，恰如同英人之嗜好角力，西班牙人之嗜好鬥牛。動則使自己做起戲子來，搖頭晃腦，遣盧迄色，匍伏頓首，在西洋人看來，多無必要而且好笑。又很在臺詞上下功夫，辯解於兩三人前，言語卻如同面對眾人。曰：「予明言於茲聚之足下、足下、足下之前。」彼若勝利得窘境，首尾能全，則言「下得了台」，若勝不得窘境，則稱「下不來台」，凡此類詞語，並非敘述事實之本身，而只在形容。如此這般，倘要在適當之時節，用適當之方法將話說得漂亮，則非如演戲者不可。在日常之複雜關係中，將此事做得巧妙則為有「Face」（體面），反之，若不暗此事，或拙於此事，則「有失Face」（有失體面）也。

---

[11] 參見本書所收〈澀江保譯《支那人氣質》與魯迅〉（下）。

　　　　故一當正確理會「Face」（體面）之語，則可理會支
　　那人最要緊氣質之大半。此乃關鍵之故也。[12]

　　魯迅在上述「I」裡，從安岡秀夫的〈從小說看來的支那國
民性〉這樣講下來：

　　　　他似乎很相信Smith的 *Chinese Characteristics*，常常引為
　　典据。這書在他們十年前就有譯本叫作《支那人氣質》；
　　但是支那人的我們卻不大有人留心它。第一章就是Smith
　　說，以為支那人是頗有點做戲氣味的民族，精神略有亢
　　奮，就成了戲子樣，一字一句，一舉手一投足，都裝模做
　　樣，出於本心的分量，倒還是撐場面的分量多。這就是因
　　為太重體面了，總忽將自己的體面弄得十足，所以敢於做
　　出這樣的言語動作來。總而言之支那人的重要國民性所成
　　的複合關鍵，便是這「體面」。
　　　　我們試來博觀和內省，便可以知道這話並不過於刻
　　毒。相傳為戲臺上的好對聯，是「戲場小天地，天地大舞
　　臺」。大家本來看得一切事不過是一齣戲，有誰認真的，
　　就是蠢物。但這也並非專由積極的體面，心有不平而怯於
　　報復，也便以萬事是戲的思想了之。萬事既然是戲，則不
　　平也非真，而不報也非怯了。所以即使路見不平，不能拔
　　刀相助，也不失其為一個老牌的正人君子。

　　仔細比較這兩段話可以看出，魯迅是在全面肯定和借鑒了

---

[12]　參見澀江保譯日本版《支那人氣質》第83頁。

史密斯的觀察模式之後，進一步表述自己的看法的，也就是他所說的「博觀和內省」。值得注意的是，魯迅並非一概否定民俗中的講究「面子」，至少他還是提到了「積極的體面」。在這個意義上，竹內實在〈關於面子〉[13]一文中對批判面子有所保留，我認為是有道理的。因為魯迅憎惡和否定的是「心有不平而怯於報復，也便以萬事是戲的思想了之」這樣一種心態。也不妨概括為「消極的體面」。

事實上，魯迅文本中涉及到的「面子」，皆是指所謂「消極的體面」，魯迅將其視同「偽善」[14]；而「做戲」在魯迅那裡，除了「萬事是戲」的不認真外，又總意味著對事實的掩蓋，因此也完全可以置換為所謂「瞞和騙」[15]的同義詞。關於這些問題，還可以做進一步的探討，不過上面指出的一點是可以肯定的，即魯迅批判國民性中無視現實，模糊現實，尤其是政治上的掩蓋現實或粉飾現實，都是從史密斯所提供的「為了面子而做戲」這一角度切入問題的。這一點，只要再去讀一下《二心集》裡的〈宣傳與做戲〉（1931）、〈新的「女將」〉（1931）和《且介亭雜文》裡的〈說「面子」〉（1934）等文即可明確。

其次，魯迅那裡的「看客」是從史密斯指出的為講「面子」而「做戲」的問題角度進一步引申和延長的產物。「做戲」的成立，除了有「戲劇」的演出之外，還要有觀看「做戲」的「看客」。將一切視為「做戲」的普遍的國民心態，正是中國「做戲」賴以生存的社會基礎。因此，魯迅的視點並未只停留在「做

---

13 〈メンツ（面子）について〉，《立命館大學言語文化研究》第四卷第四號（1993年2月20日）。

14 李芒譯〈「面子」與「門錢」——兩周氏談〉，1979年2月《魯迅研究資料》第3期。該文原載日文《北京週報》1923年6月3日第68期。

15 參見《墳‧論睜了眼看》，《魯迅全集》第一卷238頁。

戲」者本身，也指向了更為廣大的「看客」，也就是民眾。

在這個意義上，魯迅說過，「人類是喜歡看看戲的」[16]。但他筆下令人最感沉重的「看客」則是在《吶喊・自序》（1923）和〈藤野先生〉（1926）裡出現的面帶「麻木的神情」[17]，圍觀自己的同胞被處刑的「看客」。筆者曾經介紹過，同樣的「麻木」圍觀的場面，也在澀江保譯本正文之前所附照片的第一頁上出現過。[18]

「麻木」即無同情。從澀江保譯本中可以看出，首次提出「無同情之觀察」的並不是魯迅，而是史密斯在第十一章中講述的「圍觀」：

> 布朗寧夫人（Mrs. Browning）〔一八〇九年（我文化六年己巳），同六十一年（我文化六年）辛酉，英國之婦人詩家〕曰：「受無同情之觀察，即受拷問也。」如夫人之多感之詩人，或起如此之感情。否，昂格魯・薩克遜人概懷抱這種感情。本來西洋人在從事精製或困難職業之際，並不願為他人所觀察，然而支那人不論被如何細密觀察，亦心平氣和，照操其業不誤。又，當西洋人旅行支那內地之際，每到外人鮮至之處，為支那人所蝟集、所凝視，以為奇觀之時，每有一種無以名狀之不快感而起。儘管彼等支那人只做無同情之觀察，而並非加害於我，但我等必怒命其退下：「倘不退下，則飽以老拳」。然而支那人則完全相反，不論有多少外人群集周圍，長久注視自己，毫不介

---

[16] 《集外集・文藝與政治的歧途》，《魯迅全集》第七卷第119頁。

[17] 《魯迅全集》第一卷第316頁。

[18] 參見本書所收〈澀江保譯《支那人氣質》與魯迅〉（上）。

意，反更以為「憤慨於他人之注意自己，乃因自己不正常也。」[19]（引文中〔 〕內的小字，為澀江保注。以下相同——筆者）

然而，將上述「無同情之觀察」豐富發展為「看客」的視點並從中進一步剔掘國民性的則是魯迅。史密斯書中的「無同情之觀察」是沒有表情的，但到了魯迅那裡，這種沒有表情也成為一種表情，即「看客」的形象化：

> 對於中國一部分人們的相貌，我也逐漸感到一種不滿。就是他們每看見不常見的事件或華麗的女人、聽到有些醉心的說話的時候，下巴總要慢慢掛下，將嘴張了開來。這實在不大雅觀；彷彿精神上缺少著一樣什麼機件。（《而已集‧略論中國人的臉》）[20]

這種「相貌」，在上面提到的「幻燈事件」裡就是帶著「麻木的神情」的「看客」。此外，還有起哄「假辮子」的「看客」（〈頭髮的故事〉），圍觀革命者被砍頭的瞬間，一哄而散的「看客」（〈藥〉），圍觀「示眾」的「看客」（〈示眾〉），臉緊貼在窗戶上，專看別人隱私的「連鼻尖都擠成一個小平面」「看客」（〈傷逝〉）等。其中尤為重要的是，魯迅不僅寫了「看客」的麻木和無聊，也寫了「看客」的可怕。正如伊藤虎丸所指出的那樣，狂人在其四周觀察他的「眼睛」裡感到的可怕，同阿Q臨死前在「看客」的眼睛裡感受到的可怕是一致的。那就

---

[19] 參見澀江保譯日本版《支那人氣質》第119-120頁。
[20] 《魯迅全集》第三卷第413頁。

是「又凶又怯」的「餓狼的眼睛[21]。我以為將此進一步具體化的
是《野草》裡的〈復仇（其二）〉。而向「看客」展開「復仇」
的則是〈復仇〉裡那對兒「裸著全身」，對立在「曠野之上」，
最終令「看客」感到無聊的男女。但最大的復仇還是《故事新
編》裡的〈鑄劍〉。眉間尺和黑色人把「人頭」戲演給國王和他
的幸臣寵妃們看，然後再實實在在地把國王的砍下。

　　喜歡看戲，不是國民的弱點，但把一切都當成戲來一看了
之，則是國民的壞根性之一。魯迅也正是以從「面子」和「做
戲」而確立起來的「看客」角度，來進一步透視國民性問題並思
考行動策略的。如，他曾直接了當地說：

　　　　群眾，──尤其是中國的，──永遠是戲劇的看客。
　　犧牲上場，如果顯得慷慨，他們就看了悲壯劇；如果顯得
　　觳觫，他們就看了滑稽劇。北京的羊肉鋪前常有幾個人張
　　著嘴看剝羊，仿佛頗愉快，人的犧牲能給予他們的益處，
　　也不過如此。而況事後走不幾步，他們並這一點愉快也就
　　忘卻了。

　　　　對於這樣的群眾沒有法，只好使他們無戲可看倒是療
　　救，正無需乎震駭一時的犧牲，不如深沉的韌性的戰鬥。
　　（《墳·挪拉走後怎樣》）[22]

<hr>

21　參見伊藤虎丸著、李冬木譯〈魯迅與日本人──亞洲的近代與「個」的
　　思想〉，河北教育出版社，2000年，第108-109頁。
22　《魯迅全集》第一卷第163-164頁。

四、打擾死前的病人與〈父親的病〉

澀江保譯本中如上所表述的「無同情之觀察」的問題，除了與魯迅的「看客」角度有關外，也可能同某些作品的寫作構成看法或表現上的聯繫。

例如，作為中國人「無神經」（麻木不仁）的例子，澀江保譯本第十章裡有一段提到了對需要安靜的病人的打擾：

> 西洋人不僅在睡眠之際需要靜穩，在生病之時更需要靜穩。即使平素於無用之音響一向無所介意者，一旦患病，忌音如嫌；朋友、護士、醫師皆以靜穩為治病之要。患者若恢復無望，殊禁喧騷，以勉力使患者儘量保持平和。然而支那人完全異其旨趣，身在病室，亦更不謀靜穩。病報一將達知各處，東西南北，來會者接踵而至，且依病重，訪問者數愈多，絲毫無禁喧騷。而患者自身亦似無厭之，豈非奇乎？每有訪問者出入，便每饗彼等以飲食，其喧騷頗甚。患者危篤之際，幾多會眾，皆放聲號哭，亦有僧侶驅魔退邪之祈禱混雜其間。假以患者為西洋人，或許盼望速能瞑目，以免卻如此之煩累。法國一有名之貴婦人，病篤時謝絕來訪者曰：「妾死期迫在眼前，忍免拜眉之煩」。凡西洋人者，皆與此婦人抱有同感。然而在支那，決無謝絕者，亦不以謝絕為善也。[23]

---

[23]　參見澀江保譯日本版《支那人氣質》第120-121頁。

　　這種打擾病人，使病人臨死前也不得安寧的具體情形，也出現在魯迅文本當中，這就是收在《朝花夕拾》裡的〈父親的病〉（1926）。在結尾，這樣寫了父親的死：

　　　　中國的思想確乎有一點不同。聽說中國的孝子們，一到將要「罪孽深重禍延父母」的時候，就買幾斤人參，煎湯灌下去，希望父母多喘幾天氣，即使半天也好。我的一位教醫學的先生卻教給我醫生的職務道：可醫的就應該給他醫，不可醫的就應該給他死得沒有痛苦。——但這先生自然是西醫。

　　　　父親的喘氣頗長久，連我也聽得很吃力，然而誰也不能幫助他。我有時竟至於電光一閃似的想道：「還是快一點喘完了罷……。」立刻覺得這思想就不應該，就是犯了罪；但同時又覺得這思想實在是正當的。我很愛我的父親。便是現在，也還是這樣想。

　　　　早晨，住在一門裡的衍太太進來了。她是一個精通禮節的婦人，說我們不應該空等著。於是給他換衣服；又將紙錠和一種什麼《高王經》燒成灰，用紙包了給他捏在拳頭裡……。

　　　　「叫呀，你父親要斷氣了。快叫呀！」衍太太說。

　　　　「父親，父親！」我就叫起來。

　　　　「大聲！他聽不見。還不快叫？」

　　　　「父親！！！父親！！！」

　　　　他已經平靜下去的臉，忽然緊張了，將眼微微一睜，彷彿有一些苦痛。」

　　　　「叫呀！快叫呀！」她催促說。

「父親！！！」

「什麼呢？……不要嚷。……不……。」他低低地說，又較急地喘著氣，好一會，這才恢復了原狀，平靜下去了。

「父親！！！」我還叫他，一直到他嚥了氣。

我現在還聽到那時的自己的這聲音，每聽到時，就覺得這卻是我對於父親的最大的錯處。[24]

通常所見，這一段應該是紀實的。不過從作品效果來看，這一段強化的是「我」在「衍太太」的慫恿下，「父親！！！父親！！！」的大叫，給臨死前的父親帶來的「苦痛」以及「我」現在的後悔心情。「衍太太」這個人物雖然實有，但是周作人在回憶中一再堅持說，讓她「指揮叫喊臨終的父親，那在舊時習俗上是不可能有的」[25]，並且在《知堂回想錄》做了如下說明：

因為這是習俗的限制，民間俗言，凡是「送終」的人們到「轉煞」當夜必須到場。因此凡人臨終的時節，只是限於平輩以及後輩的親人，上輩的人是決沒有在場的。「衍太太」於伯宜公是同曾祖母的叔母，況且又在夜間，自然更無特地光臨的道理，《朝花夕拾》裡請她出臺，鼓勵作者大聲叫喚，使得病人不得安穩，無非想當她做小說裡的惡人，寫出她陰險的行為來罷了。[26]

---

24 《魯迅全集》第二卷第288-289頁。
25 周遐壽《魯迅小說裡的人物》，人民文學出版社，1981年7月，第140頁。
26 周作人《知堂回想錄》，香港聽濤出版社，1970年7月，第一卷第31頁。

倘若此述可信，那麼也就不排除魯迅筆下的父親臨終場面
裡存在著強化效果的「創作」成分。從上面的對照中可以看出，
魯迅的這種「創作」，實際是以新的看法來重新審視舊生活的產
物。具體而言，正是「中西的思想確乎有一點不同」這句話中的
西方醫學「思想」，使魯迅反觀到了死別已久的「父親」的不
幸。而除了看法之外，上面引用的澀江保譯本中所出現的具體事
例，與魯迅的親身經歷也是重合的，因此，魯迅在寫作〈父親的
病〉這篇作品時，借鑑《支那人氣質》的可能性恐怕是很大的。

五、魯迅留學時期的革命「心像」與阿Q的形象塑造

在澀江保文本第十三章〈缺乏公共心（The Absence of Public
Spirit）〉裡，舉了中國人缺乏公共心的如下例子：

> 一千八百六十年〔我萬曆元年庚甲〕英法同盟軍逼近北
> 京，英軍由山東省支那人處購得騾馬，以供負重。天津及
> 登州，則出於自己利益，投降同盟軍，並與同盟軍相約，
> 若不蹂躪兩府，則應其所需而供給訪物。此臨時雇傭之腳
> 夫，為支那軍所擒，割去豚尾送還於英軍。今由此等事
> 項而考察之際，吾人雖不能斷言支那人有愛國心與公共
> 心，即使退一步而評之為有，亦不得不說其所謂愛國心與
> 公共心同昂格魯・薩克遜人之所謂愛國心與公共心大相徑
> 庭。[27]

---

[27] 參見澀江保譯日本版《支那人氣質》第145頁。

　　這段話的內容，和魯迅後來提到的成為「大清子民」的「開口『大兵』」、「閉口『我軍』」[28]的人們的「愛國心」是很相通的。《故事新編》的〈采薇〉裡出現的「小丙君」的形象正是最好的代表。

　　緊接著上面這段話，史密斯有一段關於中國革命的描述：

> 人民不得不起而抵抗施治者壓制重斂之時，（此事屢有發生）需有數名俊傑執其牛耳。在此俊傑之下而興起之劇烈動盪，往往必使政府做出實際上之讓步。但在此種場合，當有少許人傑為多數「愚民」（stupid people）之主腦，方能滿足正義之需要。因只有此等偉人富於以身殉國之愛國衷情，而其他人則不過是運動於五里霧中，並非出於愛國心、公共心而參加運動。當支那歷史面臨危機，革命時期即將到來之際，身懷赤心而富於果斷之人，往往率先盡力於國事而令後人奮起。此不獨證明此類人為真正愛國之士，亦證明支那人為當在義人之下振奮義氣之人民。[29]

　　史密斯從分析中國國民性的角度對中國革命結構，即「俊傑」和「愚民」的概括是符合歷史和現實的實際的。即使只從史密斯原著（1894）和澀江保的日譯本（1896）相繼出版之後的情況來看，1898年的「戊戌變法」和魯迅留學時期的在日本策劃的各種反清革命運動，基本上都是在少數先覺者的率先引導下發生和進行的。

　　當時的留學生魯迅心目中理想的革命景觀，即本文所說的

---

[28]　《華蓋集・忽然想到（四）》，《魯迅全集》第三卷第18頁。
[29]　參見澀江保譯日本版《支那人氣質》第145頁。

革命「心像」（Image）正體現為這樣一種「俊傑」和「愚民」的結構。例如，在〈文化偏至論〉（1907）的種種表述裡，可以概括為「英哲」（或「超人」）與「眾凡」，在〈摩羅詩力說〉（1907）裡可以歸結為「精神界之戰士」和「奴隸」等。

　　雖然在魯迅當時和後來的文字中，兩者往往構成著非常緊張的對立關係（前者的存在是以打破後者構成的庸俗的世界為前提的，而後者又總是在不斷地扼殺前者），但留學時期魯迅關於革命的理想「心像」則是力圖使這兩者結合，即先驅者的呼喚獲得民眾的回應，從而獲得革命的實現。如在〈摩羅詩力說〉中，雖然通篇都體現了拜倫式的那種對待「奴隸」的「哀其不幸，怒其不爭」[30]的情感，但魯迅真正期待的卻是「奴隸」變為有情，能使詩人的呼喚獲得回應，從此改變舊生活：

> 詩人為之語，則握拔一彈，心弦立應，其聲激於靈府，令有情皆舉其首，如睹曉日，益為之美偉強力高尚發揚，而污濁之平和，以之將破。[31]

　　他甚至還以柯爾納的詩歌鼓舞了德意志入為例，來說明自己的這種理想。[32]

　　雖然他後來在《吶喊‧自序》裡有對自己的革命「心像」進行反省的話，說自己「決不是一個振臂一呼應者雲集的英雄」[33]

---

[30] 魯迅〈摩羅詩力說〉，《魯迅全集》第一卷第80頁。
[31] 魯迅〈摩羅詩力說〉，《魯迅全集》第一卷第68頁。
[32] 魯迅〈摩羅詩力說〉，《魯迅全集》第一卷第70-71頁。
[33] 《魯迅全集》第一卷第417-418頁。

但凡此種種，也正好說明了他在「俊傑」和「愚民」這種革命模式上與史密斯的一致——雖然還不好斷定這是否直接和澀江保的譯本有關。

「俊傑」就暫時不去說了。提到「愚民」，可以使人想到堪稱國民性標本的阿Q。這個人物形象，可以說是魯迅思想和生活經驗的結晶，是對國民性認識的高度濃縮，但也不排除也有某些閱讀資料的借鑒。如除了劉柏青指出的阿Q戰勝小尼姑後的作者議論，和魯迅翻譯的菊池寬的小說《復仇的故事》主題相近外[34]，倒似乎還有一些地方也並非不能考慮同《支那人氣質》裡的一些材料的關聯。

如《阿Q正傳》的開頭對阿Q的名字做了很長的考證，也不外是用誇張的筆法說名字的來由不清，用以烘托阿Q活得渾渾噩噩。

在澀江保譯本的第八章〈暗示之才（The Talent For Indirection）〉裡，也有一段是專談中國人姓氏的模糊的。

> 女子既嫁人為妾，內外之人不呼其名，而以夫家姓與母家姓並稱，此亦可加諸暗示之一例也。已婚婦稱為「誰誰之母」。假定諸君與一支那人要好，而恰逢其母臥病，則稱「小黑氏之母」患病。其家有「小黑氏」，諸君聞所未聞，當然苦於得知其為何人。然而，彼相信諸君當早有所知，故而如是所云也。婦若無子，其名當更難理會。如用「小黑氏之伯母」或其他說明詞稱呼係屬此類。老妻自稱「外戚」。「外戚」者，注意於外家事之謂也。而妙齡之妾且無子者，則非並稱兩姓，而獨以夫家之姓稱。妻往往

---

[34]　參見劉柏青著《魯迅與日本文學》，吉林大學出版社，1985年，第160頁。

指良人稱呼「我先生」（teacher）〔澀江保曰，妻稱良人為「夫子」，此「夫子」並無「先生」之意，原著者似誤信為先生（教師）之意也〕，又依場合變化，習慣以職業名稱呼良人。例如「油坊如何如何說」係屬是類。〔同上〕[35]

由此，從阿Q那裡還可以連想到「祥林嫂」和「長媽媽」，魯迅在作品中也都有專談她們名字的文字。

又如，澀江保譯本第87頁提到，「支那人即使最無識者，亦能巧設遁辭」。阿Q偷了靜修庵的蘿蔔被捉，「下不來台」時也有「遁辭」，只不過是最「賴」的那種：「這是你的？你能叫得他答應你麼？」[36]

再如，伴隨相關內容，孟子的「不孝有三，無後為大」這句話也在澀江保文本中出現過兩次。一次是第十六章〈活力之強壯〉在談到「支那種族之多產力」時，譯者在正文「子孫之連綿，乃支那人一般之希望，除黃金欲外，無出於此欲之右者」之後直接以漢文原文做的「注」[37]。另一處是第十九章〈孝心〉裡所言：「支那人所謂孝行最緊要之項，乃明於孟子之所示也。曰：『不孝有三，無後為大。』〔離婁〕」。蓋之所以以子孫連綿為最緊要之義務，皆由重祭祖先而起。為子者不得不早娶妻，緣以此理也。如是，三十六歲之支那人，有孫者並非稀奇。」[38]而阿Q信奉「不孝有三，無後為大」惹出的「戀愛的悲劇」是眾所周知的。由此還可以想到「多子」的潤土（《吶喊・故鄉》）。

---

[35] 參見澀江保譯日本版《支那人氣質》第83-84頁。
[36] 《魯迅全集》第一卷第507頁。
[37] 參見澀江保譯日本版《支那人氣質》第190頁。
[38] 參見澀江保譯日本版《支那人氣質》第237-238頁。

　　阿Q思想中閃出的「革命」以及阿Q本人所理解的自己與革命的關係，亦與上面史密斯概括的革命不謀而合：「來了一陣白盔白甲的革命黨，……走過土谷祠，叫道，『阿Q！同去同去！』於是一同去。」

　　澀江保譯本第二十二章〈社會颶風（Social Typhoons）〉裡講述了中國人打架的情形：

> 支那人與義大利人同樣不知拳鬥，縱使知之，行之，亦非學理上之拳鬥。支那人抱在一起時，必逮住敵方之豚尾髮辮，盡力而拉也。故二人相鬥，並雙方皆不攜兇器，十之有九止於相互扯豚尾。[39]

　　《阿Q正傳》第五章〈生計問題〉，用了很長的篇幅，以阿Q與小D糾著辮子打架，生動再現了這種二人相鬥的特點——因篇幅關係，原文姑且從略。

　　不過筆者認為，《阿Q正傳》對史密斯的最大借鑒，恐怕還是所謂的「面子」。正如竹內實所說，「精神勝利法」保持的實際是阿Q的「面子」[40]。阿Q挨了打，認為是被兒子打了，於是得勝了；認為自己是第一個自輕自賤的，於是得勝了，雖在精神上保住了自己的面子，但並沒改變自己挨打並且自輕自賤的事實。阿Q的最後為自己保面子，是想在自己的死刑判決上儘量把圈畫得圓和臨刑前唱出的那半句「過了二十年又是一個……」，雖然這些同樣與「死」的事實無關，但阿Q最終都是模糊在「面

---

[39] 參見澀江保譯日本版《支那人氣質》第302頁。

[40] 〈メンツ（面子）について〉，《立命館大學言語文化研究》第四卷第四號（1993年2月20日）。

子」上的。

這種情形和史密斯提到的不可思議的事情是一脈相承的：

> 以吾西洋人之所見，實在不希望為撐「臉」而喪命也。然
> 而支那一地方長官，曾被恩准身著官服而臨斬，以成全其
> 「體面」。亦可謂一奇事也。[41]

六、「保守主義」

史密斯對中國國民性中「保守主義」（Conservatism）的描
述和分析，不僅獲得了魯迅的認同，而且也構成了後來魯迅改造
國民性思想中的重要實踐課題之一。

史密斯在第十四章裡專來談這個問題。這一章的題目即
Conservatism，澀江保譯為「保守主義」。以下所引，為該章開
頭的一部分。

> 以黃金時代為既往之昔，凡舊國之常情，而支那人
> 似殊甚。如是，支那古代之聖人更進一步尊崇古代之聖
> 人，祖述聖人，孔子亦公言述而不作。〔論語述而篇曰：
> 「述而不作」〕孔子之天職，在於纂輯古人既已熟知而又
> 為今人附之於等閒抑或誤解之事項〔指纂輯詩書之事〕。孔
> 子維繫支那人心，被敬仰為萬世之師，乃在於為盡此天職
> 之刻苦及成全此天職之高才。若在支那列舉聖人，當首
> 屈孔子。此亦因其所為之性質及對既往之關係也。依孔

---

[41] 參見澀江保譯日本版《支那人氣質》第14頁。

子之教，可謂良主造良民〔指「一家仁則作一國」，「君仁則非不仁」，「君義則非不義」之類〕。「君如器，民如水。水從方圓之器」。其所教，既如斯。奉其教者，以明王在上之古代為道德最盛之世，深信不疑也。以是，即便無智之腳夫，亦往往向吾人言談堯舜之世，謂當時無盜賊之憂，夜不須鎖戶，路上若有所遺，第一拾領者待守至有他人之到來，第二來者亦守至下一人至，如是經第二第四之幾多替代，遂將遺物送還失主。故無論遺失何物，絲毫不為他人之手觸而復歸於我也云。支那人稱，今之仁義概不及古，而違背良心之所為，今遙長於古。

尊古卑今之風，非獨存於支那或支那人，地球所到之處，皆有此風。然支那人固守此風而至於認真，則無與倫比。且堅信古代事物之萃在於文學，故尊崇古文學無異於偶像。熱心之支那學者之於支那古典，恰如熱心之基督信徒之於希伯萊聖書。支那人將古典視為網羅至高至良之智慧者，且以為通古今而得以應用於實際之事項，悉存其中。善良之儒者，以為無需增補古典，恰如同善良之基督信徒以為無需增補聖書。要而言之，「若一事物盡善盡美，則無須於此之上加以改良。」在此普遍命題之下，儒者與基督教徒如出一轍也。

如此這般，正如同眾多之善良基督教徒，固執於聖書中之或種「經句」，托言其編者想像未至之事物，孔門之徒〔儒者〕亦以「古聖賢」之書為近世施政之憑據，並從中尋求古代數學、近世科學之本源。[42]

---

[42] 參見澀江保譯日本版《支那人氣質》第146-148頁。

　　史密斯所抓住的中國國民性「保守主義」當中的「尊古卑今」的精神特徵，顯然也構成了留學時期魯迅的問題意識。這在〈摩羅詩力說〉裡的兩段話裡可以看出。

> 吾中國愛智之士，獨不與西方同，心神所住，邈遠在於唐虞，或逕如古初，遊於人獸雜居之世；謂其時萬禍不作，人安其天，不如斯世惡濁阽危，無以生活。其說照之人類進化史實，事正背馳。[43]

　　這段話，可以說是上引澀江保譯本中那段話的原原本本的概括，稍有不同的是，魯迅在自己的行文中，將「尊古卑今」明確為一種向後看的、和進化論相反的歷史觀。

　　魯迅在另一段話裡，更進一步辛辣地批判了這種向後看的歷史觀，並作出了積極的闡述：

> 故所謂古文明國者，悲涼之語耳，嘲諷之辭耳！中落之胄，故家荒矣，則喋喋語人，謂厥祖在時，其為智慧武怒者何似，嘗有宏宇崇樓，珠玉犬馬，尊顯勝於凡人。有聞其言，孰不騰笑？夫國民發展，功雖有在於懷古，然其懷也，思理朗然，如鑒明鏡，時時上征，時時反顧，時時進光明之長途，時時念輝煌之舊有，放其新者日新，而其古亦不死。[44]

---

[43] 《魯迅全集》第一卷第67頁。

[44] 《魯迅全集》第一卷第65頁。

其中的「悲涼之語」、「嘲諷之辭」以及「騰笑」，是否也有意識到史密斯的存在的可能呢？而史密斯在上述引文裡，作為具體表現提到的孔門之徒在「古聖賢」書裡尋找施政之憑據，並探尋古代數學、近世科學之本源的話，在〈科學史教篇〉（1907）中也有相應的表述：

> 昔英人設水道於天竺，其國人惡而拒之，有謂水道本創自天竺古賢，久而術失，白人不過竊取而更新之者，水道始大行。舊國篤古之餘，每不惜自欺如是。震旦死抱國粹之士，作此說者最多，一若今之學術藝文，皆我數千載前所已具。[45]

其次，史密斯緊接著上面那段話，還進一步談到了「尊古卑今」的精神特徵形成的原因以及其所導致的「視改革如蛇蝎之習慣」：

> 古文學為支那國民之模型，造就其政府組織。此組織及自身之性質，姑且不論，其具有永存之性質，則可明之於既往之經驗。抑個人或國民者，以自保為第一緊要之項。如是，若一種政體由延續數千百年之事實可證明其適於自保之時，人民則恰如尊重古典一般而尊重此種政體，實乃當然之事。攻究支那歷史之人，若得以確知支那政府成為今日者之閱歷，並說明之，當會獲得有趣之發現。若能發現此閱歷，則可明確支那何以不像他國多有革命

---

[45] 《魯迅全集》第一卷第26頁。

內亂〔言指顛覆路易十六政府，建設共和政府，驅逐壓制之詹姆斯二世
（James II），迎來自由之威廉阿姆及瑪利（William and Mary）〕之所以
也。是乃吾人所堅信不移者。曾有一人築石壁，寬六英
尺，高不過四英尺。或人奇而問之，答曰，為他日倒時高
於現今。此事雖不過一笑柄，然而支那政府組織亦與之相
像。蓋支那政府猶如立方體，決無顛覆之事，即使有顛
覆，亦不過立於他面之上，其外觀內質皆一如既往。支那
人由此反復經驗確信，政府即使幾回顛覆，其組織上不會
產生任何變動，恰如貓從任何高處墜下亦不會有所顛沛相
同。夫既有此確信，亦便產生以創立此組織之古聖人事業
為偉業，視改革如蛇蝎之習慣。以至於以古為優而貴古，
以今為劣而賤今。

若明理如上，則可理會支那人之所以拘泥於既往。支
那人與羅馬人相同，將風俗道德混同，以為二者根基精神
同一。人若侵犯支那之習慣，支那人將會感到最神聖之土
地被侵犯。支那人不問是非得失，竭力保護其習慣，皆其
習慣使然，亦如母熊由天性保護子熊一般。[46]

筆者認為，這裡提到的「視改革如蛇蝎」及保護習慣的天
性，致使改革難以進行的問題，也構成了留學的當時和以後魯迅
看待國民性的一種出發點或模式。

泊夫今滋，大勢復變，殊異之思，詭詭之物，漸入中國，
志士多危心，亦相率赴歐墨，欲采擷其文化，而納之宗

---

[46] 參見澀江保譯日本版《支那人氣質》第148-150頁。

邦。凡所浴顯氣則新絕，凡所遇思潮則新絕，顧環流其營
衛者，則依然炎黃之血也。（〈破惡聲論〉（1908）[47]

後來，魯迅在集入《墳》、《熱風》、《華蓋集》、《華蓋
集續篇》、《而已集》當中的許多文章裡，對「國粹」及國民性
中的保守主義的攻擊，實際上都處在上述視點的延長線上。如在
〈娜拉走後怎樣〉裡就說：

> 可惜中國太難改變了，即使搬動一張桌子改裝一個火爐，
> 幾乎也要流血；而且即使有了血，也未必一定能搬動，能
> 改裝。不是很大的鞭子打在背上，中國自己是不肯動彈
> 的。我想這鞭子總要來，好壞是別一問題，然而總要打
> 到的。但是從那裡來，怎麼地來，我也是不能確切地知
> 道。[48]

這裡包含的強烈的改革意志是自不待言的。但對改革艱難的
慨歎，則和留學時代是沒什麼兩樣的。

七、辛亥革命與「辮子」的問題

另外，史密斯在上述第二段話裡，分析「尊古卑今」這一保
守主義精神形成的原因時談到的「支那政府猶如立方體，決無顛
覆之事，即使有顛覆，亦不過立於他面上，其外觀內質皆一如既
往」的看法，也可能與魯迅透視辛亥革命的角度有關。當然這並

[47] 《魯迅全集》第八卷第24頁。
[48] 《魯迅全集》第一卷第164頁。

不排除魯迅自身痛苦的經歷所發揮的作用，而只是提示魯迅看待
辛亥革命後的政府，和史密斯看待顛覆一次之後的政府，同樣存
在著一個來自民眾的角度。

> 未莊的人心日見其安靜了。據傳來的消息，知道革命黨雖
> 然進了城，倒還沒有什麼大異樣，知縣老爺還是原官，不
> 過改稱了什麼，而且舉人老爺也做了什麼──這些名目，
> 未莊人都說不明白──官，帶兵的也還是先前的老把總。
> （《阿Q正傳》）[49]

由於魯迅自己對民俗和現實的瞭解，所以這場政府更迭戲也
就寫得很生動，但史密斯所言「支那人由此反復經驗確信，政府
即使幾回顛覆，其組織上不會產生任何變動」的看法也是原原
本本地體現出來的。至於〈范愛農〉裡對紹興建立的「軍政府」
以及後來的王都督衙門的描寫[50]，則是有更多的魯迅自己的休驗
了吧。

說到辛亥革命，自然就會使人想到「辮子」問題。事實土，
這場革命給阿Q生活的未莊帶來的唯一惶惑就是辮子。眾所周
知，魯迅不僅用辮子驗證革命，如〈頭髮的故事〉和〈風波〉
裡描寫的，而且也是他談國民的保守性的關鍵字（Key word）
之一，據說，「阿Q的「Q」字，就是一顆頭拖著一條辮子；前
面提到，阿Q和小D的戰鬥，突出的就是互相「拔」辮子，因此
說，「辮子」在魯迅那裡是中國國民性的象徵也未為不可。

---

[49] 《魯迅全集》第一卷第517頁。
[50] 《魯迅全集》第二卷第313-314頁

魯迅在1925年2月作的〈忽然想到（四）〉裡說：

> 難道所謂國民性者，真是這樣地難於改變的麼？倘如此將
> 來的命運便大略可想了，也還是一句爛熟的話：古已有
> 之。[51]

在經過了約一個月之後寫的〈通信〉裡，就以辮子的例子回
答了上面的問題。

> 歷史通知我們，清兵入關，禁纏足，要垂辮，前一事只用
> 文告，到現在還是放不掉，後一事用了別的法，到現在還
> 在拖下來。[52]

而在澀江保譯本十四章〈保守主義〉當中，也以辮子為例表
述了同樣的看法：

> 習慣未必不朽，在或種境遇下，當可改變者也。欲說明此
> 理，則以清朝滅明後，一改普通人民理髮之風事例為最
> 善。此制度將屈從之意表於萬目之前，昭然若揭，支那人
> 固不屑奉之，其大半以死相抗拒。然而滿清政府深信，創
> 業之才之上，須有守成之才，欲使支那國民服從，捨此新
> 制度而別無良策，故獎勵垂豚尾以為效忠朝廷之證，遂為
> 今日之狀。今日支那人概以豚尾為無上裝飾而誇耀之，新
> 制度發佈之當時，曾用於遮豚尾之頭巾，蕩然失跡，只廣

---

[51]　《魯迅全集》第三卷第17頁。
[52]　《魯迅全集》第三卷第25頁。

東福建之地方住民，依然用之，以示敵意。[53]

這就是說，「揪」住「辮子」來看國民性，或許是借鑒了史密斯也未可知。

八、「靈魂」的枯萎與「三教同源」

作為傳教士，史密斯多處談到了中國人的「靈魂」問題和宗教。如在澀江保譯為「愚蒙」並注明「直譯語：智力的渾濁」（lntellectual Turbidity）的第十章裡，史密斯提到中國人如井底之蛙，生活視野狹窄之後，這樣論述了中國人的「靈魂」問題：

> 彼等紛紛俗氣之處，恰如西洋人之所謂「實際家」，其旨趣和只為胃囊、錢袋而生活之人們無異。此類人乃真正之實際家。何以作此言？因耳目非能有所見聞，無一得以理會，亦不能隨之而有概念也。依彼之所見，人生乃事實（若詳而言之，乃最為不快之事實）之連續也。而關於事實以外之事，彼乃無神論者兼多神教信者兼不可思議論者也。彼往往匍匐於未知者之下，供未知者以食物，以滿足依賴之天性。然而，此天性亦非自然之顯現，乃周圍之風習所誘而顯現者也。彼只養成人生有形之元素，而完全木養成心理上、精神上之元素。今若欲喚醒此類人於長夜之眠，則注入新生活之外而別無他途。當是之時，可使其領悟既往之昔發自族長口中之高尚真理，即「人有靈魂」。[54]

---

[53] 參見澀江保譯日本版《支那人氣質》第150-151頁。
[54] 參見澀江保譯日本版《支那人氣質》第112頁。

　　魯迅在留學時期就認為中國本是「尚物質而疾天才」[55]的社會，他的為研究者們所熟悉的「掊物質而張靈明」[56]的主張，實際上可看成是在史密斯上面指出的中國缺乏「靈魂」即「精神」的基礎上進一步提出的。

　　在「五四」前後的許多文章裡，魯迅更是批判國民性中只有「物質理想」的問題。如《熱風・五十九》指出：中國人的「最高理想」，「只是純粹獸性方面的欲望的滿足──威福、子女、玉帛」和希望自己死後變成「神仙」，並在最後警喚道：「曙光在頭上，不抬起頭，便永遠只能看見物質的閃光。」又如，在〈忽然想到（二）〉裡，由印書紙面的「不留餘地」而「忽然想到」了精神的「小」並且由「失去餘裕心」和抱了不留餘地心當中，對民族的命運感到憂慮，這實際上還是史密斯所談的「無靈魂」或「靈魂」枯萎的問題。此外，還應順便提到，魯迅在同一篇文章內接下來所談的「器具之輕薄草率（世間誤以為靈便），建築之偷工減料，辦事之敷衍一時，不要『好看』不想『持久』」[57]等具體問題，在第六章〈不講究精確〉和第七章〈不講究方便〉裡都有著許多具體事例。

　　而正是在這樣的「靈魂」被「物質」淹沒，「靈魂」不再覺醒和獨立的國民的普遍精神狀態下，魯迅在〈祝福〉中讓祥林嫂這個無智無識的女人，終於在臨死前發出了「一個人死了之後，究竟有沒有靈魂」[58]的大疑問。而這一疑問，正是史密斯在上文最後部分的主張。

---

[55] 〈文化偏至論〉，《魯迅全集》第一卷第57頁。
[56] 〈文化偏至論〉，《魯迅全集》第一卷第46頁。
[57] 參見《魯迅全集》第三卷第15-16頁。
[58] 《魯迅全集》第二卷第7頁。

　　另外，在澀江保譯本的正文或註釋裡，三教或三教同源這個
詞多處出現，其中第二十六章還是專門探討中國的宗教問題的，
澀江保將這一章譯為〈多神教、萬有教、無神論（Polytheism
Pantheism, Atheism）〉，從中可以看出史密斯（甚至也包括澀江
保）對和中國人的精神相關的宗教的看法。此外作為重要的補
充，還應參照澀江保以「註」的方式插入到第二十五章之後的
「黑格爾關於支那的意見」裡對中國宗教所做的結論，即中國
不存在心靈意義的宗教，信教皆出於帝王的權威和個人的物質考
慮。[59]如果落實在具體問題上，那麼還可以進一步發現澀江保譯
本與魯迅看待中國宗教的一致性來。

　　例如，澀江保譯本第151頁，在談到中國人對待外來思想先
是排斥，而一旦變為習慣又死抱不放的特點時，以「佛教」為例
來說明：

> 佛教進入支那之當時，反對者頗多〔韓退之論佛骨表之類，
> 其一例也〕，百般排斥，至使侵入一方，百費苦心。而一
> 經植根固本，其銘於人心之深，恰如道教一般，堅不可
> 拔也。

　　魯迅在《華蓋集・補白》中的一段話不妨用於對照。魯迅是
在談到「誰說中國人不善於改變呢？每一新的事物進來，起初雖
然排斥，但看到有些可靠，就會自然改變。不過並非將自己變得
合於新事物，乃是將新事物變得合於自己而已」之後提到佛教的
例子的：

59　參見本書所收〈澀江保譯《支那人氣質》與魯西〉（下）文後附錄〈澀
　　江保譯黑格爾關於中國的論述〉。

佛教初來時，便大被排斥，一到禮學先生談禪，和尚做詩
的時候「三教同源」的機運就成熟了。聽說現在悟善社裡
的神主已經有了五塊：孔子、老子、釋迦牟尼、耶穌基
督、謨哈默德。[60]

此外，魯迅還有很多談中國宗教的文字，其中最著名的也許
要算收在《准風月談》當中的〈吃教〉（1933）一篇了吧。所謂
「教」或信仰，也是他透視國民性弱點的一個重要角度。

九、「智力的混濁」與語言

上面談到了澀江保譯本的第十章〈愚蒙——智力的混燭〉，
可知史密斯是將此作為問題的，而且他將「智力的混濁」同中國
語言機制聯繫起來看，不能不說是一個發現。

支那教育，所及範圍甚窄，聊受不完整教育之人或全無教育
之人，於支那語之組織上，則表現為最為嚴重之智力混濁，
當表記為法律家之所謂「事實前之從犯」（Accessory before
fact）。[61]

此外，書中許多地方都就「語言」來做文章。如第五章〈不
講究時間〉裡提到的關於時間概念的不精確的問題；第六章〈不
講究精確〉裡提到的關於距離、重量、身高等概念的不精確問
題；第七章〈誤解之才〉裡提到的語言曖昧的問題；第八章〈暗

---

[60] 《魯迅全集》第三卷第102頁。
[61] 參見澀江保譯日本版《支那人氣質》第101-102頁。

示之才〉裡提到的言辭與實際不一致以及姓名含混的問題；到了
第二十五章，則更是把語言與「缺乏信實」聯繫在一起了。

史密斯關於語言和「智力的混濁」的關係的看法，就語言本
身而言，可分為兩種情況，一種是語言概念本身不清，另一種是
有意以語言歪曲或掩蓋事實，前一種情況的直接根源是「智力的
混濁」，換句話說，是「智力的混濁」之外顯，後一種情況則來
自欺瞞的心理，即「缺乏信實」的表現。

魯迅也正是從這兩個方面入手，來認識並且實踐他所面對
的「改造國民性」問題的。首先魯迅在精確中國語言，特別是精
確詞語的含義上做了很多工作。中國語言的缺欠，不獨為史密斯
所描述，也由「五四文學革命」所證實。當時革命的一項重要內
容，就是語言的艱難改革。劉半農僅僅創造了「她」和「牠」兩
個字，就被魯迅後來評為打得「的確是『大仗』」。[62]因此，魯
迅直到死都是抓住語言不放的，用他的話說，就叫做「咬文嚼
字」[63]。可以說現實主義者魯迅的「實」，在很大程度上就體現
在他總是不斷地檢證「語言」背後的實際內容。

其次，魯迅並非為語言而語言，他是在史密斯所指出的「智
力的混濁」這一與語言銜接的精神深層來看待語言問題的。他
把文章（語言）的糊塗，歸結為作者「自己本是糊塗的」[64]。因
此，可以反過來說，他總是通過一句話或一個詞的具體的語言
現象來捕捉國民性中的「智力的混濁」進而是「瞞和騙」的心
理的。如在〈咬文嚼字之餘〉提出的依照習慣的「『常想』就

---

[62] 〈憶劉半農〉，《魯迅全集》第六卷第71頁。

[63] 參見收入《華蓋集》中的〈咬文嚼字（一至二）〉、〈咬文嚼字
（三）〉〉，收入《集外集》中的〈咬嚼之餘〉和〈咬嚼未始「乏味」〉。

[64] 〈人生識字糊塗始〉，《魯迅全集》第六卷第296頁。

是束縛」[65]的論斷，〈咬文未始「乏味」〉提出的「『習見』和『是』毫無關係」[66]的論斷，都最帶有鮮明的魯迅特徵，——即不是按照習慣來使用語言，而是按照事實來把握語言。這種情況，可以在〈咬文嚼字〉的一段話裡明顯看到：

> 在北京常見各樣好地名：辟才胡同，乃茲府，丞相胡同，協資廟，高義伯胡同，貴人關。但探起底細來，據說原是劈柴胡同，奶子府，繩將胡同，蠍子廟，狗尾巴胡同，鬼門關。字面雖然改了，涵義還依舊。這使我失望；否則我將鼓吹改奴隸二字為「弩理」或是「努禮」，大家可以永遠放心打盹兒，不必再悲什麼了。[67]

至於魯迅在幾乎所有的論戰中使用的揪住對方的言辭，一攻到底的戰法，則是人們都熟悉的了。

第三，從史密斯提出的「語言」問題而引申和強化的另一個攻擊面，是中國的「古書」。魯迅把「古書」視為最大的欺騙，認為造成中國的昏亂思想。在這個意義上，他的命題是「人生識字糊塗始」[68]，因此讓青年「要少——或者竟不——看中國書」[69]。這其中雖然包含著很豐富的伴隨著魯迅自己經驗的獨到見解，不過，也很難說將「古書」作為改造國民性內容的一項是魯迅獨特的問題視角。因為在澀江保的譯本中，除了史密斯引用的一些典籍外，還有作為注釋出現的大量的黑格爾關於中國學問

---

[65] 《魯迅全集》第七卷第59頁。

[66] 《魯迅全集》第七卷第70頁。

[67] 《魯迅全集》第三卷第10頁。

[68] 參見《且介亭雜文二集·人生識字糊塗始》，收入《魯迅全集》第六卷。

[69] 〈青年必讀書〉，《魯迅全集》第三卷第12頁。

──典籍的看法，如果把這些因素也考慮在內，那麼問題可能比較複雜，還有待做進一步的探討。

十、並非結束的結束語

以上所做的《支那人氣質》與魯迅的文本比較，還僅僅是一個粗線條的初步探討，其中的問題劃分也不一定恰當，即使在已經劃分的問題當中，也沒能做進一步的展開，而且最大的缺點是，在內容上看，並非一個全面系統的比較，不僅澀江保文本中許多章內容沒有涉及，而且其中包括的已知問題點，如「科舉問題」（第三章）、「生命力問題」（第十六、十七章）、「讀書人問題」（第十八章）、「仁義道德的問題」（第二十章）、「缺乏同情和互相猜疑的問題」（第二十一、二十四章）以及魯迅、許壽裳國民性討論中提到的「愛和誠」的問題（前者散見於許多章中，後者多集中在第二十五章）等，這次都沒能進入本稿的正文。如果說，以《支那人氣質》為藍本，逐章逐段地對照魯迅文本，來探討這本書對魯迅的影響以及這種影響在魯迅那裡的變遷情況是一種比較理想的比較研究，那麼包括上述問題在內的許多內容，也就只能留給下一步去做了，而這裡則要就本稿做一個小結。

即使從上述並不充分的比較中也可以看出，《支那人氣質》對魯迅構成了比較全面的多層次的影響。史密斯所探討的許多中國國民性的問題，後來構成了魯迅改造國民性思想的具體內容，如本文具體涉及到的「面子」與「做戲」的問題、向後看的歷史觀的問題、「辮子」的問題、「靈魂」的問題、所謂「三教同源」問題、「智力的混濁」與「語言」的問題等，不僅顯示了魯

迅與史密斯相一致的透視國民性問題的角度，而且《支那人氣質》文中的許多具體事例，也為魯迅進一步發掘和概括國民性弱點提供了具有現實性的材料。如與〈父親的病〉和阿Q的形象塑造有關的，均可歸入此類。

　　其次，從時間上看，《支那人氣質》對魯迅構成的影響是長期的。在魯迅留學時代所寫的〈科學史教篇〉、〈文化偏至論〉和〈摩羅詩力說〉當中，已經多少可以看出觀點上與史密斯的一致來，如史密斯關於中國歷史上革命結構的描述與魯迅的革命「心像」，中國人尚物質疾天才的問題、尊古卑今的問題，而且還有澀江保譯本中出現的黑格爾關於歷史的看法與魯迅的進化史觀相一致的問題等，都能使人推斷魯迅在留學的某一時期就已經閱讀並且參考史密斯了（以筆者之管見，當在有了一定的口語閱讀能力之後，不過最遲可推測為在上述三篇論文寫作之前或同時）。雖然魯迅文本中四次提到《支那人氣質》是在1925年之後到逝世前，但他和這本書構成密切關係，則主要集中在「文明批評時期」，即從五四前後到「革命文學論爭」之前，具體地說，史密斯的影響不僅出現在《熱風》、《墳》、《華蓋集》、《華蓋集續編》、《而已集》當中，也出現在《吶喊》、《彷徨》和《朝花夕拾》當中。當然，這只是就「集中」而言，並不排除二十年代末到三六年魯迅逝世前的所謂「後期」。筆者以為，魯迅晚年對國民性的批判，主要是此前批判的進一步深化。魯迅對國民性問題做了大量、獨特、持續、深入的探討是自不待言的，如本文提到的「語言」問題可作為代表。

　　如果說以上兩點可概括為《支那人氣質》作用於魯迅的特點，即「觀察模式的借鑒」和「經常性問題提醒」的話，那麼接下來的第三點，則可看作《支那人氣質》對魯迅的意義。《支那

人氣質》通過作者長期觀察所得的大量事例，對中國人性格、氣
質或精神所做的多側面、多層次的探討，實際是為魯迅展現了一
個相對完整的，具有現實意義的國民性的真實圖景，使魯迅能夠
根據自己的經驗，從中具體瞭解到中國的「國民性」究竟是什麼
這樣一個問題。因為未必中國人就一定瞭解自己的國民性。魯迅
在寫完《阿Q正傳》很久以後還說「我們究竟還是未經改革的古
國的人民，所以也還是各不相通，所以連自己的手也幾乎不懂自
己的足。我雖然竭力想摸索人們的靈魂，但時時總自憾有些隔
膜」[70]。這話不是正好說明了中國人認識自己的難度嗎？因此，
筆者以為，魯迅剛留學不久，和許壽裳在弘文學院所做的關於國
民性問題的討論，在很大程度上可能是處於抽象的概念階段的。
所謂「理想的人性」也好，中國民族缺乏「愛和誠」也好，所謂
「病根」也好，如果沒有具體的參照材料和自己的經驗做支撐，
恐怕是很難成為長久的問題意識的。許壽裳在回憶裡只提供了討
論的概念而沒涉及到具體問題[71]，也正說明了這一點。

　　因此，在這個意義上可以說，《支那人氣質》這本書，溝通
的正是本來很「隔膜」的魯迅與「國民」。魯迅雖然伴隨著自己
許多沉痛的經驗，從這本書中獲得了大量的實踐對象上的參照
資料，但他主張譯給中國人看的目的，恐怕還正在於希望「手」
和「足」的溝通吧，即讓中國人認識並且正視自己的「國民性」
弱點。

---

[70] 〈俄文譯本《阿Q正傳》序及作者自序傳略〉，《魯迅全集》第七卷第
　　82頁。
[71] 參見許壽裳〈懷亡友魯迅〉，《魯迅先生紀念集》，魯迅先生紀念委員
　　會，1937年，第一輯第4頁；《我所認識魯迅・回憶魯迅》，人民文學
　　出版社，1952年，第18-19頁；《亡友魯迅印象記・六、辦雜誌、譯小
　　說》，人民文學出版社，1953年，第20頁。

「乞食者」與「乞食」
──魯迅與《支那人氣質》關係的一項考察

一、魯迅筆下的「乞丐」

　　魯迅似乎並沒專門描寫過乞丐，但「乞丐」這一意象在他的筆下是時隱時現的。〈孔乙己〉（1919）裡說孔乙己「將要討飯了」，或者說他像「討飯一樣的人」（《吶喊》，《魯迅全集》第一卷第435、436頁，人民文學出版社，1981。以下相同，簡稱《全集》）。〈祝福〉（1924）裡祥林嫂的末路是去當乞丐，這使得遇到祥林嫂的「我不能安住」，因為「她分明已經純乎是一個乞丐了」（《彷徨》，《全集》第二卷第6頁。重點號為筆者所加，以下若不做特殊說明，均與此相同）。〈肥皂〉（1924，《彷徨》，《全集》第二卷）裡也借四銘的嘴講到了一個令他「咯支咯支」浮想聯翩的討飯的「孝女」。只就這幾點而言，「乞丐」或「討飯的」處在生活的最底層無疑。

　　不過，倘若「乞丐」能夠構成一種形容，那麼，在魯迅筆下也有另一番情形，例如在《故事新編》（1936）的幾篇作品中「乞丐」便相繼被用來描寫人物。〈鑄劍〉（1926）裡「黑色人」的出場是小宦官向大王稟報：

　　　　那是一個黑瘦的，乞丐似的男子。穿一身青衣，背著一個圓圓的青包裹；嘴裡唱著胡謅的歌。人問他。他說善於玩

把戲，空前絕後，舉世無雙，人們從來就沒有看見過；一見之後，便即解煩釋悶，天下太平。……

接下來就是大王為解悶把他「傳進來」的情形：

話聲未絕，四個武士便跟著那小宦官疾趨而出。上自王后，下至弄臣，個個喜形於色。他們都願意這把戲玩得解愁釋悶，天下太平；即使玩不成，這回也有了那乞丐似的黑瘦男子來受禍，他們只要能挨到傳了進來的時候就好了。（《全集》第二卷第428頁）

〈理水〉（1935）裡「禹」帶著他那群部下回到「水利局」時是這樣的情形：

局外面也起了一陣喧嚷。一群乞丐似的大漢，面目驚黑，衣服破舊，竟衝破了斷絕交通的界線，闖到局裡來了。

……（中略）……

他舉手向兩旁一指。白鬚髮的，花鬚髮的，小白臉的，胖而流著油汗的，胖而不流油汗的官員們，跟著他的指頭看過去，只見一排黑瘦的乞丐似的東西，不動，不言，不笑，像鐵鑄的一樣。（《魯迅全集》第二卷第380-384頁）

而在〈非攻〉（1935）裡，墨子也正是以「一個老牌的乞丐」的樣子，走進楚國的：

> 楚國的郢城可是不比宋國：街道寬闊，房屋也整齊，大
> 店鋪裡陳列著許多好東西，雪白的麻布，通紅的辣椒，
> 斑斕的鹿皮，肥大的蓮子。走路的人，雖然身體比北方短
> 小些，卻都活潑精悍，衣服也很乾淨，墨子在這裡一比，
> 舊衣破裳，布包著兩隻腳，真好像一個老牌的乞丐了。
> （《全集》第二卷第457頁）

在以上《故事新編》的幾篇作品中所看到的例子，都是以
「乞丐似的」或者「像……乞丐」的形式出現的，就是說他們都
並不是真正的「乞丐」而只是一種形容。或許可以說，借助「乞
丐」來刻畫上述「黑色形象」的堅忍不拔，也是魯迅的一種美學
吧。至於在雜文裡的一些關於「乞丐」的提法，諸如說中國「將
來是乞丐國」[1]，「乞丐殺敵」[2]，「小癟三」與「乞丐」之辨[3]等，
都是帶有貶義的概念了，好在用例不多，文章也就不必再引了。
總之，不論從褒義還是從貶義來講，「乞丐」在魯迅那裡構成一
種表達強烈意象的修辭手段是不成問題的。

二、「乞丐」這一意象的背後

那麼，為什麼「乞丐」這一意象會成為魯迅的一種修辭手段
呢？或許比較方便的解釋是，可能與魯迅對自己曾經被看作「乞
食者」的記憶有關。眾所周知，魯迅在《吶喊·自序》（1922）
提到了他的家庭「從小康人家而墜入困頓」（《吶喊》，《全

---

[1] 魯迅：《華蓋集續編·學界的三魂》，《魯迅全集》第三卷，第210頁。
[2] 魯迅：《二心集·新的「女將」》，《魯迅全集》第四卷，第336頁。
[3] 魯迅：《350125　致增田涉》，《魯迅全集》第十三卷，第616頁。

集》第一卷第415頁）的經歷，三年以後，他又在為俄譯本《阿Q正傳》寫的〈著者自敘傳略〉（1925）裡重談這段經歷；後者寫得比前者要簡略，但卻補充了一個前者沒有提到的細節，即「到我十三歲時，我家忽而遭了一場很大的變故，幾乎什麼也沒有了；我寄住在一個親戚家，有時還被稱為乞食者」（《集外集》，《全集》第七卷第82-83頁）。

值得注意的是，這裡作為「乞丐」的「乞食者」，不再是對他人的描寫，而是自己人生記錄裡的一個點；在很簡短的敘述中出現「乞食者」這一意象，不能不說它給魯迅留下的記憶很深。歷來的研究者也都並不輕易放過，都要拿來談一下。例如，許壽裳是這樣來闡釋的：

> 所謂親戚家是指他的外家，試看他當十一二歲時，〈社戲〉中所描寫的：跟著母親到外家，和小朋友們一起遊玩，和大自然親近接觸，有時掘蚯蚓來釣蝦，坐白篷船看社戲，是何等自在，曾幾何時，而竟被指為「乞食者」；這對比是何等尖銳！（〈魯迅的避難生活〉，《我所認識的魯迅》1952）[4]

這個闡釋重在凸現「對比」，在後來的魯迅傳記當中，凡涉及到的也都不出這個範圍，但也幾乎都是「點到為止」。因為沒有更多的具體材料可以使人再做發揮。如果再要找可供參考的資料，那麼也就只有周作人的回憶了。周作人曾兩次提到這件事，可見他也是作為問題的。

---

[4] 許壽裳：〈我所認識的魯迅〉，魯迅博物館・魯迅研究室，《魯迅研究月刊》選編《魯迅回憶錄（專著上）》第526頁，1999。

　　但在《魯迅的故家》（1957）裡說：「被人家當乞食看待，或是前期的事，在這後期中多少要好一點，但是關於這事我全無所知，所以也不能確說。」（〈娛園〉）[5]

　　在《知堂回想錄》（1966）裡也說：「總而言之，我們在皇甫莊的避難生活，是頗暢快的；但這或者只是我個人的感覺，因為我在那時候是有點麻木的。魯迅在回憶這時便很有不愉快的印象，記得他說有人背地裡說我們是要飯的，大概便是這時候的事情，但詳情如何不得而知，或者是表兄們所說的閒話也難說吧。（〈六　避難〉）[6]

　　不論是「全無所知」還是「不得而知」，周作人都是在說他不知道這件事，而尤其是後者，又強調了他「個人的感覺」與魯迅的不同。不妨說，周作人在某種意義上對「乞食者」說是持否定意見的。在後來的魯迅傳記裡，當把「乞食」作為一種經歷來闡釋時，都不大引周作人的看法，也正好從另一個側面說明周作人對此的記憶是一種相反的意見。

　　筆者以為，「家道中落」的變故所直接導致的寄人籬下的遭遇，可能會給魯迅帶來某種精神傷害，但因此就把他作品裡的「乞丐」意象直接同「乞食者」這一概念聯繫在一起，也就未免太簡單了。因為魯迅之所謂的「乞食」，還並不是像孔乙己、祥林嫂以及討飯的「孝女」那樣，作為一個生活無著的社會底層人，真的去當乞丐──能在避難期間影寫出一大本《蕩寇志》的插圖，後來又以二百文賣給了一個有錢的同窗，[7]這本身就說明

---

[5]　周遐壽：〈魯迅的故家〉，魯迅博物館・魯迅研究室，《魯迅研究月刊》選編《魯迅回憶錄（專著中）》第936頁，1999。

[6]　周作人：《知堂回想錄》第16頁，（香港）三育圖書有限公司，1980。

[7]　此事參見魯迅《朝花夕拾・從百草園到三味書屋》（《魯迅全集》第二卷，第282頁）和周遐壽〈魯迅的故家〉，《第一分百草園・三十四

他當時並沒真的要過飯──而應該是看作後來對從前經歷的一種追述，這種追述使他從追述的這一時刻起，把自己擺在了被侮辱與被損害的乞丐階層，並由此而獲得了一個使自己成為這一階層代言人的契機。這就是〈俄文譯本《阿Q正傳》序及著者自敘傳略〉想要說的話。

　　然而，以「乞食」來表述自己過去的經歷，與其說出於接近勞苦大眾的階級意識（就像成仿吾所說，「開步走，向那齷齪的工農大眾」[8]），倒不如說是來自魯迅的一種倫理觀，體現著魯迅對「求乞與施與」關係的思考。求施相對，求乞的另一面便是施與，在「乞丐」這一意象的背後，實際潛藏著對施與者的強烈意識。筆者以為，正是由於有對施與者的強烈意識，才使魯迅作品中的「乞丐」意象獲得了有機的統一，或者可以說，魯迅是把「施與」作為問題的，而被施與的乞丐的一面，則不過是用來敘述前者的一個角度。

三、拒絕「布施」的「乞丐」

　　魯迅不相信求乞，也不相信「求乞者」會得到什麼。

　　　　「我想著我將用什麼方法求乞：發聲，用怎樣聲調？裝啞，用怎樣手勢？……」
　　　　「我將得不到布施，得不到布施心；我將得到自居於

〈蕩寇志〉的繡像》（魯迅博物館‧魯迅研究室，《魯迅研究月刊》選編《魯迅回憶錄（專著中）》第935頁，1999）。

[8]　成仿吾：〈從文學革命到革命文學〉，《創造月刊》1928年2月。原話為：「克服自己的小資產階級的根性，把你的背對向那將被『奧伏赫變』的階級，開步走，向那齷齪的工農大眾。」

布施之上者的煩膩，疑心，憎惡。我將用無所為和沉默求乞……我至少將得到虛無。」

這「虛無」便是什麼都沒有；但他更不相信「布施」和「布施者」，甚至也包括可能會去布施的自己。

「一個孩子向我求乞，也穿著夾衣，也不見得悲戚，而攔著磕頭，追著哀呼。我厭惡他的聲調，態度。我憎惡他並不悲哀，近於兒戲；我煩厭他這追著哀呼。我走路。另外有幾個人各自走路。微風起來，四面都是灰土。

「一個孩子向我求乞，也穿著夾衣，也不見得悲戚，但是啞的，攤開手，裝著手勢。

「我就憎惡他這手勢。而且，他或者並不啞，這不過是一種求乞的法子。

「我不布施，我無布施心，我但居布施者之上，給與煩膩，疑心，憎惡。」（《野草·求乞者》，1924，《全集》第二卷第167-168頁）

文章的題目雖然叫做〈求乞者〉，但內容卻是一篇拒絕「布施」的宣言。可以說，從「乞丐」的角度來拒絕「布施」，是魯迅的一貫態度。

「過客」拒絕「布施」，當小姑娘遞給他一塊布，讓他裹傷時，他為拒絕布施而竟能說出咒詛的話來：

客──是的。但是我不能。我怕我會這樣：倘使我得到了誰的布施，我就要像兀鷹看見死屍一樣，在四近徘徊，祝願她的滅亡，給我親自看見；或者咒詛她以外的一切全都滅亡，連我自己，因為我就應該得到咒詛。（《野草·過

客》，1925，《全集》第二卷第192頁）

　　而且，從五四時代起，這種不以為「布施」會解決問題，亦不去指望「布施」的傾向就已經表露得很明顯了。

> 我們從舊的外來思想說罷，六朝的確有許多焚身的和尚，唐朝也有過砍下臂膊布施無賴的和尚；從新的說罷，自然也有過幾個人的。然而與中國歷史，仍不相干。（《熱風‧五十九「聖武」》，1919，《全集》第一卷第355頁）

> 人道是要各人竭力掙來，培植，保養的，不是別人布施，捐助的。（《熱風‧六十一不滿》，1919，《全集》第一卷第358頁）

　　而且，即使在被認為有了「階級意識」之後，這種態度也沒改變。

> 倘寫下層人物（我以為他們是不會「在現時代大潮流衝擊圈外」的）罷，所謂客觀其實是樓上的冷眼，所謂同情也不過空虛的布施，於無產者並無補助。而且後來也很難言。（《二心集‧關於小說題材的通信》，1932，《全集》第四卷第368頁）

　　而當「布施」變為一種老爺態度時，對「布施」反彈也就激烈起來了。例如，當多次領工薪而不可得時，便有了對「發薪」的記述。

否則？否則怎樣，他卻沒有說。但這是「洞若觀火」的，否則，就不給。只要有銀錢在手裡經過，即使並非檀越（即施主——筆者注）的布施，人是也總愛逞逞威風的，要不然，他們也許要覺到自己的無聊，渺小。明明有物品去抵押，當鋪卻用這樣的勢利臉和高櫃檯；明明用銀元去換銅元，錢攤卻帖著「收買現洋」的紙條，隱然以「買主」自命。錢票當然應該可以到負責的地方去換現錢，而有時卻規定了極短的時間，還要領籤，排班，等候，受氣；軍警督壓著，手裡還有國粹的皮鞭。（《華蓋集續編·記「發薪」》，1926，《全集》第三卷第349頁。）

然而，拒絕「布施」，其關鍵問題還並不是「布施」的實效性以及「布施」背後的老爺態度，而是布施者的動機——或者說，是看待布施的人所認為構成問題的那種動機（在這個意義上，上面引述的〈過客〉當中給「過客」布片的「小姑娘」的動機是不在此列的。下文將對此予以討論）。當向施與這種人類古老的行為發問：為什麼要施與時，其所涉及到的就是一個近代的倫理觀問題，人格的問題，也就是國民性的問題。因為動機即倫理，即人格，有什麼樣的動機，反映出來的便是什麼樣的倫理和人格，其集合體就是國民性。魯迅對「布施」動機的糾纏不放，抓住的正是國民性的一個大問題。

四、「施恩圖報」與「非布施的布施」

「施恩圖報」雖有時也為俠義之士所不齒，但在現實當中卻不能不說是一種普遍的倫理原則；更有甚者，竟以恩惠為手段，

來控制和打壓被施與者。如果說一般的「施恩圖報」就像銀行裡的存款一樣，其目的在於獲得利息，那麼以施捨為控制他人的手段，其目的就在於奴役。魯迅在施與與被施與的倫理關係當中，找到的正是國民品格當中「奴性」的生成機制。因此，打破奴性的前提之一，便是拒絕旨在奴役他人的布施和不將奴役施與他人，不論是物質的還是精神的。當然，魯迅所看重的還主要是施與對人的精神上的奴役。請看以下這段引文：

> 先前，我總以為做債主的人是一定要有錢的，近來才知道無須。在「新時代」裡，有一種精神的資本家。
>
> 你倘說中國像沙漠罷，這資本家便乘機而至了，自稱是噴泉。你說社會冷酷罷，他便自說是熱；你說周圍黑暗罷，他便自說是太陽。阿！世界上冠冕堂皇的招牌，都被拿去了。豈但拿去而已哉。他還潤澤，溫暖，照臨了你。因為他是噴泉，熱，太陽呵！這是一宗恩典。不但此也哩。你如有一點產業，那是他賞賜你的。為什麼呢？因為倘若他一提倡共產，你的產業便要充公了，但他沒有提倡，所以你能有現在的產業。那自然是他賞賜你的。
>
> 你如有一個愛人，也是他賞賜你的。為什麼呢？因為他是天才而且革命家，許多女性都渴仰到五體投地。他只要說一聲「來！」便都飛奔過去了，你的當然也在內。但他不說「來！」所以你得有現在的愛人。那自然也是他賞賜你的。
>
> 這又是一宗恩典。還不但此也哩！他到你那裡來的時候，還每回帶來一擔同情！一百回就是一百擔——你如果不知道，那就因為你沒有精神的眼睛——經過一年，利上

加利，就是二三百擔……阿阿！這又是一宗大恩典。於是乎是算帳了。不得了，這麼雄厚的資本，還不夠買一個靈魂麼？但革命家是客氣的，無非要你報答一點，供其使用——其實也不算使用，不過是「幫忙」而已。

倘不如命地「幫忙」，當然，罪大惡極了。先將忘恩負義之罪，佈告於天下。而且不但此也，還有許多罪惡，寫在帳簿上哩，一旦發佈，你便要「身敗名裂」了。想不「身敗名裂」麼，只有一條路，就是趕快來「幫忙」以贖罪。然而我不幸竟看見了「新時代的新青年」的身邊藏著這許多帳簿，而他們自己對於「身敗名裂」又懷著這樣天大的恐慌。於是乎又得新「世故」：關上門，塞好酒瓶，捏緊皮夾。

這倒於我很保存了一些潤澤，光和熱——我是只看見物質的。（《而已集·新時代的放債法》，1927，《全集》第三卷第498-499頁）

這話雖然是衝著高長虹說的，但也正表明他看透了這種精神放債——奴役的把戲。而且這把戲自古就有。

我們的乏的古人想了幾千年，得到一個制馭別人的巧法：可壓服的將他壓服，否則將他抬高。而抬高也就是一種壓服的手段，常常微微示意說，你應該這樣，倘不，我要將你摔下來了。求人尊敬的可憐蟲於是默默地坐著……（《華蓋集·我的「籍」和「系」》，1925，《全集》第三卷第82頁）

於是，他「先奉還」了被「無端」送過來的「尊敬」[9]，接著「奉還『文士』的稱號」[10]，然後又「奉還『曾經研究過他國文學』的榮名」[11]，最後是奉還了他自己也「料不到究竟是怎樣」的各種稱呼：「終於是『學者』，或『教授』乎？還是『學匪』或『學棍』呢？『官僚』乎，還是『刀筆吏』呢？『思想界之權威』乎，抑『思想界先驅者』乎，抑又『世故的老人』乎？『藝術家』？『戰士』？抑又是見客不怕麻煩的特別『亞拉籍夫』乎？乎？乎？乎？乎？」。[12]當把這些名目都拒絕了之後，要以施放這些名目來當精神債主的人，債也就放不成了。套用一句話，便正是「士不為名，奈何以名囚之」罷。

拒絕了一切在現實的倫理關係中所生成的美名的人，當他去施與，即要去助人時，也就與任何名聲以及物質回報徹底無緣了。這種倫理觀和人格的極致，就是〈鑄劍〉（1926）中幫助少年「眉間尺」復仇的「黑色人」。當第一次復仇未成，並且從黑色人那裡得知因為有人告密，大王下令捕拿自己，復仇已經無望時，眉間尺和黑色人展開了一場對話：

眉間尺不覺傷心起來。

「唉唉，母親的歎息是無怪的。」他低聲說。

「但她只知道一半。她不知道我要給你報仇。」

「你麼？你肯給我報仇麼，義士？」

「阿，你不要用這稱呼來冤枉我。」

9　魯迅：《華蓋集・我的「籍」和「系」》，《魯迅全集》第三卷，第82頁。

10　魯迅：《華蓋集續編・不是信》，《魯迅全集》第三卷，第225頁。

11　魯迅：《華蓋集續編・無花的薔薇》，《魯迅全集》第三卷，第258頁。

12　魯迅：《華蓋集續編・《阿Q正傳》的成因》，《魯迅全集》第三卷，第380頁。

「那麼，你同情於我們孤兒寡婦？……」

「唉，孩子，你再不要提這些受了污辱的名稱。」他嚴冷地說，「仗義，同情，那些東西，先前曾經乾淨過，現在卻都成了放鬼債的資本。我的心裡全沒有你所謂的那些。我只不過要給你報仇！」（《故事新編》，《全集》第二卷第425頁）

「眉間尺」是淳樸的常人之心，想到的是「仗義」「同情」，於是稱「黑色人」為「義士」，但黑色人的心裡卻全沒有他「所謂的那些」，只不過是要替他報仇。於是，這種施與便超出了通常所謂「布施」的界限，而具有了超越現實倫理的性質（因此常人就很難理解了），由於不再伴隨有名聲或任何回報，所以也不妨叫「非布施的布施」吧。施與不再令受施者感到負擔，擴大一點說，具有不使受施者為奴的性質。

由「黑色人」還可以聯想到其他幾個施與而無所報的英雄：只是為了造人的「女媧」（〈補天〉，1922，《故事新編》，《全集》第二卷）；為拯救人類曾經射落過九個太陽，最後為自己卻射不下一個月亮的「羿」（〈奔月〉，1926，同前）；隻身前往楚國幫助宋國退敵，卻又在返回宋國時被「募捐救國隊」搶走了唯一包裹的「墨子」（〈非攻〉，1935，同前）；治水回朝，被朝廷下令要做百姓學習榜樣——不學的話，「立刻就算是犯了罪」——的禹（〈理水〉，1935，同前）；進而還可以遠溯到〈摩羅詩力說〉（1907，《墳》，《全集》第一卷）裡援助希臘獨立而又被放逐的英國詩人拜倫。這些人物的共通特徵，便是他們身上都有一條只去施與而又與回報無緣的倫理原則，因此把他們放在現實倫理觀中來評價，其結局就都是又淒慘又可笑。

　　正像開頭所說，這些具有如此施與倫理原則的人物，都是用「乞丐」來形容的，但很顯然，他們和以乞討為生的乞丐截然相反，都是一無所求而且拒絕「布施」的「乞丐」，或者說如有所求，其所求者亦是施與而已；哪怕真的到了需要救助的程度，其表現也只能是上文提到的「過客」執意拒絕小女孩送他的布片。「過客」並不懷疑女孩的純真無邪，而只是對一旦接受了「布施」的自己充滿懷疑，擔心自己會因這愛溫暖而被束縛在愛的窠臼裡。關於這一處理，誠如魯迅所說，「〈過客〉的意思不過如來信所說那樣，即是雖然明知前路是墳而偏要走，就是反抗絕望，因為我以為絕望而反抗者難，比因希望而戰鬥者更勇猛，更悲壯。但這種反抗，每容易蹉跌在『愛』——感激也在內——裡，所以那過客得了小女孩的一片奇布的布施也幾乎不能前進了。」[13]因此，作為「乞丐」的反抗，就不僅是對各種「布施」的拒絕（包括善意和惡意的），更重要的是對自己在不意之中想要接受「布施」的欲望的抵抗，和作為「布施」的結果而產生的包括「感激」在內的所謂「人情」的抵抗。

　　到此為止，「乞丐」和「布施」構成了有機的統一，一無所求的「求乞」和一無所施的「布施」，兩者所具有的倫理原則都體現著前所未有的，從而是超越現實倫理的境界，這種倫理境界與製造奴性的施與和被施倫理秩序截然相反，展示著「人各有己」[14]，即人的獨立的精神圖景。

　　這裡不妨對以上所述做一個歸納。在魯迅文本當中存在著「乞丐」＝「乞食者」和「布施」這一組相關的意象，他借助

13　魯迅：《250411　致趙其文》，《魯迅全集》第十一卷，第442頁。
14　魯迅：《集外集拾遺‧破惡聲論》（1908），《魯迅全集》第八卷，第24頁。

「求乞」與「布施」的關係洞悉到了一種精神結構，即製造奴性的依附倫理和心態，因此，與其說他把「乞丐」與「布施」這兩種角色作為問題，倒不如說他把承擔這兩種角色的人格主體作為問題，他在詰問著人的施與動機，並由此而尋求改良的途徑。──而從這種情形當中可以使人看到與《支那人氣質》在認識結構上的聯繫。

五、呈現在《支那人氣質》中的關於「乞丐」的強烈印象

毫無疑問，魯迅在這一問題上，精神獨創性也非常明顯，但這並不排除《支那人氣質》（在以下引文注釋中簡稱『氣質』）所能提供的認知意象和模式的參照。

首先，《支那人氣質》鮮明地保留並傳遞了「乞丐」給觀察者所留下的強烈印象。「乞丐」是貧困的產物，而「窮困潦倒作為同國較為顯著的事實，其對人民相互關係上的影響如何，不論是眼力多麼魯鈍的觀察者，也都不能不看破。」〔窮困無聊は同國較著の事實にして人民互相の關係上に影響せることは、如何に眼力の鈍き觀察者といへども、看破せざるを得ざらん。『氣質』第264頁、第二十一章　同情の欠乏（The Absence of Sympathy）〕因此，一個「乞丐」就構成了一個觀察點，所有的「乞丐」加在一起，就是全書中的一道重要風景線。

例如，在講述「將舒適與方便置之度外」時有「乞丐」出現：

> 支那人が安樂の為に緊要と思考する僅々數種の物品の一つを扇と為す。扇は夏日之を用ゐて快を取るなり。勞働社會の如きは、夏日、半裸體又は全裸體にて、頻りに扇

を使ひつつ、酒店に往復するもの少なからず。乞兒と
いへども、往々破れ扇を使用するものあるなり。[《気
質》第160頁、第十五章　安楽、便利を度外視すること
（Indifference to Comfort and Convenience）]

〔中譯〕扇子是支那人看作舒適所必需的為數不多的物品
之一。扇子用之於夏日的納涼取快。如勞動社會，夏日有
不少人半裸或全裸著身體，不停扇著扇子，出入於酒店。
哪怕是乞丐，也往往手裡拿著只破扇子。

在講述「堅忍不拔」時有「乞丐」出現：

支那人に此の長所あるは、猶鹿の走るに長し、鷹の見
るに長するが如し。啻に通常の支那人のみ此の長所あ
るにあらず。人家の簷先に彳むむ乞兒といえども亦此の長
所あり。乞兒は、決して歡迎せらるべき珍客にあらず。
然れども毫もその薄待を意に介することなく、屢々人家
を訪問して、訪問毎に、常に瑣少の報、即ち青銅貨一
箇を得るなり。[《気質》第202頁、第十七章　堅忍不抜
（Patience and Perseverance）]

〔中譯〕支那人有這一所長，就像麋鹿的長於奔跑，鷙鷹
的長於銳眼。不僅通常的支那人有這一所長，就是捲曲在
別人屋簷下的最下等的乞丐，也有這一所長。乞丐決非受
歡迎的稀客，然而卻毫不介意遭受薄待，經常走家串戶，
而且每有走動，便總能獲得一點微薄的報償，即能得到一

枚銅錢。

在講述「仁惠」時也就更有「乞丐」出現。因為就理論上而言，「乞丐」永遠是「仁惠」的對象：

> 支那人が到る所處に群集する乞兒に惠與することは前陳の如し。此の惠與は保險の性質を帶ぶるものなり。苟くも支那に行きたることあるものの能く知る如く、都會の地には、乞兒輻湊して群を為し、一致團結して米錢を乞ふが故に、其の勢ひ甚だ模くして恐るべし。偶々其の不法を憤りて之を爭ふものあるも、乞兒は固より失ふべき所有品なく、援くべき家族なきを以て、其の鋒當るべからず。商家若し乞兒仲間に勢力あるものの請求に逢ふも之を拒絕するときは、忽ちに無賴漢群の襲擊を蒙むらざるを得ず。[《気質》第260頁、第二十章 仁惠（Benevolence）]

> 〔中譯〕「支那人向群集在各處的乞丐施惠，如上所述。這種施惠帶有保險的性質。正如去過支那的人所知道的那樣，在都會之地，乞丐輻輳為群，團結一致，乞米要錢，其勢力強盛得令人恐懼。偶有怒其不法而與之爭者，亦因乞丐本無所失，又無家可顧，而其鋒不可擋。商家若遇到人多勢眾，結伙而來討要的乞丐，拒不出血，便會倏忽間蒙受無賴之徒的襲擊。」

曾て支那內地に住する一宣教師あり[外人なり]。支那

二三の紳士は彼に請ふて曰く。盲目の乞兒あり。見るも
中々に憫然なれば願はくは足下之が明を復せしめよと。
宣教師は請に從って彼の乞兒を診するに、內障眼なり。
依りて之に治を施し、未だ久しからざるに、其の明を復
せり。然るに例の紳士等は、また宣教師に請ふて曰く。
彼の乞兒は、畢竟盲目なるによりて、他人のあわれみを
受け、活路をも得たるなれ。今や明を復して活路を失ひ
たれば、足下願はくは彼に守門の職を授けて活路を得せ
しめよ。是れ足下の義務なりと。豈驚くべきにあらず
や』〔《氣質》第257頁、第二十章　仁惠〕

〔中譯〕「有一個宣教師〔外國人〕曾居住在支那內地，
二三個支那紳士有求而來，曰：有一個要飯的瞎子，看著
可憐，願請足下能使之復明。宣教師接受請求，診察乞
丐，內障眼也。對症施以療救，不久便使其重見光明。然
而，幾個紳士又來求宣教師道，要飯的過去因眼瞎受人可
憐而得以過活，如今治好眼病卻丟了活路，願請足下收下
來做看門，使其有條活路。是乃足下之義務也。此事豈非
令人吃驚也夫？」

　　而在談到「互相猜疑」時，「乞丐」也被當作一種社會階
層的座標提到，即「賄賂在這個國家，乃上至天子下至乞丐均能
相通的普遍習慣」〔賄賂は、同國に於いて、上天子より下乞
兒に至るまで、普ねく一般に通する習慣なり。《氣質》第287-
288頁、第二十五章　信實の欠乏（The Absence of Sincerity）〕
是也。

　　而還應當提到的是，澀江保從《日清戰爭實記》中引用來做注釋的一段，其中也講到了北京城中的「乞丐」，雖不是史密斯原文所有的內容，但在內容上不僅和史密斯著筆的「乞丐」構成了統一的佈局，也強化了「乞丐」在書中的色彩。

　　　城民は概して利己主義にのみ汲々として、自他公共の為
　　めに盡さんとせる觀念は毫髮も存せず。市中處々金色燦
　　爛たる樓屋に住して盛んに商業を営み、財巨萬の富を為
　　す者といへども、只自家の樓屋を美ならしむるのみにし
　　て、寸步店前の街路に至りては、決して之を修理せん
　　とせず。眼前咫尺の間、彼の臭穢穢なる泥濘を望見しつ
　　つ、茫手として自然にその不潔を增殖せしむるのみ。而
　　して無數乞兒の徒は、身に襤褸を纏ひ、異臭を帶ひて金
　　屋の店前、畫樓の楷下に橫臥し、苦悩呻吟その醜態掩ふ
　　へからざるにも拘わらず、敢て之を拂はんともせず。以
　　上諸項『日清戰爭實記』に據る〔《気質》第343頁、第
　　二十五章　互相の猜疑（Mutual Suspicion）〕

　　　〔中譯〕市民概汲汲於利己主義，毫無為自他之公共盡心
　　盡力的觀念。市中雖然到處都有身居金光燦爛之樓宇，買
　　賣興隆，富甲一方的人，然而也只是將自家樓宇裝點得堂
　　皇，至於店前的街道，哪怕只半步之遙，也決不肯去修
　　理，雖臭穢泥漿，近在咫尺，惟茫然觀望而已，自然徒增
　　其不潔。而無數乞丐之徒，衣衫襤褸，身帶異臭，橫臥於
　　金屋店前，畫樓楷下，雖苦惱呻吟之醜態不掩，而亦不敢
　　轟之而去也。〔以上諸項，引自《日清戰爭實記》〕

可以說「乞丐」這道風景，在《支那人氣質》中令人過目
難忘。

六、「乞兒（kitsuji）」、「乞食（kojiki）」與「乞食者」

　　其次，從上面的引文中可以看出，在日語原文中，澀江保
是用「乞兒（kitsuji）」這個漢字詞彙來翻譯beggar——即「乞
丐」的，在日語當中，這個詞雖然和「乞人（kitsujin）」、「乞
食（kotsujiki，kisshoku，kojiki）」這兩個漢字詞意思一樣[15]，但
是作為漢字詞彙的用例，「乞兒」和「乞人」都只是當時對漢
文詞彙的一種沿襲用法[16]，而到現在則幾乎沒有了這兩個詞彙的
用例[17]，因此，澀江保在翻譯時使用「乞兒」這個詞，不妨看做

---

[15] 藤堂明寶・松本昭・竹田晃編《漢字源（JIS漢字版）》，學習研究社，
　　1993。
[16] 查手頭有的《日本國語大辭典》（第二版）第四卷（日本國語大辭典第
　　二版編集委員會、小學館國語辭典編集部編集，2001年4月。第一版，
　　1972年12月），其關於「乞兒」和「乞人」的詞條如下：
　　きつ—じ【乞児】〔名〕こじき。ものもらい。乞丐（きっがい）。＊
　　江戸繁昌記（1832-36）二・葬礼「賓皆飯を袖にして出で拳て之を乞児
　　に投ず」＊西洋事情（1866-70）〈福沢諭吉〉外・一「小児と雲ひ大人
　　と雲ひ乞児と雲ひ富豪と雲ふも其生命の貴きは同一なり」＊暴夜物語
　　（1875）〈永峰秀樹訳〉漁夫の伝「我身死しなば三人の子児等は如何
　　にせん、餓ゑてや死なん、乞児とやならんと」＊列子—黄帝「路遇乞
　　児馬醫弗敢辱也」
　　きつ—じん【乞人】〔名〕乞食。ものもらい。乞丐（きっがい）。乞
　　児（きつ—じ）。＊語孟字義（1705）上・道「雖行道之乞人。亦皆有
　　之」＊島根のすきみ—天保—一年（1840）10月朔日「人の懐中を仰ぎ
　　て不時の間に合候はば乞人流の武士なるべし」＊孟子—告子・上「蹴
　　爾而與之、乞人不屑也」
[17] 新村出編《広辭苑》（第五版），岩波書店，1999、2002。其中沒有出

是那時的用詞習慣。而日語通常用來表示「乞丐」的詞是「乞食」，正如上面所標示的那樣，這個詞有三個發音，在口語中一般取第三種念法，讀做kojiki。

「乞食」這個詞，很容易令人想起魯迅在表述自己的避難經歷時所使用的「乞食者」一詞。日語的「乞食（kojiki）」，如果拿到現代漢語裡來讀，就是一個動賓片語，表示要飯的行為，在日語裡雖也表示行為，但通常卻做名詞用，和漢語說的「乞丐」一樣，表示要飯的人，因此，要在漢語裡直用「乞食（kojiki）」這個詞，也就非得加上一個「者」不可，也就是說，日語的「乞食（kojiki）」和漢語的「乞食者」是不同語言中的意思完全相同的兩個名詞。前面已經說過，周作人否認了對「乞食」的事實有所記憶，由此也不妨推測，魯迅用「乞食者」（在魯迅文本中，這個詞只有一次用例）這個詞來追述自己的「經歷」，很可能與他熟練掌握的日語有很大關係，就像他在習讀日語時從這個詞當中可能獲得某種意象或暗示一樣，用「乞食者」來追述的只能是一種朦朧的過去，與其說其所表達的是經歷中的「事實」，還不如說是經歷中的某種「情感」；而不論記憶是來自哪個方面，「乞食者」這個詞都更能凸現記憶中的「寄人籬下」和「無家可歸」的情結。——由此，筆者也想到，就像他在同一個時期寫的〈鑄劍〉（1926）這篇小說裡所出現的「宴之敖」[18]一樣，1925年的〈著者自敘傳略〉裡談到的「乞食者」，

現「乞兒」的用例。

[18] 許廣平在談到這個名稱時說：「宴之敖三字很奇特，查先生年譜，民國八年——一九一九——載：『八月買公用庫八道灣成，十一月修繕之事略備，與二弟作人俱移入。』民國十二年，『八月遷居磚塔胡同六十一號，十二月買阜成門內西三條胡同二十一號屋。』可見他是把八道灣屋買來修繕好，同他的兄弟移入，後來才『遷居』了的，這是大家所周知

是不是也包含著與兄弟失和有關的某種心緒呢？。當然，這些都只能歸於推測，而這裡所要指出的是，《支那人氣質》裡的某段記述與魯迅家世經歷的驚人重合以及記述用語上的近似。

正如在上面引用的史密斯之所言，「窮困潦倒作為同國較為顯著的事實，其對人民關係上的影響如何，不論是眼力多麼魯鈍的觀察者，也都不能不看破。」貧困是他描述中國人的精神氣質時所不能迴避的問題，他寫道：

> 凡そ外人の支那に来るものは、何れの場處にもせよ、一たび支那人と関係を有するときは、忽ち彼れ等が囊中の乏しきを看破すべし。其の故は、すべて何事にても支那人に命するときは、支那人は直ちに金錢を要求して飲食の費用に充つれはなり。此の一事にても彼れ等が囊槖の蕭然たるを知るべし。かなりに有福なる人民といへども、卒然金錢の入用生するときは、たとひ金額は多分にあらざるも、其のさいかくは容易のことにあらず。左れは支那に於いては、かかる場合、即ち訴訟、葬礼などの場合に遭ひ、金錢の必要に迫られて助力を求むる人を称して「餓者の食を求むるが如し」といふ。苟くも富豪にあらざるよりは、他人の助けを借らざれば、此の類の事を了するを得ず。[《気質》第263-264頁、第

的事實。究竟為什麼『遷居』的呢？先生說：『宴從宀（家），從日，從女；教從出，從放（《說文》作敎，遊也，從出從放）；我是被家裡的日本女人逐出的。』」——卷略談魯迅先生的筆名〉（1948年10月19日上海《申報·自由談》），後集入1951《欣慰的紀念》，此處引自魯迅博物館·魯迅研究室，《魯迅研究月刊》選編《魯迅回憶錄（專著上）》第327頁，（1999）。

二十一章　同情の欠乏（The Absence of Sympathy）〕

〔中譯〕凡是到支那來的外國人，不論何處，只要與支那人發生干係，便會馬上看破彼等之囊中羞澀。因為無論吩咐支那人做什麼事，支那人都會即刻要求金錢以充作飲食費用。即便只此一事，亦可知彼等囊中蕭然。即便是那些相當有福之人民，若突然有急需用錢之時，哪怕金額微乎其微，籌措亦並非容易。因此，在支那若有人遭逢如此處境，即趕上訴訟或葬禮，急於用錢而要求助於人時，便「有如饑者之求食」。苟非富豪之家，若不借助於他人，此類事很難了卻。

　　將這一段與魯迅的經歷相對照，不是無非又提供一個具體的實例而已嗎？當魯迅在讀到這一段時，他所面對的不就是一段被講述的自己的家庭遭遇嗎？由此而促成魯迅對自己的家世、身世產生回想，聯想，混合，並生成新的記憶也會是很自然的吧。

七、「布施」與「仁惠」──在問題構架上的一致

　　如果說以上兩點，作為一種意象的提供，與魯迅的「乞食」＝「乞丐」產生了某種銜接，那麼，在《支那人氣質》中對這種意象的深化，則是這裡要談的第三點，即通過對施與方面的剖析來實現的；或者也可以說，「乞食」＝「乞丐」是史密斯剖析中國人的「布施」精神的一個觀察點──而這也正和前面已經分析過魯迅的問題構架完全一致：「魯迅是把『施與』作為問題的，而被施與的乞丐的一面，則不過是用來敘述前者的一個角度。」

從下面也將會看到，在《支那人氣質》中，談「乞丐」問題不過是走向與乞丐相對的另一面的途徑。「施與」是筆者使用的一個中性詞，它在魯迅那裡的用語是「布施」，而在《支那人氣質》中則叫做「仁惠」。澀江保把Benevolence一詞譯做「仁惠」，其外延當然要比「布施」大，但當把「布施」作為「仁惠」的主要內容時，兩者便幾乎可以互換了。

史密斯把中國人的「仁惠」作為問題，並為此專設第二十章來討論。書中開宗明義，首先講「仁」是怎麼回事：

> 支那人は、「仁」なる語を以て、其の所謂五常[仁義禮智信]の第一位に置けり。彼の國の文字に據るに、「仁」は「人」に從ひ、「二」に從ひ、二人の意なり。今其の文義を按するに、仁は二人相対するより起るものなりといへり。[《氣質》第250頁、第二十章　仁惠（Benevolence）]

> 〔中譯〕支那人將「仁」這個字置於其所謂五常〔仁義禮智信〕之首。據彼國之文字，「仁」從「人」，從「二」，二人之意也。今按其字義，仁來自二人相對之意。

對此，澀江保也再次發揮他的本領，予以充分注釋，[19]這裡不再多說。史密斯所要討論的是中國是否存在「仁惠」這一問

---

[19] 《支那人氣質》第250頁，澀江保注釋曰：「〔注〕所謂「仁」，在支那有數種含意，其含意之一，為眾善行之總稱，為愛之意。即對親愛親則為孝，對君愛君則為忠，總稱之為仁也。」「《六書正論》云，元從二從人，仁則從人從二。在天為元，在人為仁。人所以靈萬物者，仁也。」

題，他不同意否定說，以為「甚謬」〔甚だ誤れり。『氣質』第250頁〕。他不僅相信「仁惠之教，亦並非不能感化支那人民之心，且夫支那人有強於惡，亦強於善之天性，一旦意用於『德行』，便會有充分的餘裕來實行仁惠。」〔仁惠の教も亦支那人民の心を感化せざるにあらず。且つ夫れ支那人は惡にも強く、善にも強きの天性あり。一たび意を『德行』に用ゆるや、仁惠を行ふべき充分の餘裕あるなり。《氣質》第250-251頁〕而且也舉出許多具體的例子來說明「仁惠」的存在，如「設立病院，避癩病院以及養老院」；「每逢凶年饑歲」，發冬衣放肉湯，「賑濟災民」；[《氣質》第251頁]而此外還列舉出數種「積善」行為：「（第一）給窮得買不起棺材的人買棺材；（第二）斂聚散亂在荒野上的骸骨，另行埋葬；（第三）收集字紙或印刷物燒掉，以防其汙損；（第四）購買活魚活鳥之類放生等是也。」[《氣質》第254-255頁]

　　可以說，史密斯對這些「仁惠」行為是並不否定的。但他否定了這些「仁惠」行為的有效性。他在列舉了許多關於「善行」例子之後指出，「只要這些積善事業在支那的慈善中還佔據著最高的位置，真正的厚意，便終究無法抬頭。因為這些事業，對於施者來說勞心費神，對於受者來說又幾乎無所裨益。」[かかる積善の事業が支那の慈善中に最高位を占しむる間は、真正の厚意は、到底首を擡くること能はざらん。かかる事業は、之を行うものに取りてコソ、煩累も少なく、心勞も少なけれ、之を受くるものに取りては、裨補する所殆んどなき……《支那人氣質》第256頁]而對發生大饑饉或黃河氾濫時政府的救援，和民間的所謂施放「臘八粥」，亦以同樣的態度看待，以為是治標不治本，並不解決實際問題[《氣質》第257-260頁]。由此也能令人

想起前面引用過的魯迅的「所謂同情也不過空虛的布施，於無產者並無補助。而且後來也很難言」的話來。

「仁惠」行為的有效性的否定，實際是出於對「施惠」者的動機的極大懷疑。在史密斯看來，動機不純有多種表現。

第一，「凶年饑歲」的施捨，是「不得已而為之」。「因為數量眾多的貧民，若所到之處均遭到拒絕，則怨恨至極，必嘗試抵抗。故，因懼怕這種抵抗，才對彼等表示同情。」[其の故如何と尋ぬるに、多數の窮民若し到る處ごとに拒絕せられるるときは、怨恨の極、必ず抵抗を試むべきければなり。故に此の抵抗を恐れて彼れ等に同情を表するなり。《氣質》第252頁]

第二，「行善」是出於一種「自利」的動機：

> 支那にては、「德」を勸むるを主眼と為す書多し。中に既往の惡行を追懷してみずから責め、既往の善行を追懷してみずから賞すべしと勸むる敎あり。其の行ふ所、善事と惡事と相平衡する人は、正さしく地獄極樂の分け目に居るものなれば、その後、猶善事を累ぬるか、若しくは惡事を累ぬるかに由りて、愈々地獄に落ちるか，極樂に往生するかの別を生するなりといふ。其の書は、恰も支那的ラダマンサス（Rhadamanthus）の書と稱すべきものなり。……（中略）……即ち支那人は夙に地獄極樂の說を信し、極樂に行かんが為めに善を行ふものなれば、支那多數人民の慈善は、畢竟自利心より起りたるものなり。[《気質》第252頁]

〔中譯〕在支那，有很多書以勸「德」為主眼。其中有一

種教，勸人追懷既往的惡行用以自責，追懷既往的善行用
以自賞。其所做善事、惡事相抵之人，因為是剛好處在地
獄與極樂的交界之處，所以其後便由積累善事或積累惡事
而有進一步墮入地獄，還是往生於極樂之別。其書恰可稱
為支那式的「拉德曼薩斯」（Rhadamanthus）之書。……
（中略）……即支那人夙信地獄、極樂之說，因為是為能
走向極樂而行善，所以支那多數人民之慈善，畢竟由自利
之心而起者也。

〔筆者按〕關於「『拉德曼薩斯』（Rhadamanthus）之
書」，有澀江保注釋曰（因篇幅關係，日語原文略）：

（注）拉德曼薩斯，希臘神話人物。丘比特（Jupiter）
〔希臘諸神之長，天之主宰〕與歐羅巴（Europe）〔美
麗的女神，為丘比特所愛戀，並受丘比特之誘惑而與其結
為配偶。據說，歐羅巴即取該女神之名而命名〕所生之子
也。生於克里特島（Crete）〔希臘之一島〕，三十歲時
許，為父母所遺棄，流落西克拉達斯（Cyclades）諸島之
一，君臨於斯。而御其民，專以正義為旨，以布公平之
政。因此直至死後，希臘人仍稱其德，並且說彼現居地
獄，擔當地獄裡的裁判官，逼迫死者，使其昭供生前之罪
狀，並依其罪狀如何而斷罪。本文中支那式的「拉德曼薩
斯」云云，即此意也。拉德曼薩斯不僅君臨西克拉達斯諸
島，亦君臨亞細亞希臘之各都市。〔參看羽化生譯《格羅
特希臘史》〕〔《気質》第253頁〕

又注釋曰：

> （注）支那古諺語稱，有陰德者，必有陽報。左、國、
> 史、漢以下之諸史，屢屢載其實例。又，周易云，積善之
> 家有餘慶。是等即拉德曼薩斯主義之一證也。[《気質》
> 第253-254頁]

　　由此可以知道，史密斯所提到的善惡報應、地獄極樂之說與
西方的「拉德曼薩斯」之關係，經澀江保的注釋獲得了充分的解
釋。筆者以為魯迅後來寫的「無常」之類，[20]也是這一解釋的一
種延長。
　　第三，除了自己感動自己之外，沒有任何實際意義，是虛偽
的「表面文章」。這以「臘八粥」最有代表性。

> 　　「臘八粥」を施すの法も亦前者と其の精神を同ふ
> し、所謂「佛造りて魂を入れざる」ものなれば、吾人
> は、此の法を見て以て支那に行はるる仁惠の最も外面的
> なるを察すべきなり。今聊か之を敘述せん。
> 　　支那の風習として、毎年十二月八日には、苟くも仁
> 惠を施すに意ありて、之を施すべき好機會なかりあい、
> 人みな粥を焚きて、凡そ十二時の間、普ねく來り請ふも
> のに少許を食せしむ。これを「臘八粥」と名く。支那人
> は、此の法を「德を行ふ」と稱し、積善の一手段と思考
> す。然れども年豊にして粟餘りあれば、極貧の民といへ

---

[20] 參見《朝花夕拾‧無常》。《魯迅全集》第二卷。

ども、日々に之に優れる食を口にするを以て、敢て此の
粗食を乞はず。故に此の法は、宛ながら告朔の[食＋氣]
羊に似て殆んど何の功をも為さざるなり。左れど施與者
は、之を廢せんとも為さず、況して其の品を改良せんと
も為さずして、依然喜び勇んで之を行ひ、當日を過ぐ
るも何人も之を乞ふものなきときは、破瓶に投して豚の
食に供するのみ。而かも施與者は、揚々として善を行ひ
たるに誇り、みずから任するに仁德の人を以てし、我が
良心の深く頌讚する所たり。是れ則ち年豊かなりし時の
事情なり。之に反して年若し豊かならず飢餓に苦むもの
多きときは、彼の慈善も萬一の裨補あるべきに、慈善家
は穀價の高きに避易して「臘八粥」を中止し、公言して
曰く、之を行ふに堪えずと。噫々、何の為の慈善ぞや。
[《氣質》第258-260頁]

〔中譯〕施放「臘八粥」之法，其精神亦與前者相
同，因為是所謂「造佛不入魂」，所以吾人通過此法可以
察知，在支那所實行的仁惠，都是最大的表面文章。今聊
敘述之。

作為支那的一種風俗，每年十二月八日，苟有施捨仁
惠之意，便是施捨仁惠的最好時機，人皆熱粥，凡十二時
之間，有來請粥者皆予少許令其食，名之曰「臘八粥」。
支那人把這種方法稱為「行德」，以為是積善的一種手
段。然而，若豐年有餘糧，即使極貧之民，其平日所食
亦比「臘八粥」要好，所以並無人來乞討此等粗食。故放
粥行善，就好像告朔之餼羊，幾乎派不上任何用場。但施

與者卻並不想要廢除，而且也不想去改善粥的品質，依然爭先恐後，樂此不疲，當日過後，若無人再來乞食，便投之破瓦罐中，權充做豬食而已。而施與者卻以大張旗鼓的行善而洋洋自誇，並以仁德之人而自認，自讚自頌良心之深廣。這是五穀豐登年景下的事情。如果情況相反，趕上凶年不作，多有人苦於饑餓，更需有彼之慈善來裨補萬一時，慈善家卻以谷價高抬為藉口，中止「臘八粥」，公言說，發放不起。嗚呼，何為慈善焉？

第四，「支那人向群集在各處的乞丐施惠」，「帶有保險的性質。」就像上面在第五節裡已經引用的一段所說的那樣：

商家若遇到人多勢眾，結夥而來的乞丐，拒不出血，便會倏忽間蒙受無賴之徒的襲擊。到頭來即使再重討彼等之歡心，既已遭受做不成生意之厄運，再加上彼等所要求的數額逐漸增大，因此便不能不蒙受無法估量的損害。此事彼此心知肚明，故商家常預備些小錢投散，以避免遭此厄運。[《気質》第260頁]

以上四點，是通過澀江保譯本所看到的史密斯對「仁惠」動機不純的剖析，他由此認為中國的「所謂『仁』字，其根本並不是發自內心，而是寫在心外」〔支那人の所謂仁なる文字は、根本を心中より發するにあらずして、心外に書かるる〕；在中國還「並不存在能夠使人在必要的時候去行使真正仁惠的心態」〔必要の場合に真正の仁惠を行はれしむべき心の狀況は存せざるなり〕。其結論是「此種心態，並不能只靠社會人心在文化上

的進步之一事所可以獲得，而是要信奉基督教，然後才可以獲得」〔此の心の狀況は社會人心只文化に進みたるの一事を以て得らるべきにあらず。基督教を信奉するに及びて然る後始めて得らるべきなり。《氣質》第262頁〕。

由此可見，在「仁惠」的問題上，史密斯所提供的思路，與前面所分析的魯迅在「布施」問題上的思路是完全一致的，他們都對「仁惠」或「布施」的動機表示懷疑，前者看作「並不是發自內心，而是寫在心外」，後者則看作「皮面的笑容」和「眶外的眼淚」，[21]這種動機的懷疑，即人格的懷疑，懷疑的是人格當中的缺乏「誠」。結論也是共通的，即改造這種人格和造就這種人格的文化——魯迅叫做改造國民性。

當然，他們的區別也很明顯，史密斯的方法是要人們「信奉基督教」，而魯迅則是旨在擺脫依附關係的人格獨立。至於從並不出於真正的同情，也就是並不誠實的布施動機的背後，來進一步思考奴性倫理的生成機制並且尋求否定的途徑這些內容，則是魯迅在史密斯的基礎上所進一步深入思考和闡發出來的問題了。或許可以叫做創造性的解讀也未可知。

2004年10月10日

於佛教大學研究室

---

[21] 魯迅：《野草・過客》，《魯迅全集》第二卷，第191頁。

「從僕」、「包依」與「西崽」
——魯迅與《支那人氣質》關係的一項考察*

一、關於史密斯的寫作方法

　　史密斯是怎樣表現中國人氣質的？他所發現和把握的「氣質」又是由哪些人來承擔的？——換句話說，就是扮演史密斯所要表現的中國人「氣質」的主要角色都是那些人？這種情況在澀江保的日譯本《支那人氣質》當中又是怎樣呈現出來的？它和魯迅文本具體有怎樣的關聯？這些問題是本文所要解決的問題。

　　在澀江保譯本中，史密斯談到了他把握中國人氣質的方法：

　　　〔中譯〕在與支那人交往的現階段，有三種方法可資吾輩瞭解支那的社會生活狀況。（第一）研究其小說，（第二）研究其小曲，（第三）研究其戲劇是也。這三種方法

---

* 《支那人氣質》〔《支那人氣質　全》，米國アーサー・エチ・スミス著，日本羽化渋江保譯，東京博文館藏版，明治二十九年（1896）十二月〕是美國傳教士亞瑟・亨・史密斯（Arthur H. Smith, 1845-1932）所著 *Chinese Characteristics* (Fleming H. Revell Company, New York, 1894) 一書的日譯本。關於這個日譯本及其與魯迅的關係，請參閱筆者以下論文：〈澀江保譯《支那人氣質》與魯迅〉（上）（《關西外國語大學研究論集》第67號，1997）、〈澀江保譯《支那人氣質》與魯迅〉（下）（同論集第68號，1998）、〈《支那人氣質》與魯迅文本初探〉（同論集69號，1999）、〈「乞食者」與「乞食」——魯迅與《支那人氣質》關係的一項考察〉（佛教大學《文學部研究論集》第89號，2005年3月1日發行）。本論對《支那人氣質》的引用，均出自這個日譯本。

都各有其價值當然勿庸置疑，但是，（第四）還有一種把上述三種方法合在一起也比不了的有更具價值的方法，即研究支那的家庭是也──這是過去研究支那以及支那人事情的人們未能探得到的本源。蓋欲作某一地方的風土記，與其去觀察那個地方的都會，毋寧去視察那個地方的村落更好。人民的氣質亦然。外國人要想詳細瞭解支那人的內面生活（internal life），即使在都會之地住上十年，也不如在鄉村耗費一年的歲月瞭解到的多。（第五）在家庭研究之次，應該把村落看作支那人社會生活的單位。因此，予以村落為根據地來寫作本書。自不待言，予非以傳道者的眼光來寫作，而是盡可能以一個公平的觀察者，即以只是報告自己所目擊的觀察者的眼光來寫作，故不記怎樣的氣質因基督教而產生了怎樣的變化，同時也不講述在支那人當中有傳播基督教的必要。然而，在認為支那人的性行當中存在著重大缺點時，也不能不把通過怎樣的方法來克服那些缺點作為一個大的問題來看待。（〈緒言〉、譯自《支那人氣質》pp.8-9）

在上面所談到的把握中國人氣質的五種方法中，前三種方法──即「（第一）研究其小說，（第二）研究其小曲，（第三）研究其戲劇」──雖被肯定為「都各有其價值」，但幾乎並沒為史密斯所採用，有學者認為是史密斯所採用的方法，[1]誤矣。因為史密斯認為「還有一種把上述三種方法合在一起也比不了的有更具價值的方法，即研究支那的家庭」和「村落」的方法。而史

---

[1]　張夢陽〈《中國人氣質》譯後評析〉，〔美〕亞瑟・亨・史密斯著，張夢陽、王麗娟譯《中國人氣質》第256頁，甘肅省敦煌文藝出版社，1995年，

密斯書中實際採用的正是後兩種方法。採取直接研究家庭和村落
的方法，不僅意味著對既往研究中所忽略了的「本源」的揭示，
也意味著對從文字到文字（譬如研究小說戲劇之類）的學究式的
研究方法的擯棄，同時也更意味著對關於「支那人」的既成觀念
的擯棄。這是一種需要實際身處鄉村社會，從事長期調查研究的
方法，並非每個觀察者都輕易做得到。在這個意義上可以說，史
密斯到寫作時的在中國農村社會生活二十二年的經歷，也即他所
要採取的方法本身，他要描寫的對象也即他經歷的一部分，因此
至少僅就事實而言，他如上自言「予以村落為根據地來寫作本
書」也就並非虛言了。

　　史密斯只能寫他看到、聽到或直接體驗到的東西。這不僅是
由他的經歷所決定的，也是由他的態度所決定的。「予非以傳道
者的眼光來寫作，而是盡可能以一個公平的觀察者，即以只是報
告自己所目擊的觀察者的眼光來寫作，故不記怎樣的氣質因基督
教而產生了怎樣的變化，同時也不講述在支那人當中有傳播基督
教的必要。」我以為，史密斯的這種態度是一個真正在中國鄉村
社會生活過的誠實的生活者的態度；只有是一個誠實的生活者，
才能是一個公平的觀察者。總體來講，史密斯不可能超脫當時西
方作為常識的價值尺度來看待他所身處的中國鄉村社會，但是如
果把他硬塞在籠統的所謂深受「十九世紀歐洲國民性理論的深刻
影響」的「特定立場」，[2]從中尋找他對中國人的「輕蔑」，進
而指出「這種輕蔑顯然反映了他對中國人的種族歧視」，[3]最後
竟至於斷言「事實上，他的動詞可以輕易翻譯成帝國主義行動：

---

[2]　劉禾著，宋偉傑等譯《跨語際實踐——文學、民族文化與被譯介的現代
性（中國，1900－1937）》第83頁。三聯書店，2002年。

[3]　同上。第84頁。

伸入即侵入，淨化即征服，登上寶座即奪取政權」，[4]卻未免有失公平，也並不符合史密斯著作——這裡是指澀江保的日譯本——的實際。倘若能去仔細閱讀，那麼也就至少不會得出《支那人氣質》是某種既成觀念（不論是哪種觀念，如國民性、殖民主義等等）的產物這樣一個結論來。

有研究者讀了關於「東方主義」的書，就用這一「觀念」來套解史密斯。「斯密思筆下的中國，是不是愛德華・賽義德（Edward Said）所批評的那種東方主義所構築出的神話？的確，斯密斯的著作與賽義德討論的情形極為類似。」[5]這樣，史密斯也就不僅不可能是一個公平的觀察者，而且連一個基督教傳教士也做不成，而只能是一個以侵略擴張為己任的老牌殖民主義者。那麼，剩下的問題就是去追究包括魯迅在內的中國近代啟蒙主義者是如何跟在這個殖民主義者的後面上當，並且產生惡劣影響了。其實，這恰恰是對史密斯的一種觀念化的解釋，這種解釋把「史密斯」化作一個可以任意解釋的抽象符號，並且在仔細研讀之前就已經將其規定為不是基於實際中的具體觀察，而是基於「觀念」的產物了。

二、澀江保日譯本中扮演「氣質」的來自於社會底層的 角色

《支那人氣質》全書除了澀江保作〈小引〉和原著〈緒言〉外，還有正文二十七章，其中，從第一到第二十六章，從26個側面描寫了「支那人氣質」，但是這26個被視為「範疇」的側面，與其說是所謂「主題先行」的預設的概念，倒不如是長期觀察的

4　同上。第85頁。
5　同上。第87頁。

歸納。史密斯在描寫「氣質」時，除了使用典籍、報紙和相關著書外，所更看重並且著重描寫的則是「氣質」的承載體——現實社會中的「支那人」。可以說，上到皇帝大臣高官，下至市井乞丐，加上士農工商，家庭內外，男女老幼，幾乎無所不包。在這26章當中所出現的中國人，除了籠統的「支那人」這種一般性用法外，都是有著具體身份並且扮演著具體社會角色的人。在所有扮演「氣質」角色的人們當中，來自鄉村社會的底層的人們占了很大一部分，他們構成了史密斯眼中的中國鄉村社會的風景。這一點，恰恰是和史密斯常年生活在鄉村社會，又把觀察重點置於那裡的家庭和個人相一致的。那麼，在鄉村社會底層，扮演「氣質」的角色都是哪些人呢？

　　具體而言，就是那些農夫、苦力和各種職業的工匠、手藝人，如木匠、泥瓦匠、窯工、銅鐵匠、桶匠、印刷木版師、磨盤匠、舂米人、彈棉人、理髮師、屠夫等，還有各種生意人，如賣菜的、賣包子的、賣秤的，最後是挑夫、腳夫、車夫、舟子、馭者、園丁、洗衣夫以及男女僕人和廚子，外加上述各色人等隨時都有可能充當的鄉村的「患者」……。在26章當中，這些「人物」至少在21章中登場，幾乎貫穿全書；他們現身說法，充做說明種種「氣質」的材料。詳細情況，請參見下一節。

　　而在以上所列的「氣質」角色當中，出現最多的有四類。一為「從僕」類；二為「行腳」類；三為「臨時短工」類；四為「患者」類。

　　先看「從僕」類的情況。澀江保日譯本中「從僕」〔從僕，音jyuboku〕[6]一詞，一般指廣義的僕人，有時也寫做「僕」〔僕，

----

[6] 「從僕」一詞見於澀江保日譯本第一、七、九、十、十二、十五、十八章。

音boku〕[7]或「從者」〔從者，音jyushia〕[8]；屬於這一類的詞還有「包依」〔ボーイ，即英語boy的音讀〕[9]──因日譯本沒意譯而只以片假名表音，所以本文姑取「包依」這兩個同音漢字來代替。關於這個詞，後面將做進一步的討論──和用來表示「女僕」的「侍婢」〔音jihi〕、「婢女」〔音hijyo〕、「婢僕」〔婢僕，音hiboku〕[10]以及廚子〔庖人，音houjin，或庖丁，音houtyou〕[11]。前後合計，「從僕」類角色共在全書的12章當中出現過，其具體分佈狀況為：第1、6、7、8、9、10、12、15、18、23、24、25章。

其次是「行腳」類。所謂「行腳」類，在澀江保日譯本當中具體是指「挑夫」〔擔夫，音tanfu〕[12]、馭者〔馭者，音gyoshia〕[13]、船夫〔舟子，音shiusi、funako或funabito〕[14]、腳夫〔音kyakufu〕[15]、車夫〔車夫，音shiafu〕[16]，前後合計，「行腳」類角色共在全書的11章當中出現過，其具體分佈狀況為：第1、2、7、9、12、13、14、16、18、19、25章。

第三類為「臨時短工」類，在日譯本裡有各種各樣的名稱，如「木匠」〔大工，音daiku〕[17]、園丁〔園丁，音entei〕[18]、

---

[7]　「僕」一詞見於澀江保日譯本的第六章。

[8]　「從者」一詞見於澀江保日譯本第二十五章。

[9]　「ボーイ」（包依）一詞見於澀江保日譯本第八、九、二十三章。

[10]　「侍婢」一詞見於澀江保日譯本第一章，「婢女」和「婢僕」見於第二十五章。

[11]　「庖人」一詞見於澀江保日譯本第六、九章，「庖丁」見於第十章。

[12]　「擔夫」一詞見於澀江保日譯本第一、二、七、十二、十四、十八章。

[13]　「馭者」一詞見於澀江保日譯本第七、九、十六、二十五章。

[14]　「舟子」一詞見於澀江保日譯本的第七、十八、二十五章。

[15]　「腳夫」一詞見於澀江保日譯本的第九、十三、十九章。

[16]　「車夫」一詞見於澀江保日譯本的第十八章。

[17]　「大工」一詞見於澀江保日譯本的第五、七、十三章。

[18]　「園丁」一詞見於澀江保日譯本的第九章。

臨時短工（亦稱「苦力」）〔「日傭人足（クーリー）」，音hiyatoijinsoku〕[19]、工人〔勞働者，音rodoushia〕[20]、磚窯頭〔瓦師長，音kawarashityou〕[21]、洗衣男〔「浣衣夫（せんたくおとこ）」，音sentakuotoko〕[22]、工匠〔職人，音shikunin〕[23]、包工頭〔工事受負人，音koujiukeoinin〕[24]、信差〔送達夫，音soudatsufu〕[25]等，前後合計，「臨時短工」類角色共在全書的5章當中出現過，其具體分佈狀況為：第5、7、9、13、14章。

此外，還有一個分類需要提及，即屬第四類的「患者」類。雖然從表面上看它與上述三種分類屬於不同的社會角色，但其構成分子卻是來自上述三種分類乃至更為廣泛的鄉村社會的人群，因此作為描述「氣質」的角色，其與上述三類仍有著相通乃至同等重要的意義，不妨看作前三種分類的暗伏的延伸角色。患者〔音kanjia〕共在全書的8章當中出現過，其具體分佈狀況為：第9、10、11、15、16、20、21、22章。

以上前三類角色，即「從僕」類、「行腳」類和「臨時短工」類的分佈狀況合加，在26章中，前後共涉及到18章內容，占了全書的大半──倘若把與這三種角色有著密切關聯的「患者」類也包括進來，那麼所涉及的內容範圍則多達22章。此外，譯者澀江保通過「夾註」──如「支那僕人〔前面亦屢屢出現，西洋人在支那所使役之僕人，皆支那人〕」[26]；「患者〔支那

---

[19] 「日傭人足（クーリー）」一詞見於澀江保日譯本的第九章。

[20] 「勞働者」一詞見於澀江保日譯本的第七章。

[21] 「瓦師長」一詞見於澀江保日譯本的第十四章。

[22] 「浣衣夫（せんたくおとこ）」一詞見於澀江保日譯本的第九章。

[23] 「職人」一詞見於澀江保日譯本的第五章。

[24] 「工事受負人」一詞見於澀江保日譯本的第五章。

[25] 「送達夫」一詞見於澀江保日譯本的第五章。

[26] 見《支那人氣質》第221頁夾註。

人〕」[27]和「眉批」——如「車夫之例」[28]——對這些「氣質」
角色所做的提示也不在少數。也就是說，從一本書所提供的資訊
來看，上述這些人物具有著強烈的存在感，並已在客觀上處在了
代表中國國民氣質的位置上。

　　然而，正像每個敏銳的讀者都會注意到的那樣，儘管上述
三類（如以上所述，第四類「患者」為暗伏的延伸角色）「人
物」（character）都是為介紹中國人的氣質而登場的，但標識他
們的名稱，卻並不是氣質或性格的概念，而是職業名稱的分類。
這一點很重要。因為恰好是職業才使他們得以成為扮演「氣質」
的角色而突顯在《支那人氣質》裡。在史密斯的時代，最有可能
接觸外國人的普通的中國老百姓，只能是那些為外國人的生活提
供服務的從事某些特定職業的人。這些職業便是上面提到的「從
僕」、「包依」（boy）、「女傭」、「廚子」、「挑夫」、
「腳夫」、「馭者」、「船夫」、「短工」、「園丁」以及各種
工匠等等。

　　這些職業者和外國人的關係是被雇傭與雇傭的關係。史密斯
對這種關係的表述是，「在支那人眼裡看來，外國人最為重要的
職務似在於支付金錢」，而為外國人做事，「也就不過是『幹活
兒掙錢』（Do work, get money）」，也就等同於「為吃飯」。[29]
至於「支付金錢」與「幹活兒掙錢」＝「吃飯」這兩者之間的關
係在當時的條件下是否平等，卻並不是史密斯所要討論的問題，
就像當時包括史密斯的母國在內的外國與中國的關係是否平等並
不在史密斯所要討論的範圍一樣。不過儘管如此，還是可以從史

---

[27]　《支那人氣質》第93頁。
[28]　見《支那人氣質》第93頁眉批。
[29]　〈第七章　誤解の才〉，《支那人氣質》第68-69頁。

密斯所講述的基本事實當中明確一點，那就是在兩者的交往過程
當中，「觀察」這一行為不可能是雙方的相互行為而只能是一方
行為，「觀察者」不可能是窘迫得「要是外國人不給事做，就不
能早日有米下鍋」[30]的後者而只能是從容的前者。因此，中國的
這些職業者與外國人的關係，除了被雇傭與雇傭的關係之外，也
是被觀察與觀察的關係。上述的這些職業者們，就是這樣走進了
史密斯這個外國觀察者的眼中。換句話說，通過某種職業者來觀
察中國人的特性這一動機和視角，首先不可能產生在中國人自身
的主體之內，而只能產生在對被雇傭者擁有支配權的外國觀察者
的主體之中。

　　就史密斯而言，他並沒忽視這一必然的、日常性的，卻又為
其他西方人所忽視的接觸中國人的機會，而是敏銳地將其開闢為
一個最現實和最直接的觀察中國人的視角。

三、觀察中國人的視角及其觀察的展開

　　當然，在上述職業者與外國人打交道的機會也並不是平均
的，有的接觸要多一些，有的接觸要少一些，據史密斯介紹說，
「在被外國人所使役的支那人中，有『包依』（boy），承擔主家
所有雜事，並伺候食膳；有「管家」（steward），總理事物，除
自己之外，不許任何人欺瞞主家；有「買辦」（comprador），甚
有勢力，掌管購買物品以及招募傭工。以上三者，為吾西洋人所
使役，只要吾人在支那滯留一天，便一天不可不使役者也。」[31]這

---

[30]　同上。第69頁。
[31]　〈第二十三章　相互の責任、並に法律を遵奉すること〉，《支那人氣
　　質》第329頁。

裡提到的是外國人在中國所必使喚的三種人，即「包依」、「管家」和「買辦」，從廣義上講，他們也都可歸屬到上面劃分的「從僕」類當中。正像前面所說，在澀江保日譯本中，「從僕」一般是作為一個表示各種「僕人」的概念來使用的。史密斯對「從僕」＝「僕人」這一角色在他觀察中國人氣質時所處的位置做了如下「定位」：

> 〔中譯〕吾人由從僕那裡開始知道支那人。並不是從僕有心向吾人介紹支那人的氣質，吾人亦不會因從僕的介紹而感到滿足。然而，在關於支那人的氣質方面，從僕實在是吾人最早的教師，吾人從從僕身上所習得之學科，實乃欲忘而不可能者也。隨著日後吾人對支那人瞭解得日益廣泛，可以確認吾人當初在很小的範圍內與僕人朝夕相處，從而在不知不覺之間所獲得的判斷之正確。因為在某種意義上，一個支那人即支那人全體之撮要也。（〈第九章 柔軟的強硬〉、譯自《支那人氣質》p.89）

就是說，「從僕」是史密斯瞭解中國人氣質的最早的老師。雖然這一發現在當初是偶然的，但一經發現之後便成為他自覺的有意識的觀察對象，並將他們當作中國國民性的代表，「即支那人全體之撮要」來看待。「從僕」——史密斯的一個觀察視角由此而確立。

「從僕」包括男女僕人、廚子、管家乃至買辦，雖然都是距包括史密斯在內的外國人最近的一些人，但在史密斯的書裡卻並沒被描繪為特殊的另類，而只是作為一個取之方便的觀察視角來對待的，因此，這個觀察視角一旦確立，便觸「類」旁通，其

他諸如「行腳」類，「臨時短工」類以及「患者」類便都可以進
入到由這個視角所延伸開去的視線裡來。在這個意義上可以說，
上述三類職業者再加上由前三者隨時都有可能充當的「患者」，
共同構成了史密斯通過「從僕」這一視角所要去經常觀察的社會
群體。那麼，在這一社會群體中，史密斯看到了怎樣的「氣質」
呢？現將相關各章所論的「氣質」主題與用例整理如下：

　　　第一章　體面　　可譯為「面子」或「體面」。該章
舉了挑夫、女傭和僕人〔擔夫、侍婢、從僕〕為保全面子
而不認帳的例子。參見第13-14頁。

　　　第二章　節儉　　可照字面譯為「節儉」。該章引述
了兩例挑夫〔擔夫〕為了省錢不吃不喝而又長途負重的例
子。參見第20-21頁。

　　　第三章　力行　　可照字面直譯為「力行」，或者譯
為「勤勞」。該章講到了各行各業，如銅鐵匠、印刷木版
師、磨盤匠、春米人、彈棉人和賣菜人〔廣東銅匠、福州
の錫箔匠、寧波の木版師、上海の賃春、北部の清綿者、
蹈磨者、賣菜夫〕早做晚息的例子。參見第33頁。

　　　第五章　時間に頓著なきこと　　可譯為「不講究時
間」。舉了木匠、包工頭和信差〔大工、職人、工事受負
人、送達夫〕的例子。參見第47-49頁。

　　　第六章　不正確に頓著なきこと　　可譯為「不講究
精確」。舉了包子商販、農夫、鄉下人和賣秤人〔肉麵賣
人、農夫、僕、田舍漢、提秤師〕的例子。參見第59頁。

　　　第七章　誤解の才　　可照字面直譯為「誤解之
才」，或者譯為「誤解的才能」。該章舉了木匠、買辦、

船夫、馭者（2例）、工人、廚子、僕人〔大工、買辦、舟子、馭者、勞働者、庖人、從僕〕的例子。參見第69-75頁

　　第八章　暗示の才　　可照字面直譯為「誤解之才」。該章舉了「包依」和廚子〔ボーイ、庖丁〕的例子。參見第78-79頁。

　　第九章　柔軟的強硬　　可照字面直譯為「柔軟的強硬」，或者譯為「柔中帶剛」。該章對僕人、廚子、包依、患者〔從僕、庖人、ボーイ、患者〕舉例尤多，並且言及苦力、洗衣男、園丁、腳夫、馭者〔日傭人足（クーリー）、浣衣夫（せんたくおとこ）、園丁、腳夫、馭者〕等。參見第89-97頁。

　　第十章　愚蒙〔直訳語、智力的混濁〕　　可譯為「智力混沌」。該章舉了僕人、廚子和患者〔從僕、庖丁、患者〕的例子。參見第108-109頁。

　　第十一章　無神經　　可照字面直譯為「無神經」，或者譯為「麻木不仁」。該章舉了做工者睡眠和患者（2例）做外科手術以及死前〔勞動社會、患者〕的例子。參見128-121頁。

　　第十二章　外人を輕蔑すること　　可譯為「蔑視外國人」。該章舉了挑夫和僕人〔擔夫、從僕〕的例子。參見136頁。

　　第十三章　公共心の缺乏　　可譯為「缺乏公共心」。該章舉了農夫（參見第137頁）、屠夫、理髮師、食物商人、木匠、桶匠（參見第139頁）、腳夫、苦力（參見第144-145頁）〔農夫、屠兒、理髮師、烹賣商、

食物商、大工、桶匠、腳夫、日傭人足〕的例子。

　　第十四章　保守主義　　可直譯譯為「保守主義」。
該章分別舉了挑夫、窰頭〔擔夫、瓦師長〕的例子。分別
參見第146，155頁。

　　第十五章　安楽、利便を度外視すること　　可譯
為「不重視舒適與方便」。該章舉了患者拒絕使用鋼絲床
和僕人〔從僕〕買不到合適的斧頭的例子。分別參見第
169、179頁。

　　第十六章　活力の強壯　　可譯為「生命力旺盛」。
該章舉了兩個「患者」──一個馭者和一個撿炮彈的天津
人──的例子。分別參見第195，1196-198頁。

　　第十八章　澹然自逸　　可直譯為「澹然自逸」。
該章提到了僕人、挑夫、船夫、車夫等〔從僕、擔夫、舟
子、車夫、挽舟夫〕這方面的例子。參見第221-223頁。

　　第二十一章　同情の欠乏　　可直譯為「缺乏同
情」。以許多患者的例子講述了對身體不具者的歧視和對
於幼少兒疾病的熟視無睹〔身體不具の者、精神不具の
者、天然痘〕。分別參見第265-267，279-280頁。

　　第二十二章　社會的颶風　　可直譯為「社會颶
風」。通過一個居住在山東山間的患者「生氣」的事例講
述了「氣」為百病之源。參見第298-299頁。

　　第二十三章　互相乃責任、併法律を遵奉すること
　　可直譯為「相互負責及遵奉法律」。舉了一個「買辦
長」因「包依」〔ボーイ〕的差錯而引咎辭職的例子。參
見第329-330頁。

　　第二十四章　互相の猜疑　　可直譯為「互相猜

疑」。分別舉了女傭人和男女僕人〔婢女、婢僕〕的例子。分別參見第P348，349-350頁。

　　第二十五章　信實の欠乏　　可直譯為「缺乏信實」。分別舉了僕人〔從者〕和馭者、船夫〔馭者、舟子〕的例子。分別參見第382-383，385頁。

從上面這些「氣質」主題和用例來看，除了第二章「節儉」、第三章「勤勞」、第十六章「生命力旺盛」和第十八章「淡然自逸」外，就性格（氣質）而言，其餘17章都屬於史密斯所認為的「支那人的性行當中」存在的「重大缺點」（見本論開頭引文）。──好話說得少，壞話說得多，這也許就是史密斯的備受非難之處；又由於缺點通過「從僕」這一視角多採自無學無識的鄉村社會底層人群，就使得現在的讀者和學者覺得格外不公平，以為史密斯充滿了「種族歧視」的偏見，而由「從僕」（廣義的）身上看到的東西也並不能代表中國人的「氣質」。以下這段話，或許很能代表現今中國的一部分人對史密斯的看法。

　　在當時，中國鄉紳對傳教士公開敵視，於是傳教士和中國人之間發生的最緊密關係只有主僕關係，因此在講述事例時，斯密思從他自己或他人與中國勞動階級之間的不快經驗取材，是絲毫不足為奇的。這種外國人與當地僕人之間的階級差異總是被利用來建立「中國國民性」的理論，而與此同時，理論背後的主僕關係卻被掩蓋和忽視。[32]

---

[32] 劉禾著，宋偉傑等譯《跨語際實踐──文學、民族文化與被譯介的現代性（中國，1900-1937）》第83頁。三聯書店，2002年。

這段話有三層意思，（一）史密斯在「講述事例時」，「從他自己或他人與中國勞動階級之間的不快經驗取材」是片面的；（二）由於當時「中國鄉紳對傳教士公開敵視」，就使得史密斯這樣的人沒有機會接觸到能夠代表中國「水準」的「紳士」階層；（三）「國民性」理論掩蓋了主僕關係背後的「階級差異」。

關於第一點，即史密斯講述的事例是否「片面」的問題，正如本文的調查所呈現的那樣，來自鄉村社會底層的人們的確構成了「支那人氣質」的某種基本呈現體，扮演著「氣質」的一翼，但並不意味著「支那人氣質」只是由「中國勞動階級」來扮演，其他階層並不參與。例如，在第三章說「勤勞」裡，在講到那些早做晚息的銅鐵匠、印刷木版師、磨盤匠、舂米人、彈棉人和賣菜人等之前，就先拿皇帝做例：「當歐洲各國的宮廷還包藏在蒙爾菲雅斯（Morpheus）（夢之神）〔希臘神代紀裡經常給人送夢的神〕裡的時刻〔白川夜舟之意〕，支那皇帝就已經開始了早朝。」[33]。據筆者調查統計，日譯本全書提到「皇帝」的段落不下27段；另外，有30個以上的段落提到了「大臣」、「高官」和一般「官吏」；有20個以上的段落涉及到「學者社會」，並有11個段落講到了相當於書生的「學生」；而且，哪怕是直接談紳士（鄉紳），也有五個段落之多。結論是這些代表「上流社會」的人們，其總數要超過「中國勞動階級」，因此取材片面之說並不成立。

關於第二點，由以上調查可知，因當時「中國鄉紳對傳教士公開敵視」，而使史密斯沒有機會接觸到「紳士」之言當然也不

---

[33] 參見《支那人氣質》第33頁。

成立；如果把書中的「學者」、「學生」和「紳士」都當作廣義的「紳士」看，那麼其登場狀況是相當可觀的。不過，話又說回來了，即使全書大半或者全部寫的都是中國有教養的紳士社會，其表現的「氣質」或「國民性」就會是真實的嗎？就會給中國爭回「面子」來嗎？

關於第三點，的確是個問題，即「國民性與階級性」的問題。但這是個老問題。在上個世紀七十年代末到八十年代初，關於這個問題中國的思想理論界和現代文學研究界曾展開過大規模的討論。[34]儘管此處借助的是諸如「賽義德」的新的批評模式，但似乎並沒為這個問題帶來新意，也就是新的發現。其原因在於，以既成的理論所期待的「結論」代替了對史密斯著作的仔細研讀。事實上，正像前面所指出的那樣，史密斯所關注的並不是雇傭與被雇傭的關係，也不是這種關係背後的是否平等的問題——這一問題是後來才被提出的——而是在當時的這一「自然」關係的基礎上有意識地尋找到了一種觀察與被觀察的關係，並且由此而確立了一個可以通觀一群人的視角，即「從僕」＝「僕人」的視角。我以為，通過僕人而面向社會底層的視角，正是史密斯的獨特貢獻所在；而且通過和其他諸如「皇帝」、「大臣」、「官吏」、「學者」、「紳士」等視角的相互映襯，也恰好證明了僕人這一視角在觀察和概括「氣質」方面的有效性。

本文在開頭曾有言，史密斯不可能超脫當時西方作為常識的價值尺度來看待他所身處的中國鄉村社會，不論他當時的價值尺度在後來被讚美或批評為怎樣的「立場」和「主義」，都無法改變甚至取代他當時作為一個觀察者所採取的誠實的態度，即不受

---

[34] 參見鮑晶編《魯迅「國民性思想」討論集》，天津人民出版社，1982年8月。

傳教士立場的干擾，而「以只是報告自己所目擊的觀察者的眼光來寫作」。我以為，這也許就是史密斯的批評比起後來對史密斯的批評來更容易讓人接受的原因所在。「至於攻擊中國弱點，則至今為止，大概以斯密司之《中國人氣質》為藍本，此書在四十年前，他們已有譯本，亦較日本人所作者為佳，似尚值得譯給中國人一看（雖然錯誤亦多）」[35]；「我至今還在希望有人翻出斯密斯的《支那人氣質》來。看了這些，而自省，分析，明白那幾點說的對，變革，掙扎，自做工夫，卻不求別人的原諒和稱讚，來證明究竟怎樣的是中國人。」[36]——從魯迅的認可中，不難感受到史密斯的描寫所傳遞的分量。

四、從「包依」到「西崽」——觀察視角的借用

就魯迅通過澀江保的日譯本所構成的與史密斯的關係而言，有三點值得注意。

第一，前面說過，通過某種職業來觀察中國人的特性這一動機和視角，首先不可能產生在中國人自身的主體之內，而只能產生在對被雇傭者擁有支配權的外國觀察者的主體之中。因此，「從僕」這一視角首先是屬於史密斯的。魯迅自覺運用這個視角來反觀中國的國民性，應該看做是對史密斯所借用。我認為，可以用「包依」和「西崽」這兩個詞來概括這種借用關係。

在澀江保日譯本的「從僕」類中，有「包依」〔ボーイ〕一詞。「包依」即英文boy，在近年出現的幾個直接由英文過來的

---

[35] 1933年10月27日致陶亢德信。《魯迅全集》第十二卷第246頁。
[36] 〈且界亭雜文末編・「立此存照」（三）〉（1936年10月）。《魯迅全集》第六卷第626頁。

中譯本當中，有的譯為「男僮」，[37]有的譯為「男僕」，[38]有的譯為「管家」和「僕人」[39]等等，這個詞在澀江保譯本中也並沒像「從僕」或「從者」那樣用漢字來表示，而是用日文片假名標記為「ボーイ」。筆者對澀江保採取直譯的方式，用「包依」這兩個漢字來音譯這個詞。這樣做是想說明，澀江保也並沒找到一個適當的漢字詞彙來翻譯這個「從僕」當中的boy。於是，史密斯關於boy的意見以及澀江保的注釋便呈現了以下這種情況：

> 茲に舉ぐるは、吾人が最も早く接する支那人の一人、即ボーイ〔外人が支那に於て用ゆるボーイなる語は、從僕長の義なり。年齡の長幼に關せず〕に就ての一例なり。ボーイは固より支那人の一標本なれば、由りて以て一般支那人を察するを得べし。（〈第八章　暗示の才〉，pp78-79。劃底線的部分為澀江保所做夾註）

> 〔中譯〕茲所舉之例，乃吾人最早接觸的一個支那人，即「包依」（boy）〔外國人在支那所用「包依」一詞，侍從長之意也，與年齡長幼無關〕之例也。「包依」本是支那人之一標本，由此推察一般支那人。

---

[37] 參見張夢陽、王麗娟譯《中國人氣質》第43頁。敦煌文藝出版社1995年9月。

[38] 參見樂愛國、張華玉譯《中國人的性格》第54，61頁，學苑出版社1998年4月。秦悅譯《中國人的素質》第57，65頁，學林出版社，2001年5月（二版）。

[39] 參見匡雁鵬譯《中國人的性格》第57，65頁，光明日報出版社，1998年9月。

由此可知，就其所處的被觀察位置以及重要程度來講，「包依」
與前述作為「支那人全體之撮要」的「從僕」同義，處在能夠代
表所有「從僕」的位置上。

在魯迅文本中，與「從僕」或「包依」相對應的一個詞，叫
做「西崽」。從「包依」到「西崽」，是魯迅與史密斯之間的一
種銜接。這中間雖然發生了觀察主體的改變，而且，由於觀察主
體的改變，觀察點和被觀察對象的色彩也有相應的改變，但對象
本身卻並沒發生變化。「西崽」是從中國人的角度對史密斯所觀
察的「從僕」或「包依」的另一種稱呼，正像《魯迅全集》裡所
注釋那樣，西崽是「舊時對西洋人雇用的中國男僕的蔑稱」。[40]
就是說，對象還是一個，只是「蔑稱」而已。魯迅在臨去世前，
亦就「西崽」回答過增田涉的提問：

> 西崽這名詞是有的。
> 西＝西洋人的略稱，崽＝仔＝小孩＝boy。
> 因此西崽＝西洋人使喚的boy（專指中國人）。[41]

從中可以知道魯迅文本裡「西崽」和澀江保譯本裡「包依」乃至
「從僕」都是同一個概念。不僅如此，魯迅也用「西崽」做文
章，來講某一類中國人。講其中著名的所謂「西崽相」，就是這
一視點下的產物。

> ……上海住著許多洋人，因此有著許多西崽，因此也
> 給了我許多相見的機會；不但相見，我還得了和他們中的

---

[40] 參見《魯迅全集》第四卷第137頁；或第五卷第495頁；或第六卷358頁。
[41] 1936年10月14日致增田涉信，《魯迅全集》第十三卷第676頁。

幾位談天的光榮。不錯，他們懂洋話，所懂的大抵是「英文」，「英文」，然而這是他們的吃飯傢伙，專用於服事洋東家的，他們決不將洋辮子拖進中國話裡來，自然更沒有搗亂中國文法的意思，有時也用幾個音譯字，如「那摩溫」，「土司」之類，但這也是向來用慣的話，並非標新立異，來表示自己的摩登的。他們倒是國粹家，一有餘閒，拉皮胡，唱《探母》；上工穿制服，下工換華裝，間或請假出遊，有錢的就是緞鞋綢衫子。不過要戴草帽，眼鏡也不用玳瑁邊的老樣式，倘用華洋的「門戶之見」看起來，這兩樣卻不免是缺點。又倘使我要另找職業，能說英文，我可真的肯去做西崽的，因為我以為用工作換錢，西崽和華僕在人格上也並無高下，正如用勞力在外資工廠或華資工廠換得工資，或用學費在外國大學或中國大學取得資格，都沒有卑賤和清高之分一樣。西崽之可厭不在他的職業，而在他的「西崽相」。這裡之所謂「相」，非說相貌，乃是「誠於中而形於外」的，包括著「形式」和「內容」而言。這「相」，是覺得洋人勢力，高於群華人，自己懂洋話，近洋人，所以也高於群華人；但自己又系出黃帝，有古文明，深通華情，勝洋鬼子，所以也勝於勢力高於群華人的洋人，因此也更勝於還在洋人之下的群華人。租界上的中國巡捕，也常常有這一種「相」。

　　倚徙華洋之間，往來主奴之界，這就是現在洋場上的「西崽相」。但又並不是騎牆，因為他是流動的，較為「圓通自在」，所以也自得其樂，除非你掃了他的興頭。（《且介亭雜文二集》，《魯迅全集》第六卷第354-355頁）

上面這段話雖然有著和林語堂論爭背景，但完全可以作為國民精神中的一種「相」來單獨看待。這種「相」顯然是來自對既往的記述和現實生活中的種種「從僕」或「包依」或「西崽」的概括和提升。

五、「奴性」，才是為史密斯所忽視的中國人的最大性格特徵

其次，魯迅在很多篇文章中都談到了「西崽」，[42]但正如上文所說，重點不放在「西崽」的職業，而是放在「西崽相」上，並且集中發覺一種性格特徵，即「倚徙華洋之間，往來主奴之界」的「奴性」特徵。筆者以為，這是魯迅與史密斯相通當中的最大的不同。

史密斯之所重在於「華洋之間」，在於通過各種「從僕」和「包依」的例子來描述中國人氣質的各個方面與西方人的不同，而也正像前面所指出的那樣，至於在「被雇傭與雇傭」和「被觀察與觀察」的關係當中，兩者的地位是否平等，卻並不是史密斯所要討論的問題，因此，由這種「主奴」之差當中所生成的一種必然性格，即「奴性」也就自然被忽略了。相比之下，魯迅的著眼點並不在「華洋之間」，因為對他來說「華洋之間」所發生的「用工作換錢」是一種並不稀奇的既成事實，他所看重是這「華洋之間」「用工作換錢」的既成事實背後的「主奴之界」，而正

---

42 例如，除了上面提到的〈「題未定」草〉之外，還有收在全集第四卷裡的《三閑集・現今的新文學概觀》、收在第五卷裡的《偽自由書・「以夷制夷」》、《准風月談・「揩油」》、《花邊文學・倒提》以及收在全集第六卷裡的《且介亭雜文・隔膜》和《且介亭雜文・阿金》。

是在這一「界」當中，他找到了「奴性」這一為史密斯所忽略的中國人的最大性格特徵。

這是反觀民族自身的一種結果，更是一種「要研究西崽，只能用自己做標本」的民族反省的結果。因此這一「西崽」也就必然要超越職業而被提升為一種「西崽相」。「西崽相」是魯迅由「西崽」這一個別職業當中發掘出來的具有普遍意義的性格概念。這意味著從「包依」到「西崽」，不僅僅是一個觀察視角的借用，而且也是一種深刻的認識發掘和進一步的創造。試想一下，還有哪一種認識比得上「奴性」更能揭示「從僕」、「包依」、「西崽」這一視角下的所謂「階級差異」的內涵呢？怎麼能用魯迅當年對主僕關係的深刻揭示，來指責「中國國民性」「理論背後的主僕關係卻被掩蓋和忽視」呢？

六、關於「阿金」的創造

第三點是魯迅通過澀江保日譯本與史密斯在材料上的相互關聯。眾所周知，魯迅在「西崽」們所構成的環境中寫出了一個人物叫做「阿金」。〈阿金〉作於一九三五年十二月二十一日，據《且介亭雜文‧附記》說，當初「是寫給《漫畫生活》的；然而不但不准登載，聽說還送到南京中央宣傳會裡去了」。[43]後發表在一九三六年二月二十日上海《海燕》月刊第二期上。魯迅稱〈阿金〉是篇「漫談」，[44]但在筆者看來，說〈阿金〉是篇作品倒更合適。竹內實先生曾著長文來談這篇稱做漫談的「作品」的

---

[43] 《魯迅全集》第六卷第213頁。
[44] 同上。

含量。[45]「阿金」是個人物，是個「毒婦」式人物，作者「願阿金也不能算是中國女性的標本」。[46]——這個人物也出現在同一時期創作的收在《故事新編》的〈采薇〉（1935年12月）裡，叫做「阿金姐」，由於話說得「太刻薄」，一句話竟就讓伯夷叔齊喪了命。當然這是後話。

如果說「西崽相」是一種形象概括，那麼「阿金」就是「從僕」、「包依」和「西崽」在特定環境裡的具體展開。「阿金」的位置從洋人家的「後門」可以看到。

> 近幾時我最討厭阿金。她是一個女僕，上海叫娘姨，外國人叫阿媽，她的主人也正是外國人。
>
> 她有許多女朋友，天一晚，就陸續到她窗下來，「阿金，阿金！」的大聲的叫，這樣的一直到半夜。她又好像頗有幾個姘頭；她曾在後門口宣佈她的主張：弗軋姘頭，到上海來做啥呢？……不過這和我不相干。不幸的是她的主人家的後門，斜對著我的前門，所以「阿金，阿金！」的叫起來，我總受些影響，有時是文章做不下去了，有時竟會在稿子上寫一個「金」字。
>
> ……（中略）……
>
> ……但在阿金，卻似乎毫不受什麼影響，因為她仍然嘻嘻哈哈。……這時我很感激阿金的大度，但同時又討厭了她的大聲會議，嘻嘻哈哈了。自有阿金以來，四圍的空氣也變得擾動了，她就有這麼大的力量。這種擾動，我的

45　竹內實〈阿金考〉，佐佐木基一、竹內實編《日本と中國》、勁草書房1968年7月，第150-183頁。

46　《且介亭雜文・阿金》，《魯迅全集》第六卷第202頁。

警告是毫無效驗的，她們連看也不對我看一看。有一回，鄰近的洋人說了幾句洋話，她們也不理；但那洋人就奔出來了，用腳向各人亂踢，她們這才逃散，會議也收了場。這踢的效力，大約保存了五六夜。

此後是照常的嚷嚷；而且擾動又廓張了開去，阿金和馬路對面一家煙飯店裡的老女人開始奮鬥了，還有男人相幫。

……（中略）……

但是，過了幾天，阿金就不再看見了，我猜想是被她自己的主人所回覆。補了她的缺的是一個胖胖的，臉上很有些福相和雅氣的娘姨，已經二十多天，還很安靜，只叫了賣唱的兩個窮人唱過一回「奇葛隆冬強」的《十八摸》之類，那是她用「自食其力」的餘閒，享點清福，誰也沒有話說的。只可惜那時又招集了一群男男女女，連阿金的愛人也在內，保不定什麼時候又會發生巷戰。但我卻也叨光聽到了男嗓子的上低音（barytone）的歌聲，覺得很自然，比絞死貓兒似的《毛毛雨》要好得天差地遠。

……（下略）……

以上是從〈阿金〉這篇作品中剪切出的若干段落，從中至少可以知道「阿金」的身份以及她所處的是一個怎樣的環境。「她是一個女僕，上海叫娘姨，外國人叫阿媽，她的主人也正是外國人」，這一點自然無須再多說。其次是她的女朋友多，姘頭也多，經常「阿金，阿金！」的來找；然後是「大聲會議，嘻嘻哈哈」，經常吵鬧嚷嚷，即使被主人罵了打了，其效力也只能保存五六夜，此後還是一如既往；接下來是和周圍的打架經常不斷；

最後「阿金」被主人辭退了，「補了她的缺的」那個「又招集了一群男男女女，連阿金的愛人也在內，保不定什麼時候又會發生巷戰」。

　　作者只因和「阿金」的主人是鄰居，只因「她的主人家的後門，斜對著我的前門」這層關係而「不幸」受到干擾而已，如果設身處地的替「阿金」的主人想一想，那情形將會是怎樣呢？但這已經超越了〈阿金〉這篇作品的描寫角度，所以作品本身回答不了。要想回答這個問題，也就必須換個角度才能做到，即把觀察者從外國人的鄰居變為外國人自己。而瀧江保譯本中史密斯恰好提供了這樣一個角度，可以由此看到展現在那裡的情形。

> 在支那異人館に傭使せらるる諸の從僕の中に於て、家內の平和を掌握するは、庖人の右に出づる者なかるべし。初め庖人が其の家は傭はるるや、細君は、彼れに向て望む所と、望まざる所とを述ぶるに、彼れは始終天與の（習ひ得たるとはいはず）誠心誠意〔外觀上〕を以て謹聽す。例へば、細君より、「前の庖人は、麵包の未だ沸騰せざるに、之を竈に入るるの惡習あり。是れ彼れが妾の気に入らずして遂に暇を出されたる一因なりと述ぶれば、新庖人は笑坪に入りて答へて曰く。「僕固より過失多きを免かれざるべし。左れど決して頑固にあらざることは、堅く保証する所なり。豈奶奶（おくさま）の厭はるる所を強て為すが如きことあるべけや。」細君又「犬、懶惰漢及ひ烟草の三者を庖厨に入るるは妾の堪えざる所なり」と述ぶれば、答へて曰く。「僕性甚だ犬を嫌忌し、未だ喫烟を解せず。元來他國の人なるを以て、

府內に於て、只僅に一二の友あるのみ。而かも一人の懶惰漢なし」と。遂に其の家に傭はるることは為りぬ。然るに未だ数日ならざるに、彼れの麺包の拵へ方に於て、恰かも前庖人の『兄弟分』（プラット、ブラザー）たるの實を現はし、友人の庖厨に出入するもの無数殊に犬を携ふるものも少なからず。喫烟の香（かおり）は、絶ゆる間なし。之を詰問するに答へて曰く。「麺包の出来なることは、僕實に之を許す。左れど、決して、溲ね方の不充分が為にあらず。友人も亦庖厨に入りたるに相違なし。左れど彼れ等は、僕の友人にあらず。確かに日傭取〔今此の家に傭はれ居る〕の仲間なり。然れども一切犬を携へず。且つ既に帰り去りて一人も残らず。盖し再ひ来らざるべし。但し明日に至れば、復た来るならん。我れ等従僕は、一人も烟を喫するものなし。其家の従僕等は、非常の喫烟家輩なれば、顧ふに其の烟の塀を超え来りて我が家に来れるならん。僕は真に家法を守れり。左れど其の他の人々をして悉く之を守らしむること能はず。」と。（〈第九章　柔軟的強硬〉、pp.90-91）

〔中譯〕在受雇於支那異人館的各種從僕當中，掌握一家之和平者，非廚子莫數。當廚子剛雇到這家來時，夫人會向他講述希望他做什麼和不希望他做什麼，廚子則始終以一種與生俱來（不可謂後天習得）的誠心誠意〔外觀上〕，洗耳恭聽。例如，夫人對他說：「從前的那個廚子有個壞毛病，他總是把沒發好的麵包坯放進烤爐裡，這是我把他辭退的一個原因。」新廚子會笑著說：「僕難免多

有過失，卻決不會頑固至此，老天在上，豈敢有強使奶奶
大動肝火之理？」夫人後吩咐說：「把狗、閑漢、煙草這
三樣帶進庖廚，是我最不能忍受的。」廚子答道：「僕素
性非常討厭狗，也不吸煙，又是他鄉之人，在府內只有
一二個朋友，而又沒有一個是閑漢。」遂被這家雇傭了。
但沒隔數日便露了底細，彼之在麵包的做法上恰和前任廚
子相「仲伯」（brother）；朋友出入庖廚無數，而且攜犬
而至者亦為數不少；廚房裡吞雲吐霧，煙草氣味不斷。把
廚子叫來問是怎麼回事，回答說：「僕承認麵包確實沒發
起來，但決不是麵揉得不好；是有朋友到廚房來，這事沒
錯，但並不是僕的朋友，而真的是短工〔今受雇在這家幹
活〕的同黨。但決無攜犬而入之事，而且他們都已經回去
了，一個人也沒留下。蓋不會再來。但明日可能再來也未
可知。我等從僕，沒有一個人吸煙，若有煙氣，肯定是隔
壁那一家的從僕所為，彼等皆非常好煙之輩，想必煙從牆
那邊飄至而來。僕真的是遵守家法，但卻不能使別人都來
遵守。」

這是史密斯為敘述一種「特別的氣質」，即「柔弱的強硬（Flexible
inflexibility）」所舉的一個例子。「廚子」在澀江保譯本中譯作
「庖人」，但亦和「包依」一樣，是「從僕」之一並無問題。
「廚子」在不聽主人話，對主人「面從後背」[47]以及召集閑漢在
主人家「紮堆兒」這一點上，與〈阿金〉裡的描寫完全一致；而
且在補缺的後任一如既往，與前任一樣，絲毫沒有改善這一點

---

[47] 澀江保語。在日譯本第89頁注釋道：「柔軟的強硬，殆與支那人之所謂
「面從後背」同義也。」

上，也與〈阿金〉裡的處理方式完全一致。由此看來，說魯迅在
創作〈阿金〉時借鑒了史密斯的材料和處理方式，也並不是過於
勉強的罷。

魯迅怎樣「看」到的「阿金」？
──兼談魯迅與《支那人氣質》關係的一項考察

一、關於〈阿金〉以及「阿金」的研究

　　1934年12月21日，魯迅做〈阿金〉一文，並寄給《漫畫生活》雜誌。但該文沒能在《漫畫生活》上及時刊出，而是於一年多以後的1936年2月20日才在上海《海燕》月刊第二期首次面世。[1]繼爾為魯迅生前編定死後出版的《且介亭雜文》中的一篇而呈今日之文本形態。[2]

　　魯迅自稱〈阿金〉為「隨筆」或「漫談」[3]，但也許是由於《且介亭雜文》集名的緣故，研究者習慣將其歸入「雜文」類。筆者傾向已故錫金先生的意見，毋寧把〈阿金〉看作一篇作品，「是從魯迅的小說創作發展下來的最後一篇雜文化了的小說」[4]。因為〈阿金〉描寫了一個叫做「阿金」的人物，就形象塑造而言，不說比通常魯迅作品集裡的一些作品寫得更像作品，至少也不遜於其中的一些作品。1937年日本改造社出版世界首套魯迅全

---

[1]　魯迅日記1934年12月21日：「曇。……下午作隨筆一篇，二千餘字，寄《漫畫生活》。」（《魯迅全集》第15卷，第187頁。人民文學出版社，1981年版，以下相同）即指《阿金》。另參照《魯迅全集》第6卷，第202頁《阿金》注釋1。

[2]　參照《且介亭雜文·附錄》，《魯迅全集》第6卷，第213頁，和收錄在同卷中的《且介亭雜文》卷首說明。

[3]　出處分別同注釋1、2。

[4]　錫金〈魯迅的雜文〉，《長春》創刊號，1956年10月。

集──日文版《大魯迅全集》七卷本，分別以第一卷和第二卷收
譯魯迅自認「創作」的「五種」集裡[5]的全部作品，值得注意的
是，第一卷除《吶喊》、《彷徨》外，還另追加「其他二篇」，
即〈我的種痘〉和〈阿金〉。前者在魯迅生前未收集[6]，是否可
視為「創作」也可再考慮，但至少把〈阿金〉作為作品收入進
來，筆者以為是很能體現編譯者的眼光的。[7]

　　那麼，阿金是誰？又是怎樣的形象呢？這其實是〈阿金〉
閱讀史和研究史中的一個問題，不過在涉及過去的研究之前，筆
者還是想先在本文的問題框架內，根據〈阿金〉這一作品，對阿
金這個人物及其相關事項做一次整理。文本根據人民文學出版社
1981年版《魯迅全集》（第6卷），其他引文亦出自相同版本。

　　〈阿金〉含標題和後署日期在內，約2700餘字，除去那些用
於過渡或展示具體場景的細節描寫和作者的議論外，其人物和展
開大致如下：

　　　　近幾時我最討厭阿金。她是一個女僕，上海叫娘姨，
　　外國人叫阿媽，她的主人也正是外國人。
　　　　她有許多女朋友，天一晚，就陸續到她窗下來，「阿

5　魯迅在《南腔北調集・〈自選集〉自序》中指《吶喊》、《彷徨》、
　《野草》、《朝花夕拾》、《故事新編》這五本集子說，「可以勉強稱
　為創作的，在我至今只有這五種」。《魯迅全集》第4卷，第456頁。

6　現收《集外集拾遺補編》，《魯迅全集》第8卷。卷首說明：「本書收入
　一九三八年五月許廣平編定的《集外集拾遺》出版後陸續發現的佚文，其
　中廣告、啟事、更正等編為附錄一；從他人著作中錄出的編為附錄二。」

7　《大魯迅全集》第一卷，改造社，昭和十二年（1937）2月出版，編譯者
　為井上紅梅、松枝茂夫、山上正義、增田涉、佐藤春夫。增田涉作卷尾
　《解說》。第二卷於昭和十一年（1936）四月出版，編譯者除無第一卷
　的山上正義而有鹿地亙外，其餘相同。

金，阿金！」的大聲的叫，這樣的一直到半夜。她又好像
頗有幾個姘頭；她曾在後門口宣佈她的主張：弗軋姘頭，
到上海來做啥呢？……不過這和我不相干。不幸的是她的
主人家的後門，斜對著我的前門，所以「阿金，阿金！」
的叫起來，我總受些影響，有時是文章做不下去了，有時
竟會在稿子上寫一個「金」字。……

……（中略）……

……自有阿金以來，四圍的空氣也變得擾動了，她
就有這麼大的力量。這種擾動，我的警告是毫無效驗的，
她們連看也不對我看一看。有一回，鄰近的洋人說了幾句
洋話，她們也不理；但那洋人就奔出來了，用腳向各人亂
踢，她們這才逃散，會議也收了場。這踢的效力，大約保
存了五六夜。

此後是照常的嚷嚷；而且擾動又廓張了開去，阿金和
馬路對面一家煙紙店裡的老女人開始奮鬥了，還有男人相
幫。……

……（中略）……

但是，過了幾天，阿金就不再看見了，我猜想是被她
自己的主人所回覆。補了她的缺的是一個胖胖的，臉上很
有些福相和雅氣的娘姨，已經二十多天，還很安靜，只叫
了賣唱的兩個窮人唱過一回「奇葛隆冬強」的《十八摸》
之類，那是她用「自食其力」的餘閒，享點清福，誰也沒
有話說的。只可惜那時又招集了一群男男女女，連阿金的
愛人也在內，保不定什麼時候又會發生巷戰。……

……（下略）……

　　以上是從〈阿金〉這篇作品中直接剪切出的若干段落，中間即使不在「中略」或「下略」之處加上用以過渡的說明，也至少可以知道「阿金」的身份以及她所處的是一個怎樣的環境。首先，「她是一個女僕，上海叫娘姨，外國人叫阿媽，她的主人也正是外國人」。其次，她的女朋友多，姘頭也多，經常「阿金，阿金！」的來找；然後「大聲會議，嘻嘻哈哈」，經常吵鬧嚷嚷，即使因此被洋人罵了打了，其效力也只能保存五六夜，此後還是一如既往；接下來是和旁邊「煙紙店裡的老女人」打架，雙方的周圍「還有男人相幫」；最後「阿金」被主人辭退了，「補了她的缺的」那個女僕「又招集了一群男男女女，連阿金的愛人也在內，保不定什麼時候又會發生巷戰」。

　　以往對〈阿金〉做專題研究的論文不多[8]，研究重心在「阿金」形象的解讀。在這個意義上，竹內實先生的〈阿金考〉（1968）[9]，便在並不多見的〈阿金〉專論中處在具有代表性的位置上。這是研究「阿金」的最仔細的一篇論文，讀後令人大開眼界。在上個世紀七十年代中期，薛綏之先生就已經注意到這篇論文，並將其寄給馮雪峰先生[10]，只是到了近年才有中譯本

---

[8]　北京魯迅博物館編《魯迅研究月刊》從1980年到2006年第4期無專題論文。張夢陽著《中國魯迅學通史》上中下，廣東教育出版社，2002年，其索引卷存篇目兩篇：孟超〈談「阿金」像——魯迅作品研究外篇〉，1941年10月15日《野草》（月刊）（桂林）3卷2期；黃樂琴〈阿Q和阿金——病態人格的兩面鏡子〉，1991年6月《上海魯迅研究》4輯。筆者此外所見論文有，鄭朝宗〈讀〈阿金〉〉，《福建文藝》1979年第10期，後收鄭朝宗著《護花小集》，福建人民出版社，1983年。黃楣〈談〈阿金〉〉，《中國現代文學研究叢刊》第3期，1982年。何滿子〈阿Q和阿金〉，《上海灘》1996年第2期。

[9]　竹內實〈阿金考〉，佐佐木基一、竹內實編《魯迅と現代》、勁草書房1968年7月，第150-183頁。

[10]　〈馮雪峰致薛綏之的信（1973年9月～1975年10月）〉，《新文學史料》

出來。[11]

　　另外，從〈阿金〉的研究史來看，除少數個別的例子外，幾乎所有關於「阿金」的研究，都是「旁及」式的，而非正面的。所謂「旁及」式的，是指因為要研究《故事新編》，要研究〈采薇〉，也就不能不涉及置主人公於死地的「阿金姐」，再由這個「阿金姐」而言及〈阿金〉裡的「阿金」。反過來，由「阿金」而「阿金姐」的推衍是很少見的。這就是說，從研究重心來看，〈采薇〉裡的「阿金姐」構成問題，而〈阿金〉裡的「阿金」卻基本不構成正面問題，或者只構成前者的附屬問題。因此，如果說在《故事新編》──或者說〈采薇〉的研究史裡保留了若干關於「阿金姐」或「阿金」的研究的話，那麼其主要問題點就集中在探討魯迅所說的「油滑」以及「阿金姐」或「阿金」是怎樣的形象，應該如何評價這樣一些問題上來。

　　不過，筆者以為，在「阿金」和「阿金姐」的關係中，前者是源頭，後者是引申。證據是1935年12月魯迅一氣作《故事新編》最後的三篇作品即〈采薇〉、〈出關〉和〈起死〉時[12]，正好和他重閱〈阿金〉，將其編入《且介亭雜文》的時期相重合。也就是說，「阿金姐」走進〈采薇〉，在首陽山登場，是和魯迅編輯（重閱）一年前的〈阿金〉，並把自己的「參不透」（即〈阿金〉緣何不許發表）寫進《且介亭雜文·附錄》這一過程相一致的。可以說，「阿金姐」是由「阿金」派生出來的

第五輯，1979年11月，第222頁。

[11] 竹內實著、程麻譯《中國現代文學評說──竹內實文集第二卷》，中國文聯出版社，2002年。

[12] 1935年12月3日致孟十還信說「目前在做幾個短篇」。《魯迅全集》第13卷，第259頁。筆者以為，雖然三篇的截稿日期都是當月，但魯迅所言卻意味著起筆不一定是當月。

形象，是後者的某個分支或某種引申，其根本還在於〈阿金〉。只孤立地看「阿金姐」，或者以「阿金姐」旁及「阿金」，捨本逐末也。

二、「大陸新村」與「留青小築」——「阿金」的「舞臺」？

　　去年（2005年）12月末和今年（2006年）3月末，筆者先後兩次走訪上海魯迅紀念館，參觀位於現在上海市虹口區山陰路132弄9號的魯迅故居，得到了上海魯迅紀念館，尤其是擔任副館長的王錫榮先生的幫助和指教，在此謹致以衷心的感謝。可以說，如果不蒙惠於前者，這篇論文是寫不踏實的。

　　為什麼要去虹口區山陰路132弄9號的魯迅故居呢？這與本文的問題有關：「阿金」實有其人，還是魯迅的虛構？在作品裡，「阿金」的故事是通過「我」的「看」而展開的，那麼「我」又是誰？是魯迅本人嗎？除了上面提到的錫金先生的看法外，過去的研究幾乎都沒有作過這種研究假設。然而，筆者以為，這些問題正與魯迅為什麼要塑造這麼個人物形象，其意義何在等問題相關。在這個前提下，考察魯迅故居也就是解答上述假說的一道必要的手續了。因為魯迅在那裡寫作了〈阿金〉，如果他是寫實，那裡就既是「阿金」表演的舞臺，也是他本人實際觀看「阿金」的劇場；如果是虛構，那麼那裡也至少可以作為某種相關的要素來考慮。這裡還要順便指出一點，幾乎所有的研究都有一個默認的前提，那就是〈阿金〉裡的「我」是魯迅，因此「我」的「看」，也就是魯迅的「看」。——倘按照這個思路，魯迅觀察「阿金」，寫「阿金」的問題似乎簡單明瞭，只要把作品中的

「我」和「阿金」的位置做一下確認，事情就結了。

比如說，「我」和「阿金」的主人是鄰居，「她的主人家的後門，斜對著我的前門」。把這一位置關係還原到現實中來，顯然就是現虹口區山陰路132弄9號魯迅故居與前面那幢房子的關係。先來說魯迅故居。魯迅居住時的地址名稱為「施高塔路130號大陸新邨9號」。自1933年4月11日搬入，到1936年10月19日逝世，魯迅在該處住了三年半，是魯迅在上海生活的最後一處寓所。據魯迅紀念館介紹，大陸新邨係由大陸銀行上海信託部投資建造，民國二十年（1931年）落成，共六排磚木結構三層樓房。魯迅居住的9號位於南向第一排西數第二單元，占地78平方米，建築面積222.72平方米。此處作為魯迅故居於1951年1月7日對外開放，1952年5月起改為內部開放，1989年3月起重新開始對外開放。關於故居的物理性資料，現在於書報雜誌和互聯網都比較常見而易得，但筆者在此要特記一筆的是，除了實地參觀外，今年三月還從王錫榮先生處獲得了1960年繪製的魯迅故居平面圖影本（A3尺寸5枚），由此可對魯迅的住居空間瞭解得更加詳細。

問題是「阿金」的住居，或者嚴密一點說，是「阿金」主人的房子的情況。在大陸新邨9號南面，並列六排相同的房子，魯迅在書信中指點收信人去他家的路時，提到了這六排房子，它們叫「留青小築」。

> 大陸新邨去書店不遠，一進施高塔路，即見新造樓房數排，是為「留青小築」，此「小築」一完，即新邨第一弄矣。[13]

---

[13] 1934年5月24日致姚克，《魯迅全集》第12卷，第432頁。

關於「留青小築」，曾寫信向王錫榮先生請教，得到答覆要
點如次：（1）「留青小築」，亦為大陸銀行所建，建設週期自
1933年10月18日算起為180天；（2）當時住戶，有中高級職員，
也有記者、作家等文化人，商人，其中日本僑民也不少。但也不
是太高級的住宅區，真正的富人是沒有或極少數的。（3）建築
格局，大體上都是一樓有前「客堂」，後面是廚房、衛生間，一
樓到二樓樓梯轉角上有衛生間，二樓也有前客堂，後客堂。在二
樓與三樓（或二樓與曬臺）轉角處是「亭子間」。「留青小築」
是所謂「二樓半」，即沒有三樓，只有二樓和「亭子間」。──
作品中所說的「阿金的繡閣的窗」，大概就是這「亭子間」的窗
戶吧。

　　參觀魯迅故居時，自然也會看到「留青小築」南數最後一
排，即與魯迅故居對過的那趟房子。那趟房子的確有許多「後
門」對著故居這邊。從「斜對著我的前門」的方向看，「留青小
築」那邊有三個「後門」斜對著魯迅故居，左前方，即東南方有
現在門牌為41號的後門，右前方，即西南方有兩個後門，現在門
牌分別為42和43號。「阿金」究竟出入哪一個「後門」還不好斷
定，但筆者今年3月有幸由41號後門進入「留青小築」，並且參
觀了那裡的一樓。主人是位畫家，放下手中的工作接待了我們一
行。根據當時目擊和拍下的照片，一樓的格局是，由「後門」即
房子北側進入後，即為廚房兼過道，穿過廚房，是一條短而窄的
走廊，走廊右側是牆壁，左側是樓梯，走過走廊就是房門，由左
手可以上樓梯，進入房門，是一間約有15、16平方米的房間，南
牆與房門相對，幾乎被左門右窗占滿，房門的右手有向北凹進去
的一塊5、6平方米的空間，與其說是另一間，倒不如說是這個房
間的一部分。但「阿金」即使到一樓來，這個空間也不會是她

的，「阿金」的立足之處應該是廚房，她從樓梯上走下來，到廚房去幹活，或者由廚房推開後門走到與大陸新邨相間的弄堂裡去和其他人家的傭人「大聲會議」，「宣佈她的主張：弗軋姘頭，到上海來做啥呢？」——當然，這是根據作品的推想。

根據〈阿金〉的內容做實地踏查後，「阿金」和「我」大致就是這種位置關係。早在1962年，竹內實先生基於「我」是魯迅的前提，也同樣走訪過，但他似乎沒能走進「留青小築」。如果〈阿金〉是篇紀實之作，那麼「留青小築」也就是「舞臺」的背面無疑。至少魯迅當年是不大可能去訪問前邊那一家的。不過這樣一來，問題也就顯得有些畫蛇添足：既然「阿金」和魯迅的位置關係是清楚的，那麼還存在著後者怎樣「看」前者的問題嗎？一切不都「看」得真真切切嗎？

筆者願意這樣想，但仍有不能釋然之處。因為做上述推想得有一個基本前提，那就是魯迅在實寫「阿金」。然而，果真有「阿金」這麼個人嗎？如果這個前提不成立，那麼「阿金」的「舞臺」，「我」的「看」，以及「我」是否就是每天在大陸新邨9號二樓靠南窗居中放著的寫字臺前從事著譯的魯迅便都成為問題。

三、「阿金」確有其人嗎？

目前雖無法斷言「阿金」不存在，但也找不出「阿金」實際存在的任何證據。

首先，魯迅文本中有三處關於「阿金」的記述，都是就這篇作品的寫作和發表而言[14]，沒有「阿金」實有其人的記錄。

---

[14] 除注釋（1）和（2）所標出處外，還有1935年1月29日致楊霽雲信。

　　其次，「阿金」其人也不見於任何相關的回憶。按理說，如果「我」是魯迅的話，那麼一個把魯迅「擾動」得心煩意亂，「有時竟會在稿子上寫一個『金』字」，甚至搖動了他「三十年來的信念和主張」的「阿金」，可謂能構成「事件」的人物了，即使魯迅自己不記，也總該在身邊人的回憶當中留下些許痕跡。但是沒有。許廣平在回答馮雪峰的提問時雖提到這篇「描寫里弄裡女工生活的小文」，也只是講述該文的被檢查當局「抽去」，並未涉及現實中是否有「阿金」這麼個人。[15]

　　第三，根據上面的介紹，魯迅一家1933年4月11日搬入「大陸新邨9號」時，還沒有前面的「留青小築」，因為後者始建於半年以後的1933年10月18日。據說，「魯迅初搬到這裡時，樓前是一塊空地，雨後蛙聲大作，如在鄉間。從樓上的窗戶望去，看得見南面不遠處的內山書店和內山寓所……」[16]。這就是說，在魯迅搬入後，至少在半年的時間裡，他的窗前還是一片空地；如果把180天工期也計算進來，那麼「留青小築」與「大陸新邨」的對峙而立，當是他搬來一年以後的1934年4月中下旬，即使真有「阿金」這麼個人，也只能出現在此後到12月中旬為止的半年多時間裡。那麼，剩下的問題就只能交給想像了，在陸續搬倒「留青小築」那些屬於社會「中層」的外國住戶裡，有人會雇用「阿金」這樣一個整天吵得四鄰不安的「阿媽」嗎？

　　還有一點，「大陸新邨」與「留青小築」在當時到底是怎樣

[15] 參見許廣平〈研究魯迅文學遺產的幾個問題〉，收《欣慰的紀念》，人民文學出版社1951年7月初版，此據魯迅博物館、魯迅研究室、魯迅研究月刊編《魯迅回憶錄》（專著‧上）第315頁，北京出版社，1999年。

[16] 魯迅博物館《魯迅文獻圖傳》，大象出版社，1998年，第194頁。在參觀魯迅故居時也聽到講解員做同樣講解。但出處均未詳。請教王錫榮先生，答似許廣平來館時的口述內容。

的環境呢？

就在〈阿金〉寫作的三天前，1934年12月19日晚，魯迅在梁園豫菜館請客，應邀來者有蕭軍蕭紅，這是繼同年11月30日魯迅首次見到二蕭後首次宴請他們。大約在一年以後的1935年11月6日，也就是魯迅將要著手編輯包括〈阿金〉在內的《且介亭雜文》的那個時期，蕭軍蕭紅第一次訪問了魯迅的家，不久，他們也搬到魯迅家附近，在此後的半年多時間裡他們便是大陸新村9號的常客了。「每夜飯後必到大陸新邨來了，颱風的天，下雨的天，幾乎沒有間斷的時候」[17]（次記書第5-6頁）。這段交往被蕭紅以她那特有的細膩記錄在了《回憶魯迅先生》（生活書店，1939年8月）裡。

> 魯迅先生住的是大陸新邨九號。
>
> 一進弄堂口，滿地鋪著大方塊的水門汀，院子裡不怎樣嘈雜，從這院子出入的有時候是外國人，也能夠看到外國小孩在院子裡零星的玩著。
>
> 魯迅先生隔壁掛著一塊大的牌子，上面寫著一個「茶」字。
>
> 在一九三五年十月一日。
>
> 魯迅先生的客廳裡擺著長桌，長桌是黑色的，油漆不十分新鮮，但也並不破舊，桌上沒有鋪什麼桌布，只在長桌的當心擺著一個綠豆青色的花瓶，花瓶裡長著幾株大葉子的萬年青。圍著長桌有七八張木椅子。尤其是在夜裡，全弄堂一點什麼聲音也聽不到。[18]

---

[17] 蕭紅《回憶魯迅先生》第5-6頁，生活書店，1948年8月。

[18] 蕭紅《回憶魯迅先生》第24-25頁。

全樓都寂靜下去，窗外也一點聲音沒有了，魯迅先生站起
來，坐到書桌邊，在那綠色的檯燈下開始寫文章了。[19]

廚房是家庭最熱鬧的一部分。整個三層樓都是靜靜的，喊
娘姨的聲音沒有，在樓梯上跑來跑去的聲音沒有。[20]

只有廚房比較熱鬧了一點，自來水嘩嘩地流著，洋瓷盆在
水門汀的水池子上每拖一下磨著嚓嚓地響，洗米的聲音也
是嚓嚓的。[21]

樓上樓下都是靜的了，只有海嬰快活的和小朋友們的吵嚷
躲在太陽裡跳蕩。[22]

以上是摘錄出的片斷。在所有關於魯迅的回憶當中，對魯
迅家居的描寫，恐怕再沒有比蕭紅更為詳細的文字了。除了「一
九三五年十月一日」這個他們初訪日期已被訂正外，其餘恐怕只
能作為事實來接受。雖然上引內容跳躍很大，相互之間沒有什麼
必然聯繫，但可以用一個字來概括它們，那就是一個「靜」字。
「安靜」的「靜」。

蕭紅筆下大陸新邨9號的「靜」，與魯迅〈阿金〉裡由「大
聲的叫」、「嚷嚷」乃至「巷戰」所構成的「擾動」是齟齬的，
這顯然是現實世界與作品世界的差異。據此有理由推測，後者

---

[19] 蕭紅《回憶魯迅先生》第29頁。
[20] 蕭紅《回憶魯迅先生》第29-30頁。
[21] 蕭紅《回憶魯迅先生》第30頁。
[22] 蕭紅《回憶魯迅先生》第50頁。

的所謂「鬧」的世界，其實是在一個現實中「寂靜」的環境下
造就的，是一個空想的世界，作品的世界。正像魯迅不相信
「窮愁著書」[23]，以為「文學總是一種餘裕的產物」[24]一樣，真
有一個「阿金」在他身邊大聲嚷嚷，也就不會有一個作品中的
「阿金」了。

　　筆者認為，「阿金」是一個想像的產物，是一個虛構的人物。

四、走進作品的現實要素

　　既然「阿金」是想像的，是虛構的，那麼以上討論的「大陸
新邨9號」魯迅故居和對面的「留青小築」等，對作品的內容來
說也就全無意義了嗎？否。筆者以為，包括這兩處建築在內，魯
迅身邊的許多事項，都作為要素進入到作品中來，或者說，作者
魯迅借助於眼前的林林總總為想像的「阿金」搭起了一座想像的
「舞臺」。

　　魯迅的周邊的確住著外國人。這從上引蕭紅的目擊可以獲
得確認。而且也正像前面介紹「留青小築」時所說，就位置關係
而言，作品與現實世界完全相符。甚至「我」這邊的「樓窗」，
置換為大陸新邨9號二樓南窗也未為不可。——不過，以筆者的
現場實測，即使站起身來也未必能夠看到下面，因為窗臺太高，
而底層玻璃也不是透明的那種，更何況還隔著一張桌子。另據孔
海珠著《痛別魯迅》（2004）所收兩張照片[25]，二樓南窗的玻璃

---

[23]　《華蓋集・「碰壁」之後》，《魯迅全集》第3卷，第68頁。

[24]　《而已集・革命時代的文學》，《魯迅全集》第3卷，第423頁。

[25]　孔海珠著《痛別魯迅》，上海社會科學院出版社，2004年。兩張照片分
　　　別為該書第1頁「魯迅逝世當天拍攝的書櫥」和第21頁「魯迅逝世當日的
　　　書桌」。

雖與現在所見不同，但底層玻璃的不透明和由於窗前堆得很滿致
使窗戶的不容易推開以及即使推開也不易向外看這幾點，與現在
並無不同。更何況蕭紅證實魯迅工作時有緊閉窗戶的習慣，哪怕
「屋子裡熱得和蒸籠似的」[26]也不肯打開。

　　所以，夜裡聽見外面的叫聲，「同時也站起來，推開樓窗去
看」的「我」，也就未必是作者魯迅本人了。錫金先生所指出
的「『我』也可以作為一個人物來看待」[27]，在這個意義上是成
立的。

　　有一點需要在此申明，過去人們對「阿金」象徵意義曾有
過種種闡釋，包括《魯迅年譜》中所認為的「寄予了對國民黨反
動派的曲折的攻擊」[28]以及那些與此不同的觀點[29]，這些討論都
涉及到當時的許多現實性要素，但這裡卻不打算把它們納入到
本文意義上的「現實要素」的討論中來。本文所說的「現實要
素」，是指直接進入作品的那些現實中實際存在的素材本身，而
不是這些素材進入作品之後所具有的「象徵意義」，或者由「象
徵意義」而反推出來的「史實」。可以說，上面提到的「留青小
築」、「大陸新邨」以及魯迅的書齋等都是不爭的現實要素。

　　另外一點是作為「阿金」社會角色的「娘姨」身份。前面
已經說過，很難想像魯迅身邊實際存在著一個現成的「阿金」原
型，但「娘姨」或「阿媽」在當時似乎隨處可見。魯迅和許廣平

---

[26]　蕭紅《回憶魯迅先生》第27-28頁。

[27]　錫金〈魯迅的雜文〉，《長春》創刊號，1956年10月。

[28]　魯迅博物館魯迅研究室編《魯迅年譜（四）》第150頁。人民文學出版
　　社，1984年。

[29]　如竹內實〈阿金考〉和黃楣〈談〈阿金〉〉就都認為，把「巷戰」之類
　　具體看成對什麼什麼的諷刺，實際也就和當年因此而不許作品發表的國
　　民黨檢察官的眼光沒什麼不同。參見注釋10。

到上海後究竟用過多少保姆，似還沒有人專門研究過，據說上海魯迅紀念館今後將組織人做這一課題。就筆者現在所查到的情況而言，魯迅和許廣平在景雲里23號時曾用過一個保姆，後來他們搬到18號時把這個保姆留給了柔石和魏金枝。[30]順附一句，中文版〈阿金考〉說「魯迅搬家的時候，魏金枝和柔石有一個女傭，人們都叫她阿金」[31]，似誤譯，日文原意為「魯迅搬家時把女傭人留給了魏金枝和柔石，這就是作為普通名詞的阿金」[32]。應該訂正過來。後來有一個叫「王阿花」的帶過海嬰，魯迅甚至還為她打過官司。[33]在大陸新邨9號，蕭紅看到魯迅家有兩個「娘姨」，一個做飯，一個帶海嬰，還特意寫到她們。[34]這就是說「女傭」也是魯迅生活中的一部分。大陸新邨的廚房在一樓北側，那是「娘姨」工作的場所，這與前面「留青小築」的廚房位置相同，這種位置也出現在〈阿金〉中。只是在實際生活中，

---

[30] 參見魏金枝〈和柔石相處的一段時光〉，《文藝月報》1957年3月號；〈左聯雜憶〉，《文學評論》1960年2期；〈柔石傳略〉，中國現代文學史資料叢書（甲種），丁景唐、瞿光熙編《左聯五烈士研究資料編目》，上海文藝出版社，1962年。在筆者所見資料中，此事只有魏金枝提及而且不斷提及：「連給我們弄伙食的一個老女工，聽了這個消息，也簌簌地掉下淚來……」；「這裡是魯迅先生曾經住過的，戶口還注明是周豫材，所用的保姆，也是魯迅先生家用過的」；「連所用的保姆，原本也是魯迅先生家裡的」。

[31] 同注釋1，第132頁。

[32] 出處同注釋9，第155頁。原文為：「魯迅は引越しするとき魏金枝と柔石のために女中をおいていった。すなわち、普通名詞としての阿金である。」

[33] 此事見魯迅日記1929年10月31日，1930年1月9日、6月21日；書信1929年11月8日致章廷謙。

[34] 蕭紅在上記《回憶魯迅先生》裡多處寫到「娘姨」、「女傭人」和「保姆」。如，「我問許先生為什麼用兩個女傭人都是年老的，都是六七十歲的？許先生說她們做慣了，海嬰的保姆，海嬰幾個月時就在這裡」（第14頁）。

「比起別人家的廚房來，『魯迅家的廚房』卻冷清極了」，只能聽到炒菜、洗米和洗刷的聲音。[35]

那麼，讓「阿金」這麼個魯迅身邊本不存在的「娘姨」登場，是魯迅在「靜」中取「鬧」了？的確是有這麼種傾向，至少就大陸新邨的環境而言是如此。但是這「嚷嚷」、「巷戰」和「擾動」也並非憑空杜撰或取他人之事，其實也是魯迅自身生活經歷的一部分，只不過是非創作「阿金」時的共時性經歷，乃是此前記憶的喚醒罷了。許廣平曾記魯迅此前在景雲里時的「未能安居」之狀況。

> 住在景雲里二弄末尾二十三號時，隔鄰大興坊，北面直通寶山路，竟夜行人，有唱京戲的，有吵架的，聲喧嘈鬧，頗以為苦。加之隔鄰住戶，平時搓麻將的聲音，每每於興發時，把牌重重敲在紅木桌面上。靜夜深思，被這意外的驚堂木式的敲擊聲和高聲狂笑所紛擾，輒使魯迅擲筆長歎，無可奈何。尤其可厭的是夏天，這些高鄰要乘涼，而牌興又大發，於是徑直把桌子搬到石庫門內，迫使魯迅竟夜聽他們的拍拍之聲，真是苦不堪言的了。[36]

再加上「綁匪」與員警的槍戰以及頑童的投石放火，如許廣平所說，可謂「一段慘痛的回憶」[37]。因此，從實際情況而言，

---

[35] 蕭紅《回憶魯迅先生》第30頁。

[36] 許廣平〈景雲深處是我家〉，原載《上海文匯報》，1962年11月21日，此據魯迅博物館、魯迅研究室、魯迅研究月刊編《魯迅回憶錄》（散篇‧中冊）第959-960頁，北京出版社，1999年。

[37] 同上，第960頁。

魯迅的數次搬家，從景雲里到拉摩斯公寓，再到大陸新邨[38]，幾乎可以說是個避亂求靜的逃避過程。結果是獲得了一個相對安靜的住居環境，並把此前的一段經歷復活在〈阿金〉裡。〈阿金〉裡的熱鬧完全可以和許廣平記憶的景雲里重合。

環境有了，角色有了，「鬧」的氛圍也有了，可以說，到此為止幾乎已經找到了〈阿金〉這篇作品所包含的來自現實當中基本要素。然而，卻並不意味著問題已經解決，因為還有一個基本問題未能解答，那就是魯迅以怎樣的意識框架把這些要素構製為一篇作品，並確立（塑造）起「阿金」這個人物。換句話說，「阿金」是通過「我」的「看」而展現的，那麼魯迅又是怎樣來構製出了這種「看」呢？

五、「異人館」的廚子──魯迅敷衍〈阿金〉的一塊範本

筆者由此想到了《支那人氣質》當中的一段描寫。這本書是美國傳教士亞瑟‧亨‧史密斯（Arthur H.Smith, 1845-1932）所著 *Chinese Characteristics* 的日譯本。原書於1894年由美國紐約Fleming H. Revell Company出版，日譯本於兩年後的1896年（明治二十九年）12月，由東京博文館出版。譯者署名「羽化澀江保」（Uka Shibue Tamotsu）。魯迅留學日本時就讀過，直到臨死前仍念念不忘，希望有人能翻譯出來給中國人看。詳細情況請參照筆者的相關研究。[39]

---

[38] 據上記魯迅博物館魯迅研究室編《魯迅年譜》，魯迅和許廣平1927年10月8日由共和旅館搬入景雲里23號，1928年9月9日移居景雲里18號，1929年2月21日移居景雲里17號，1930年5月12日遷至北四川路拉摩斯公寓，1933年4月11日搬入大陸新邨9號。

[39] 〈澀江保譯《支那人氣質》與魯迅──魯迅與日本書之一〉（上、下），

　　這裡似應回顧一下〈阿金〉的故事展開。「阿金」是在外國人家做事的一個女僕，她的最令「我」討厭之處是她和「朋友」、「姘頭」的「大聲會議，嘻嘻哈哈」，她們的「嚷嚷」使「我」無法做事，而這種情形又持續不斷；她們即使因「擾動」被洋人罵了踢了，其效力也只能保存五六夜，此後還是一如既往；後來「阿金」因引起大規模的「巷戰」而被主人辭退了，但「補了她的缺的」那個女僕「又招集了一群男男女女，連阿金的愛人也在內，保不定什麼時候又會發生巷戰」。

　　這裡寫的分明是受雇於外國人家女傭的喧騷以及喧騷的周而復始，「我」只不過因和「阿金」的主人是鄰居這層關係而不幸受到「擾動」而已。如果設身處地地替「阿金」的主人想一想，那情形將會是怎樣呢？但這已經超越了〈阿金〉這篇作品的描寫角度，所以作品本身回答不了。要想回答這個問題，也就必須換個角度才能做到，即把觀察者從外國人的鄰居變為外國人自己。而澀江保譯本中恰好提供了這樣一個角度，可以由此看到展現在那裡的情形。因篇幅有限，此處略去日文原文。

　　　〔中譯〕在受雇於支那異人館之諸從僕中，掌握一家之和
　　　平者，非廚子莫數。當廚子剛雇到其家時，夫人會向彼講
　　　述所望與非所望，廚子則始終以與生俱來（不可謂後天習

《關西外國語大學研究論集》第67號（1998年2月）、第68號（1998年8月）。〈《支那人氣質》與魯迅文本初探〉，同上第69號（1999年2月）。〈「乞食者」與「乞食」──魯迅與《支那人氣質》關係的一項考察〉，佛教大學《文學部論集》第89號（2005年3月，第73-89頁）。〈「從僕」、「包依」與「西崽」──魯迅與《支那人氣質》關係的一項考察〉，佛教大學《文學部論集》第90號（2006年3月）。（〈澀江保譯《支那人氣質》與魯迅（上、下）〉壓縮版，轉載於北京魯迅博物館《魯迅研究月刊》1999年第4、5期。）

得）之誠心誠意〔外觀上〕，洗耳恭聽。如夫人云：「先前那廚子有惡習，總將未發之麵包坯放進烤爐，此乃辭退彼之一因。」新廚子笑道：「僕難免多有過失，卻決不會頑固至此，老天在上，豈敢有強使奶奶大動肝火之理？」夫人後吩咐說：「狗、閑漢、煙草，將此三樣帶進庖廚，乃妾所不堪。」廚子答道：「僕素甚厭狗，亦不吸煙，又是他鄉之人，在府內只有一二朋友，而又無一是閑漢。」遂被其家所雇。但未隔數日便底細大揭，彼之麵包做法，恰與前任廚子相「仲伯」（brother）；朋友出入庖廚無數，而攜犬而至者亦為數不少；廚房裡吞雲吐霧，煙草氣味不斷。詰問其故，答曰：「麵包的確不佳，但決非麵未揉透；亦有朋友到廚房來，此事不假，但非僕之友人，實乃短工〔今正為此家所雇〕之同黨。然則決無攜犬而入之事，且彼等已歸，無一人留下。蓋不會再來。但明日也許再來也未可知。我等從僕，無一人吸煙，若有煙氣，想必由隔壁越牆而至，其家從僕皆非常好煙之輩。僕真守家法，然非能使他人皆守之。」[40]

這是日譯本中展現的史密斯為敘述中國人的一種「特別的氣質」，即「柔弱的強硬（Flexible Inflexibility）」所舉的一個例子。「廚子」在不聽主人話，對主人「面從後背」[41]以及召集閑漢在主人家「紮堆兒」這一點上，與〈阿金〉裡的描寫完全一

---

[40] 參羽化澀江保譯《支那人氣質》「第九章　柔軟的強硬」，第90-91頁。博文館，明治二十九年（1896）。

[41] 澀江保語。在日譯本第89頁注釋道：「柔軟的強硬，殆與支那人之所謂『面從後背』同義也。」

致；而且在補缺的後任一如既往，與前任一樣，絲毫沒有改善這一點上，也與〈阿金〉裡的處理方式完全一致。由此看來，說魯迅在創作〈阿金〉時借用《支那人氣質》所提供的史密斯的這塊「範本」來鋪陳自己的作品，也並不是過於勉強的罷。

在〈阿金〉的創作問題上，魯迅與《支那人氣質》一書的關係還並不只是以上所見素材和素材處理方式的借用。筆者曾經指出：「從僕」（從僕）與「包依」（ボーイ，即boy）作為表示「僕人」的概念，在澀江保的日譯本《支那人氣質》中，體現著史密斯所確立的觀察中國人「氣質」的一個視點，在史密斯看來，「從僕」或「包依」是「支那人全體之撮要」，是「是支那人之一標本，由此推察一般支那人」；這一「職業」視點亦為魯迅所借鑒並用以自覺反觀中國的國民性，其對應關鍵字是「西崽」（boy），所不同的是魯迅將「西崽」這一職業普遍化為一種「西崽相」，凸現其處於「主奴之界」的奴性特徵。筆者以為，「阿金」這一人物創作基本處在自史密斯的「從僕」、「包依」到魯迅自身的「西崽」、「西崽相」這一發想的延長線上，或者再擴大一點說，與魯迅借助史密斯對國民性的思考有關。——如此說來，即使在〈阿金〉這一篇上，魯迅與《支那人氣質》也存在著某種「認知結構」上的對應關係。[42]

六、結論

儘管如此，筆者還是不能同意孟超在〈談「阿金」像——魯迅作品研究外篇〉（1941）一文中的觀點，雖然這是研究「阿

---

[42] 參見拙文〈「從僕」、「包依」與「西崽」——魯迅與《支那人氣質》關係的一項考察〉，佛教大學《文學部論集》第90號（2006年3月）。

金」的最早的一篇論文，而且也非常敏銳地捕捉到了「阿金」身上「西崽相」的一面，並開了拿她與「阿Q」相提並論的先河。[43]理由是把「阿金」抽象為一個政治符號，放棄了對「阿金」形象本身的分析。「阿金」是一個女人，是一個形象，當作者把她作為中國女人的「標本」（「願阿金也不能算是中國女性的標本」）來考慮時，恐怕未必會那麼乾癟和機械的吧。

正如人們業已指出的那樣，《阿Q正傳》裡的「吳媽」、〈故鄉〉裡的「楊二嫂」、〈父親的病〉裡的「衍太太」等人物也未必不能跟「阿金」放在一塊兒考慮。倘若再擴大一點，把「阿金」放在魯迅的女性觀的整體中來考察，那麼「阿金」又處在怎樣的位置呢？以筆者之管見，在魯迅以〈娘兒們也不行〉（1933）來應酬林語堂的「讓娘兒們幹一下吧！」[44]之前，就已經以同樣的思路在談「以妾婦之道治天下」的男人社會裡女人的「行」與「不行」了，如「密斯托槍」[45]和「以腳報國」[46]的主角就都是女人，這回再造一個攪得四鄰不安的「阿金」出場在這一思路裡也毫不奇怪──魯迅當然不希望中國的女人都是這樣，但在中國文化裡能割去「阿金」的性格要素嗎？這也許就是「阿金」的底蘊和不朽的力量所在，她會讓每個時代的人都能找到自己所認為的「阿金」，因此關於「阿金」形象爭論，恐怕還要伴隨著〈阿金〉的讀書史持續下去。但在此需對本文做出結論了。

---

[43] 原載《野草》第三卷，第二期，1941年10月15日，此據中國社會科學院文學研究所魯迅研究室編《1913-1983魯迅研究學術論著資料彙編》第三卷所收文本。

[44] 參見《集外集拾遺補編・娘兒們也不行》，《魯迅全集》第八卷。

[45] 《二心集・新的「女將」》，《魯迅全集》第四卷，第336頁。

[46] 《二心集・以腳報國》，《魯迅全集》第四卷，第327頁。另同集〈宣傳與做戲〉亦提及「以腳報國」事。

　　首先，〈阿金〉是一篇創作，「阿金」和「我」都是架空的，因此「我」的「看」不能等同於魯迅的看，前者只是魯迅的敘述手段。

　　其次，場景設置和人物設計皆有眼前事物和親身經歷為依憑，卻又在懸想中構築了一個非常真實的由「娘姨」們佔領著的喧囂的市井世界。

　　第三，在作品的所有要素都已齊備的前提下，令魯迅終生不忘的《支那人氣質》中的關於「廚子」的段落和「從僕」的觀察視點，為魯迅眼前和經歷中的那些素材提供了有效的組織模式，使之能夠最終形成作品。反過來說，這篇作品滲透著魯迅始終保持的在「國民性」問題上的強烈觀照意識。這一點也為魯迅與《支那人氣質》的關聯性提供一個不可動搖的實例。

　　第四，〈阿金〉雖不足三千字，卻熔鑄著魯迅自留學以來人生閱歷的許多要素，或者說這篇作品是在他漫長而豐富的人生閱歷的支撐下成就的，這種情形或許和做《阿Q正傳》時的「阿Q的影像，在我心目中似乎確已有了好幾年」[47]的醞釀過程很相像。借用丸山升先生在論述「作為問題的1930年代」時所強調的那種之於「路線」的「個體差異」[48]，那麼這篇看似輕鬆的作品便可能更具「魯迅」文學的特徵或其可能性，只是它們的很大一部分並沒被包含在以往的解釋當中。

---

[47]　《華蓋集續篇‧阿Q正傳的成因》，《魯迅全集》第三卷，第378頁。

[48]　參見《作為問題的1930年代——從「左聯」研究、魯迅研究的角度談起》，丸山日升著、王俊文譯《魯迅‧革命‧歷史——丸山日升現代中國文學論集》，北京大學出版社，2005年。

「竹內魯迅」三題

一、「竹內魯迅」的「異質性」

　　「竹內魯迅」從最初介紹到中國，到有百十幾位來自北京、上海等地重點高校和研究機構乃至海外的學者和研究生，圍繞「魯迅與竹內好」這樣一個議題，召開一個大型國際討論會（上海大學，2005.12.25-26），前後經歷了大約二十多年的時間。這期間，中日兩國學者的努力和時代變化所導致的接受外來文化土壤環境的改變，自無需多言，但是有一點仍讓人強烈地感受到沒有改變，那就是「竹內魯迅」對於中國來說，仍是一個「異質性」的存在。「異質性」意味著與自己素性的不同，意味著他者，甚而至於意味著異端。這一點並沒因為竹內好談的仍是最具有中國本土性的「魯迅」而有任何改變。

　　討論會上，在「竹內好」和「魯迅」之間之所以出現統籌和整合上的困惑，似乎和這種「竹內魯迅」的「異質性」不無關係。比如說，有這樣的發言：剛才我們討論的都是竹內（好），現在該談談魯迅了。──這裡所說的「魯迅」，當然是指在中國被一般闡釋和理解的魯迅，這是大家熟悉的，之所以要轉回到這裡來，就是因為在「竹內魯迅」的言說當中出現的「魯迅」是一個不容易借助人們熟悉的現成的「概念裝置」來表述的對象。於是，一個熟悉的魯迅，變得陌生了。

　　中日上一代學者在1980年代初開展交流，並且合作將日本的

魯迅研究介紹到中國來的時候，都對「竹內魯迅」這種「異質性」有著明確的認識。1983年劉柏青先生訪日之後，對日本的魯迅研究做了詳細介紹，他在高度評價「竹內魯迅」在日本戰後思想史上的開創意義的同時，又對「竹內魯迅」表示出了極大的保留（參見《魯迅與日本本文學》，第215-216頁，1985）。這是因為他明確意識到了「竹內魯迅」與當時中國現代文學研究界，特別是魯迅研究界在魯迅認識上的巨大差異。因此，他在介紹時，有意以竹內好之後的日本當代魯迅研究來「淡化」這種差異：「『竹內魯迅』只是新時期魯迅研究的出發點，它的許多論點，都被後來的魯迅論，克服了，修正了，超過了。所以，『竹內魯迅』的真價值，未必是表現在這些不大正確的學術觀點上面，而是另有所在。」（同上）交流了二十年後，伊藤虎丸先生的看法亦與當初沒有什麼不同。他在生前最後一篇論文中仍就竹內好的《魯迅》指出，「從日中思想交流這一方面來講，這本書同中國的魯迅觀、文學觀的距離是最遠的」。竹內好筆下的「魯迅形象，即使只作為文學觀本身的問題，不要說要和中國歷來的魯迅形象發生正面衝突，從一開始就很難找到對話的接點的。」（李冬木譯〈戰後中日思想交流史中的《狂人日記》〉，《新文學》第三輯「伊藤虎丸先生紀念小輯」，大象出版社，2005）。

因此，把「竹內魯迅」導入到中國的魯迅研究裡來，從一開始就是知其不可為而為之的行為。1986年浙江文藝出版社出版了竹內好《魯迅》的中譯本，可以看做「竹內魯迅」本體直接進入中國的開端。只是印數太少了，據說只有一千冊，就物理性而言，不能不說是一種稀少資源，以至在後來的15年間「竹內魯迅」幾乎沒在中國魯迅研究核心刊物乃至魯迅學史當中留下痕跡。在這次上海討論會上筆者遇到的專業學者當中，讀過當年中

譯本的人為數不多，有趣的是即使在這為數不多者當中，反映也
完全不同，或曰是自己讀到的最好的魯迅研究，或曰並不覺得怎
樣好。如此不同的讀書體驗和感受，恐怕都與「竹內魯迅」的
「異質性」不無關係。

　　筆者十分慶幸這二十幾年間「竹內魯迅」一直以澹然的
「間接」方式存在，直至最近才出《近代的超克》（三聯書店，
2005）這一譯本，否則會因它的「異」而早被反掉。其實，這其
間（尤其是近年）在中國看到的日本魯迅研究，更多的倒是竹內
以外的「魯迅」。伊藤虎丸、北岡正子、木山英雄、丸山升、竹
內實、片山智行、丸尾常喜、山田敬三、藤井省三等等的「魯
迅」都陸續被譯介進來。對這些「魯迅」進行整合將是有趣和
有意義的題目，但那時可能會發現它們的初始點還是「竹內魯
迅」。這倒並不只意味著上述「魯迅」都居「竹內魯迅」之後，
又都從不同的問題角度在延伸或修正著前者，更重要的是它們都
保持了與「竹內魯迅」相一致的相對中國而言的「異質性」。

　　例如，使「竹內魯迅」成立並且得以延伸到「中國論」層
面來闡釋的現實根據，是日本戰敗和中華人民共和國成立這一歷
史圖式。在這一圖式下，魯迅代表著中國的「近代」，而中國
的「近代」又是與日本「墮落」的「近代」完全不同的成功的
另類。但是到了上個世紀70年代末，這種圖式發生了逆轉，這回
是日本成為經濟大國，而中國則遭受了文革的失敗，於是，號
稱竹內好追隨者（epigonen）之「正統」（《再論「魯迅與終末
論」》，2001，李冬木中譯2003）的伊藤虎丸發現，魯迅也並不
代表中國，即使在中國也是一個「孤立的存在」（《魯迅與日本
人》，1983，李冬木中譯2000）。然而，這種以「『個』的自覺」
對「竹內魯迅」闡釋的「文學的自覺」所做出的重大修正，並沒

使伊藤虎丸的「魯迅」走得與中國更近，而是相反。一個以近代科學精神為前提的具有自覺自省意識的「主體性」魯迅，在中國的魯迅研究中是一種欠落的話語。在這個意義上也可以說，「竹內魯迅」可以代表現在已知的日本魯迅研究整體的「異質性」。

前面說過，「異質性」意味著與自己素性不同的他者。對待外來文化──不分青紅皂白地加以排斥另當別論──歷來有兩種態度，一種是親和為同一，一種是戒識為異己，見到西洋文化而說我們古已有之，然後去睡大覺的是前者，感到其「猶水火然」而令其在主體當中發生碰撞的是後者。前者看似我「化」世界，其實什麼都沒做，後者當然要伴隨著排斥、抵抗乃至掙扎，卻可能因此而獲得重建主體的契機。筆者以為，將「竹內魯迅」以及日本的魯迅研究作為異己的「他者」對待，倒可能是真正接近的捷徑。因為「他者」意味著「他」所獨具，亦意味著「我」之所無。借用魯迅的話說，就是盜得別人的火，來煮自己的肉。

「異」者何也？個性也，主體精神也。「竹內魯迅」本身實際早就回答了這次討論會上的一個問題，即日本今後還會不會產生「竹內魯迅」？答案當然是否定的。因為「竹內魯迅」作為一種「個」的存在，只能是唯一（only one），它最大的可能性是昭示給人們日本思想史當中的一種個性以及為保持這種個性，一個思想者在壓制面前所付出的艱巨努力。當這種「竹內魯迅」進入到中國魯迅研究的話語中來的時候，也即意味著探尋個性＝主體性的問題──至少，在「竹內魯迅」對李長之的轉述中，還可以看到中國的魯迅研究在保持思想個性方面所曾經具有過的可能性。

據說，竹內好晚年有兩個地方想去，一是想再去北京看看，一是想回一趟信州臼田町（安田武《竹內好的「孤獨」》，1980.12），前者是他自1939年留學歸國後就再未重返的舊地，後

者是他自三歲起就離開並且也再沒回去過的老家，後來，老家似
回了，但北京卻沒去成。想去北京，除了「舊地重遊」的感念之
外，是否也有與他始終當作「近代」座標之一的「中國」直接對
話的想法呢？如果按照這個思路去想，那麼也倒是有人替他去過
中國，只不過不是北京而是上海。市井三郎是個專攻西方哲學的
學者，但當時也經常思考竹內好提出的問題，1975年他為進一步
學習而特意訪問上海。他留下的報告或許也很值得今日深思。

> 在上海魯迅紀念館，我的念頭裡裝著竹內先生的魯迅
> 觀，留心看遍了所有展出。那時所留下的驚訝難以忘懷。
> 全館的展示，歸齊都是魯迅晚年成為馬克思主義者的
> 論證，並將這些論證做了登峰造極（climax）的處理。回
> 國後，我去彙報自己的驚訝時，竹內先生寡言道，會是如
> 此的罷，我倒並不感到吃驚。

市井接著又說，

> 判斷一個思想家，與其看他說什麼，到不如看他沒說什麼
> 更加重要，這是竹內先生評橘樸時說過的話。竹內先生直
> 到最後也沒在口頭上批判過中國。（市井三郎《作為思想
> 家的竹內好》，1981.2）

竹內好的沉默也許恰恰是「很難找到對話的接點」的佐證。現在的
上海魯迅紀念館展示的肯定不會再是三十年前的那個「魯迅」了。
筆者不禁由此想到，「竹內魯迅」身上的「異質性」有很大一部
分也可能來自魯迅本身的自律性，只是還沒太被意識到而已罷。

二、「竹內魯迅」的學術基礎

孫歌在其研究竹內好的專著裡，用了整整半章的篇幅來談竹內好「與支那學家的論爭」，細膩生動，就像一段關於異域思想史的報告文學，並以此而有效地支撐了竹內好是一位特別的思想家，「卻不是一個嚴格意義上的『學者』，也不曾以學院派的方式工作」的觀點（《竹內好的悖論》，2004）。這樣一種「學院」與「思想」的對極格局，在與竹內好相關的日本思想和學術範疇內的確存在著，竹內好的盟友鶴見俊輔也把他歸類為「日本的民間學者」（《竹內好：一種方法的傳記》，1995），故而在這對極格局內來談竹內好的「學術基礎」之類，也正可謂「非竹內好」方式，顯得有些不倫不類。

但筆者提出這一問題的想法是，既然「竹內魯迅」已經成為一個認知對象，那麼瞭解一下作為這一對象「學術基礎」的知識構成乃至運做方式，也就是「請」進這一對象並且力圖去接近時的必要手續。任何「思想」最終都將歸結為知識形態，更何況竹內好與支那學家們的論爭也並沒在學院的知識生產方式之外。其二，中國也並非沒有過類似的「學院派」知識生產與思想創新的矛盾，這在當年的「最高指示」中也多少可以看出：「讓哲學從哲學家的課堂上和書本裡解放出來……」。不過，哲學是否能奉旨「解放」可另當別論，倒是當年奉旨相信「哲學解放」的一代正在當著大學教授。說到底，中國沒有所謂的「學院派」，至少不存在竹內好當年所面對意義上的嚴密的學院體系，且不要說狩野直喜、青木正兒、吉川幸次郎、倉石武四郎這些「學院派」的榜樣，就連最起碼的「言必有據」，也還沒成為規範。因此，第

三，即便把竹內好當做一個非學院的「主體性」思想家來看待，但只要把他擺進今日的中國知識界，不論在哪個層面上，他都會顯得非常「學院」。哪怕是在公認的最不「學術」的「竹內魯迅」當中，這一點也並無改變。

那麼，什麼是「竹內魯迅」呢？（之所以不是問題，不是因為已經有了答案，而是因為這個「學院」化的問題不太被關心）就其具體內涵而言，筆者同意山田敬三在《魯迅的世界》（1977.5）一書中的意見，即指三本冠以「魯迅」之名的著作，它們是《魯迅》（日本評論社，1944初版，1946二版，創元社1952，河出書房1956，未來社1961）、《魯迅》（即《世界文學指南·魯迅》，世界評論社1948，後改版改題為《魯迅入門》，東洋書館1953）、《魯迅雜記》（世界評論社1949）。後兩種在形式上為戰後的作品，但竹內好的魯迅論，原已在戰爭中寫下《魯迅》當中集約性地表述出來，就是說，這三本當中的核心作品就是1944年的《魯迅》。

如果還需要做一點補充的話，那麼筆者以為，還應該加上竹內好本人對魯迅文本的翻譯。

就個人興趣而言，筆者倒是希望有人來探討一下竹內好在寫作《魯迅》時所借助的思想工具。如果說「思想」這個詞大了一點兒話，那麼叫做「思考」工具也無妨。竹內好究竟借助了哪些思考工具（即知識）生成了他的「魯迅」呢？在《魯迅》（以下使用的文本均依照收在《近代的超克》內的《魯迅》）中，中國讀者最容易找到的恐怕是李長之，具體說，就是《魯迅批判》。這書自1935年5月29日起分別連載于天津《益世報》「文學副刊」和《國聞週報》，1936年1月，由北新書局出版單行本。單行本在短時期內有過兩次再版，之後便是大半個多世紀的銷聲滅

跡，直到2003年才由北京出版社把這個單行本找出來再出一回。不過，這個李長之對今天的讀者來說已經很陌生，很遙遠了，雖是語言相通的國人，在讀竹內好的《魯迅》時，也未必是能借得上力的捷徑。竹內好說「我買他的帳」。他有時和李長之糾纏在一起說不清，有時竟能一口氣引述兩千多字以做「對象化」的處理，從中可以清楚地看到李長之在「竹內魯迅」那裡所衍射的思想活力以及實際發生的觸媒作用。李長之倒是因竹內好在日本很成為「常識」，——但這已不是竹內好，而是要不要把李長之作為一種優秀的學術傳統重新撿回來的問題了。

　　竹內好在北京留學期間正對女作家岡本鹿子的作品著迷，直到幾年後動筆寫《魯迅》時還保留著對前者的「好得令人驚歎」（《北京日記》，1937-39）的記憶。打一個很「土」的比方，就像過去「張大娘」在說別人的孩子時總愛說「這孩子就跟我們家二小子似的」一樣，用來做比附的人和事總是最親近和最熟悉的。在竹內好走進魯迅時，岡本鹿子所扮演的角色就類似這樣一個「二小子」。不，或許竹內對後者的沉溺與癡迷遠非可以輕易出口的「二小子」可比。岡本鹿子「收拾」自己的「那些零零碎碎」「就是寫小說」，而魯迅的「收拾」，「不是寫小說，而是『不寫』小說，或者說，在言辭不加修飾的意義上是『寫不出』小說」。就是說，竹內好對魯迅「寫不出」小說的這一斷言，是借助岡本鹿子發出的。以筆者之管見，能像岡本鹿子那樣把「愛的煩惱」寫得那麼美，那麼驚心動魄的詩人和小說家還不多見。讀了那些詩歌和小說，才會覺得竹內好把她用得恰到好處，或者說岡本鹿子幫助竹內好完成了對魯迅一個側面的闡釋。只可惜岡本鹿子至今還沒有一個中譯本，因此，在中譯本《魯迅》裡不論加上多長的注釋，也無非等於告訴讀者有這麼個陌生人而已。真

的，那麼漂亮的作品怎麼就沒人譯呢？

中譯本《魯迅》雖然對中野重治有過注釋，但由於是注釋，需要客觀，所以也就不可能直接告訴讀者他恐怕也是促成《魯迅》寫作的重要人物。中野重治之於竹內好的重要性，不下於他在日本文壇的重要意義以及給「轉向」、「抵抗」所賦予的內涵。這倒不只因為後者在寫作《魯迅》時，「有些方法是從中野重治的《齋藤茂吉筆記》上學來的」（《創元社文庫版・後記》，1952），更重要的是，在這個世界上還沒不曾有魯迅傳的時候，中野重治就寫了《魯迅傳》（1939），雖然還只是篇呼籲魯迅傳應該在日本被寫出來的隨筆而不是魯迅傳本身，但自小田嶽夫的《魯迅傳》（1941）起，日本的魯迅傳和傳記文學卻都是在這個隨筆之後出現的，至於竹內好的《魯迅》，恐怕有著另一層更深的關係，以至竹內好到死都會在所有魯迅傳記中最先想到這一篇（《日本的魯迅翻譯》，1975）。現在知道中野重治的人恐怕已經不多，先前也確曾有過若干介紹，那還是我們這個國度非常重視無產階級文學的時代。

最後是西田幾多郎（Nishida Kitaro, 1870-1945）和芥川龍之介。關於後者，中譯本有注釋，而關於前者卻沒有注釋。近年有岩波書店新版《西田幾多郎全集》24卷，竹內好當年倒不可能看得這麼多這麼全，也未必消化得好，借用他1952再版自注中的話說：「由西田哲學借來的詞彙隨處可見，它們是來自當時讀書傾向的影響，以今日之見，是思想貧乏的表現。」在翻譯時，由於相信了竹內好的話，也就沒為西田幾多郎做注，現在看來是一個缺憾。按筆者個人的讀書感覺，所謂西田哲學的術語，在《魯迅》中雖不一定「隨處可見」，但一定出現在那些十分繞口卻又精彩的段落裡，如談〈政治與文學（三）〉裡的「矛盾的自我同

一」，序章最後一段論述魯迅是一個「混沌」中的「矛盾的統一，二律背反，同時存在」等等。如果只在「術語」層面，那麼事情或許簡單，但問題是在竹內好思想中執拗堅持的「魯迅」、「中國」、「亞洲」這一視點當中是否也連接著西田哲學的根幹部分，即在東洋精神的「自覺」基礎上，積極導入西洋哲學，以探求東西思想的內在融和與統一。西田幾多郎以東洋自覺之上的東西融和論，在明治以來的哲學思想史上獨樹一幟，是日本上個世紀10-40年代哲學思想的代表，故有「西田哲學」之稱，所謂「京都學派」即指西田學派。據說，當年有許多東京的學生特意趕到京都來聽「西田先生」的課，雖不知其中是否有竹內好，但由他的「讀書傾向」也的確可窺知其影響之一斑了。

在中譯本《魯迅》第4、5、12頁當中有關於「元祿詩人」松尾芭蕉的大段注釋，這些注釋當與第104、211頁的關於芥川龍之介的注釋合在一起來讀。不過，即便合在一起來讀，注釋的內容也未必能把魯迅、芭蕉和芥川這三者的關係說清楚。1951年在回答《群像》雜誌的「我的文學源泉」的問卷時，竹內好在「你最尊敬」的日本作家和外國作家這兩項裡，分別添上了「芭蕉」和「魯迅」。因此，在《魯迅》裡有「芭蕉」出現也毫不奇怪。芭蕉是竹內好喜愛並且讀得很「透」的日本詩人，但這個詩人的心像（image）又當是來自芥川龍之介。後者是竹內好在二十歲到三十歲時愛讀並且被「套」在其中的作家，直到後來他仍堅持認為芥川和魯迅都是「美的使徒」（〈芥川全集寄語〉，1954），但早年最喜愛的卻是芥川的「芭蕉論」（〈關於芥川龍之介〉，1954）。所謂「芭蕉論」，是指《芭蕉雜記》，這是芥川1924-25年寫下的隨筆（以下關於芥川的引用，均出自該篇雜記）。這篇雜記，不僅使竹內好讀懂了芭蕉，也使他吃透了芥川處理詩人傳

記的手法，並且嫻熟地運用到《魯迅》當中。他自覺不自覺地把
「芭蕉」照在「魯迅」身上，並像芥川處理芭蕉那樣來處理。所
謂（論爭之於魯迅）「終生的餘業」，所謂「撤下文台，即為廢
紙」，不僅是芭蕉的話，也是芥川表述芭蕉時所使用過的材料；
在芥川看來，芭蕉的矛盾在於他的被「詩魔」的折磨（對詩歌的
認真）和超然的出世態度，竹內把它表述在魯迅身上就是「文學
者」和「啟蒙者」的矛盾；而且也正像芥川能夠感受到「芭蕉不
斷的進步」一樣，竹內好也在孫文和魯迅身上看到「永遠的革命
者」；同樣，芥川在芭蕉的「春雨蓬蒿旺，草徑寂無聲」的詩句
裡感知到了「百年春雨」，竹內好在魯迅身上讀到了中國「近代
文學的全史」；而兩者都使用的「鬼趣」一詞，不論放在芭蕉還
是放在魯迅身上，都可謂道人之所未道……總之，在竹內好所能
借助和運用的上述思考工具中，芭蕉和芥川處理芭蕉的方法被吸
收得最為充分，也運用得最為有效。從前，劉柏青先生曾提醒筆
者注意「竹內魯迅」的「徘味」，現在終於有所悟，這「徘味」
就是竹內好在把魯迅「日本化」的過程中所加上去的「味道」，
這一味道的製作，離不開芭蕉的俳句和芥川對芭蕉製作俳句的解
說。還應該再附加一句，魯迅之所以成為日本的「國民作家」，
也和竹內好的這種出色的「日本化」處理大有關係。「國民作
家」意味著魯迅的被認同的程度，至少魯迅在日本從未遭受過來
自他母國的那種至今不絕的漫罵。

　　以上所涉及問題，都可謂「竹內魯迅」的「學術」，這倒不
一定指望誰來做學院式的論文，而是以為日後若深讀竹內好，恐
怕會遇到這些問題，姑且做一個備忘錄。它們雖然還不出工具論
的範疇，但卻足以說明竹內好在走近魯迅之前已經具備了充分的
素養以及有效的理論工具。竹內好此後的工作，就是與魯迅相遇

並投入其中去一搏了。

這「一搏」是什麼？就是筆者所強調的「竹內魯迅」所應包含的最重要一點，即對魯迅文本的翻譯。

由中譯本的統計來看，《魯迅》一書的引用部分約占全書30%，其中對魯迅的引用約占25％。在1952年創元版後記中，竹內好仍然認為如此大篇幅的引用，是他這本書的一個優點，「即使只揀那些引文來讀，也會成為魯迅文學的入門的」。後來，中日兩國似都有學者對此不以為然，以為不就是「引用」嘛！──不過，事情好像還並不這樣簡單，因為這種「引用」與現在的不論從中文還是從日文《魯迅全集》中的整段拿來25％畢竟有著完全不同的操作過程和內涵。

在日本，竹內好並不是魯迅的第一個譯者，也不是第一個研究者，在他動筆寫作《魯迅》時，日本早已有了1937年改造社出版的七卷本《大魯迅全集》。但他的難能可貴之處在於，《魯迅》中的「引用」均沒使用現成的翻譯，而是自己一個字一個字地重譯過來的，當然，這也同時意味著遠遠大於這個範圍的對原文的重新閱讀。竹內好所據中文版，當是1938年版20卷本《魯迅全集》，他是在「啃」和「咀嚼」的基礎上從事的翻譯。與中國近代的輕視翻譯，懶惰得需要找西洋傳教士「代譯」的傳統不同，日本近代非常看重自己的翻譯，以至加藤週一認為，「明治的翻譯主義」實現了西洋文化的「日本化」過程，同時也確保了日本文化的獨立（NHK綜合，2005.3.29）。按照這種意見，竹內好通過翻譯「消化」了魯迅，實現了魯迅的「日本化」，並在這一過程中確保和完成了自己對魯迅的獨特把握。對魯迅文本的翻譯可謂竹內好「終生的餘業」。「所謂翻譯，我相信是對原文的終極解釋」。「我寧可相信，所謂好的翻譯，是被最好地解釋

出來的東西，因而也是從自覺到翻譯的界限的態度中產生出來的」。（《翻譯時評》，1941）他終生都在向這種「解釋」的極限挑戰，一直譯到死，共譯（包括重譯）了300多篇，約占魯迅文本四分之一強，但是直到最後仍對自己的「翻譯」和翻譯的「改譯」不滿意。「譯者踏入作者本身當中，譯出作者也沒意識到的東西來，怕是真的罷。雖然是至難之業，但須以此為努力的目標」（《日本的魯迅翻譯》，1975），這是他臨死前的話。

因此，《魯迅》中「引用」的「魯迅」，當然不再是中文原文，不過是在「終極解釋」的意義上由竹內好變成的日語。這種「魯迅語言」本身，實際上已轉化為對魯迅的闡釋，於是，在被引用的「魯迅」與引用者竹內好之間，便有了二者渾然一體的融合，「竹內魯迅」由此而誕生。但是要注意，竹內好的「終極解釋」容易被理解為「任意解釋」，這是他的「魯迅」遭受「學術」非議的主要原因；當消除這一誤解之後，可以看到，竹內好在《魯迅》中對魯迅文本的大量翻譯與導入，在確保他最大限度地「解釋」魯迅的同時，也使《魯迅》一書因自覺遵守知識生產的內在規範（堅持魯迅本身）而具有高度的學術品位（開拓新型中國學）。《魯迅》闡釋的只是魯迅而不是其他。試想一下，即使相隔六十年，它是不是比後來許許多多人們熟悉的「借魯迅說話」的魯迅傳或評論都寫得更「像」魯迅呢？

三、關於「奴隸的文學」

這個題目與筆者近年來做的一個研究課題有關，姑做筆記如下。

在《魯迅》的「政治與文學」之章裡，對魯迅有著尤其多

的引用，其中有想做「有系統的排列，但排不好」的連引，竟長達4頁（第117-120頁）。它們是魯迅關於「奴隸」的言說，從而也可看做竹內好對這些言說的最早注意與採集。竹內好自稱《魯迅》是他的「筆記」，至少就此而言是恰當的。書中並沒對那些看似雜亂的連引做任何編排和文意上的說明，卻由竹內好轉化的「魯迅」言論本身做了最好的闡釋。可以說，這是魯迅價值的一個發現，也是一次巨大的精神能量的蓄積。後來，這一能量由「竹內魯迅」開始，幾乎衍射到了竹內好所有關於「文學」和「近代」的言論當中，至少通過中譯本文集〈何謂近代〉這一篇也能強烈地感受到。

簡單地說，竹內好通過自己獨特的認知作業，從魯迅的「暴君治下的臣民，大抵比暴君更暴」；「做主子時以一切別人為奴才，則有了主子，一定以奴才自命」的「主奴循環論」中抽取出一個命題，即「奴隸與奴隸主是相同的」。「同」在何處？同在不具備能夠自覺到自己之為奴的精神主體性。因為這種相同，所以奴隸的「解放」，也就不過是主奴秩序的顛倒，是同一循環結構內的角色對換。於是，歷史只是「沒有年代」的循環往復（「想做奴隸而不得」和「暫時做穩了奴隸」），從而不存在以個體的精神獨立為支撐的真正的「發展」，即「第三樣時代」的到來。筆者以為，這一發現，實在是「竹內魯迅」的一大獨特貢獻。雖然中國的魯迅論中曾有過「骨頭最硬」或「沒有絲毫的奴顏和媚骨」的說法，但這本身是一種外部規定（權威欽定），而且也往往被用在對出於打到「奴隸主」目的的政治行動的解釋當中。因此，通常缺乏來自魯迅本身的原理性說明。魯迅的「革命」，不在於主奴關係的顛倒，而在於「主」與「奴」之外的「人」——主體精神——的確立。

　　竹內好的工作，將魯迅的這一精神資源有效地注入到戰後日本的思想和文學中，並釋放為巨大的能量。舉一個例子，戰後不久，在大江健三郎還處在文學起步階段，他便有幸與竹內好相遇了，那是竹內好的「伴隨著會令人誤讀為絕望的憤怒，卻又由剛直的邏輯和纖細的言語表述出來的評論」。在竹內好所給予的種種具有「深刻喚醒意義」的教示中，「特別是讀了《奴隸的文學》這篇文章，我就像被擊了一樣。而且，從這篇文章中所獲得的東西，伴隨著我自己作為一個日本作家所做工作的日積月累，更加成為現實的和具體的問題，變得愈發沉重。雖然將來也繞不過這個問題，但通過自己寫的小說而能推翻這個言詞之日，如果認為是可以到來的話，那麼將會在何時呢？也就是說，『奴隸的文學』的問題，構成了我去思考竹內好與魯迅的基本綱要」。（〈通過竹內好＝魯迅〉，1980）

　　很顯然，大江健三郎從竹內好的「評論」中主動接過了「奴隸的文學」這一課題，並且苛使其成為自己要力圖通過寫小說來克服的終生負累。的確，這個得自「竹內魯迅」的魯迅本來的課題，使作家大江健三郎始終警覺不使自己的文學成為「奴隸的文學」。大江獲得諾貝爾文學獎後至今，一直不放過任何機會講述魯迅。

　　但這個誇張點說，就是「魯迅精神在異域大放光芒」的事實本身，卻並不意味著這第三個題目將有一個「大團圓」結局。因為在竹內好對魯迅關於「奴隸」言說的發掘和闡釋上，恰恰顯露了他的界限。不，應該說，這種界限並不表現在他對魯迅價值的發掘本身，而是表現在他把魯迅作為與日本的「近代」絕對對立的價值，從而擺在與日本近代完全割裂的位置上。

　　關於魯迅與日本「文學」的關係，竹內好有著非常矛盾的說

法，他先前認為「魯迅從日本文學中吸收了很多東西」（《魯迅與日本文學》，1948），晚年則說魯迅留學時代「與日本文學並無干係」（《魯迅文集》第一卷解說，1976）。有這種矛盾也並不奇怪，因為先前說的「有關」，主要是借助周作人的回憶，後來否認「干係」，也與後來不再看重周作人有關，更何況「竹內魯迅」的體系本身便很排斥一個與明治日本有關的魯迅。也就是說，他最終還是否定了魯迅與日本「文學」的聯繫。因此魯迅關於「奴隸」的言說也就更不在話下，在竹內好看來，那完全是魯迅本身的獨創價值所在。

日本的下一代學者在繼承竹內好的前提下，實際都不約而同地對竹內好的關係否定說提出質疑，如竹內好的「正統追隨者」伊藤虎丸的工作起點，就是在日本明治文學當中「試圖搜尋至少可能存在的與『魯迅型』共通的接受近代的模式」（《魯迅與日本人》，1983，李冬木譯中文版，2000）。這一代學者（又如松永正義、北岡正子、中島長文等）的努力以及所發現的越來越多的魯迅與明治文學的「共通」，事實上已經推翻了竹內好「無干係」的假說。筆者也願意在同一個方向上思考問題，想要知道魯迅到底都讀了那些日本書。

關於日本，關於魯迅的留學，周作人作為同樣過來人，早年談得較多，後來就少談或者竟不談了。談了也無人再去理會。比如說「丘淺次郎」這個人罷，周作人說魯迅學會日語的最大意義是讀懂了他，但是至今國內還沒有關於「丘淺次郎」的一篇論文。竹內好似乎到晚年才實際掃過他一眼，但除了「呈新味橫溢之觀」（《近代日本思想大系》，1974）一句外，未置一詞。伊藤虎丸雖試圖尋找日本明治的「魯迅型」，但遇到丘淺次郎時，大概是受竹內好影響過深的緣故，竟把他排到與「魯迅型」對立

的非魯迅型的行列去了。

　　魯迅沒有排斥丘淺次郎，而是貪婪地默默吸收了他。這是筆者關於近年所作的研究課題的結論。詳細內容留給課題報告來介紹，亦望讀者高覽（〈魯迅與丘淺次郎〉（上、下），佛教大學《文學部論集》87／2003、88／2004）。這裡要說的是，令竹內好抽取出「奴隸與奴隸主是相同的」這一命題的魯迅關於「奴隸與奴隸主」關係的言說，基本上是來自丘淺次郎。兩者之間，已經不是「共同的時代教養」或「氛圍」所表述的那種曖昧模糊，無法捕捉的關係，而是實打實的影響與被影響的關係。魯迅讀透了後者並將其化為自己的一塊堅硬的思想基石。

　　不過，話也要說回來，對丘淺次郎的漏看，固然是「竹內魯迅」界限的有力例證之一，但在這例證是界限所孕育的意義上，新的可能性也由這界限孕育而生。──由此將越來越清楚地看到，魯迅並不在包括日本在內的東亞的「近代」之外，他也是整個東亞近代知性鏈條上的一個「索子」，例如，如果說丘淺次郎的學說提出了「中間物」概念，那麼這個概念就使魯迅為自己在「古今」和「東西」這兩個維度上確立了位置，而這一位置又正是東亞「近代」整體所處的場域。

　　就魯迅與明治日本知識共有的關係而言，也不妨把日本的近代看做是附著在中國近代身上的影子，瞭解日本的意義並不在於去捕捉自己的影子，而在於重新瞭解中國近代本身。中國的近代到底是怎樣一種近代呢？筆者期待著從魯迅那裡獲得答案。

2006年1月20日於大阪千里

後記

　　這十二篇論文發表於1998年至2011年間，有十多年的時間跨度，最早的一篇寫作距今已有二十二年，是名副其實的舊作。此次承蒙中研院老友潘光哲先生不棄，鞭策鼓勵，抬愛賜題《魯迅精神史探源》，秀威資訊科技股份有限公司鄭伊庭先生的鼎力襄助，得以結集出版，這對作者來說，是一大幸事。能以舊作，就教於各方，令我感到無上喜悅和榮幸。

　　世間日新月異，新事物層出不窮，令人目不暇接。追蹤歷史舊跡又何嘗不是如此。令人倍感新鮮的發現與相遇，接踵而來，常使人流連忘返──這倒不是對舊時代、舊世界足跡的沉迷，而恰恰是因為其中蘊藏著新時代、新世界誕生的奧秘。本書收錄的各篇，皆側重於史實的追蹤和文本的重讀與發現，它們是魯迅精神史形成探源的一部分，是對以往被忽略了的魯迅閱讀史足跡的追蹤。這是個往往與超出「魯迅常識」相伴隨的世界，一旦步入其中，便不會太在意自己身後留下的足跡或無暇顧及。當然，這其中或許免不了為自己的懶惰辯解的成分，但它們的首次結集，卻是不爭的事實。

　　這也是一次由個人研究的視角對既往的一次回顧。哪怕是這麼微不足道的幾篇東西，也承載著居住在日本、中國大陸和臺北、香港的眾多師友和親人們的厚愛、教誨和鼓勵。在此，尤其要提到蔣錫金先生、劉柏青先生以及我的父母，他們都曾是本書若干小論的首批讀者，而如今卻都已仙逝他界。願他們的在天之靈也能分享我此時的喜悅。有些感謝辭在注釋中已經提到，如香港三聯書店的

的侯明女士、佛教大學的辻田正雄先生等，更多的在文中無法一一述及。張夢陽先生在《支那人氣質》研究方面的引路之功，永世難忘。劉中樹先生、片山智行先生、吉田富夫先生、北岡正子先生、山田敬三先生、狹間直樹先生作為長輩學者，都曾就其中的若干問題給予過具體的指導和建議。我所任職的佛教大學、我的母校——東北師範大學文學院和吉林大學文學院，還有北京魯迅博物館、上海魯迅紀念館、復旦大學中文系、哈佛大學燕京研究所、立命館大學、廈門大學、南京師範大學等皆給予我厚愛，促使本書中一些問題的探討，得以通過講演和討論的方式直接與學者和同學們交流。還要特別感謝《東嶽論叢》的曹振華女士，她的熱情和執著，多次促成拙論的刊載。而在此次付梓之前，佛教大學楊韜副教授、博一張宇飛同學不厭複雜和繁瑣，幫我完成了各種文檔的轉換、輸入、整形和初校。謹此，一併致以衷心的感謝！

【附言】

關於書中涉及的問題在後來的研究推進，尚來不及做全面調查，僅就身邊的目睹所及，有以下兩種，可資參考。

關於《支那人氣質》，近年佛教大學文學部碩士畢業生山本勉先生的畢業論文，對澀江保與博文館「白眉」系列出版物《萬國戰史》之史實和文本展開了更加深入的調查研究，發現24冊當中，除了署名「澀江保」的10冊外，另有8冊的實際執筆者也是澀江保，這在澀江保生平事蹟的研究方面，可謂重大推進，而該作者的新近相關研究亦值得期待。參見山本勉〈明治時代の著述者渋江保の著述活動——出版物《万国戰史》を中心に〉（《佛教大學大學院紀要・文學研究科篇》第43號，2015年3月）。

　　而作為關於整書研究的最新成果，是石井宗晧、岩崎菜子基於Arthur Henderson Smith，*Chinese characteristics*，Revell，1894所做的「日本語全譯」本──《中國人的性格》（中公叢書，中央公論新社，2015年8月25日）。全書478頁，譯注多達350多個，並有解說和後記，是對既往研究的系統性承接。

　　圍繞著魯迅怎樣「看」「阿金」，也跟上來不少討論，尤其是竹內實先生，生前多次談及拙文，並對拙文的「虛構」說予以首肯，足以說明這一平臺構建的有效性。因那些論文都很方便查閱，容不在此一一列舉。

　　關於竹內好《魯迅》漢譯本，最近看到有北京的博士生同學建議：應把竹內日譯過去的魯迅引文，再直譯還原為中文，以觀他對魯迅的解讀（大意）。私以為，讀者的這一要求是正當的，且具探索價值。

作者謹記
2019年4月5日星期五清明節
於長春威尼斯花園巢立齋

附錄　各篇出處一覽

*依發表時間為序

〈澀江保譯《支那人氣質》與魯迅〉（上）

《關西外國語大學研究論集》第67號，1998年2月。

北京魯迅博物館編《魯迅研究月刊》，1999年第3期轉載。

〈澀江保譯《支那人氣質》與魯迅〉（下）

同上，第68號，1998年8月。

北京魯迅博物館編《魯迅研究月刊》，1999年第4期轉載。

〈《支那人氣質》與魯迅文本初探〉

《關西外國語大學研究論集》第69號，1999年2月。

〈關於《物競論》〉

佛教大學《中國言語文化研究會》第1期，2001年7月。

北京魯迅博物館編《魯迅研究月刊》2003年第3期轉載。

〈魯迅與丘淺次郎〉（上）（原題：〈魯迅と丘淺次郎〉（上））

佛教大學《文學部論集》第88號，2004年03月01日。

中文版，李雅娟譯：〈魯迅與丘淺次郎〉（上），《東嶽論
叢》2012年第4期。

〈魯迅與丘淺次郎〉（下）（原題：〈魯迅と丘淺次郎〉（下））

佛教大學《文學部論集》第89號，2005年03月01日。

中文版，李雅娟譯：〈魯迅與丘淺次郎〉（下），《東嶽論
叢》2012年第7期。

〈「乞食者」與「乞食」——魯迅與《支那人氣質》關係的一項考察〉

　　佛教大學《文學部論集》第89號，2005年3月1日。

〈「從僕」、「包依」與「西崽」——魯迅與《支那人氣質》關係的一項考察〉

　　佛教大學《文學部論集》第90號，2006年3月1日。

〈「竹內魯迅」三題〉

　　《讀書》，2006年第4期，2006年4月。

　　《中國人民大學報刊複印資料・中國現代、當代文學研究》，2006年第6期，2006年6月。

〈魯迅怎樣「看」到的「阿金」？——兼談魯迅與《支那人氣質》關係的一項考察〉

　　北京魯迅博物館編《魯迅研究月刊》2007年第7期。

　　日文版：魯迅はどのように〈阿金〉を「見た」のか？《吉田富夫先生退休記念中國學論集》，汲古書院，2008年3月。

〈從「天演」到「進化」——以魯迅對「進化論」之容受及其展開為中心〉

　　【日】狹間直樹，【日】石川禎浩主編；袁廣泉等譯《近代東亞翻譯概念的發生與傳播》，北京：社會科學文獻出版社，2015年2月，日本京都大學中國研究系列五。

　　日文版：〈「天演」から「進化」へ——魯迅の進化論の受容とその展開を中心に〉

　　石川禎浩，狹間直樹 編，《近代東アジアにおける翻訳概念の展開：京都大學人文科學研究所附屬現代中國研究センター研究報告》，京都大學人文科學研究所，2013年3月。

與「進化論」相關的主要學術報告：

〈關於魯迅的「進化論」〉，2001年9月26日，紀念魯迅誕
　　生120周年國際學術討論會，浙江紹興。

〈新知的翻譯及其展開——「進化論」視野下的魯迅與日本
　　書之關係〉，2009年9月24日，「中日視野下的魯迅」
　　國際學術研討會，廈門大學。

〈翻訳概念：「天演」から「進化」へ——魯迅の進化路受
　　容とその展開を中心に〉，2010年5月8日，京都大學人
　　文科學研究所，「翻訳概念研究班」。

〈魯迅進化論知識鏈中的丘淺次郎〉，2013年3月24日，「魯
　　迅與20世紀中國」國際學術研討會，南京師範大學。

與「日本書」和《支那人氣質》相關的主要學術報告：

〈明治時代の日本書と魯迅——《支那人気質》を中心
　　に〉，2004年7月9日，《歴史のなかの現在——日中思
　　想文化の共有を目指して—》，立命館大学琵琶湖キャ
　　ンパス。

〈魯迅與明治時代的日本書——以《支那人氣質》為中
　　心〉，2006年9月16日，「書籍之路與文化交流」國際
　　學術研討會，浙江工商大學，日本文化研究所。

〈魯迅怎樣「看」到的「阿金」？〉，2007年10月20日，紀
　　念魯迅定居上海80周年國際學術討論會，上海魯迅紀
　　念館。

〈關於《支那人氣質》〉，2007年10月21日，復旦大學中文
　　系講座。

"LU XUN (魯迅) and Japanese Books: Focus on the *SHINA JIN KATAGI*", May 09, 2008, *Seminar on Cultural Tradition and Chinese Society*, Seminar Room, HYI Vanserg Hall, Harvard University.

〈魯迅與日本書〉，2011年9月24日，紀念魯迅誕辰130周年國際學術研討會，上海魯迅紀念館。

史地傳記類　PC0801　讀歷史99

魯迅精神史探源：「進化」與「國民」

作　　者/李冬木
責任編輯/鄭伊庭
圖文排版/楊家齊
封面設計/蔡瑋筠

發　行　人/宋政坤
法律顧問/毛國樑　律師
出版發行/秀威資訊科技股份有限公司
　　　　　114台北市內湖區瑞光路76巷65號1樓
　　　　　電話：+886-2-2796-3638　傳真：+886-2-2796-1377
　　　　　http://www.showwe.com.tw
劃撥帳號/19563868　戶名：秀威資訊科技股份有限公司
　　　　　讀者服務信箱：service@showwe.com.tw
展售門市/國家書店（松江門市）
　　　　　104台北市中山區松江路209號1樓
　　　　　電話：+886-2-2518-0207　傳真：+886-2-2518-0778
網路訂購/秀威網路書店：https://store.showwe.tw
　　　　　國家網路書店：https://www.govbooks.com.tw

2019年5月　BOD一版二刷
定價：450元
版權所有　翻印必究
本書如有缺頁、破損或裝訂錯誤，請寄回更換

國家圖書館出版品預行編目

魯迅精神史探源：「進化」與「國民」/ 李冬木
著. -- 一版. -- 臺北市：秀威資訊科技，
2019.05
　　面；　公分. -- (史地傳記類)
BOD版
ISBN 978-986-326-684-6(平裝)

1. 周樹人　2. 學術思想　3. 文學評論

848.6　　　　　　　　　　108005863

讀者回函卡

感謝您購買本書，為提升服務品質，請填妥以下資料，將讀者回函卡直接寄回或傳真本公司，收到您的寶貴意見後，我們會收藏記錄及檢討，謝謝！
如您需要了解本公司最新出版書目、購書優惠或企劃活動，歡迎您上網查詢或下載相關資料：http:// www.showwe.com.tw

您購買的書名：_____

出生日期：_____年_____月_____日

學歷：□高中 (含) 以下　　□大專　　□研究所 (含) 以上

職業：□製造業　□金融業　□資訊業　□軍警　□傳播業　□自由業
　　　□服務業　□公務員　□教職　　□學生　□家管　　□其它____

購書地點：□網路書店　□實體書店　□書展　□郵購　□贈閱　□其他

您從何得知本書的消息？

　□網路書店　□實體書店　□網路搜尋　□電子報　□書訊　□雜誌

　□傳播媒體　□親友推薦　□網站推薦　□部落格　□其他_____

您對本書的評價：（請填代號　1.非常滿意　2.滿意　3.尚可　4.再改進）

　封面設計____　版面編排____　內容____　文／譯筆____　價格____

讀完書後您覺得：

　□很有收穫　□有收穫　□收穫不多　□沒收穫

對我們的建議：_____

_____

_____

_____

11466
台北市內湖區瑞光路 76 巷 65 號 1 樓

秀威資訊科技股份有限公司　　　收

　　　　　　　BOD 數位出版事業部

··

（請沿線對折寄回，謝謝！）

姓　　名：＿＿＿＿＿＿＿＿　年齡：＿＿＿＿　性別：□女　□男

郵遞區號：□□□□□

地　　址：＿＿＿＿＿＿＿＿＿＿＿＿＿＿＿＿＿＿＿＿＿

聯絡電話：(日) ＿＿＿＿＿＿＿＿＿＿ (夜) ＿＿＿＿＿＿＿＿＿＿

E-mail：＿＿＿＿＿＿＿＿＿＿＿＿＿＿＿＿＿＿＿＿＿